EXCALIBUR

Herausgegeben von
Melissa Andersson
und
Gerd Rottenecker

Jane Welchs *Runenzauber-Saga* im Droemer Knaur Verlag:

1. Die Drachenfestung (Band 70133)
2. Das Auge des Druiden (Band 70134)
3. Die Nebel von Farona (Band 70135)

Weitere Bände in Vorbereitung

Jane Welch

RUNENZAUBER
I

Die Drachenfestung

Ins Deutsche übertragen von
Jörn Ingwersen

Knaur

Die englische Originalausgabe erschien 1995 unter dem Titel
»The Runes of War, Chapters 1–14« bei HarperCollins, London

Besuchen Sie uns im Internet:
www.droemer-knaur.de

Deutsche Erstveröffentlichung 12/98

Umschlagkonzept: Melissa Andersson
Umschlaggestaltung: Agentur Zero, München
Umschlagillustration: Charles Keegan, »Vengeance in Ice«
Karte: Dieter Jüdt
Lektorat: Ralf Reiter
Satz: Ventura Publisher im Verlag
Druck und Bindung: Clausen & Bosse, Leck
Printed in Germany
ISBN 3-426-70133-2

2 4 5 3 1

Für Richard.
Sein Zauber erfüllt mein Leben ebenso,
wie er dessen Verlauf geprägt hat.

KARTE

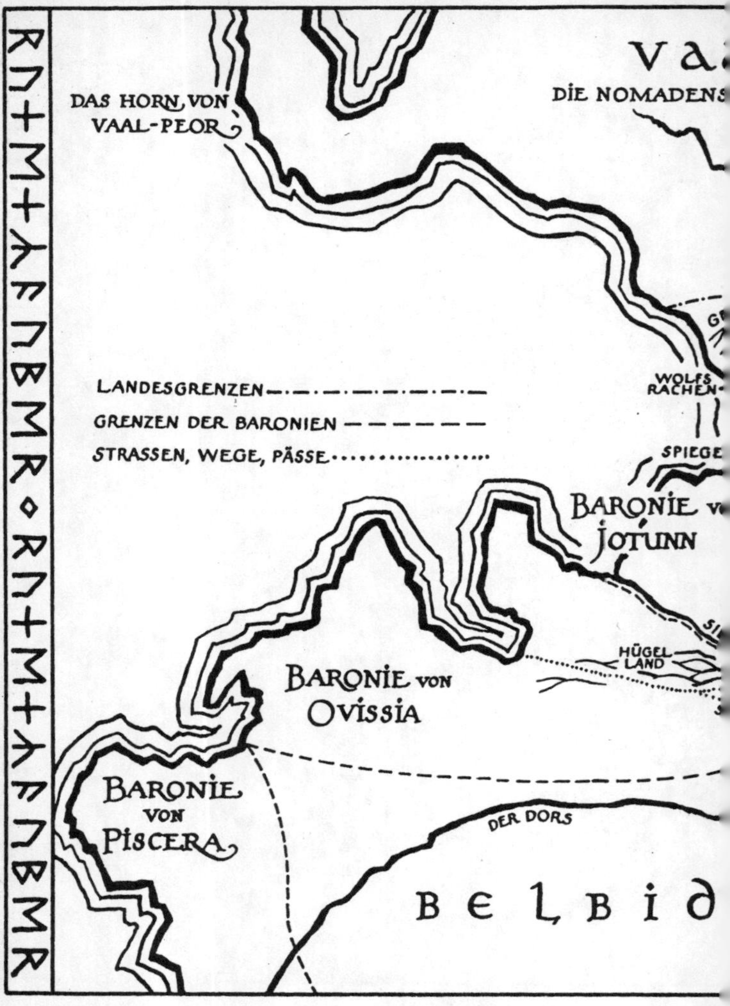
DAS HORN VON VAAL-PEOR
DIE NOMADENS
WOLFS RACHEN
LANDESGRENZEN
GRENZEN DER BARONIEN
STRASSEN, WEGE, PÄSSE
SPIEGE
BARONIE
JOTUNN
HÜGEL LAND
BARONIE VON OVISSIA
BARONIE VON PISCERA
DER DORS
BELBID

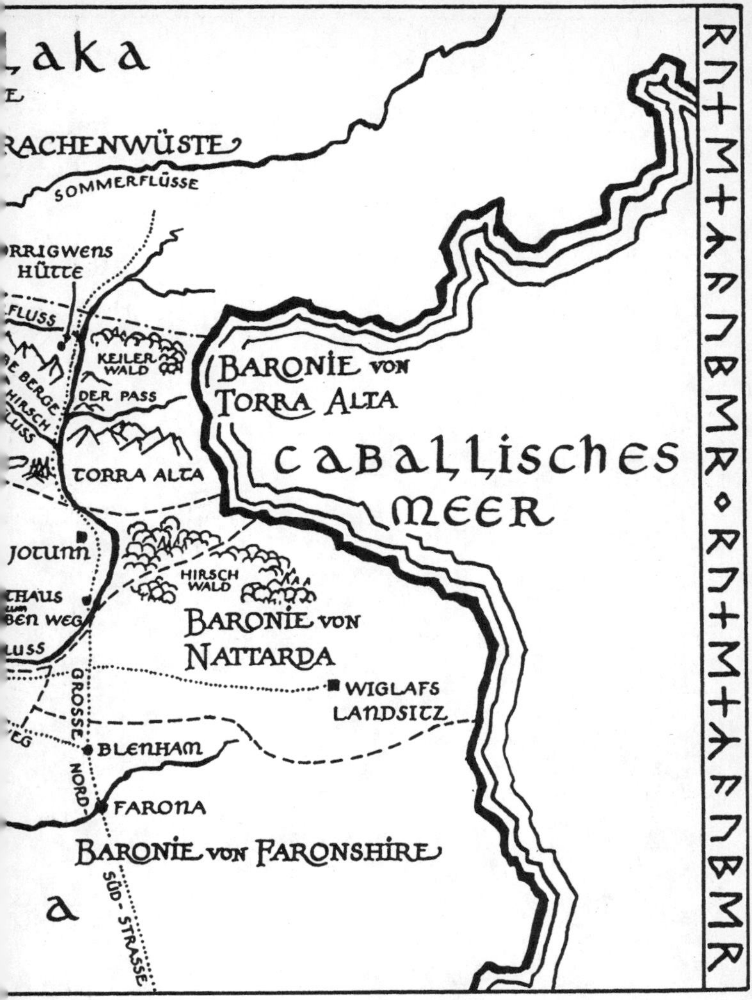
RACHENWÜSTE
SOMMERFLÜSSE
RRIGWENS HÜTTE
FLUSS
KEILER WALD
DER PASS
TORRA ALTA
BARONIE VON TORRA ALTA
CABALLISCHES MEER
JOTUNN
HIRSCH WALD
BARONIE VON NATTARDA
WIGLAFS LANDSITZ
GROSSE NORD-SÜD-STRASSE
BLENHAM
FARONA
BARONIE VON FARONSHIRE

PROLOG

Sterbend lag das letzte schuppige Untier am Boden der Schlucht. Ein Wimpel mit belbidianischen Farben flatterte vom Heft der Lanze, die seine Brust durchbohrte, und mit diesem letzten Atemzug des Drachens war der Paß erobert. Ein gebieterischer Felsenturm ragte vom Grund der Schlucht auf, und an seiner Spitze gähnte das Höhlennest, aus dem sich einst ganze Dynastien von Drachen in die Lüfte aufgeschwungen hatten. Nun jedoch errichteten die stolzen Männer von Belbidia eine mächtige Festung über dem leeren Nest der toten Ungeheuer. Sie nannten die Festung Torra Alta, widmeten seine Macht der Mutter Göttin und riefen die Alten Götter um deren Segen an.

Tausend Jahre lang hatte Torra Alta tyrannisch den Paß über die Gelben Berge beherrscht. Von hoch oben auf seinem felsigen Thron konnte es nach allen Seiten zuschlagen, um das friedliche Land vor den barbarischen Horden des Nordens zu schützen. Derart umfassend war seine Macht gewesen, daß es in dreihundert Jahren keinen Anlaß gegeben hatte, seine Kraft zu beweisen, denn die Festung mußte nur finster ins Tal hinunterblicken.

Nun begab es sich, daß mächtige Eismassen auf das Ödland des nördlichen Vaalaka übergriffen, Weiden niederwalzten und die Jagdgründe der Menschen überfroren. Ganze Stämme wurden südlich in die rauhe Landschaft voll kahler Felsen und ausgedörrter Erde getrieben, die eine bleibende Erinnerung an die Drachenkriege alter Zeiten war. Hier wich das Eis im Sommer, und Schmelzwasser stürzte ins Ödland der Drachenwüste. Die vaalakischen Nomaden ließen ihre Herden entlang der Ufer dieser Flüsse weiden, und wenn die Sommerflüsse ausgetrocknet waren, kehrten sie nach Norden in den schmalen Gürtel grüner Steppen am Rande der Tundra zurück, welcher ihnen von ihren Jagdgründen geblieben war.

Als sich das Jahrtausend seinem Ende zuneigte, gewann die Tundra an Kraft und fraß sich stetig gen Süden vor, bis eines Tages der Frühling nicht mehr kam und das Eis auch nicht mehr schmelzen wollte. Die Drachenwüste blieb ungastlich und unfruchtbar im festen Griff des unerschütterlichen Winters. Da sie im schmalen Band der Steppen gefangen waren, stritten die vaalakischen Stämme untereinander, rangen um Nahrung. Der verzweifelte Kampf ums Überleben verdrehte ihre Seelen und machte sie brutal und böse, bis Nachbarn einander mordeten, damit ihre Familien zu essen hatten. Es schien, als wären sie verdammt, einander auf barbarische Weise auszurotten, bis sich eines Tages aus ihren Reihen ein Führer erhob, ein Mann von großer Kraft und großem Stolz, und man kannte ihn als Morbak. Er betete darum, daß ihn ein Gott erhören und seinem Volke helfen würde, doch wollte ihm keiner antworten. Als Morbak schließlich verzweifeln wollte, hörte er ein Heulen, das aus dem eisigen Nordwind geboren war, und aus diesem Heulen wuchsen Worte. Da er diesen Worten glaubte, überbrachte er sie seinem Volk:

»Schwört allen Göttern außer Vaal-Peor ab. Wendet Euch ab von der Großen Mutter, da sie ihren schützenden Mantel nicht mehr um uns legt. Wendet Euch Vaal-Peor zu. Er will keine Gebete, er will Opfer. Laßt Blut ins Erdreich sickern, das ihn nähren und mir die Kraft verleihen wird, Euch südwärts durch die Drachenwüste in ein neues Land zu führen.«

Morbak war von diesen Worten wie besessen, und er wurde so finster und tückisch wie das Land, ernannte sich zum Hohepriester von Vaal-Peor und gab Bosheit in die Herzen der Menschen.

Er führte sie gen Süden, vergoß das warme Blut von Kindern im Namen seines kaltherzigen Gottes. An der Spitze der vereinten Stämme ritt Morbak auf dem Rücken eines gewaltigen Trolls, eines häßlichen Wesens mit groben Schweinsborsten und den Hörnern eines Steinbocks. An Morbaks nackter Brust hingen von einem Band aus Schweinsgedärm die Zähne und Klauen eines Trolls. Und je mehr er dieses dämonische Aussehen annahm, desto mehr Anhänger hielten ihn für die Inkarnation des Gottes selbst.

Als die Stämme Morbaks gen Süden strömten und den Läufen der trockenen Sommerflüsse folgten, die hart wie Stein gefroren waren, hörten sie Geschichten von einer belbidianischen Festung, die auf einem Felsenturm errichtet war und über den Paß durch die Berge zu den gelobten Weiden wachte.

Während Morbak seine Armee führte, sie mit seiner Doppelaxt durch öde, ungastliche Länder trieb, nahmen die Gerüchte um diese unpassierbare Festung beängstigende Ausmaße an. Es hieß, sie würde vom letzten lebenden Drachen beherrscht, und in Zeiten der Gefahr schlichen ihre Krieger als säbelzahnbewehrte Tiger umher, lauerten am Paß auf jeden, der Belbidia betreten wollte. Die Macht der Festung, so hieß es in den örtlichen Legenden, sei eine Gabe der Götter, der Alten Götter von Sonne, Mond und Mutter Erde, und die Burg sei mit ihrem Schutz gesegnet. Mancher aus Morbaks Volk glaubte an diese Zaubermärchen, und die legendäre Macht der Festung Torra Alta trieb Furcht in die Herzen der Vaalaker. Vor Angst erhoben sie sich gegen Morbak und sagten, gegen eine solche Festung wollten sie nicht marschieren. Doch er nahm den jüngsten seiner Nachkommen, schnitt ihm die Adern auf, bis er sein Blut gelassen hatte und die Erde schlammig rot war. Dann stieß er einen Schrei zum Himmel aus.

»Großer Gott des Eises, Herr über die Tundra, wie können wir die Macht von Torra Alta zerstampfen?«

Die Stämme hörten das eisige Heulen des Windes, und Morbak hörte die Worte Vaal-Peors. Er sagte seinem Volk:

»Die Festung von Torra Alta ist nur eine Hülle, und ihre Bewohner sind im Frieden feist und satt und langsam geworden. Sie haben ihren wahren Göttern abgeschworen und beten jene aus den Städten im Süden an. Ihr wertloser Glaube wird ihnen kein Schutz gegen unseren großen Herrn sein, der uns helfen wird, ihre Wurzel auszureißen und nach Belbidia vorzudringen.«

Morbaks Stämme fanden in den Worten ihres Führers Trost und machten sich zum Angriff bereit.

KAPITEL 1

Caspar erfuhr zuerst von der Unruhe, als sein Vater, der Lord Branwolf, Baron von Torra Alta, seinen Befehl bellte, man solle Proviant zur Burg hinaufschaffen. Wochenlang bahnten sich Karren, Wagen und Packesel mühsam ihren Weg zwischen schroffen Felsen und herabgestürzten Steinen, die auf der grob gehauenen Straße zur Festung hinauf verteilt lagen.

Die Gefahr durch die anrückenden Horden Morbaks ließ den Jungen geradezu aufleben. Männer stürmten durch die Gänge und Hallen der Festung. Draußen eilte man mit Proviant und Nachschub für die Waffenkammern hin und her, dann das Hämmern der Schmiede, das Rufen nach Werkzeug oder Baumaterial, das Gebrüll von Befehlen, das Burgvolk, das sich sammelte – alles wurde eins. Sie machten sich für die Belagerung bereit, als seien sie eben aus dem Schlaf geohrfeigt worden.

So schlug das Herz von Torra Alta wieder, und Caspar war ganz aufgeregt. Wäre er etwas älter gewesen, hätte er die Aufregung vielleicht mit einiger Sorge betrachtet, doch das Grauen des Krieges bedeutete ihm nichts. Mit seinen vierzehn Jahren war der Junge vom Ruhm der Helden wie betäubt, welche die Bücher und Balladen bevölkerten: Krieg war der Stoff, aus dem Legenden sind. Caspar hatte keinen Grund, sich zu fürchten. Er hatte absolutes Vertrauen in die Unbezwingbarkeit seiner Heimat.

Ein großer Jagdhund schmiegte sich – ausgestreckt auf seinen langen Hinterläufen, die Vorderpfoten von der Brüstung baumelnd – an seinen Herrn und ließ es sich gefallen, daß man seinen Hals knetete und kraulte, denn der

Junge verdrehte seine Finger im struppigen grauen Fell des Hundes.

»Also, was meinst du, Reißer?« sagte Caspar zu seinem schweigenden Hund. »Nichts, aber auch gar nichts kann uns hier oben etwas anhaben, oder? Wir sitzen auf dem Dach der Welt.«

Der Knabe mit dem kastanienbraunen Haar beugte sich über die Zinnen, sog den Anblick kletternder Tiere in sich auf, deren Hufe über die Steine glitten und sich mühten, ihre Lasten zu befördern. Es wäre unmöglich, den Felsenturm unter der Wucht von Torra Altas Garnisonen zu erklimmen. Er dachte an alte Geschichten aus der Zeit der Drachenkriege, in einem lang schon vergangenen Jahrtausend, als die Festung auf dem Nest eines erschlagenen Untiers errichtet worden war. Seit jenen Tagen hatte keine Armee erfolgreich den Gipfel gestürmt, auf welchem sich die Zitadelle erhob. Es schien Caspar, als würde der Geist des Drachen noch heute ein wachsames Auge aus seinem luftigen Nest werfen, als suchte er das Tal nach Beute ab.

Oft schon hatte er sein Heim von unten aus betrachtet, wenn er von der Wildschweinjagd im Buschland und den Wäldern nördlich der Schlucht heimkehrte. Das steile Tal zu betreten, war stets ein stolzer Augenblick: Nach der Wildnis war der Anblick des winkligen Festungsblocks erhebend, mehr noch durch die von Pfeilern gestützten Türme und spitzen Türmchen der Festung seines Vaters. Die Burg beherrschte den Paß vom Gipfel des majestätischen Felsenturms aus. Diese baumlose Felssäule, die irgendeine große, elementare Naturgewalt zurückgelassen hatte, ragte wie der Kern eines Vulkans aus ruhiger See auf. Der flache Boden des Tales erstreckte sich zu beiden Seiten bis an die Wände der Schlucht, die Caspars Blick einrahmten.

Ein verschlungener Fluß, träge und müde vom hektischen

Sturz von den Gelben Bergen im Norden hinab, wälzte sich durch die Mitte des Tales und umspülte den Fuß des Felsenturms. In früheren Jahren hatte das Schmelzwasser aus den Bergen, die Belbidia von der Drachenwüste des südlichen Vaalaka trennten, den Fluß zu einem reißenden Strom anschwellen lassen. In seiner Eile hatte sich der Fluß zu beiden Seiten in die Felswand gegraben und einen Überhang geschaffen. Die rissige Felswand war meist kahl, doch an manchen Stellen wäre es für einen athletischen Menschen möglich gewesen, daran hinaufzuklettern, sofern das Glück auf seiner Seite war … nachdem er mühsam über das weite Feld unberechenbaren Gerölls gestiegen war, das sich um den Fuß des Felsens scharte. Caspar wußte, wie schwierig das war.

Caspars Blick sank zum fernen Grund der Schlucht hinab, sah den langen Schatten des Felsenturms, gekrönt mit den Bollwerken und Wachttürmen der Burg. Er schien ihm wie der Schatten eines riesenhaften Kriegerkönigs, der den Paß beherrschte. Die Straße zur Festung war am westlichen Zugang herausgesprengt und -gemeißelt worden, der nicht so steil war. Am unteren Teil der Böschung wand sich die Straße hin und her, schlängelte sich durch Ginster und Heidekraut und führte dann zum Gipfel hinauf. Kurz davor wurde die Straße auf einem Stück sehr steil, das Caspar und Hal »Rutschbahn« getauft hatten, weil die Steine im Winter vereist waren und die Pferde rutschten und schlitterten.

Caspar sprang auf, als er einen scharfen Rippenstoß verspürte, der ihn aus seinen Träumereien holte. Es war Hal.

»Sieh nur. Da drüben.« Hal deutete auf einen offenen Wagen, der – aus der Entfernung betrachtet – Fässer zu transportieren schien, die in zwei Lagen gestapelt waren. »Ich wette mit dir um ein Jagdmesser, daß sie es mit dem Wagen nicht schaffen.« Caspar antwortete nicht. Aus langjähriger

Erfahrung hatte er gelernt, Wetten mit seinem Onkel zu meiden.

Hal war Branwolfs weit jüngerer Bruder, eigentlich sein Halbbruder. Ihr Vater, Baron Brungard, hatte spät in seinem Leben noch einmal geheiratet, und Hal war zwanzig Jahre nach seinem Bruder geboren, nur drei Jahre vor Caspar. Nach dem Tod ihres Vaters hatte Lord Branwolf Hal mit seinem Sohn zusammen aufgezogen, und da sie altersmäßig so nah beieinander waren, behandelte er seinen jungen Halbbruder, als wäre er sein ältester Sohn. Nach Gesetz und Geburtsrecht jedoch stand Caspar höher als Hal und würde eines Tages alles erben: die Baronie, Torra Alta und die Macht, die mit dieser Festung einherging. Hal war ein Onkel, der wie ein älterer Bruder behandelt wurde: Es war eine Verbindung, die beide Jungen seltsam fanden.

Gemeinsam – Reißers graue Schnauze zwischen ihnen – beobachteten sie, wie der Wagen den Weg anging. Andere Karren wurden am Fuß der Klippen entladen. Mehl, Getreide, Futter für die Tiere auf der Burg, wurden in Säcken auf die Rücken der Esel geworfen. Seile hielten die Tiere zusammen, und dann stiegen sie – angetrieben von einem kleinen Mann mit harter Stimme und hartem Stock – zur Burg hinauf. Ungeeignet für den Eseltreck waren: die hölzernen Käfige mit Legehennen, die vor Aufregung über ihre Reise kreischten, Bierfässer, Paletten von Pökelfleisch, das in Tuch gewickelt war, Bündel von Schößlingen, Kästen voller Pfeilspitzen für den Pfeilmacher, Streitäxte, Kettenhemden und Teerfässer. Dieses Belagerungsmaterial und Kriegsgerät blieb auf der Reise nach oben auf den Wagen.

Die beiden Jungen hatten einen guten Aussichtspunkt auf der Burgmauer, gleich neben der Wache. Ohne Furcht vor der schwindelnden Höhe beugten sie sich über die Zinnen, streckten sich, um einen guten Blick auf die winzige Szenerie weit unter sich zu werfen. Caspar drückte seine Zehen an die feste Mauer, um sein Gleichgewicht zu halten, als er sich lang machte, um nach der halbfertigen Kathedrale weit unten zu sehen. Die Arbeiten an dem heiligen Bau waren abgebrochen worden, als die Nachricht von der vaalakischen Gefahr kam. Es war das erste Mal in seinem Leben, daß Caspar nicht sehen konnte, wie Maurer ameisengleich über die Mauern liefen, um die Wasserspeier und heiligen Symbole herauszumeißeln. Die Wasserspeier gefielen ihm.

Neckend stieß Hal seinen gefährlich balancierenden Neffen an, und der Jüngere schwang sich herab und schnitt seinem grinsenden Gefährten eine Grimasse. Keiner von beiden fürchtete die Höhe. Da sie auf der Burg geboren und aufgewachsen waren, erschien ihnen der Abgrund so normal wie einem Adler sein schwankender Horst. Oft träumte Caspar, er sei ein Raubvogel und könne sich vom höchsten Turm aus in den Himmel schwingen. In all den Jahren hatten sie sich oft genug schon amüsiert, wenn einem Fremden bei der Höhe schwindlig wurde.

Caspar deutete auf ein Straßenstück weit unten. »Da ist dein Wagen.«

Er kam hinter einem Fels hervor, mit zwei zusätzlichen Pferden im Gespann, die Köpfe tief, da sie sich in ihr Kummet gegen das Gewicht der Last stemmten. Der Wagen saß auf seinen vier Rädern, die so hoch waren wie der Wagen selbst. Die Scheiben der Naben, welche auf Schulterhöhe herausragten, sahen wie Mühlsteine aus. Der riesige Durchmesser der Räder machte es dem schwerfälligen Gefährt leichter, über groben Grund zu rollen; trotzdem blieben sie, während sie über die Steine klapperten, oft genug an einem Felsen oder in einer ausgewetzten Furche hängen. Warnendes Rufen von mehreren Stimmen und das schreckliche Knarren von Holz, das heftig unter Druck stand, teilte

Caspar und Hal mit, daß den Wagen ein solches Schicksal ereilt hatte. Der Kutscher ließ seine Peitsche über den Pferdeköpfen knallen, und an jedem Rad packte ein Mann die Felge und stemmte sein ganzes Gewicht in dem Versuch hinein, das Rad von Menschenhand zu bewegen. Mit einem Ruck krachte das Gefährt vom Hindernis und rumpelte voran.

»Meine Wette gilt noch immer«, sagte Hal.

»He! Ich habe mich nie auf eine Wette eingelassen«, protestierte Caspar.

»Lieber Neffe, wo ist dein Sinn für Abenteuer geblieben?« spottete Hal. »Natürlich, ich habe vergessen, daß du noch ein Kind und nicht alt genug zum Wetten bist.« Den ironischen Worten war durch Hals breites Lächeln die Schärfe genommen, und sie sollten eher necken als verletzen. Dennoch nagten sie an Caspar, der verzweifelt versuchte, sich eine schlagfertige Erwiderung einfallen zu lassen – was ihm wie stets nicht so recht gelingen wollte. Er wußte, daß Hal ihn nur mit einem seiner alten Tricks ködern wollte. Caspar haßte es, »Neffe« genannt zu werden, und war als kleiner Junge stets in Wut geraten, wenn Hal ihn damit geärgert hatte. Doch seitdem hatte er gelernt, daß er weniger Auseinandersetzungen mit dem älteren Jungen verlor, wenn er seinen Zorn zügelte und seine Würde wahrte.

»Was glaubst du eigentlich, was in diesen Fässern ist?« fragte er ruhig mit Blick auf den Wagen unter ihnen.

»Ich für mein Teil hoffe, daß es Bier ist … oder sogar caldeanischer Wein«, gab Hal mit einer Stimme zurück, die etwas tiefer als sein üblicher Tonfall war. »Anderenfalls bleibt uns nur das abgekochte Brunnenwasser.«

Caspar stöhnte innerlich. Er hätte sich denken können, daß Hal in einer jener Launen war, die in letzter Zeit nur allzu häufig vorkamen. Ständig versuchte er, sich als erwachsener Mann zu beweisen, und Caspar wünschte nur, er würde sich beeilen und aus dieser Phase möglichst bald herauswachsen.

»Das Brunnenwasser ist ganz in Ordnung.«

»Drachenpisse!« höhnte Hal.

Caspar gab es auf. Die bevorstehende Schlacht machte Hal offenbar noch schwieriger als sonst.

Die Quelle befand sich im tiefsten Keller des Hauptturms, welcher über dem Eingang zur alten Drachenhöhle errichtet worden war. Die Öffnung war versiegelt worden, bis auf den scheinbar bodenlosen Brunnen, der sich in die Höhlen und Labyrinthe von Tunneln erstreckte, die sich durch das Innerste von Torra Alta bohrten. Ein Seil – so dick wie Caspars Handgelenk – wurde von einer Winde durch ein System von Flaschenzügen geführt. An diesem Seil hing eine ganze Reihe von Eimern, die Wasser aus den unterirdischen Strömen im Bauch des Felsenturms förderten. Das Wasser roch faulig, und gelblicher Dampf stieg von den Eimern auf, wenn sie aus der Grube heraufgezogen wurden, doch kochte man das Wasser in Bottichen und siebte es durch reinigende Kohle, um die Schwefelgifte zu entfernen.

Plötzlich drang die klare Stimme des Barons vom Burghof herauf: »Hierher!«

Schuldbewußt fuhr Caspar herum und ließ sich hinter die niedrige Mauer der Zinnen fallen. Einen Moment lang dachte er, man hätte ihn entdeckt und sein Vater riefe ihn, weil er beim Entladen helfen sollte.

»Hierher mit dem Mehl«, rief Baron Branwolf, und Caspar seufzte erleichtert, als er merkte, daß sein Vater dem Eseltreiber winkte, der durchs Tor kam. Der Mann zerrte seine traurigen Tiere zum Baron hinüber, wobei er aus einem geplatzten Mehlsack eine dünne, pudrige Spur auf das Kopfsteinpflaster streute. Der Baron stand da, die Beine breit, die Hände an den Hüften, und sah – wie stets – zu allem bereit aus. Er war ein lebhafter Mann von kräftiger Statur, ohne jedes Fett, mit denselben, scharf geschnittenen Zügen, dem rabenschwarzen Haar und den olivgrünen Augen seines jüngeren Bruders, auch wenn Hal um einige Zentimeter kleiner und seine Brust noch nicht so breit war.

»Wie viele Touren kannst du vor Sonnenuntergang noch schaffen?« fragte Branwolf den Eseltreiber, als dieser näherkam.

»Nun, Mylord, nicht daß ich es nicht versuchen wollte, aber die Tiere werden müde.« Der kleine Mann wischte mit dem Ärmel über seine Stirn. »Aye, müde mögen sie zwar sein, aber sofern das Tageslicht es noch erlaubt, Herr, könnte ich vielleicht noch zwei Wege aus ihnen herausbekommen, vielleicht drei ... ja, drei, wenn die Packen kleiner sind. Diese schweren Ladungen fallen ihnen nicht leicht, Herr, das mögen sie nicht.«

»Ja, ja.« Branwolf klang, als versuchte er, seine Ungeduld zu verbergen, doch dann ließ er sich erweichen. »Also gut, dann laß uns in Bewegung bleiben. Ich gehe dir zur Hand.« Der Baron schob seine Ärmel hoch, legte Sehnen und Muskeln an den Unterarmen frei, und hievte einen Mehlsack vom vordersten Esel. »Wir haben keine Zeit zu verlieren, Treiber.«

»Nein, Herr, das hat man mir gesagt.« Einen Moment lang lehnte sich der Eseltreiber an die Flanke eines der Tiere und schnappte nach Luft. »Und einer der Fuhrmänner auch, Herr, er hat mir eine schreckliche Geschichte erzählt. Er war oben im Norden gewesen, keine zehn Wegstunden hinter der Schlucht, um Kiefernholz zu holen, und er schwor, er würde nie mehr dorthin fahren, nicht um Holz zu holen und auch nicht für Gold, sagte er.« Der Eseltreiber zerrte noch einen Mehlsack vom Esel und ließ ihn zu Boden gleiten. »Er hat

Schatten im Keilerwald gesehen. Jawohl, Mylord, und Geschichten von seltsamen Tieren gehört, die dort herumstreunen. Böse Tiere.«

»Pah!« Branwolf winkte ab. »Nur Wilde, sicher nur Spione. Mit denen müssen wir rechnen. Sie kleiden sich in Tierkadaver.« Er ächzte unter dem Gewicht eines Mehlsacks. »Eine kleine Bande von Heiden muß man nicht fürchten – ungeübte Krieger, keine Gegner für Männer aus Belbidia. Um die mußt du dir keine Sorgen machen, Treiber. Morbaks Armee, die Haupttruppen, für die müssen wir bereit sein.«

»Diese Armee, wie Ihr sagt, Herr, ist sie schon nah?«

»Uns bleiben noch ein paar Wochen.« Die Stimme des Barons klang beschwichtigend. »Meine Spione sagen mir, daß sich seine Haupttruppen noch weit entfernt in der Drachenwüste befinden. Nur muß unsere Festung zu Beginn des Nebelmondes voll mit Proviant ausgerüstet und gegen die Belagerung gesichert sein, nicht später. Selbst im Monat des Wolfsmondes dürfte es schwierig werden, die Wagen den gefrorenen Weg heraufzubekommen ...« Er warf einen Blick zur Straße hin.

Schlechtes Gewissen machte sich in Caspar breit.

»Meinst du nicht, wir sollten lieber wieder mithelfen?« fragte er Hal.

»Den ganzen Tag haben wir schon Kisten und Säcke geschleppt«, knurrte der ältere Junge. »Fünf Minuten noch, dann gehen wir wieder nach unten.«

Caspar sah, wie sein Vater zum Hauptmann der Garnison hinüberging, der die Ladung eines Wagens prüfte, welcher unter den Zähnen des Fallgatters hielt. Augenblicklich erklomm Baron Branwolf den Wagen und begann, Kisten herunterzureichen. Caspar kam in den Sinn, daß sein Vater seit vier Tagen nichts anderes getan hatte, als Säcke zu entladen oder in die Lagerräume zu schleppen, und daß er dabei härter als jeder Soldat oder Diener innerhalb der Mauern von Torra Alta arbeitete.

Ein schriller Schrei von unten her drang durch den Lärm in der Burg. Hal beugte sich noch immer über die Zinnen.

»Es ist der Wagen. Da drüben auf der Rutschbahn.« Hals Stimme klang drängend. Schon sprang er von der Mauer und stürmte über das Pflaster des Hofes zu den Lagerräumen, und Reißers lange Beine rannten neben ihm, als die Stimme des Barons zu hören war: »Ein Seil!«

Hal zeigte seinem älteren Bruder mit einer Handbewegung, daß er verstanden hatte, und verschwand durch die nächstgelegene Tür.

»Ihr vier ...«, Branwolf deutete auf eine Gruppe von der Garnison, »... folgt mir.« Er stieß weitere Befehle aus, während er zu den Toren lief.

Caspar zögerte einen Moment, wußte nicht, ob er Hal nachlaufen oder direkt zu seinem Vater rennen sollte. Schon hastete Hal mit einem Seil um seine Schulter durch das Tor, gefolgt von einem Dutzend Männern aus dem Wachraum, und stolperte fast über den aufgeregten Hund, der ihm vor den Füßen herumlief. Caspar stürmte ihnen nach. Als sie beim Wagen waren, hatte Hal bereits das Seil um die Vorderachse gebunden, und der Baron teilte die Männer ein, an Rädern, Seil und Geschirr zu ziehen, um das wankende Gefährt zu retten. Es schwankte auf der steilen Steigung des Weges. Es schien, als hätte es der Kutscher auf diesem Teil der Strecke allzu eilig gehabt und sich darauf verlassen, daß ihn der Schwung hinüberbringen würde, doch hatten die Pferde auf halbem Wege keine Kraft mehr gehabt und rangen nun darum, zu verhindern, daß das Gewicht des beladenen Wagens sie rückwärts in die Tiefe zog.

Die Männer rempelten einander an, um Platz um die Räder und die Gurte des Geschirrs zu bekommen. Caspar fand Platz bei einer braunen Stute auf der Felsenseite und drehte seinen Unterarm ins Leder, um es fest in den Griff zu bekommen. Das Fell des Pferdes war verfilzt und dunkel von Schweiß, die Muskeln bebten vor Anstrengung. Dem Wagen zugewandt, einen Fuß gegen die Felswand gestemmt, lehnte sich der Junge zurück und zog mit aller Kraft. Doch der Wagen rutschte noch immer, und Hufe scharrten im verzweifelten Kampf um Halt über den Stein. Beißender Gestank stieg von den Bremsen auf, da diese über die eisernen Radränder schleiften.

»Du, Soldat«, rief Branwolf. »Geh hinter dem Rad weg. Wenn es zurückrollt, ist dein Fuß ab.« Der Mann sprang zur Seite und suchte sich eine andere Stelle.

»Auf drei ziehen wir alle gleichzeitig«, kommandierte der Baron. »Sucht euch festen Stand. Fertig? Eins, zwei …« Seine Worte wurden vom Knallen der Peitsche fortgerissen, als der schmächtige Kutscher nach den Pferden schlug.

»Ganz ruhig, Kamerad. Alles zu seiner Zeit«, rief der Baron über das aufgeregte Bellen des Hundes hinweg. »Warte, bis ich bis drei gezählt habe.«

»Wir werden über die Klippe rollen.« Die Stimme des Kutschers war dünn und kaum zu hören. Seine Augen stierten ins ferne Tal hinab, die Augenlider wie erfroren. Gräuliche Farbe trübte das Glühen seiner weichen Wangen, und die Lippen waren vor Angst ganz trocken.

»Du hast den Aufstieg nach Torra Alta noch nie gemacht, was?« fragte Branwolf und gab sich Mühe, den jungen Mann zu beruhigen.

Die Lippen des Mannes formten das Wort »nein«, doch kam kein Ton heraus.

»Sieh nicht hinab. Denk nur daran, was du zu tun hast«, drängte der Baron. »Konzentriere dich auf die vorderen Pferde.«

Der Junge sprach leise. »Mein Vater war krank. Ich habe gesagt, ich würde den Wagen für ihn fahren. Ich wußte nicht, daß es so werden würde.« Er konnte den Blick nicht von dem steilen Hang abwenden, und seine Stimme erstarb.

»Er ist ganz starr«, sagte der Baron ausdruckslos.

Hal stieg auf die Nabe eines der großen Räder und schwang sich neben den jungen Kutscher.

»Ist schon in Ordnung. Bei dieser Höhe geht es vielen so.« Hals großmütige Haltung überraschte seinen jungen, braunhaarigen Neffen: Nur selten ließ sich der dunkle Junge eine Gelegenheit zu sticheln entgehen. »Gib mir die Zügel. Wir müssen diese Pferde in Bewegung bringen.«

Hal war gezwungen, Peitsche und Zügel den verkrampften Fäusten des Mannes zu entreißen.

»Gut, ich bin soweit«, verkündete er.

Baron Branwolf versuchte es erneut: »Eins, zwei, drei, *zieht*!«

Bei »drei« holte Caspar tief Luft, und bei »zieht« atmete er scharf aus, stieß einen Schrei hervor, als er gegen die Felswand trat. Ähnliches Stöhnen kam von allen Männern um den Wagen, bis auf Hals erregtes »Los!«. Es ersetzte seine Unfähigkeit, die Peitsche knallen zu lassen. Er hatte sie wohl mit ausreichend Kraft nach vorn geworfen, und das Leder pfiff, als es durch die Luft schnitt, doch war ihm die Handbewegung nicht gelungen, welche die Peitsche hätte spannen sollen. Das erwartete Knallen wurde ein bloßer Seufzer, doch die Pferde reagierten, und der Wagen machte einen Satz von einem halben Meter.

»Wartet, Männer. Ruhen wir uns einen Moment aus«, rief der Baron.

Der mächtige Bauch der Stute blähte sich wie ein Blasebalg beim Schmied.

»Zieht!« rief der Baron erneut. Doch diesmal rückte der Wagen nur eine Handbreit vor, bis er wieder stand.

»Und noch mal, Männer. Eins, zwei, drei, *zieht*!«

Caspar spürte, wie sich die Gelenke in seinen Schultern und Armen streckten, und er schien die Kraft in seinen Händen zu verlieren. Er starrte seine weißen Finger an und konzentrierte sich darauf, die Knöchel fest um den Ledergurt zu schließen.

»Wir sitzen an einem Stein fest«, rief ein Soldat neben einem der Räder.

»Gebt etwas nach und laßt ihn ein Stück zurück. Nehmen wir noch mal Anlauf«, befahl Branwolf.

Der Wagen knarrte auf seinen Achsen, als der Druck nachließ. Caspar nutzte die Gelegenheit, den Schweiß von seinen Handflächen zu wischen und seine Finger zu entspannen, um wieder Kraft zu sammeln.

Beim nächsten Zählen brachte Hal ein ohrenbetäubendes Knallen mit der Peitsche zustande. Sie schlug über den breiten Rücken des führenden Pferdes, und ein paar rote Tropfen spritzten daraus hervor. Das Tier schrie auf, und da der Wagen noch immer am Stein festsaß, geriet das große Pferd in Panik. Da es nicht fortlaufen konnte, stampfte es auf den Boden; Funken flogen von seinen eisenbeschlagenen Hufen, als diese an den Fels schlugen, und es trat nach hinten aus, versuchte verzweifelt, sich von seiner Last zu befreien. Der Baron packte sein Zaumzeug, riß den Kopf herunter, um das Tier zu beruhigen, und plötzlich befreiten sie sich von dem hinderlichen Stein und schafften wieder einen halben Meter.

»Nicht zu fest!« warnte der Baron.

Hal knurrte zustimmend, und sein Gesicht war angespannt. Er warf einen kurzen Blick auf das aschfahle Gesicht des jungen Mannes neben sich.

»Es ist gar nicht so einfach, wie es aussieht ... eine Peitsche zu benutzen«, sagte Hal und machte eine Geste mit dem Lederstachel. Der Mann schien ihn nicht zu hören.

Beim dritten Versuch kam der Wagen auf ein ebeneres Wegstück und fuhr ein Stück vor. Caspar fiel rückwärts und rollte zur Seite, sah gerade noch, wie die Räder an seiner Schulter vorüberrollten. Als er wieder auf die Beine kam, rumpelte der Wagen schon davon, und die Hufe der sechs schweren Pferde stampften unisono. Der langbeinige Jagdhund knurrte die Räder des Wagens an, brachte Soldaten zum Stolpern, als er in seiner Aufregung hin und her lief. Caspar hielt inne, um nach Luft zu schnappen, dann hetzte er ihnen nach.

Schwer atmend und bei weitem nicht mehr so schnell trottete Caspar auf den Burghof und sah gerade noch, wie Hal vom Kutschersitz aufstand und fest an den Zügeln zog, um sein Gleichgewicht zu finden. Er sah aus, als hätte er eben ein Wagenrennen gewonnen, johlte vor Freude und schlug mit seinem freien Arm ins Leere. Die Pferde standen unerschütterlich, mit weiß schäumendem Schweiß an Schultern und Flanken. Schließlich setzte sich Hal und sah zufrieden aus. Schweigend stieg der junge Mann neben ihm ab und sah dabei fast so schlimm wie auf der Straße aus. Caspar hatte Mitleid mit dem Kutscher, ging zu ihm, wollte irgend etwas sagen, doch war sein Vater vor ihm da.

»Keine Sorge, Junge. Es ist nicht das erste Mal, daß jemandem die Höhe zu schaffen macht.«

»Es tut mir leid, Herr, ich fühle mich wie ein Idiot«, murmelte der Kutscher, unfähig, dem großen Mann mit dem rabenschwarzen Haar ins Gesicht zu sehen.

»Vergiß es. Geh nur und kümmere dich um deine Pferde.« Der Baron lächelte freundlich und wandte sich dann seinem Sohn Caspar zu. »Und, Spar, langsam wird es Zeit, daß du mit Hal wieder an die Arbeit gehst. Hol ihn da runter und fangt an, die Fässer abzuladen.« Verzweifelt sah Branwolf zu Hals träumerischer Miene auf.

Später am selben Tag, als die pralle Kugel der Sonne den zerklüfteten Gipfeln im Westen entgegensank und ihr Blut am Himmel vergoß, war der Boden der Schlucht bereits vom schwarzen Mantel der Nacht umhüllt. An der Zitadelle von Torra Alta fingen sich die letzten rotgoldenen Strahlen und blitzten wie ein bronzener Schild, wo die Abendsonne von den Basaltmauern reflektiert wurde.

Mitten auf dem Burghof war ein glatter, runder Stein ins Pflaster eingelassen, umrandet von einem Ring aus heidnischen Runen. Die einst deutlich erkennbaren Zeichen waren kaum noch zu sehen, im Laufe der Jahrhunderte von zahllosen Füßen abgewetzt. Caspar stand mitten auf dem Herzstein und hob seine müden Arme, um die letzten Tropfen Wärme dieses Tages aufzufangen.

»Kannst du den Zauber nicht spüren, die uralte Kraft genau an dieser Stelle?« fragte er staunend.

»Nein, kann ich nicht. Komm schon, Spar, wir sind spät dran«, gab Hal zurück.

Caspar rührte sich nicht. Es schien ihm, als sei die Nacht von unten her heraufgekrochen, heimlich wie ein schwarzer Panther über die Mauern geschlichen, geduckt auf der Pirsch.

»Begreifst du es nicht, Hal? Genau hier auf diesem Stein … es ist wie ein Tor zwischen Tag und Nacht.«

»Es ist nur ein Herzstein, Spar. Unsere Vorfahren haben ihn angebetet, aber er ist heidnisch. Sie waren Wilde«, erklärte Hal.

»Es ist nicht nur ein Stein«, widersprach Caspar. »Vor mir ist der Himmel rot, es ist Tag, aber hinter mir«, er wandte sich um und deutete nach Osten, »ist schwarze Nacht. Hier, wo ich stehe, herrscht Zwielicht. Die Sonne trifft meinen Kopf, mein Gesicht, meine Arme ... die sind im Licht, aber meine Füße stehen im Schatten der Nacht. Genau hier ist die Dämmerung.«

»Glaub mir, Neffe, du wirst nicht sonderlich viele Bräute für dich interessieren, wenn du so redest ... ob du nun der Sohn eines Barons bist oder nicht. Sonnenuntergang, ich bitte dich!«

Caspar ignorierte ihn. Es machte nichts, daß Hal den Zauber von Ort und Zeit nicht spüren konnte. *Er* konnte es, und es schien, als würden seine Gedanken dadurch konzentriert. Als sich die Sonne zur Ruhe begab, war der Himmel eine Mischung aus geheimnisvollen Farben, vom Schwarz in seinem Rücken über das Dunkelrot und Violett ganz oben, welches zur Farbe von Perlen und hellem Lachsrosa überging, bis es schließlich zu Blutrot, brennendem Orange und Gold im Westen wurde. In diesem einen Augenblick, in dem der Tag der Nacht begegnete, stand die Welt still, hielt den Atem an, wie zu Ehren des Alten Gottes, betrauerte den Herrn des Himmels in seinem prachtvollen Todeskampf.

Der klare Ton einer Glocke zerschlug den Augenblick, hallte von den Wänden der Schlucht wider, lärmend und scharf in der kühlen Luft des Abends. Hal wurde ungeduldig.

»Hör auf zu träumen. Es ist Abendandacht.«

»Ich weiß, ich weiß«, erwiderte der Jüngere, doch noch immer starrten seine saphirblauen Augen umnebelt in den Sonnenuntergang. »Ich dachte nur, wie schön das alles ist. Unser Land. Unsere Festung.«

»Deine vielleicht, meine nicht«, gab Hal zurück, was Bitterkeit hätte sein können, doch eher Sachlichkeit war. »Du bist derjenige, der eines Tages alles erben wird.«

»Nein, es ist unser Torra Alta«, sagte Caspar entschlossen. »Es war von jeher ebenso deine Heimat wie auch meine.«

»Ich weiß. Nur manchmal kommt es mir seltsam vor, daß man uns wie Brüder aufgezogen hat. Ich habe wirklich das Gefühl, als wäre ich dein Bruder, dein älterer Bruder, und doch bist du derjenige, der eines Tages Baron sein wird.«

Da er nicht wußte, was er auf Hals ungewohnte Offenheit erwidern sollte, ließ Caspar den Kopf sinken, um dem Blick seines Onkels auszuweichen, und strich mit dem Fuß über die fremden, undeutlichen Runen.

Wieder rief die Glocke.

»Komm schon. Der Kaplan wird ärgerlich, wenn wir zu spät dran sind, und wir sollten für die Sicherheit unseres Torra Alta beten.« Hal betonte das »unser« und lächelte seinen Gefährten mit einiger Resignation an.

Pater Gwion und Dunnock, sein Kurat, nickten den beiden Jungen kühlen Blickes zu, als sie in den hinteren Teil der Kapelle schlichen. Ihre Verspätung war nicht unbemerkt geblieben. Dunnock war eben von der Nordgrenze der Baronie heimgekehrt. Er war der einzige Priester, der die gute Nachricht des Einen Wahren Gottes so weit nördlich zu den einfachen Waldmenschen des Keilerwaldes brachte.

»Lieber Herr, schütze uns vor den Götzenanbetern, die unser Land schänden wollen.« Die Stimme des Kaplans klang feierlich.

»Allmächtiger Vater, hilf, die Heiden aus unserer Baronie zu vertreiben«, stimmte Dunnock leidenschaftlich an.

Caspar neigte seinen Kopf und betete inbrünstig.

KAPITEL 2

Öffnet die Fallgitter, im Namen des Königs.« Die Stimme kam unter einem stolzen Federbusch hervor, der aus einem bronzenen Helm sproß. Ungeduldig saß der Bote auf seinem herausgeputzten Roß, das heftig schnaufte, vom Anstieg schwer gefordert. Nervös warf es den Kopf hin und her, und die zahlreichen Troddeln, die von seinem Zaumzeug hingen, flogen wie der Rock einer sich drehenden Tänzerin umher.

Caspar wischte den klebrigen Schlaf aus seinen Augenwinkeln und schob sich in den schmalen Spalt des Fensters seiner Kammer, um sich den Mann näher anzusehen. Die Fallgitter waren für die Nacht noch immer unten, und matt hing der Nebel im Tal. Noch einmal rief der aufgebrachte Bote nach dem Wachmann:

»Hebt die Fallgitter. Ich muß augenblicklich mit Baron Branwolf sprechen.«

Ein Kreischen von Metall auf Metall und das rhythmische Klirren einer Kette, die über die Zahnräder einer Winde lief, dann hoben sich die Gitter mit einem Knarren und zeigten ihre Zähne. Der Baron war noch dabei, den Gürtel anzulegen, als er schon zielstrebig über den freien Burghof schritt. Caspar, der keine Neuigkeit versäumen wollte, rang damit, seinen Arm durch einen Ärmel zu bekommen, und fummelte an den Schnüren seiner Hosen aus Kalbsleder herum. Als er durch die Tür stürmte, stieß er fast mit Hal zusammen, der noch immer mit den Daumen an einem kniehohen Stiefel zerrte, da er zu ungeduldig gewesen war, die Senkel zu lösen. Gemeinsam rannten sie auf den Burghof hinaus, und ihre Ledersohlen tappten über die runden Steine. Abrupt blieben die beiden Jungen stehen, in fast respektvollem Abstand zu Branwolf, und lauschten gespannt.

Der Baron warf ihnen mit seinen olivgrünen Augen einen finsteren Blick zu. Dieser Blick – das wußte Caspar – war als Warnung gedacht, daß sie respektvolleren Abstand wahren sollten, während sein Vater wichtige Nachricht vom Boten des Königs erhielt, aber Caspars Neugier war zu übermächtig, als daß er sich einem bloßen Blick gefügt hätte. Auch Hal rührte sich starrsinnig nicht von der Stelle.

»Mylord, ich überbringe Grüße von der Königlichen Grenztruppe«, verkündete der Bote förmlich, als er gewandt von seinem schweißgebadeten Pferd stieg. Er strich den gelbrot-schwarzen Heroldsrock glatt, dann neigte er den Kopf zu einem flüchtigen Gruß. Sein Verhalten, wenn auch höflich, zeugte in keiner Weise von dem Respekt, der einem Hohen Baron von Belbidia zustand. Im Schutz der königlichen Farben seines Rockes fühlte sich der Mann ganz offenbar dazu angetan, die arrogante Haltung des Königshofes an den Tag zu legen.

Branwolf wandte sich dem Boten zu. Caspar verbarg sein Lächeln, als der Diener des Königs sichtlich unter dem gebieterischen Blick des Barons welkte.

Dann sah der Bote plötzlich ernster aus. »Lord Branwolf, Morbak nähert sich schnell, und die vaalakischen Stämme sammeln sich im Ödland der Drachenwüste, wo einst die Eisbäche flossen und sich zu einem großen Fluß sammelten. Wir haben Nachricht von feindlichen Spionen, die sowohl den Verlauf des Silberflusses als auch die westlichen Wälder erkunden, welche an Eure Ländereien grenzen …« Er hielt inne, um seinen Worten Gewicht zu verleihen. »Der Feind könnte schon zum Mittwinterfest hier sein.«

Branwolfs Miene verfinsterte sich. »Vor dem Ende des Wolfsmondes, bei Gott!« Er kaute an seiner Unterlippe und neigte den Kopf leicht von einer Seite zur anderen, als kalkulierte er die Transporte, die in der ihm verfügbaren Zeit noch möglich waren. Vor nicht langer Zeit hatte König Rewik viele Vorräte der Burg für seine Kriege gegen die Heiden im Heiligen Land gebraucht. Noch waren sie kaum wieder aufgefüllt und ganz sicher nicht bereit für eine Invasion.

Keine zwei Monate mehr, dachte Caspar, dann gibt es Krieg!

»Wenn ihr beiden schon dasteht und gafft, könnt ihr euch ebenso nützlich machen.« Wieder wandte sich Branwolf den Jungen zu. »Hal, geh und hol den Hauptmann. Sag ihm, er soll seine Karten mitbringen. Spar, hol mir ein Stück Pergament und eine Feder.«

Caspar fand seinen Vater und die anderen im Wachturm wieder, um einen leeren Tisch, auf welchen er das Pergament legte. Der Hauptmann breitete die aufgerollten Karten aus und beschwerte sie mit zwei leeren Bierkrügen. Seine schlichte, beschlagene Halsberge verschwand unter einem schweren Bärenfell, das er sich als Umhang um seine breiten Schultern gelegt hatte, um die kühle Morgenluft von sich zu halten. Seine struppigen Augenbrauen trafen sich über einer Hakennase und verliehen ihm ein wildes, hungriges Äußeres, als er den Boten aufmerksam betrachtete. Wie die meisten Menschen war der Bote des Königs eingeschüchtert.

Ein Soldat brachte einen Krug mit Bier und stellte ihn direkt vor dem Boten ab, der gierig daraus trank. Caspar öffnete ein Faß mit dunkelroter Tinte und stellte es in Reichweite seines Vaters neben zwei Federn ab, seinen eigenen, wenig pfleglich behandelten, von denen er hoffte, daß sie keinen Kommentar hervorriefen und keine Schwierigkeiten im Gebrauch.

»Wie viele sind es jetzt? Wißt Ihr um die Größe von Morbaks Armee?« wollte der Baron wissen.

»Es herrscht einiger Zweifel, was ihre Zahl angeht«, erwiderte der Bote und wischte den Schaum aus seinem Stoppelbart, der in den schweren Wochen in der Drachenwüste gewachsen war. »Sie haben sich in zwei Kontingente aufgeteilt. Wir schätzen die Armee, die sich dem Westen der Sommerflüsse nähert, auf zwischen siebzig- und achtzigtausend. Der andere Teil seiner Streitmacht dürfte vierzig- bis fünfzigtausend Mann stark sein. Diese sind auf dem Weg gen Süden an den Sommerflüssen entlang und scheren dann östlich zur Quelle des Silberflusses und dem Eingang zum Paß aus.« Als staunte er selbst über den Ernst der Information, die er preisgab, sah sich der Bote untypischerweise zur Kürze genötigt.

Während des folgenden Schweigens zählten alle im Raum die Zahlen zusammen und wurden sich darüber klar, daß die Streitmacht insgesamt einhundertzwanzigtausend Mann ausmachte.

»Gott steh uns bei«, murmelte Branwolf.

Der Bote des Königs fing sich und fuhr fort: »Nur ist es ein zerlumpter Haufen mit Stöcken, Spießen, selbst Mistgabeln. Wenige haben Äxte, aber alle tragen Messer bei sich. Diebeswaffen, wenn Ihr mich fragt ... ich meine, kein Soldat, der etwas auf sich hält, kämpft mit einem Messer. Hyänen würde ich sie nennen ... aasfressender Abschaum.«

»Bote, ein dummer Soldat würde nicht wagen, eine solche Armee an Torra Alta vorbeizuführen«, spottete der Hauptmann mit ernster Miene.

Den Boten schien der Hohn des Hauptmanns nicht zu treffen. »Mein Hauptmann glaubt, daß Morbak eine Abteilung direkt durch die Mitte der Drachenwüste zum Eingang des Passes schickt. Sie nehmen den kurzen Weg, weil sie mächtige Belagerungsmaschinen mit sich führen.«

»Und die größere Abteilung?« fragte Baron Branwolf,

während er eine grobe Karte der Gegend im Norden zeichnete. Er schrieb einige Zahlen am Eingang zum Paß zwischen den Gipfeln der Gelben Berge auf, dazu einen großen Pfeil neben die Zahlen, der nach Torra Alta zeigte.

»Mein Hauptmann glaubt, daß der Großteil der Armee die längere, aber leichtere Route entlang der Küste westlich der Sommerflüsse nimmt und dann östlich zum Keilerwald einschert, am nördlichen Vorgebirge der Gelben Berge entlang, wo er zur anderen Hälfte der Armee mit den Belagerungsmaschinen stößt.« Wiederum verlor der Bote beinahe die Fassung und wurde leidenschaftlich. »Es ist ein grauenvoller Anblick, Mylord! Dieses Ungeheuer Morbak auf seinem teuflischen Troll tötet seine eigenen Leute, um die Armee voranzutreiben. Tötet ihre Frauen und Kinder, wenn diese sie aufhalten. Bei Gott, sogar ihre hilflosen Kinder. Die Hölle ist noch zu gut für diese Barbaren. Gott helfe uns, Morbak ist wie der Teufel in Person.«

»Seid vernünftig, Mann. Er ist nicht der Teufel.« Branwolf war über diesen Gefühlsausbruch verärgert.

»Nein, Mylord, Ihr habt sie nicht gesehen.« Es war dem Boten ernst. »Diese Leute sind ein hungerndes, elendes, zerlumptes Volk, aber die Leichen der eigenen Toten zu essen … es ist ein Werk des Teufels. Wenigstens hat König Rewik den letzten Heiden aus unserem Land vertrieben.«

Caspar wurde etwas übel. Das Gesicht seines Vaters war rot vor Zorn, und er holte ein paarmal tief Luft, um sich zu fangen.

»Niemand in Belbidia hat jemals Vaal-Peor verehrt. Ihr könnt diese Barbaren nicht mit den alten Heiden von Belbidia vergleichen. Und jetzt sehen wir uns das mal an.« Er nahm eine der Karten des Hauptmanns, tippte zielstrebig darauf herum, dann folgte er der Linie der Sommerflüsse. Der Baron hatte seine Stimme unter Kontrolle, und seine

Worte klangen ruhig. »Eure Vorgesetzten glauben also, daß die westliche Armee der Vaalaker hier östlich zum Paß ausschert, wenn sie mit dem Keilerwald auf einer Höhe ist?«

»Das vermuten wir, Lord Branwolf. Seine Hauptarmee wird parallel zum nördlichen Vorgebirge der Gelben Berge marschieren«, erwiderte der Bote und fuhr mit seinem Finger auf der Karte von den Sommerflüssen an der Küste entlang, bis er den Eingang zum Paß erreichte. Er tippte darauf, um die Stelle zu zeigen. »Es sei denn natürlich, er beabsichtigt, in See zu stechen, doch das glauben wir nicht, denn warum sollte er sonst die andere Abteilung mit dem Belagerungsgerät aussenden?«

»Sir, es macht keinen Sinn«, ging der Hauptmann mit Nachdruck dazwischen. »Diese Belagerungsmaschinen: Morbak muß wissen, daß eine Belagerungsmaschine gegen Torra Alta wertlos ist. Es wäre unmöglich, sie den Felsenturm hinaufzuschleppen. Jeder Versuch, sie auch nur irgendwo in der Nähe der Mauern aufzustellen, muß scheitern. Warum also sollten diese Männer nutzloses Gerät durchs Ödland schleppen? Wenn er bereit ist, die Männer zu opfern … wieso hält er seine Armee dann nicht zusammen, treibt sie geschlossen gegen Torra Alta und greift an, bevor wir bereit sind? Er ist stärker, wenn seine ganze Armee beisammen ist. Morbaks beste Waffe ist die Größe seiner Armee. Sie aufzuteilen, macht keinen Sinn, Sir.«

Nachdenklich nickte der Baron ihm zu. »Weiter.«

»Was sollen diese vierzigtausend Mann, die den Eingang zum Paß direkt ansteuern, Morbak also nützen? Selbst diese Menge, Sir, wir würden sie endlos aufhalten, denn allem Anschein nach sind die räudigen Wiesel schlecht ausgerüstet. Keine Belagerungsmaschine kann nah genug heran, um die Mauern und Wehranlagen der Festung zu brechen. Nichts derartiges ließe sich den Felsenturm hinauf bewegen. Ihre einzige Chance bestünde darin, sich vorbeizuschleichen, und dann würden wir uns jeden einzeln von hier oben vornehmen. Es scheint, als müßte man nur nach ihnen spucken.«

»Das wissen sie«, gab Branwolf ihm recht. »Aber er ist schlau, dieser Halunke Morbak. Er schickt genügend Männer, um uns hier zu binden, nicht?« Der Baron schlug seine Faust fest auf den Eichentisch, daß Bier aus den Krügen spritzte. »Das ist es! Er will uns hier halten, damit er sich nur um den König kümmern muß. Er will uns hier mit einer Abteilung halten und dann nach Westen zum König hindurchstürmen. Die Belagerungsmaschinen sind nur ein Köder, der uns glauben machen soll, daß er den Weg für den Rest der Armee frei macht.«

»Westen, Sir?« Der Hauptmann klang erstaunt.

Caspar war zu gebannt vor Aufregung, daß er bei den Männern sein konnte, die damit beauftragt waren, die Schlacht zu planen, zu beschäftigt mit Ruhm und Strategie, als daß er die Verletzlichkeit seines Landes oder den Ernst ihrer Situation bedachte. Er hegte keinen Zweifel daran, daß sie heute, in diesem Raum, einen Plan schmieden würden, der Morbak niederringen sollte. Heimlich warf Caspar einen Blick auf Hal, dessen Ellbogen aufmerksam auf dem Eichentisch nach vorn geschoben waren, wobei er den leeren Bierkrug zwischen den Handflächen hin und her rollte. Er versucht auszusehen, als wüßte er alles, dachte Caspar und wandte seine Aufmerksamkeit wieder seinem Vater zu.

»Ja, Westen«, fuhr der Baron fort.

»Nein, das glauben wir nicht.« Der Bote schüttelte den Kopf. »Er hat keine Schiffe. Die vaalakische Küste ist seit Jahren zugefroren, und er ist nicht dafür ausgerüstet, in See zu stechen.«

»Das habe ich auch nicht gesagt«, korrigierte der Baron den Boten des Königs. »Es ist ihm unmöglich, das Meer zu überqueren. Er schickt vierzigtausend Mann, um mich hier in Torra Alta festzuhalten, damit ich den Paß verteidige, und er schickt die Belagerungsmaschinen nur, damit wir glauben, daß sich der Rest der Armee gen Osten dem Paß zuwendet. Morbak vermutet, daß mir König Rewik seine Verstärkung schickt, während er in Wahrheit plant, seine Männer hier durchzutreiben.« Wütend deutete Branwolf auf die Karte, und sein Finger markierte den äußersten westlichen Rand der Gelben Berge. »Er wird hier eindringen, während wir machtlos hier in Torra Alta gefangen sind. Hilflos. Verdammt hilflos, das sind wir.«

»Niemals, Sir. Nicht meine Männer«, wandte der Hauptmann ein. »Und die anderen Belbidianer auch nicht. Aber Morbak wird, mh ... nun, mindestens noch zwei Monde brauchen, um die Küste zu erreichen, und es werden hungrige, magere Wochen werden. Falls Ihr recht habt, dürften sie nicht stark genug sein, es durch die Berge zu schaffen.« Der hakennasige Soldat nahm die Feder des Barons auf und skizzierte eine Karte auf das Pergament.

»Die Küste selbst ist nicht passierbar. Die Berge enden in Klippen am tosenden Meer, ohne jeden Strand. Und auch wenn die Berge dort etwas niedriger sein mögen, sind sie doch dicht bewaldet. Sie könnten niemals hindurchkommen. Sie wären gezwungen, etwas östlich in die Berge auszuweichen. Dort gibt es nur einen Paß, und der dürfte zu dieser Jahreszeit schon unter einigen Metern Schnee begraben sein, Sir.«

»Der Wolfsrachen«, sagte Branwolf und nannte die Schlucht beim Namen. »Es ist eine gefährliche Route, könnte Tausende, vielleicht Zehntausende das Leben kosten. Wollen wir es hoffen.«

»Vielleicht habt Ihr recht, Mylord, aber ich glaube, wenn er den schrecklichen Paß sieht, wird er sich nach Osten wenden und mit der anderen Hälfte verbinden, die sich bereit macht, Torra Alta zu belagern. Daran kann kein Zweifel bestehen, Sir. Ich denke, wir sollten diesen Morbak, diesen Teufel, nicht unterschätzen. Er kann noch immer ostwärts ziehen. Vielleicht möchte er, daß wir denken, er ist auf dem Weg zum Wolfsrachen, während er eigentlich gegen Torra Alta zieht. Wie man es auch sehen will, es könnte ein ausgeklügelter Trick sein, der verhindert, daß wir vollends auf ihn vorbereitet sind. Er schickt die Maschinen, wohlwissend, daß wir wissen, daß es ein Trick ist, in der Hoffnung, daß wir dann glauben, er würde den Wolfsrachen ansteuern. Also macht sich König Rewik dort für ihn bereit, und dann wendet er sich plötzlich nach Osten und unternimmt einen hundertzwanzigtausend Mann starken Angriff auf unsere Garnison von tausend, bevor er in Belbidia einfällt, Sir.«

»Trick? Köder?« Der Edelmann mit dem rabenschwarzen Haar stellte entweder eine Frage oder verlieh seinem Zweifel an der Vorstellung Ausdruck … Caspar war nicht sicher. »Aber vielleicht weiß er einfach nicht, wie schwierig es für ihn im Wolfsrachen wird. Vielleicht denkt er, er beklagt lieber einige Verluste durch die Witterung, als daß er sich dem Zorn von Torra Alta stellt?« Er grinste arrogant auf eine Art und Weise, die Caspar einen Moment an Hal erinnerte, doch dann sanken die Mundwinkel des Barons zu tiefen Falten schwerer Verantwortung herab.

»Darauf möchte ich nicht wetten, Sir.« Der hakennasige Hauptmann legte nachdenklich die Stirn in Falten. »Ich denke, er versucht, uns übers Ohr zu hauen. Er baut darauf, daß wir gen Westen ziehen, um ihn am Wolfsrachen aufzuhalten, und hofft, daß wir Torra Alta vielleicht sogar schwächen, um die Armee des Königs zu verstärken, der dringend unsere Hilfe braucht, Sir«, erklärte der Hauptmann. »Damit es für ihn leichter wird, hier den Paß zu überqueren.«

»Einhundertzwanzigtausend Mann gegen unsere tausend«, wiederholte der Baron. »Hungrige Menschen. Ich bin mir sicher, daß Morbak ihre Bäuche liebend gern mit Proviant von den Bauernhöfen der Tiefebene Belbidias füllen würde, bevor er sich der Armee des Königs stellt, meint Ihr nicht, Männer? Aber wir tanzen nicht wie Puppen zu seiner Melodie. Wir rühren uns auf Torra Alta nicht von der Stelle. Niemals. Wenn die Festung fällt, fallen auch wir.«

Caspar staunte, wie schnell sein Vater dachte. Er lauschte, wie der imposante Mann mutmaßte, was der Feind tun würde, und Gegenstrategien entwickelte. Woher wußte der Baron nach Jahrhunderten des Friedens, was zu tun war? Caspar kannte seinen Vater nur als Jäger, der die Hatz liebte. Hirsche, Wildschweine und gelegentlich Berglöwen waren seine Kurzweil, und die Freude an seinen Jagdgesellschaften hatte schon manchen Edelmann gereizt, sein Gast auf Torra Alta zu sein. Innerhalb der Burgmauern ging die Jagd dann zumeist weiter, nur war der Sport hier von lüsternerem Wesen. Caspar erinnerte sich nicht einmal mehr an seine Mutter, Lady Keridwen. Wenig nur hatte man ihm von ihrem Tod erzählt, nur daß sie kurz nach seiner Geburt gestorben war … aus unbekanntem Grund, oder aus einem, über den niemand sprechen wollte. Sie war allein in die Berge geritten. Der Frühlingsschnee war in jenem Jahr unberechenbar gewesen: Man nahm an, daß sie von einer Lawine erfaßt worden war. Caspar konnte sich nur an eine nicht endende Folge von weiblichen Gesichtern an der Seite seines Vaters erinnern.

Das Gesicht seines Vaters … plötzlich war es so eindrucksvoll. Stets hatte sich der Hauptmann um die Garnison gekümmert, und nun, seit vor einem Monat Meldungen über eine vaalakische Invasion eintrafen, verhielt sich der Baron, als wäre er sein Leben lang ein General gewesen. Caspar war von Stolz erfüllt.

Bald schon war das Pergament mit Zahlen, Linien, Pfeilen und kryptischen Beschriftungen übersät. Baron Branwolf warf einen letzten Blick darauf, dann rollte er es zusammen und warf es zielsicher in den kalten Kamin.

»Das wird uns nichts helfen. Wir haben keine andere Wahl als zu bleiben, wo wir sind.« Er wandte sich dem Boten zu.

»Nehmt ein frisches Pferd und reitet zum König. Sagt ihm, er kann sich darauf verlassen, daß wir Torra Alta halten und den Paß sichern.«

Die Männer erhoben sich vom Tisch, und der Hauptmann nahm den Boten mit auf die Suche nach einem ausgeruhten Pferd.

»Jungs, steht nicht einfach nur da«, sagte Branwolf.

Gekränkt blähte Hal seine Brust auf, störte sich daran, als Junge bezeichnet zu werden.

»Ihr beiden solltet lieber zum Brunnen hinuntergehen. Dort könnt ihr mehr von Nutzen sein als sonstwo, und der Brunnenmeister paßt auf, daß ihr keinen Unsinn macht. Catrik wird sich von euch nichts bieten lassen.«

»Aber das ist nicht fair. Wir können nicht zusehen, wie ...«, setzte Caspar an.

»Spar! Widersprich mir nicht in einer solchen Zeit. Je mehr Wasser wir jetzt heraufholen, desto mehr Hände haben wir später frei. Außerdem brauche ich den Schwefel.« Der Baron stieß die Eichentür auf, und die kühle Brise des Morgens wehte vom Burghof herein. Der Kaplan, eine schimmernde Silhouette in seiner schwarzen, samtenen Mönchskutte, stand vor der Tür. Er hob seine Hand mit den glitzernden Ringen und legte dabei ein praktischeres, handgewebtes Wams frei, das er darunter trug und das zum Überleben in der dünnen Luft von Torra Alta nötig war. Er grüßte seine Verwandtschaft mit eisblauen Augen und einem Lächeln, das von einem flüchtigen Gespenst hätte stammen können.

»Mein Bruder, es gibt Neuigkeit am frühen Morgen?« sprach er den Baron voll Sorge an. Für Caspar klang es, als übertriebe der Kaplan das Beben in seiner Stimme.

»In der Tat, Gwion, in der Tat. Ich will bald schon mit dir darüber sprechen, doch erst muß ich einen Brief an König Rewik schreiben, damit sein Bote ihn mitnehmen kann.«

Widerstrebend sah Caspar zu dem rasierten Kopf seines Onkels auf und gab sich alle Mühe, seinen finsteren Blick zu verbergen, doch er wollte das Gesicht des Priesters sehen. Er sah dem Kaplan nicht gern in die Augen. Von klein auf hatten diese Augen von der Kanzel auf ihn herabgesehen und die Furcht vor Gott direkt auf Caspar übertragen. Überrascht fand er dort eine Widerspiegelung seiner eigenen finsteren Miene auf dem blassen Gesicht des heiligen Mannes.

Zwar nannte Gwion den Baron seinen Bruder, doch war er eigentlich der Bruder der lang verstorbenen Baronin. Als kleiner Junge hatte Caspar oft den Kopf auf die Seite gelegt, seinen drahtigen Onkel betrachtet und sich vorzustellen versucht, wie die Schwester dieses Mannes ausgesehen haben mochte. Es war ihm nie gelungen. Der Mann war schmal gebaut, aber mit sehnigen Muskeln und harten Falten im Gesicht, von denen der Junge vermutete, daß sie in langen Stunden seelenvoller Gebete entstanden sein mußten. So hätte seine Mutter niemals ausgesehen, aber natürlich war sie eine Frau, und Gwion war ein Mann. Auch das wenige Haar des Kaplans gab dem phantasievollen Jungen nur wenig, mit dem er etwas hätte anfangen können: Sein polierter, weißer Schädel war zum Teil rasiert, wo eine blasse Tonsur aus dem matten, braunen Haar hervorstach. Er konnte sich auch nicht vorstellen, daß die Augen seiner Mutter wie die des Priesters gewesen waren. Manchmal glaubte er, sich an sie zu erinnern, doch vielleicht war es nur seine Phantasie, wenn er in den Spiegel blickte und das bestürzend dunkle Violett seiner eigenen Augen sah. Natürlich hatte Hal ihn stets mit seiner Augenfarbe aufgezogen. Sie war ungewöhnlich in Belbidia, und Hal hatte gesagt, er habe die Augen einer Elfe.

»Gwion, wärst du so gut und würdest Einfluß auf diese beiden widerspenstigen Jungen nehmen und dafür sorgen, daß sie sich bei Catrik im Brunnenraum melden? Ich möchte nicht zu hören bekommen, daß sie sich davongestohlen haben.« Er hatte diesen verschwörerischen Tonfall, den Erwachsene verwenden, wenn sie Kinder zurechtweisen wollen, und Caspar haßte das zutiefst. Er warf Hal einen Blick zu, dessen Haut dunkelrot vor Zorn darüber war, daß man sie als Jungen bezeichnete. »Oh, und Hal, sorg dafür, daß ihr die Kohle mit hinunter nehmt. Ich habe Catrik Hilfe versprochen, und das könnt ebensogut ihr beiden machen.« Branwolf warf ihnen ein zufriedenes Lächeln zu und ließ den Wachturm hinter sich.

Die beiden Jungen folgten dem Kaplan hinaus, wobei Hal leise vor sich hin murmelte. Caspar blieb an der offenen Tür zum Wachraum stehen und drehte sich um, warf noch einen Blick auf das Pergament, das dort im Kamin lag. Er lief zurück, holte es sich als Andenken und war Sekunden später wieder bei seinem übellaunigen Onkel, stopfte das Pergament in die Ledertasche, die er unter sein Leinenhemd geschnallt hatte.

Pater Gwion brachte sie zum Lager zwischen den Fallgittern, wo sich die Kohle in großen, rußigen Säcken bis zur Decke stapelte. Eilig sprach er ein paar scharfe, warnende Worte, daß er und Gott die beiden im Auge behielten. »Die

Vaalaker rücken näher, das ist kein Spiel. Ihr müßt euer Gewissen prüfen und eure Verantwortung etwas weniger leicht nehmen.« Er seufzte, blickte zum Himmel auf und bewegte die Lippen, als würde er beten. »Branwolf sagt, der Feind ist schon in der Drachenwüste, also vergeßt das nicht! Ihr müßt euch entsprechend benehmen.«

Dann war er fort, glücklicherweise. Caspar drehte sich um und sah die Berge von Säcken, verbannte den Gedanken an seinen Onkel Gwion augenblicklich. Dauernd hielt der Mann ihnen Vorträge, und Caspar vermutete, daß er aus Dankbarkeit für Branwolf dafür zu sorgen versuchte, daß ihre Seelen auf den rechten Weg geführt wurden. Diesmal rollten seine Worte hallend durch Caspars Kopf. Er stellte sich die unermeßliche und gnadenlose Masse von Soldaten vor, die durch das nördliche Ödland marschierte, um an die Tore der Burg zu klopfen.

Er hob einen der Säcke an. »Wenigstens sind sie leicht«, sagte er, wollte nicht über den Feind sprechen. Weder vor sich selbst, noch vor Hal wollte er zugeben, daß er jetzt, da die Neuigkeit, in die Strategien der Krieger eingeweiht zu sein, sich abnutzte, plötzlich Angst bekam – jetzt, da er feststellte, daß der Feind tatsächlich auf dem Weg war … und daß es so viele waren. Und er wollte nicht an seinen Onkel Gwion denken, der nicht dabei gewesen war, als der Bote die neuesten Nachrichten von den Vaalakern preisgab, doch offenbar draußen gelauscht hatte – den schwarz schimmernden Rücken gebeugt, um sein Ohr an die Tür des Wachturms zu drücken.

»Kriegen wir vorher nicht mal Frühstück?« klagte Hal. »Ich habe Hunger, und da unten im Brunnenraum ist es ekelhaft. Dieser Gestank!«

»Ach, hör auf, dich zu beklagen. Davon wird es auch nicht besser.«

»Sei nicht so *erwachsen*, Spar. Es paßt nicht zu dir«, gab der Ältere zurück.

Caspar wechselte das Thema, als er mit jeder Hand jeweils einen Sack beim Kragen packte und sie über das Pflaster zerrte.

»Wozu braucht er den Schwefel?«

»Weißt du denn überhaupt nichts?« Hal schien bei dem Gedanken aufzublühen, daß er mit seinem Wissen angeben konnte. »Daraus wird Sprengstoff gemacht. Catrik hat es mir erklärt.«

»Ich dachte, du magst nicht da unten sein«, unterbrach ihn Caspar.

»Mag ich auch nicht, aber man muß doch wissen, wie so was funktioniert, also bin ich hingegangen, um es herauszufinden.«

»Salpeter«, sagte Catrik, als sie im Brunnenraum waren. Caspar nickte, als er das gebrochene, kristalline Salz und den glasigen Glanz der weißen Steine untersuchte, auf die Catrik zeigte.

»Wir zerstampfen sie zu Pulver ... sie sind sehr brüchig. Dann der Schwefel. Den bekommen wir aus dem Wasser. Das Wasser wird abgekocht, wobei der Schwefel als Bodensatz im Kessel bleibt. Der Wasserdampf wird abgekühlt und in diesen Trichtern gesammelt«, erklärte er und tippte auf einen vertikalen Zylinder. »Wo er durch einen Brei aus zerstampfter Kohle gegeben wird. Die Kohle entzieht dem Brunnenwasser die verbliebenen Gifte. Und ist außerdem der letzte Bestandteil unseres Sprengstoffs. Simpel, aber wirksam.«

»Wie stark ist es?« fragte Caspar fasziniert.

»Sehr. Es ist gefährliches Zeug und könnte ein Loch in diese Wand sprengen, sofern man die richtige Menge nimmt.« Catrik klopfte an die Steine. »Aber soviel kriegen wir nie zusammen, wenn ihr zwei nicht bald anfangt. Bringt den Rest Kohle herunter, und dann zeige ich euch, was zu tun ist.«

Es war ein langer Weg zum Brunnenraum hinab. Die alte Wendeltreppe schlängelte sich immer tiefer, und die Stufen wurden vom Dunst immer rutschiger und stanken schimmlig. Der Brunnenraum selbst war unangenehm feucht und roch stark nach Schwefel. Gesättigte Lösungen von mineralischen Salzen tropften beharrlich von hellgelben Stalaktiten, welche von der Decke hingen, und hinterließen schleimig gelbe Pfützen auf dem Boden. Verkrustete Flecken fanden sich an den Wänden. Tatsächlich war alles von Schwefel überzogen. Die schwüle Temperatur wurde von einem donnernden Ofen aufrechterhalten, der die großen Bottiche beheizte.

Das ist ein Bild der Hölle, dachte Caspar, Feuer und Schwefel. Eine Grotte von Flammen, mahlende, stöhnende Maschinen, ein Kessel, der Klumpen unverdauten Schwefels spuckt und dampfend zischt. Ein mechanischer Drache, dachte er.

»Also, laßt eure Umhänge an der Tür, damit ihr euch an die Arbeit machen könnt. Hier, nehmt euch jeder einen davon«, sagte Catrik und reichte ihnen einen Spachtel, »und fangt an, den Schwefel aus den gebrauchten Kesseln zu schaben. Schabt das Zeug in dieses Faß hier, und wenn Ihr mit einem fertig seid, nehmt euch den nächsten vor.«

Ein Seil aus dickem, verdrehtem Metall – so fest, daß es ein Kriegsschiff hätte ziehen können – stieg aus dem Brunnen auf und zog sich über ein mächtiges Rad. An diesem Kabel war eine endlose Folge von Eimern befestigt, übervoll mit eingefärbtem Brunnenwasser, das im Brunnenraum geleert wurde. Das Rad wurde von einer Tretmühle bewegt, angetrieben von beklagenswert aussehenden Eseln, die trabten und trabten, dazu verdammt, ein Leben lang zu laufen und nirgendwo anzukommen, was der Luft den Gestank von Tieren und Dung hinzufügte. Caspar hatte Mitleid mit ihnen.

Er sah sich um, folgte dem Lauf des Wassers, das aus den Eimern gekippt wurde, von einem entsprechend befestigten Balken, in einen Kessel, der über dem Wasser hing. Danach sah er eine komplexe Folge von Maschinen, die den Dampf auffingen, und der Junge fragte sich, welcher seiner Vorfahren sie wohl ersonnen hatte. Er untersuchte den Rand eines der Bottiche, wo dieser von Schichten grobkörnigen Gewebes voller Kohle überzogen war, und betrachtete fasziniert, wie das Wasser hindurchsickerte. Ein Hahn am Boden ließ das Wasser heraus, trinkfertig; es schmeckte fast, als käme es eben klar und sprudelnd direkt aus dem Berg. Caspar zumindest empfand es so, auch wenn Hal anderer Ansicht war.

Indem er eine Winde über den Kessel manövrierte, war Catrik in der Lage, das ungeheure Gewicht des riesigen, schmiedeeisernen Gefäßes mitten in die Flammen zu bewegen, wo er es zum Sieden hängen ließ. Er tauschte es gegen eines aus, das ausgekocht war, in dem die letzten, brodelnden Wassertropfen am sengenden Metall zischten, und dann schwenkte er den Arm des Hebebaums zur Seite, damit der schwefelüberzogene Kessel abkühlen konnte. Hinter dem Ofen, jenseits der Tretmühle der eingesperrten Esel, wartete eine ganze Reihe dieser Kessel – innen von gelben Schwefelblumen überzogen – darauf, gereinigt zu werden. Eifrig machten sich die beiden Jungen über den ersten her, schabten mit ihren Spachteln darin herum.

»Es sieht wie Blütenstaub aus«, bemerkte Caspar.

»Ich glaube nicht, daß es besonders guten Honig abgeben würde«, lachte Hal, »aber vielleicht könnte es diesen Wilden einen Bienenstich versetzen, den sie so schnell nicht mehr vergessen.«

Die Luft roch schal, und gelegentlich wehte eine Wolke fauliger Gase aus dem Brunnen herauf.

»Uuh, das ist ekelhaft«, rief Hal.

»Steh nicht so nah am Brunnen, wenn er das macht. Das ist nicht gut für dich«, rief Catrik zu ihnen herüber. »Manchmal wehen die schädlichen Dämpfe herauf, aber sie verziehen sich gleich wieder.«

»Eier, faule Eier, danach riecht es für mich«, erklärte Caspar angewidert und vergrub die Nase in seinem Ärmel, damit er den Gestank nicht ertragen mußte.

Die folgenden Stunden lehrten Caspar mehr über harte, ehrliche Arbeit als all die vorangegangenen Wochen beim Entladen von Proviant. Das Hemd klebte zwischen den Schulterblättern an seinem Rücken. Als er sich vorsichtig aufrichtete, nachdem er eine Stunde mit dem Kopf im Kessel zugebracht hatte, tropfte der Schweiß von seiner Stirn und brannte in den Augen. Er stellte den ausgeschabten Kessel ab, damit dieser sich einreihte und darauf wartete, daß er in der endlosen Rotation wieder an die Reihe kam. Müde machte er sich an den nächsten.

Als Catrik rief: »Bringt die Schwefelfässer herüber«, richtete sich Caspar auf. Einen Moment lang war ihm schwindlig, und er mußte sich am Kessel festhalten, bis das Gefühl verging.

»Der Befehl des Barons lautete, daß ihr soviel Schwefel wie möglich beibringt. Er will einen ganzen Stapel Kästen voll«, erklärte Catrik, während er die Salpeterklumpen mit einem Stein zu Pulver zerstampfte.

»Wozu braucht er es jetzt schon? Ich dachte, es wäre gefährlich, die Mischung zu lagern«, sagte Hal stolz auf seine Kenntnisse.

»Fragen über Fragen. Kein Respekt ... die Jugend von heute. Man fragt nicht, wozu der Baron etwas haben möchte, man macht sich einfach ans Werk, Junge.« Die tiefen Furchen auf Catriks Gesicht glätteten sich, und er schien seine Meinung zu ändern. »Ach, aber ihr habt so hart gearbeitet, daß ich es euch sagen will. Er braucht es für die Minen ... Minen, die den Felsenturm umgeben. Wenn der Feind anrückt, wird ein Bogenschütze einen brennenden Pfeil in den Kasten schießen und ... *bumm* ...« Der alte Mann warf seine Arme in die Luft. »Und das macht ein paar hundert verfluchten Hunden den Garaus.«

Der Brunnenmeister erlaubte Caspar und Hal, die entsprechenden Pulvermengen, nach seinen strikten Anweisungen abzumessen. Doch durften sie nur zusehen, wie der alte Mann das Gemisch vorsichtig in winzige Fässer gab und die Deckel fest verschloß.

»Stapelt sie ordentlich drüben an der Treppe«, wies der Brunnenmeister sie an.

Caspar war sehr erleichtert, daß er eine andere Aufgabe bekam. Er sah zu Hal hinüber und dachte, daß sein Onkel überraschend zufrieden wirkte. Vielleicht entsprach die Verantwortung, mit Sprengstoff umgehen zu dürfen, seinen militärischen Ambitionen.

»Schschscht! Still«, zischte Hal plötzlich.

»Was?«

»Schscht. Hör doch.«

»Ich kann nichts hören.«

»Es ist weg«, sagte Hal. »Nein. Da, hör doch. Ein Tappen.«

Caspar stand ganz still, bemühte sich, irgendwas zu hören ... außer dem Rattern der Tretmühle und dem Zischen und Stöhnen des Ofens. Endlich vernahm er etwas.

»Sind das Ratten?« Er lauschte dem Tappen, das leise aus

dem Brunnen kam. »Könnten die Eimer sein, die da unten Wasser fassen. Vielleicht hat sich einer gelöst.«

Noch immer hörten sie das ferne Klopfen, immer wieder in metallischem Rhythmus.

»Ein Pfund gegen eine Prise Schnupftabak, daß es nicht meine Eimer sind. Die habe ich gestern erst überprüft.« Catrik zog ein sorgenvolles Gesicht und zupfte an seinem grauen Bart. »Außerdem machen lose Eimer einen Höllenlärm. Und Ratten sind es auch nicht. Die machen ein kratzenderes Geräusch.« Er beugte sich über den Brunnenrand und starrte in die pechschwarze Tiefe, hielt den Kopf geneigt und lauschte aufmerksam. Ohne sich aus seiner Hocke zu erheben, befahl er: »Hal, halt die verdammten Esel an. Spar, geh und such den Baron.«

Der Brunnen war schwarz. Wie die Pupille eines Riesenauges starrte er zu ihnen herauf, verbarg seine Geheimnisse in völliger Finsternis. Das Seil war nur ein paar Meter weit zu sehen, bevor es sich im Dunkel verlor. Unwillkürlich fuhr Caspar ein Schauer über den Rücken: Nichts war so beängstigend, wie in die Stille zu blicken und zu lauschen.

Wieder wehte Luft zu ihnen herauf, zwang die Männer, die sich um den Brunnen versammelt hatten, darunter auch den Baron, den Kaplan und den Hauptmann, instinktiv vor den Dämpfen zurückzuweichen.

»Früher haben wir Drachenrülpser dazu gesagt«, sagte der Brunnenmeister.

Dann waren die beunruhigenden Geräusche wieder zu hören. Ein rhythmisches Läuten hallte durch die Tunnel, bevor es sich wie ein verklingender Gong anhörte, wenn der Ton vom Stein geschluckt wurde und wieder Stille einkehrte.

»Das ist unmöglich«, rief Catrik aus, »aber es klingt wie Bergbau.« Das Gesicht des alten Mannes zeigte hängende Wangen, als er seinen Lehnsherrn ansah.

»Das kann nicht sein. Es müssen Eure alten Eimer sein, Catrik. Einer hat sich gelöst, treibt da unten im Wasser herum und schlägt gegen die Steine«, hielt der Kaplan dagegen. »Dort unten können keine Spione sein.«

»Ich gebe Pater Gwion recht, Sir«, fügte der Hauptmann hinzu.

»Ah«, sagte der Brunnenmeister, der die Bedeutung dieser Worte offenbar nicht wahrgenommen hatte und von den wissenschaftlichen Fragen fasziniert war, welche die Situation ihm bot. »Sie könnten auf unsere Höhlen durch den schweren Regen am Anfang des letzten Mondes aufmerksam geworden sein. Viele der unterirdischen Ströme führen Hochwasser. Jeder Schaden an der Tunneldecke könnte verräterische Hinweise auf eine Erdabsenkung liefern und den Vaalakern zeigen, wo sich Löcher oder Höhlen befinden.«

»Aber selbst wenn sie tatsächlich durchbrechen, Sir, könnten sie immer nur einen Mann auf einmal heraufbringen, Sir«, hielt der Hauptmann dagegen.

»Selbst wenn Catrik recht hat und da unten Männer sind«, fügte der Priester in seiner Robe skeptisch hinzu, »werden sie in den Labyrinthen verhungern. Gott sei ihren Seelen gnädig.«

»Ein gutes Argument«, räumte Baron Branwolf ein. »Die Zahl der Männer, die sie durch diese schmalen Kanäle schleusen könnten, wäre nie eine militärische Bedrohung … sie wären wie Schlangen, gefangen in einer Grube. Nur glaube ich nicht, daß sie für das, was sie vorhaben, viele Männer brauchen. Ich denke, sie wollen Gift in unser Wasser geben.«

Den Brunnen vergiften, dachte Caspar entsetzt, fing sich jedoch, als er die Gerätschaften um sich herum sah.

»Sicher würde unsere Reinigungsanlage …«, setzte er an, doch der Brunnenmeister unterbrach ihn.

»Ich fürchte nicht. Sie ist für ganz bestimmte Verunreinigungen gebaut. Manche Gifte würden mit dem Wasser verdampfen und kondensieren und so darin enthalten bleiben.«

Zum ersten Mal flackerte ein winziger Funke von Unsicherheit in dem Jungen auf, doch er wurde schnell von den herrischen Kommandos des Barons erstickt.

»Catrik, bringt zehn Fässer Sprengstoff herüber. Hauptmann, holt zwei Eurer Männer. Wir werden untersuchen müssen, was dieses Geräusch hervorruft, und Ihr könnt unseren Trupp anführen.«

Gwion legte seine seidene Robe ab und die praktischen Kleider darunter frei. Ohne die wehenden Roben, die ihn normalerweise umgaben, sah er sehr viel jünger und athletischer aus.

»Mein Bruder Branwolf. Ich werde den Trupp anführen. Der Hauptmann hat weit dringendere Aufgaben, muß die Wehranlagen der Burg organisieren. Schließlich geht es nur um ein paar Eimer.«

Branwolf lächelte dankbar und legte dem Mann eine Hand auf die Schulter. »Danke. Ja, ich glaube, du hast recht. Schließlich geht es im Augenblick nur um eine Untersuchung, und du kennst die Labyrinthe besser als jeder andere. Der Hauptmann muß mir mit den alten Ballisten an der Westmauer zur Hand gehen.«

Minuten später hatten sich die Männer auf beiden Seiten je ein Kästchen mit Sprengpulver an die Hüften geschnallt. Hal drehte seinen Gurt herum, damit sein Dolch mehr Raum für die Fässer ließ, und dann prüfte er die Leinen, um sicherzugehen, daß seine Last gut gesichert war. Caspar sah zu und wartete geduldig, bis er an der Reihe war, daß auch ihm Pulverfässer angelegt wurden.

»Nein, Spar.« Die Stimme seines Vaters klang freundlich, aber fest entschlossen. »Das ist zu gefährlich. Dafür bist du noch nicht alt genug.«

Caspar spürte, wie seine Mundwinkel absackten. Wieso sollte Hal gehen und er zurückbleiben? Er hob eine Hand, um die Enttäuschung zu verbergen, die ihm ins Gesicht geschrieben stand, und warf seinem jungen Onkel unter dem Schutz seiner zerzausten Haare einen verächtlichen Blick zu. Hal war gefaßt und grimmig, zu allem bereit. Wie schaffte er es nur, seine Aufregung darüber zu verbergen, daß er in den Brunnen steigen durfte und wie ein Krieger behandelt wurde, fragte sich der mißmutige Junge.

Branwolf sprach. »Folgt dem Geräusch. Wenn es nicht die Eimer sind, geht davon aus, daß es sich um feindliche Spione handelt. Ich möchte, daß ihr herausfindet, in welchen Tunnel sie einbrechen wollen. Dann bringt die Männer heil zurück und überlaßt Catrik den Rest.« Der Baron wandte sich seinem grauhaarigen Brunnenmeister zu. »Mit dem Pulver sprengt Ihr den Fels so, daß Ihr den Tunnel komplett verschließt, dann legt Ihr Minen. Sorgt dafür, daß Ihr allein den Sprengstoff legt.« Branwolf hielt einen Moment lang inne, um zu sehen, ob seine Männer bereit waren. »Falls Catrik recht hat, müssen wir schnell machen, bevor die Barbaren in das Tunnelsystem eindringen.«

»Wir brauchen natürlich Fackeln, um sehen zu können, da der Brunnen nicht vom göttlichen Licht gesegnet ist«, sagte der Kaplan.

»Nein, nehmt die Steine.«

»Die Steine, Lord Branwolf? Seid Ihr sicher? Seit Jahren hat niemand sie mehr angerührt.«

In der gegenüberliegenden Ecke des Brunnenraums stand eine flache, eichene Schatulle, alt und schwarz und von den allgegenwärtigen gelben Kristallen überzogen wie von wucherndem Pilz. Der Kasten war mit Blei eingefaßt und voll klaren, dickflüssigen Öls. Sein Vater hatte erklärt, daß die Flüssigkeit die Steine stabilisiere und kühl hielte.

Vor Jahren schon hatte man Caspar die Steine gezeigt, und er war sicher gewesen, daß er ihre pulsierende Energie spüren konnte. Doch Hal hatte darauf bestanden, daß er sich wie üblich mal wieder etwas einbildete.

»Woher kommen sie?« hatte Caspar gefragt, wollte einen davon in der Hand halten. Doch sein Vater hatte ihm ärgerlich erklärt, daß er sie niemals anrühren sollte, und nur gesagt: »Sie waren schon immer hier, aber seit wir die wahre Religion haben, wurden sie von Orten ferngehalten, an denen die Menschen mit ihnen Unsinn anstellen konnten.«

»Ich habe sie für solche Notfälle aufbewahrt«, sagte Branwolf jetzt. »Ihr Licht ist besser, wenn man unten im Brunnen arbeitet, und es läßt nicht nach wie die Flammen einer Fackel.«

Caspar glaubte, wieder diese seltsame Erregung zu spüren, die mit den Steinen zusammenhing: eine Mischung aus Furcht und Kraft, die er nicht recht erklären konnte. Der Baron rollte seine Ärmel auf und steckte einen Arm in die Flüssigkeit, um einen glatten, weißen Stein von der Größe eines Gänseeis herauszuholen. Anfangs war er glanzlos wie harter, kalter Marmor, doch allmählich wurde seine Oberfläche durchscheinend, schien zu schmelzen, als die wirbelnden, silbrigen Muster wie treibende Wolken darüber zogen; der Stein blieb jedoch absolut fest und kugelförmig. Allmählich begann das perlige Ding zu leuchten, gab das weiche, fahle Licht ab, das ihm den Namen »Mondstein« eingebracht hatte.

Branwolf schob den ersten Mondstein in ein Netz aus geflochtenem Leder, das der Hauptmann von einem Haken an der Wand genommen hatte und bereithielt.

»Hier habt Ihr ihn, Catrik, bindet ihn an Euren Gürtel.«

Der Mann sah den Kaplan an.

»Ich bin nicht sicher, ob mir das gefällt«, sagte er nervös. »Es sind uralte Dinger, angeblich voll Zauberkraft, und ich bin ein gottesfürchtiger Mensch, Mylord. Ich hätte lieber eine Fackel. So ein heidnisches Ding bei sich zu tragen, scheint mir nicht sicher zu sein.«

»Laßt mich sie fühlen«, sagte der Kaplan. Mit höchster Konzentration legte er einen Stein in seine Hand und spähte in dessen Tiefen. »Falls er den Geist der Heiden in sich trägt und das Werk des Teufels ist, kann ich es spüren.« Eine Ader an seinem Hals pulsierte sichtbar, und seine Pupillen verdunkelten sich vor düsteren Gefühlen, während er nach heidnischen Resten im Herzen der Burg suchte. »Diese Steine haben nichts Finsteres an sich«, erklärte er nach einem langen Augenblick des Schweigens. Caspar glaubte, ein gewisses Bedauern zu erkennen, und vermutete, daß der Mann insgeheim gern ein Relikt des Alten Glaubens entlarvt hätte, damit ihm die Ehre zufiele, es zu zerstören. Der Kaplan hatte gepredigt, daß die Vernichtung der Heiden die Seele näher zu Gott führte, und von jeher war er in diesen Dingen strikt gewesen. »Catrik, Ihr seid ein Mann der Wissenschaft. Ihr solltet eine Erklärung für diesen Glanz bereit haben.«

Das alte Faktotum antwortete nicht, sondern betrachtete nur angewidert den Kugelstein, den der Baron ihm reichte.

»Es ist nur leuchtendes Gas darin«, sagte der Baron und gab ihm das Ledernetz. »Ihr wollt mir doch jetzt nicht abergläubisch werden, oder? Ein Mann von Eurer Bildung …«

Der Brunnenmeister nahm ihn versuchsweise und wich

zurück, murmelte außer Hörweite des Barons: »Ich weiß nichts von irgendwelchem Gas. Es steht auf keiner Tabelle oder Vorratsliste. Wir sollten die Heidendinger nicht anrühren. Wer weiß, was uns diese Teufel bringen mögen, vielleicht das, was sie mit unserer armen, süßen Lady gemacht haben? Sie war vernarrt in diese Steine. Der Herr sei ihrer Seele gnädig.«

Caspar war von dem unbeherrschten Gemurmel des alten Mannes wie gebannt. Die Mondsteine und die Lady hatten etwas mit ihm zu tun! Doch verflog das Gefühl schnell wieder. Das gespenstische Licht der Mondsteine scheint meine Gedanken zu verzaubern, dachte er, als er sah, wie sein Vater die verbleibenden vier Mondsteine in Netze legte. Er war von ihrem Licht wie hypnotisiert.

»Ihr braucht einen Kasten Feuersteine, um das Pulver anzuzünden«, merkte der Baron an.

»Ja, Sir, ich habe einen«, erwiderte Catrik aufmerksam, dann unternahm er noch einen Versuch, sich des Mondsteins zu entledigen. »Sir, aber wir wissen nicht genug darüber, wie diese Steine wirken. Bestimmt wäre es sicherer, Fackeln zu benutzen.«

Mit überraschender Geduld und absoluter Endgültigkeit antwortete der Baron. »Nein, diese ölgetränkten Fackeln spritzen und tropfen, und wenn sie so nah am Pulver sind, wäre das viel zu gefährlich. Viel Glück, Männer. Gott stehe euch bei.«

Der Kaplan richtete die Gurte, welche die Fässer hielten, dann klopfte er auf die Deckel, als wollte er sich vergewissern, daß sie sicher waren, bevor er sein Bein über die Mauer schwang, die den Brunnenrand umgab. Das kalte Licht der Mondsteine fiel ruhig und gleichmäßig auf die Innenwand des Brunnens und leuchtete in die Tiefe.

»Machen wir uns auf den Weg, Männer«, sagte er fröhlich,

mit einer Stimme, die für einen Mann der Kirche allzu tatendurstig war. Caspar kam der Gedanke, daß der Tatendrang seines Onkels der Grund sein mochte, wieso der Mann bei Beförderungen innerhalb der Kirche übersehen worden war. Er erinnerte sich daran, daß der Baron, seine beiden Onkel und er selbst vor vielen Jahren die Hauptstadt Farona besucht hatten und daß Branwolf König Rewik gebeten hatte, seinen Schwager wohlwollend zu bedenken und den Kaplan für ein Bischofsamt in Betracht zu ziehen. Doch der Erzbischof des Königs hatte einen Blick auf den Mann geworfen und abgelehnt. Verblüfft war der junge Erbe von Torra Alta zu dem Schluß gekommen, daß die Priester aus dem verweichlichten Kernland eine Abneigung gegen das notwendigerweise rauhe Leben und die wenig feine Art der Männer aus der nördlichen Baronie hegten. Seinem Onkel Gwion, dem es möglicherweise an der Anmut und Würde der Priester Faronas mangelte, war die Beförderung verweigert worden, da die Kirche gesetztere, melancholischere und tatenlosere Persönlichkeiten bevorzugte. Doch ein Mann mit weicher Stimme und ohne ein Verständnis für das harsche Leben in den Bergen konnte niemals die spirituellen Bedürfnisse der rauhen Männer der Garnison von Torra Alta verstehen, und Caspar mochte den Gedanken nicht, daß ein Flachländer irgendwann Bischof der neuen Kathedrale werden könnte, die sein Vater baute.

Einer nach dem anderen verschwanden die Männer in der bodenlosen Grube; voller Enttäuschung sah Caspar ihnen nach. Der Brunnen war der einzige Teil der Ländereien seines Vaters, den er noch nie gesehen hatte, und er wollte unbedingt wissen, wie es dort unten in der Drachenhöhle war.

»Spar, du bleibst hier und kratzt noch etwas Schwefel aus. Wir brauchen noch mehr davon.« Der Baron machte auf dem Absatz kehrt und ging, um nach den Ballisten zu sehen.

Enttäuscht umrundete Caspar den Brunnen, fuhr mit der Hand am Rand der steinernen Einfassung entlang, bis die Hand von der Reibung ganz heiß war. Um die runde Mauer waren die gleichen scharfen, eckigen Buchstaben eingraviert wie auf dem Stein in der Mitte des Burghofes. Diesmal schenkte er den Runen keinerlei Beachtung.

Ein schwacher Schein von perligem Licht umfing den Kopf des grauhaarigen Brunnenmeisters weit unten, bis auch er in der Dunkelheit verschwand.

»Verdammt!« Caspar nahm seinen Umhang, schwang sich über den Brunnenrand und streckte sich nach der ersten Sprosse der Leiter. »Ich will nicht zurückbleiben.«

Der oberste Teil des Brunnens war ein schmaler Schacht, von Mauersteinen eingefaßt, genau wie Caspar es erwartet hatte. Man hatte den Brunnen nicht in den Fels hauen müssen. Als die ersten Männer von Torra Alta die Drachen aus ihrem Nest vertrieben hatten, entdeckten sie einen Eingang, der durch den Stein in die tiefe Höhle der Ungeheuer, weit unten in der Erde, führte. Caspars Vorfahren hatten das Loch zugemauert und nur eine kleine Öffnung für den zylindrischen Schlund des Brunnens gelassen. Große Träger – mit baumdicken Querbalken und von gemauerten Bogengängen gestützt – trugen den Boden des Brunnenraums und ragten über der oberen Kammer der Drachenhöhle auf. Die Leiter, das Seil und die Eimer liefen in der Mitte hindurch.

Caspar ließ sich etwa ein Dutzend Sprossen weit hinunter. Das orangefarbene Licht des Ofens über ihm fiel nicht mehr auf die Brunnenwände, und er konnte kaum noch eine Armlänge weit sehen. Er wußte, daß er in der Höhle sein mußte, aber es war zu dunkel, um das Ausmaß des Raumes um sich herum erkennen zu können. Immer weiter ließ er sich zum Licht der Mondsteine unter sich hinab. Es war ein seltsames Gefühl zu wissen, daß er mitten in der Luft hing, hundert Fuß über dem Höhlenboden, doch Caspar fürchtete den Sturz am allerwenigsten. Bald schmerzten seine Arme fürchterlich. Er dachte, daß es um vieles leichter war, eine Leiter hinauf- als hinunterzusteigen, da seine Zehen ständig nach dem nächsten sicheren Halt suchen mußten. Er hielt an, um hinab zu sehen, konnte jedoch noch immer nichts erkennen, nur eine Kugel aus weichem Licht, welche die anderen in einiger Entfernung unter ihm beleuchtete. Als seine Konzentration für einen Augenblick nachließ, rutschte sein Fuß ab, und einen Moment schien es, als bliebe sein Herz stehen, als Caspar nur noch an einem Arm hing.

Als er spürte, daß ein leichtes Beben durch die Leiter ging, wußte er, daß die anderen unten abstiegen. Und als das stabilisierende Gewicht der Gruppe unten nicht mehr da war, wippte die Leiter sanft im Rhythmus seiner Schritte. Bald darauf hatte er festen Boden unter den Füßen; die Leiter endete in kräftigen, verstärkten Stützen, mit denen sie am Boden befestigt war.

Während seines Unterrichts hatte der Junge viele Stunden damit verbracht, in der Burgbibliothek zu blättern, und hatte alte, staubige Wälzer gefunden, in denen die Baupläne des Brunnens gesammelt waren. Er wußte, daß der Brunnen durch den Fels gebohrt war, bis er in den nächsten Raum durchbrach und erst dort am Boden weiterging. Dieses Muster von Bohrlöchern, auf die Höhlen folgten, ging drei Stockwerke so weiter, bis der Brunnen seine Quelle fand. An dem Punkt, an dem der Junge stand, war die Leiter nicht mehr nötig, weil man einen Weg durch die Tunnel nehmen konnte, welche die verschiedenen Kammern miteinander verbanden, bis auch sie in die unterirdischen Flüsse mündeten.

Die Eimer waren ganz offensichtlich allesamt intakt, wie

Catrik schon versichert hatte, und das metallische Klirren hallte noch immer durch den hohlen Felsen. Caspar pochte vor Aufregung das Herz in der Brust. Die anderen hatten sich vom Brunnen entfernt, folgten dem unnatürlichen Geräusch … dem Lärm feindlicher Aktivitäten.

Das dumpfe Echo der tappenden Schritte antwortete mit einem hohlen Flüstern von den Höhlenwänden, und Caspar folgte ihnen, lief lautlos im Schutz der endlosen Nacht der Höhlen. Schweres Schwarz hüllte diese sonnenlose Welt ein und hütete deren Geheimnisse vor den kleinen Augen der Bewohner der Erdoberfläche. Er hielt seinen Blick auf das Licht der Mondsteine gerichtet, hoffte, er würde nicht versehentlich gegen einen Felsen laufen, und streckte die Arme wie Fühler vor sich aus, damit sie ihn vor allem Unerwarteten warnen sollten. Schließlich fiel der Lichterschein auf Stein, prallte von spaltigen, knorrigen Formen ab, drang in Nischen ein und reflektierte von Stalaktiten, glatt wie Eiszapfen. Ein Tunnel, folgerte Caspar.

Der unebene Boden machte das Weiterkommen schwer, so daß der Junge sich beeilte, um vom Licht der Steine zu profitieren, und es riskierte, dem Kaplan und seinem Trupp näherzukommen. Der Tunnel führte steil in die Tiefe und war mit losen Feuersteinen übersät, die von Wänden und Decke gefallen waren. Die Seiten waren ungleichmäßig, wichen zurück, wo weicher Stein vom durchsickernden Wasser ausgehöhlt war, oder ragten an manchen Stellen in den Gang hinein, wo ein Klumpen harten Steins dem Hunger des Wassers widerstanden hatte. Die Formationen von abwechselnd hartem und weichem Stein wiederholten sich, und in Caspar kam die unerquickliche Ahnung auf, daß die aufragenden Felsgrate den Rippen eines abgenagten Kadavers glichen und daß er in einem solchen herumlief.

Nach einer Weile wurde der Gang schmaler; der Boden und die Seiten fühlten sich blank poliert und gänzlich glatt an, als Caspar mit den Fingern über die Wände strich. Er fragte sich, was den plötzlichen Wandel in der Struktur des Steins hervorgerufen hatte. Als der schmale Teil sich wieder verbreiterte, wurde ihm klar, daß Drachen ihn abgescheuert haben mußten: ein Durchgang für Generationen von schuppigen Echsen, die sich durch den engen Tunnel gedrückt, ihre grauen Bäuche über den Boden geschleppt und den härteren Fels zu schimmerndem Glanz abgewetzt hatten. Ein Schauer durchfuhr ihn, als ihm dämmerte, wie groß die Ungeheuer gewesen sein mußten: Er war nicht in der Lage, beide Seiten des Tunnels mit ausgestreckten Armen gleichzeitig zu berühren. Als seine Vorfahren den Felsenturm erobert hatten, mußte ein mutiger Mann vorausgegangen sein, um die Drachenbrut aus diesen schwarzen, gruftähnlichen Höhlen zu vertreiben.

Die Tunnel fielen weiter steil ab, schlängelten sich stetig in die Tiefe. Auf rutschigen, kieselglatten Fels folgte scharfes Geröll, alles von sickerndem Wasser durchdrungen, das an den Seiten herunterrann und von der Decke tropfte. Gelegentlich beleuchtete das perlweiße Licht der Mondsteine eine Grotte, jede anders als die vorangegangene, übervoll mit Stalagmiten und Stalaktiten und so alt wie die Zeit. Die konischen Statuen variierten in der Höhe, eine hoch und königlich in der Mitte, und die anderen, Höflinge vielleicht, umringten ihren Lehnsherrn … und um die Gruppe herum knieten wieder andere, so stellte es sich Caspar vor. Sie alle reihten sich in prunkvollen Roben aus dunklem Rot und Smaragdgrün aneinander, Salze aus Eisen und Kupfer. Er war gebannt von ihrer überirdischen Schönheit.

Noch immer folgte er den anderen. Caspar schlich vorsichtig, gab sich alle Mühe, dem Licht fernzubleiben, was aber allzu leicht dazu führte, an Felsen zu stoßen und zu stolpern. Nach der Hitze des Brunnenraums boten die Höhlen eine angenehme Kühle, und die Temperatur blieb konstant, während er sich ins Gedärm von Torra Alta vorarbeitete. Er hatte erwartet, daß es kälter werden würde, doch dem war nicht so. Noch immer konnte er um seine Füße herum nichts sehen und mußte sich auf das Gespür seiner Fingerspitzen verlassen. Schließlich blieb sein Fuß an einem unerwarteten Stein hängen, warf ihn aus dem Gleichgewicht, und da er sich auf der rutschigen Oberfläche nicht halten konnte, fiel er schwer und mit dumpfem Schlag zu Boden und stieß einen kurzen, scharfen Schrei aus.

»Was war das?« hörte Caspar einen der Männer rufen, und ihn verließ der Mut.

»Geh und sieh nach, Soldat.« Die scharfe Stimme des Kaplans hallte durch den Tunnel. Bald darauf schon strich das Licht des Mondsteins über Caspars schuldbewußte Miene.

»Ach, du bist es, Spar.« Der Soldat klang erleichtert.

»Was gibt es, Soldat?« rief der Priester.

»Es ist Master Spar, Pater. Er ist uns gefolgt.«

»Bring ihn her! Auf der Stelle!« Pater Gwion war mächtig verärgert. Einen Moment lang war Caspar danach zumute, in den Brunnenraum zurückzurennen. Doch nun hatte man ihn erwischt, und er würde sich dem heiligen Mann stellen müssen. Es war zu spät, sich aus dem Staub zu machen.

»Caspar«, stöhnte der Kaplan. Stets nannte er den Jungen bei seinem vollen Namen, als wäre es unschicklich, den Spitznamen zu benutzen. »Ich kann nicht glauben, daß du dich in einer solchen Zeit dem Baron widersetzt. Hör doch.« Gwion hielt inne, um dem rhythmischen, metallischen Klirren zu lauschen, das durch die Tunnel hallte. »Das ist der

Feind. Ich bin enttäuscht von dir, Caspar. Gott wird es nicht gern sehen, und Branwolf wird bitterlich enttäuscht sein, daß du sein Vertrauen mißbraucht hast.«

Caspar hatte Zorn erwartet, doch der Gedanke an die Enttäuschung seines Vaters war weit schwerer zu ertragen. Vielleicht war es die Sache doch nicht wert, seine Neugier befriedigen zu wollen.

»Jetzt wirst du bei uns bleiben müssen, Caspar«, fuhr der Kaplan fort. »Mach keinen Unsinn. Schließlich will ich dem Baron nicht noch mehr von deinem kindischen Betragen melden müssen, oder, junger Neffe?« Drohend hoben sich die Brauen des Mannes über Augen, die im Licht des Mondsteins ein gespenstisches Blau annahmen.

Mit hängendem Kopf fügte sich Caspar in der Mitte der Reihe ein. Es war eine Erleichterung, mit Hilfe des Lichts gehen zu können, das der Mondstein um ihn warf, doch ansonsten hatte das Abenteuer seine Aufregung eher eingebüßt. Alle hundert Schritte rief der Kaplan zum Halt, damit sie nach dem Feind lauschen konnten. Der Klang von Spitzhacke und Hammer am Stein wurde deutlicher, und der harsche, gutturale Tonfall des Feindes war als unverständliches Grunzen auszumachen.

»Der Schall wandert weit durch diesen Fels, und ich kann noch immer nicht erkennen, wo sie sind«, sagte Catrik, »nur daß sie unter uns sein müssen.«

Immer weiter stiegen sie in die Tiefe, durch die Irrgänge der Tunnel, die sich drehten und wanden, manchmal zu gähnenden Höhlen wurden, als endeten sie im Bauch eines Wales. Der Priester wählte einen weiteren Tunnel, der nach unten führte, und schließlich erreichten sie die tieferen Ebenen. Die Luft war hier frischer, reingewaschen vom Sprühwasser der plätschernden Bäche, welche das Echo der feindlichen Aktivitäten mit unnachgiebigem Plappern zerstreuten. Endlich fanden sie den Tunnel, in dem das metallisch hallende Hämmern am deutlichsten war.

»Ich glaube, es ist dieser hier, Männer.« Pater Gwion deutete auf einen Tunneleingang, indem er das Licht des Mondsteins in dessen Richtung schwenkte.

Catrik schüttelte den Kopf. »Gestattet mir, Pater, aber es ist der nächste. Lauscht noch einmal.«

Der Kaplan runzelte die Stirn.

»Er hat recht«, sagte Hal. »Catrik hat ganz sicher recht. Es ist der nächste Tunnel.«

Der Priester gab nach. »Wir gehen ein Stück weit hinein, um sicherzugehen, daß es keine Abzweigungen oder Kreuzungen gibt, durch die sie wieder hereinkommen können. Außerdem sollten wir soviel Abstand wie möglich zwischen die Explosion und den Brunnen bringen.«

»Sehr weise, Pater. Es wäre nicht gut, wenn die Explosion durch den Brunnen bis in den Brunnenraum dringt«, sagte Catrik. »Aber wieso töten wir die Halunken nicht einfach?«

»Ja«, stimmte Hal begeistert mit ein. »Wieso töten wir sie nicht?«

»Unglücklicherweise, Catrik, junger Hal, können wir das nicht riskieren. Wir wissen nicht, wie viele es sind, und es ist wichtiger, daß wir ihr Eindringen verhindern, als daß wir eine Handvoll von ihnen töten. Und ich möchte nicht, daß jemand unnötigerweise zu Tode kommt«, erklärte der Mann Gottes.

Caspar dachte, daß sein Vater einen Fehler begangen hatte, als er Gwion die Männer in die Tiefe hatte führen lassen. Mit einem Blick in Hals Gesicht wurde ihm klar, daß sein junger Onkel mit dem rabenschwarzen Haar dasselbe dachte.

»Unsere Pflicht, Männer, ist es, den Brunnen zu schützen«,

fuhr der Kaplan fort. »Torra Alta braucht Wasser. Darüber hinaus muß ich jetzt an Master Caspar denken. Wir können uns nicht auf irgendwelche Scharmützel einlassen, wenn wir den jungen Sohn des Barons zu beschützen haben. Branwolf würde es mir nie verzeihen.«

Catrik nickte nachdenklich, während Caspar wütend eine finstere Miene zog, weil man ihn wie ein kleines, hilfloses Kind behandelte.

Der Kaplan nickte dem Sohn seiner Schwester zu. »Und in meinen Augen, junger Caspar, siehst du nach deinem Ungehorsam nicht eben bußfertig aus. Du bist zu jung, um hier unten zu sein, und nun müssen wir eher für dich Sorge tragen, als daß wir uns auf die Arbeit konzentrieren könnten«, fügte er boshaft hinzu.

Wie kann er es wagen, mich so zu behandeln, dachte Caspar, zornig über die herablassende Art des Kaplans. Er erwiderte den finsteren Blick, und die Rebellion stand ihm ins Gesicht geschrieben, gleichgültig wie viele Passagen aus der Heiligen Schrift er später als Strafe würde abschreiben müssen.

Sie marschierten in den Tunnel und hielten die Hefte ihrer Schwerter fest, während sie auf die lauter werdenden Geräusche des Feindes lauschten.

»Können sie uns nicht hören?« flüsterte Hal.

»Nein, die Narren machen zuviel Lärm«, erwiderte der Brunnenmeister und fügte dann mit finsterem Tonfall hinzu: »Aber dort sind nicht nur menschliche Stimmen.«

Der Schall pflanzte sich im hohlen Felsen fort, als würde er von einer trommelähnlichen Kammer verstärkt. Unter dem Klirren stählerner Hammer auf Stein und dem Trampeln von Stiefeln, die hin und her eilten, hörte man das Scharren klauenbesetzter Pfoten. Ein großes Tier, dachte Caspar. Schwer, mit langen, langsamen Schritten, vielleicht ein Bär.

Ein Schauer durchfuhr ihn. Sie bogen um eine scharfe Kehre, und das Hämmern wurde deutlich lauter. Es schien, als hätten sie das verräterische Echo des Feindes in den unendlichen Tunneln schließlich doch auf einen Eingang eingekreist, wo der Lärm nicht von Gabelungen und Kreuzungen verzerrt war.

»Das ist weit genug, Männer«, zischte der Kaplan. »Nehmt eure Pulverfässer. Wir prüfen den Tunnel sorgsam auf Seitengänge, bevor Catrik die Sprengung einrichtet.«

Er schickte zwei Soldaten, und Hal sah in jede Nische und Grotte entlang des Tunnels, um sicherzugehen, daß an deren Ende kein Weg nach draußen führte; er überließ es Catrik, die Kästchen mit dem Pulver zu arrangieren. Sorgfältig untersuchte der alte Brunnenmeister die Oberfläche der Felsen und sah sich an, wo der Sprengstoff am besten anzubringen wäre, damit die Explosion einen überhängenden Stein zum Einsturz bringen würde, der ein gutes Stück der Decke ausmachte und den Tunnel vollständig blockieren würde. Caspar wartete geduldig, fragte sich, wieso man ihn nicht aussandte, um nach verborgenen Gängen zu suchen. Dann fiel ihm ein, daß er kein eigenes Licht hatte, mit dem er hätte suchen können. Er beobachtete, wie die weißen Lichter im Tunnel auf und ab schwenkten, als Hal und die Soldaten systematisch den Fels prüften. Bald schon kam Hal zurück.

»Ich glaube, weiter hinten gibt es eine kleine Öffnung.«

»Stimmt, Hal«, rief Catrik ihm zu. »Ich werde zur Sicherheit ein Faß hineinstecken. Such weiter.«

Es schien Ewigkeiten zu dauern, bis der alte Brunnenmeister die Pulverkästchen eingerichtet hatte. Mit ungeduldiger Stimme bestand der Kaplan darauf, ihm dabei zu helfen, die Kästchen zu verteilen, obwohl Catrik sagte, es sei für einen Mann der Kirche eine allzu gefährliche Aufgabe. Obwohl

Gwion darauf bestand, zu helfen, um den Vorgang zu beschleunigen, machte sich Caspar Sorgen, daß es zu lange dauern könnte.

»Werden sie nicht bald zu uns durchbrechen?«

»Wir haben noch genügend Zeit. Keine Sorge, mein Junge«, hallte Catriks tiefe, beruhigende Stimme durch den Tunnel. »Der Schall pflanzt sich durch diese porösen Felsen sehr weit fort. Ich würde sagen, sie haben noch ein paar Meter Stein zu hauen, und dafür werden sie sicher lange brauchen.«

Der Junge entspannte sich, und dann wurde er wieder unruhig, als er sah, wie die anderen arbeiteten und er nicht helfen konnte. Die beiden Männer hatten den Sprengstoff mehrfach angebracht, ständig darüber gestritten, wie die Kästchen plaziert werden sollten, damit sie die beste Wirkung zeigten. Caspar fing an, sich umzusehen: Er erblickte nur kalten, kahlen Stein, bis er ein Stück den Tunnel hinabgewandert war, soweit das Licht von Catriks Mondstein es erlaubte. Hier fand er eine apsisähnliche Nische, an deren Boden ein Tümpel war, in den ein winziger Wasserfall aus einem Riß im Fels darüber plätscherte. Tropfen, die durch die Luft spritzten, glitzerten wie Diamanten und Saphire, wenn sie im weißen Licht des Mondsteins tanzten.

Wie außergewöhnlich, dachte Caspar. Es gab viele Wasserfälle, die aus den Gelben Bergen in die Tiefe stürzten; im Tageslicht fing der Sprühregen das natürliche Licht in unzähligen, gebrochenen Regenbogen auf. Doch in diesem Nebel waren keine warmen Farben enthalten: kein Rot und kein Orange, nur kaltes Blau und Weiß.

Das gespenstische Licht reichte bis zur Felswand über dem Wasserfall hinauf, und er sah – grell schimmernd und schön wie die glitzernden, saphirenen Tropfen – eine Traube von Kristallen. Vielleicht waren sie wertvoll, oder vielleicht hatten sie Zauberkraft wie die Mondsteine, dachte er aufgeregt und begann, neben dem Wasserfall hinüberzuklettern. Ihre Färbung war wahrlich bezaubernd, wie das kräftige Türkis einer Pfauenbrust, und ihre scharfkantige, sechseckige Form sah zu perfekt aus, als daß sie natürlich sein konnte.

Der gebannte Junge fand mit dem Fuß den nächsten Halt, der ihm bei seinem Aufstieg half, dann mußte er seine Fingerspitzen ausstrecken, um für den nächsten Schritt nach einem Felsgesims zu greifen. Der Wasserfall hinter der Felswand rauschte in seinen Ohren, und er war verloren in der kleinen Welt der kristallgekrönten Grotte. Er vergaß alles um sich herum und kletterte höher. Der Aufstieg selbst wurde zu einer umfassenden Herausforderung; das Rauschen des Wassers hinter dem Fels schwoll zu einem Donnern an. Er dachte bei sich, daß hinter der Wand eine Art Fluß sein mußte und der Wasserfall diesem entsprang.

Ein weiterer Sims half ihm näher an sein Ziel, und schließlich hielt er die Kristalle in der Faust. Doch der Augenblick seines Triumphes verpuffte, als sein hübscher Preis zu wertlosem Staub zerfiel. Eine Sekunde lang hatte er das komische Bild von Dunnock vor Augen, der ihm vom Unsinn predigte, falschen Götzen nachzulaufen, doch wurde dieses Bild boshafterweise fortgerissen, als jemand – oder etwas – in seine Gedanken drang und ihn beim Kragen packte, als wollte er ihn erdrosseln. Rückwärts wurde er vom Stein gerissen. Fest im Griff des anderen fiel er in den Tümpel, sank in die schwarzen, bodenlosen Tiefen, eiskalt und schockierend.

Er kämpfte gegen die Panik an und spürte, wie man ihn immer tiefer zerrte. Wild schlug er mit den Armen, um sich von seinem Angreifer zu befreien. Seine Lungen schrien förmlich nach Luft, aber er war nicht stark genug. Der Schmerz in seiner Brust war überwältigend. Er fing an zu zappeln und zu treten, riß an dem Arm, der immer noch um seinen Hals lag.

Gott, bitte hilf mir, betete er, als seine Muskeln die Kraft verließ und sein Hirn ganz taub wurde. Sekundenlang glaubte er, er sähe ein helles, rotes Licht über die Wasseroberfläche flackern. Er versuchte, den seltsamen, einlullenden Schlaf abzuwehren, der sein Sehen und sein Hören trübte.

Nein! Ich muß weiterkämpfen, ich muß. Spar, kämpfe, du mußt kämpfen, trieb er sich in Panik an.

Und schließlich ließ der würgende Griff um seinen Hals nach; er konnte sich nach oben treten, mußte verzweifelt an die Luft.

KAPITEL 3

Die ist völlig verrottet«, klagte der Hauptmann, als er unter der Plattform der Kriegsmaschine hervorkroch. »Die Zahnräder der Winde werden sicher nie mehr greifen. Ich möchte bezweifeln, daß Catrik sie reparieren kann, und wenn er es kann, fresse ich meinen Hut ... wie er sagen würde.«

Enttäuscht betrachtete Branwolf die alte Balliste, und seine Augen wurden zu zornigen, dunklen Schlitzen. Einen Moment lang wollte er am liebsten gegen die Maschine treten, doch fand er seine Fassung bald wieder. »Nun, Hauptmann, wir werden eben ohne sie auskommen müssen. Laßt sie fortschaffen. Wir zerhacken sie zu Feuerholz. Und bringt eine von den neueren Ballisten von der Nordmauer herüber. Das wird unsere Verteidigungsanlagen etwas ausgleichen.« Er seufzte über die verrottete Kriegsmaschine. »Ich glaube ohnehin nicht, daß diese alten Dinger viel Feuerkraft hatten. Was wir dringender brauchen, sind mehr Männer.« Seine Gedanken schweiften zu den exorbitanten Kosten der Kathedrale, zusätzlich zu König Rewiks drückenden Kirchensteuern. Diese hatten ihn gezwungen, die Zahl der Soldaten zu verringern. Leise sprach er mit vertraulicher Stimme zu seinem Hauptmann. »Ich habe nur tausend Mann. Mein Urgroßvater hatte dreitausend. Die Zeiten haben sich geändert, und zwar schnell.«

Die beiden dunklen Männer in ihren Bärenfellen fuhren herum, alarmiert von einem Schrei vom Wachturm über ihnen.

Zwar war Branwolf etwas kleiner als sein stämmiger Hauptmann, doch seine Statur stellte den anderen in den

Schatten. Seine breite Brust und die Ausstrahlung stolzer Autorität verliehen Branwolf machtvolle Präsenz. Das ehemals fast pechschwarze Haar – das einst wie das von Hal gewesen war – zeigte an den Schläfen graue Strähnen. Auch die klaren Linien seines Gesichts und der scharf geschnittene Unterkiefer glichen Hal, und auf den ersten Blick besaßen sie die gleichen dunkelolivfarbenen Augen. Doch der Glanz in den Augen des Barons war ernst, und die Weisheit in seinem sorgenvollen Blick hatte die Augenränder mit Falten überzogen, die von Trauer kündeten. Hals leuchtende Augen unter sanft geschwungenen Brauen – die für gewöhnlich auf arrogante Weise hochgezogen waren – taxierten die Welt meist mit starrsinniger Dreistigkeit, als wäre ihm absolut alles egal.

Die Kleidung des Barons allein unterschied ihn nicht gleich von seinen Leuten. Wie alle anderen trug er ein grob gewebtes Hemd und eine dicke, praktische Halsberge aus Hirschfell, die von den schweren Anforderungen des Lebens in der Garnison ganz abgewetzt war. Ein brauner Umhang aus Bärenfell lag um seine Schultern und schützte ihn vor der schlimmsten Kälte. Seine stolze Haltung jedoch zeigte der Welt, daß er ein hochgestellter Baron aus einem der wohlhabendsten Reiche am Caballischen Meer war. Allein König Rewik stand in der feudalen Hierarchie noch über ihm, und nur sechs Männer im ganzen Reich Belbidia waren ihm gleichgestellt. Branwolf jedoch zog es vor, sich nicht mit goldenen Amuletten, flatterndem Satin und Hermelin zu schmücken. Seiner Ansicht nach war solcher Putz den Frauen vorbehalten.

»Es hat schon wieder jemand Schwierigkeiten auf der Rutschbahn«, rief der Hauptmann drängend und lief bereits den Falltoren entgegen. Eilig überholte ihn der Baron und sah bestürzt, was unten vor sich ging. Ein ganzer Troß von Eseln schrie in Panik, rang darum, sich vor dem Sturz in die Tiefe zu retten. Funken sprühten von ihren Hufen, die auf dem nackten Stein stampften und trampelten. Doch sie rutschten allmählich rückwärts, wurden vom Gewicht des letzten Tieres mitgerissen, das den Halt auf der trügerischen Straße verloren hatte. Noch war das Tier durch die knarrenden Riemen seines Geschirrs am Eselstreck festgebunden, aber es hing bereits über den gezackten Spitzen der Geröllhalde in dreißig Metern Tiefe freischwebend in der Luft.

Verzweifelt schlug der Treiber auf den führenden Esel ein, während Soldaten mit dem Rest des Trecks rangen. Branwolf schritt an den ächzenden Männern vorbei zum fünften Esel, dessen Hinterläufe nur einen Schritt weit vom Abgrund entfernt waren. Er drückte seinen Rücken an dessen Rumpf und zückte sein Jagdmesser. Die scharfe Klinge blitzte in der Morgensonne, und mit einem kurzen Schnitt durchtrennte er die strammen Lederriemen, die den baumelnden Esel hielten. Die fünf Tiere auf der Rutschbahn rückten vor, so daß die Soldaten auf die Knie sanken. Sekunden später hallte der dumpfe Aufprall weit unten zwischen den Hängen des Tales hin und her.

Der Eseltreiber fuhr herum, und eine Sekunde lang schien es, als wagte es sein Blick, den Lord des gefühllosen Mordes an einem seiner Tiere zu bezichtigen. Eilig jedoch wandte er sich ab. Dem Baron war dieser Blick aber nicht entgangen. Er schritt den steilen Fels hinauf und sah dem Mann offen in die Augen.

»Wenn du dir die Mühe gemacht hättest, die Lage einzuschätzen, statt einfach dem Rest der Tiere die Haut vom Leib zu prügeln, wäre dir vielleicht aufgefallen, daß sein Genick bereits gebrochen war. Für fünf Säcke Mehl und den Preis des Schinders für einen toten Esel hast du fünf dieser Tiere aufs Spiel gesetzt.« Angewidert stapfte er der Burg entgegen, doch dann wandte er sich dem Mann noch einmal zu. »Es wäre nie passiert, wenn du sie nicht überladen hättest. Ich will nicht, daß die Tiere mißbraucht werden. Am Ende des Tages haben wir mehr von ihnen, wenn sie am Anfang nicht schon erschöpft sind.«

Mit breiten Beinen und den Händen an den Hüften stand er da und starrte den Proviant an, den seine Männer gleich hinter den äußeren Wehranlagen aufgestapelt hatten. Augenblicklich ging er dazu über, verschiedene Aufgaben an seine eifrigen Soldaten zu delegieren, versuchte Ordnung in ihr zielloses Vorgehen zu bringen. Das sollte Hal tun, dachte er verärgert. Dann fiel ihm das Klappern im Brunnen ein, und er hoffte, Hal und seine Männer hätten das Schlimmste ausgemerzt. Natürlich hoffte er, daß Gwion recht behielt. Sicher war es nur ein rein mechanisches Geräusch. Doch Spar könnte hier helfen, dachte er. Spar war jung, aber der Junge würde bald lernen müssen, Verantwortung zu übernehmen. Er seufzte bei dem Gedanken an seinen jungen, braunhaarigen Knaben und schüttelte den Kopf. Nein, noch nicht. Er war zu jung.

»Bringt diese Spitzen zum Pfeilmacher«, befahl er. Dieser hatte vor einigen Wochen geknurrt, es mache keinen Sinn, Schäfte zu schnitzen, solange es keine Widerhaken für die Pfeile gäbe.

Eine Kiste mit gackernden Hühnern glitt einem Soldaten aus den Händen. Der geflochtene Käfig platzte auf den Steinen und ließ die flatternden Vögel auf dem Burghof frei. Die Burghunde, die ihr Fell in der Morgensonne wärmten, sprangen aus dem Schlaf auf und jagten die panischen Vögel, bissen ihnen mit schnappenden Mäulern die Schwanzfedern aus. Die Esel brachten ihr Geschrei in dieses Pandämonium mit ein, während ein angebundenes Pferd seine ganze Mühe aufbot, den Wagen zu zertrümmern, an den es gebunden war.

»Gott steh uns bei«, murmelte Branwolf. »Um Himmels willen, kümmere sich jemand um die Hunde! Und holt Spar, er kann die Hühner fangen.« Die Hunde jedoch waren von der Aussicht auf frisches Futter vor ihren Nasen viel zu aufgeregt, um auf die Bemühungen der Soldaten, sie unter Kontrolle zu bringen, zu reagieren. Zornig stieß Branwolf einen schrillen, schneidenden Pfiff zwischen den Zähnen hervor und riß die Tür zum Wachraum auf. Widerwillig schlichen die Hunde mit den Schwänzen zwischen den Beinen an ihm vorüber und kauerten sich in die dunklen Ecken des Wachraums. »Hol jemand den Jungen«, befahl Branwolf erneut, da er dachte, daß Caspar wahrscheinlich mehr Freude daran haben würde, die Hühner einzufangen als Kessel auszukratzen. Er war lange genug in diesem Brunnenraum gewesen.

Absichtlich ignorierte der Baron den Hahn, der oben auf den Zinnen hockte und ihn wie ein siegreicher General ankrähte, hob die nächste Kiste vom Wagen und reichte sie einem der Küchenjungen.

Ein Soldat kam aus der Tür, die in den Brunnenraum hinunter führte, und rannte über den Burghof. »Mylord, von Master Spar ist nichts zu sehen, und es kommen Hilferufe aus dem Brunnen.«

Branwolf ließ die Kiste fallen, so daß sie vor seinen Füßen zerbrach. Er nahm die Beine in die Hand und lief so schnell er konnte, sprang die Wendeltreppe hinab und hielt den Kopf in den Brunnen. »Hallo?«

Die Stimme des Kaplans wehte herauf. »Setzt den Mechanismus in Gang. Catrik ist verletzt. Wir müssen ihn mit der Winde hochziehen.«

Der Baron schlug an die Rümpfe der Esel, die in den

Tretmühlen festgebunden waren, damit sie antrabten. Die schlaffen Seile am Flaschenzug spannten sich, und knarrend kam Leben hinein. Schon hallte das metallische Rasseln der Eimer aus der schwarzen Grube herauf, und sie schütteten ihr gelbes, stinkendes Wasser in die Rinnen und Wannen, bis der Hauptmann und mehrere Männer atemlos im Raum erschienen. Branwolf lief ungeduldig auf und ab, schlug jedesmal an den Rand eines Schwefelkessels, wenn er daran vorüberkam, während er darauf wartete, daß Gwion und Catrik mit der Winde heraufgeholt wurden. Catrik verletzt … und das ausgerechnet jetzt.

Die leuchtende Krone von Gwions rasiertem Kopf ragte über den Brunnenrand hinaus, dann der Ring aus mattbraunem Haar, der ihn umgab. Die glanzlosen, blauen Augen wirkten fragend und sorgenvoll, als er vom stöhnenden Catrik aufblickte, der sich in seinen Armen krümmte. Der Baron sprang vor und rang mit dem Gewicht des alten Faktotums, als sie den Mann sanft auf den Boden hoben und in einen Umhang wickelten. Sein Gesicht war voller Blut, Felssplitter und einer Pulverschicht aus explosivem Staub. Die dunklen, geröteten Augen blinzelten zu seinem Lehnsherrn auf.

»Die Jungen … gefangen«, keuchte er erschöpft hervor. Seine Augenlider flatterten und schlossen sich, und Branwolf hielt seinen Kopf an die gesprungenen Lippen des Mannes, um die Worte zu verstehen. »Ich habe versucht, sie zu holen, aber …« Er schwieg. Branwolf stand mit geballten Fäusten auf. Das Blut pochte in seinem Schädel, als er daran zu denken versuchte, was der Mann da sagte. Nicht Spar, nein, nicht Spar, er durfte nicht auch ihn verlieren …

»Ich habe die anderen Männer unten gelassen. Sie versuchen, die beiden auszugraben.« Der Kaplan griff nach Branwolfs Hand. »Catriks Stein … er hat das Pulver entzündet, und es gab einen Einsturz.« Das Gesicht des drahtigen Priesters war weiß. »Gott stehe ihnen bei.«

»Wie viele sitzen fest?« Branwolf hustete, damit seine Stimme nicht brach.

»Nur Hal und Caspar.«

»Nur Hal und Caspar«, wiederholte Branwolf. Nur mein ganzes Leben, dachte er hilflos. »Gut, Hauptmann, holt jemanden, der sich sofort um Catrik kümmert, und holt ein halbes Dutzend Männer mit Spitzhacken und Schaufeln. Pater Gwion kann uns zu der Stelle führen.« Er stützte sich einen Augenblick, indem er sich am Brunnenrand festhielt, während er versuchte, die Vorstellung zu verbannen, daß sein Sohn festsaß, zermalmt, unter Tonnen von Stein erstickt.

Fest griff die Hand des Schwagers nach seinem Arm, bot ihm Halt, und dankbar atmete Branwolf durch, um sich zu beruhigen.

»Also. Wir graben sie aus. Kommt, beeilen wir uns. Stecken wir die Fackeln an, und um Himmels willen ...«, drohend starrte er seine Männer an, aber er sprach mit leiser Stimme, »haltet die Fackeln hoch, damit sie nicht tropfen. Ich möchte nicht, daß jemand von einer Fackel geblendet wird.« Er wandte sich dem Kaplan zu. »Du solltest für Catrik die angemessenen Gebete sprechen, bevor wir gehen ... für alle Fälle.« Er war nicht sicher, ob der alte Brunnenmeister ihn hören konnte oder nicht, doch er beugte sich über ihn und flüsterte ihm leise ins Ohr. »Du siehst nicht so schlimm aus, alter Freund. Wir haben beide schon Schlimmeres gesehen. Ich werde die beiden zurückholen, keine Sorge. Halte durch, wir brauchen dich. Ich brauche dich, alter Freund.«

Er warf einen letzten Blick auf Catriks aschfarbenes Gesicht, die unnatürlich fahlen Lippen und den Schlamm, mit dem er vollgespritzt war, dann wandte er sich um und führte seine Männer in die Tiefe, wobei sie eine Rauchfahne von den ölgetränkten Fackeln hinter sich her zogen, in den Tunnel, welcher sich unter dem Brunneneingang schlängelte. Einen Moment lang war der Tunnel von flackernden, orangefarbenen Flammen beleuchtet. Branwolf trat in das zuckende Licht, das von den engen, runden Wänden reflektiert wurde, das den gewundenen Weg, der vor ihm lag, nicht erhellen konnte. Das ekelhafte Gefühl in der Magengrube wurde drückender. Er stieg durch den glühenden Schlund eines Drachen in dessen Grotte von einem Bauch. Als er das letzte Mal in den Brunnen hinabgestiegen war, hatte er nach seiner Frau gesucht!

Die quälende Erinnerung an ihre helle Stimme wurde von den schweren Schritten erstickt, die hinter ihm zu hören waren. Ihre schlichte Lebensfreude und wie sie die Burg mit ihrem Lachen erfüllt hatte … ihm wurde zornig und bitter zumute, daß sie ihn allein gelassen hatte, und schlimmer noch, daß sie Spar allein gelassen hatte. Am einen Tag war sie noch da, am nächsten war sie fort. Kein Wort, nichts. Er hoffte, daß sie tot war. Es war schrecklich, so etwas zu hoffen, und er betete, daß Gott ihm einen solchen Gedanken verzeihen möge, doch konnte er nach all den Jahren nur so an sie denken. Falls sie noch lebte, ihre Familie nur im Stich gelassen hatte, dann konnte er sie hassen … und doch liebte er sie, liebte sie mehr, als er das Leben liebte. Jahrelang hatte er gehofft, sie würde einfach unter den Falltoren hereinspaziert kommen und wieder auf seiner Burg sein. Doch die Jahre vergingen und mit ihnen auch seine Hoffnung.

So viele Frauen, dachte er. So viele lächelnde, leblose Gesichter. Er hatte mit ihren schönen Körpern getändelt und vergeblich versucht, die schmerzliche Lücke in seinem Herzen zu schließen. So viele Frauen, doch ihre Augen waren tot.

Er hatte Burg und Tal nach ihr durchsucht, bis er schließlich in den Brunnen stieg. Er hatte alle seine Männer, eintausend Berufssoldaten, in die Katakomben beordert und sie drei Tage dort suchen lassen. Dann hatte er mit Hilfe seines Schwagers noch einen Monat lang jeden Tag gesucht, doch hatten sie keine Spur von ihr gefunden. Nachdem er das dunkle Labyrinth aufgegeben hatte, war er ein Jahr lang durch die Baronie gestreift, bis hinauf zu den heidnischen Dörfern, die tief im Keilerwald an ihren ketzerischen Verehrungen festhielten.

Verzweifelt hatte er versucht, sich in den Neuen Glauben zu stürzen, doch bot ihm die Gnade des Einzig Wahren Gottes nur wenig Trost. Auch der Kaplan hatte Beistand in den Heiligen Schriften gesucht und beschlossen, sein Leben dem neuen Gott zu widmen. Branwolf beneidete ihn um den tröstenden Glauben, doch war er auch froh darum … ein merkwürdiger Teil von ihm hoffte, daß Gwions Glaube stellvertretend für die ganze Familie wirkte. Daher stimmte es Branwolf traurig, daß Rewiks Erzbischof für ein neues Bischofsamt stets einen sanfteren, kultivierteren Priester aus dem Flachland vorzog. Dem energischen Torra Altaner war die Beförderung innerhalb der Kirche verwehrt geblieben. Nur der Einfluß des Barons hatte Gwions Beförderung vor Dunnock, seinem spatzengleichen Hilfspfarrer, sichergestellt.

Er betete, daß ihm nicht wieder eine schreckliche Suche wie jene vor zwölf Jahren bevorstand. Bei einem Blick auf die Stiefel seines Schwagers, die auf der Leiter von einer Sprosse zur nächsten stiegen, wurde ihm klar, daß er unlogisch dachte. Gwion wußte, wo die Jungen waren. Selbstverständlich würde man sie freischaufeln. Die Jungen waren kräftige, harte, gesunde Burschen. Sie würden ein paar Kratzer und Beulen überleben, so sagte er sich. Sie waren nicht wie der alte Catrik. Zum ersten Mal dachte er schuldbewußt an Hal, und der Schwur am Sterbebett seines Vaters fiel ihm ein, den Jungen zu beschützen. Er hatte Hal wie seinen eigenen Sohn aufgezogen, doch Spar war alles, was ihm von seiner geliebten Keridwen geblieben war.

Er taumelte kurz, als sein Fuß unerwarteterweise festen Boden berührte. Unruhig lief er auf und ab, als er darauf wartete, daß seine Männer ihn einholten. Schließlich war auch der letzte unten, und knurrend wandte er sich dem kleinen Priester zu, dessen Haarkranz im Licht des Fackelscheins wie Flammen leuchtete.

»Also dann, Gwion. Geh du voran. Hauptmann, übernehmt die Nachhut. Und bleibt zusammen, Männer ... nah zusammen. Ich möchte nicht, daß jemand abschweift. Haltet die Fackeln hoch und bleibt nicht stehen.«

Sie liefen in gleichmäßigem Trott, schlängelten sich durch die Tunnel. Lange Schatten zuckten neben ihnen, wie Kobolde, die in die Wölbung der glatten, von Schuppen abgewetzten Tunnel gegossen waren. Der Kaplan bog links und rechts ein, blieb ein-, zweimal an einer Kreuzung stehen, bis er sich für den richtigen Tunnel entschied. Sein Gesicht war rot angelaufen, und seine blauen Augen irrten hin und her, während er sich ängstlich zu entscheiden suchte, wohin er sich wenden sollte. Branwolf sah die zitternden Hände und merkte, daß er sehr in Not war.

»Es ist nicht deine Schuld«, sagte Branwolf und legte seinem Schwager eine Hand auf die Schulter. Er fragte sich, was er in den letzten zehn Jahren ohne den spirituellen Beistand dieses Mannes getan hätte. »Du mußt dich nicht verantwortlich fühlen. Ich bin mir sicher, daß du alles getan hast, was in deiner Macht stand.«

»Aber wem soll ich die Schuld sonst geben? Ich hatte die Verantwortung. Ich hätte Caspar gleich zurückschicken sollen, als ich sah, daß er uns gefolgt war.« Ein Beben war in der Stimme des Mannes zu vernehmen, doch ließ er es nie an der gewählten Sprache mangeln, die er sich so mühevoll angeeignet hatte, um seine bäuerliche Herkunft zu verbergen. »Falls ihm irgend etwas zugestoßen ist … komm, hier entlang.«

Er hätte den Weg markieren sollen, dachte Branwolf, aber er kam zu dem Schluß, daß seinen Schwager jetzt schon zu viele Schuldgefühle plagten, um ihn auch noch zu schelten.

Weiter liefen sie durch die stille, kühle Welt tief im Inneren der Gelben Berge. Das Echo ihrer tappenden Schritte auf dem feuchten, nackten Fels setzte sich in alle Richtungen fort und kehrte aus unerkundeten Grotten und Seitenräumen zu ihnen zurück, die der Schatten verschluckte. Ihre brennenden Holzscheite strichen über die Felswände, und Schichten aus Kupfer und Adern aus Quarz blinkten im Licht auf. Das naßkalte, leblose Labyrinth – begraben unter der unvorstellbaren Last des Steins über ihren Köpfen – zog sie immer weiter in seine drückenden Tiefen. Als Gwion sich einen Weg durch die verschlungenen Eingeweide der Erde suchte, blieb er nur einen Moment lang stehen, bis er sich schließlich einem niedrigen, abfallenden Tunnel zuwandte. Abrupt kam er vor einer Wand aus Geröll zum Stehen. Die verbliebenen Männer des ersten Trupps versuchten bereits verzweifelt, die herabgestürzten Brocken fortzuschleppen, doch waren sie noch nicht sonderlich weit vorgedrungen. Leeren Blickes starrte Branwolf die Tonnen von Geröll an. Lieber Gott … hab Mitleid mit meinem Jungen, betete er.

Staubverschmierte, schweißnasse Männer ließen die Arbeit liegen, als der Baron herankam. Als ihr Keuchen nachließ, spürte Branwolf die drückende Stille. Feiner, erstickender Staub hing als Nachwirkung der Explosion noch immer in der Luft, und Branwolf zog eine finstere Miene, als einer der Männer lauthals hustete. Der Mann erstickte den Husten im Ärmel seiner Jacke, um dem Tadel seines Lehnsherrn zu entgehen … welcher die Ohren spitzte, aufmerksam lauschte und mit allen Sinnen seines Körpers ein Lebenszeichen seines Sohnes suchte. Er hörte nur fernes Tropfen von Kondenswasser. Unerbittlich maß das stete Tropfen den Puls der Zeit, und hatte es schon getan, bevor der Mensch auf diese Welt kam. Das unerbittliche Plätschern fallenden Wassers zählte lang vergessene Ewigkeiten.

Der Baron holte tief Luft und bellte mit aller Kraft: »Spar! Spar!«

Seine Stimme hallte und hallte durch die Tunnel. Das heulende Echo war gespenstisch und unheimlich. Er wartete, bis es verklungen war, und lauschte, ob er etwas hören konnte – sei es auch nur die leiseste Bewegung im Geröll. Er verfiel in enttäuschtes Schweigen, das jedermann im engen Raum die Luft anhalten ließ.

»Es könnte sein, daß sie uns hören, obwohl wir sie nicht hören können«, flüsterte der Hauptmann dem Baron leise ins Ohr.

Dankbar sah Branwolf seinem Freund in die Augen. Er holte tief Luft und bellte noch einmal, lauter noch als vorher. »Spar … Hal … ich komme euch holen, keine Sorge. Ich hole euch.« Er atmete zweimal tief durch, um sich zu beruhigen, da er fürchtete, er würde die Stimme verlieren. Er durfte seine Männer nicht spüren lassen, wie sehr er sich fürchtete, nicht zu einem solchen Zeitpunkt, nicht wenn die vaalakischen Horden drohten, sich ihnen entgegenzuwerfen. Ein Führer muß stets stark sein. Als er sich wieder beruhigt hatte, lauschte Branwolf vergeblich auf jedwedes Geräusch, doch empfing ihn wiederum nur gnadenlose Stille. Plötzlich fiel ihm ein, warum Hal und der Kaplan überhaupt hierher geschickt worden waren.

»Dieses Klappern … es kann nicht der Brunnenmechanismus gewesen sein, sonst wärt Ihr nicht so tief ins Tunnelsystem eingedrungen. Habt Ihr den Ursprung des Lärms gefunden?«

Gwion nickte. »Der Lärm war zweifelsohne Bergarbeit und kam von jenseits dieses Tunnels. Dann hörte es auf, nach der Explosion.«

Branwolf fragte sich vage, wo die anderen Mondsteine sein mochten, doch er vertrieb diese Sorge aus seinen Gedanken. »Schafft die Pulverfässer aus dem Weg«, befahl er. »Soldat, geh zurück und lagere sie unten an der Gabelung dieses Tunnels. Uns dürfen keine Fehler mehr unterlaufen. Du, Mann, halt ihm die Fackel, aber bleib von den Fässern fern.« Er sah sich die Schutthalde, die den Tunnel erstickte, aus der Nähe an und ließ seinen Blick über das scharfkantige Geröll schweifen, das sich zu seinen Füßen ausbreitete. Er sah sich an, was die Männer am Boden des Haufens fortgeschafft hatten, während er sich sorgsam zu entscheiden versuchte, was zu tun war.

»Dieses Geröll wird wie jeder andere Haufen sein … unten breiter als oben … also werden wir leichter durchkommen, wenn wir uns da oben durchgraben.« Er deutete auf die Decke des Tunnels, wo sich das Geröll von ihnen entfernte.

»Aber, Sir, wir dachten, sie könnten unter dem Haufen begraben sein«, murmelte ein Soldat. Die Haut an seinen Händen war aufgerissen, und Blut sickerte aus den kleinen Schnitten von den Felssplittern.

»Ich will drei Gruppen, und wir wechseln uns ab: drei Männer mit Spitzhacken oben, drei am Fuß, und der Rest kann sich ausruhen. So können wir so lange wie möglich schnell arbeiten.«

Branwolf führte die erste Gruppe an, kletterte über die Steine, bis sein Kopf an die feuchte Decke des Tunnels stieß.

Dort klemmte er seine Fackel in einen Spalt zwischen zwei Felsen und hob seine Spitzhacke an. In den Tunneln hallte der Lärm rollender Steine, als er einen schweren Brocken löste und hinter sich warf. Sie arbeiteten schweigend, unterbrochen nur von angestrengtem Stöhnen und einem gelegentlichen Fluch, wenn rollende Steine kleinere Verletzungen hervorriefen. Ihre Gedanken waren zu schrecklich, als daß sie diese äußern wollten.

Die Staubschicht auf dem Gesicht des Barons mischte sich mit Schweiß. Er machte sich über das Geröll her, und jeder Hieb war dazu angetan, einen vaalakischen Schädel einzuschlagen und einen der barbarischen Feinde zu töten. Wie lange schon drohten sie mit ihrer Invasion? Und nun stand dieser Dämon Morbak kurz davor, seine Armee durch die öden Lande zu führen, um gegen *ihn* zu marschieren. Fast lächelte er bei dem Gedanken an die romantische Vorstellung der Jungen vom bevorstehenden Krieg: Beide glaubten sie, sie würden Helden. Er lachte bitter, hämmerte seine Hacke in einen Spalt zwischen zwei Felsen und riß sie hin und her, bis er einen der Brocken herausgelöst hatte. Helden! Aber er vermutete, daß er früher einmal ebenso empfunden hatte.

»Ruht euch aus, Männer«, bellte er. »Und ich will absolute Stille.« Im Licht der flackernden Fackeln war eine annehmbare Lücke im Stein zu erkennen, doch war nach wie vor nicht abzusehen, daß sie bald zur anderen Seite durchdringen würden. Er holte tief Luft und rief mit lauter Stimme: »Spar … Hal … Spar …«

Als das hohle Echo verklungen war, hielten alle die Luft an und lauschten, ob auch nur die leiseste Erwiderung zu hören wäre. Doch ihnen schlug nur Stille entgegen, steinige, hohle Stille.

Branwolf seufzte und nahm seine Hacke. »Gut, wir wechseln. Ihr drei«, er deutete auf die anderen aus seiner Gruppe, »ruht euch aus, und ihr, die ihr da unten am Fuß Steine geräumt habt, kommt mit mir hinauf.« Er wartete keine Sekunde, bis er mit der Spitzhacke ausholte und sie an den Felsen schlug.

»Mylord Branwolf, ich glaube, auch Ihr solltet Euch ausruhen«, riet der Hauptmann leise. »Ihr werdet Eurem Sohn nicht nützen, wenn Ihr Euch erschöpft.«

»Nein!«

Die Fackeln schwelten, und dicker schwarzer Rauch stieg von den stumpfen Resten auf. Branwolf hatte seit zwei Stunden keine Pause gemacht, und nun klaffte ein großes Loch im Steinhaufen. Er war schwarz vom Ruß, nur dort nicht, wo der Schweiß, der ihm von der Stirn lief, den Schmutz fortwusch und seine blasse Haut preisgab. Er hielt kurz inne, um sich das Hemd vom Leib zu reißen, und zeigte die Muskeln an seinem schweißnassen Rücken, die sich im Schatten des flackernden Lichts deutlich abzeichneten. Er nahm seine Hacke auf und machte sich mit neuerlichem Eifer ans Werk. Seine Brust hob und senkte sich mit jedem Hieb.

»Die Fackeln sind fast aus«, flüsterte ihm der Hauptmann leise zu. »Ihr müßt Euch ausruhen.«

»Nein! Laßt einen der Männer neue Fackeln holen. Und bringt mir mehr Männer.«

Gwion war noch immer dort an seiner Seite, und obwohl er ein kleinerer, schmalerer Mann war, hatten seine strammen, wütenden Muskeln fast so hart wie Branwolfs gearbeitet. Es war für einen Kaplan harte Arbeit, aber seine Miene war hart und entschlossen. Zwar klebte sein schweißnasses Hemd am unteren Rücken, doch er behielt es an und ließ sogar die Manschetten zugeknöpft. Oft predigte Gwion von der Sünde, nackte Haut zu zeigen und daß es sündige Lust und Begierde hervorrief. Solcherart Sermon war üblicherweise von eisigen Blicken zum Baron hinüber und vernichtenden Blicken in Hals Richtung begleitet.

»Gott, sei dem Jungen meiner Schwester gnädig. Strafe ihn nicht für die Sünden seiner Mutter. Er ist unschuldig«, murmelte der Priester im Gebet. Seine Worte waren beim Hämmern der Hacken kaum zu hören.

Branwolfs Sinne waren derart angespannt, da er auf jede Bewegung und selbst den Pulsschlag eines Bewußtlosen im Geröll achtete, daß er die gehauchten Worte gleich verstand. Er sah seinen Schwager an. »Gott darf ihn nicht strafen: Seine verwerflichste Untat ist der Ungehorsam.«

»Der Herr ist gnadenreich«, murmelte der Kaplan mit beschwichtigender Stimme. »Aber ich denke, Catrik hatte recht: Diese heidnischen Mondsteine … wir hätten sie niemals anrühren sollen. Wir müssen sie suchen und vernichten, um dem lieben Gott zu zeigen, daß wir wahrlich nur Ihn allein verehren.« Wieder hieb Branwolf auf den Felsen ein, ächzend und stöhnend, sowohl um Gwions Worte zu ersticken als auch um seine Anspannung herauszulassen.

Die Nacht verging, und noch immer gab es keine Anzeichen dafür, daß sie durch den blockierten Tunnel brachen. Als er schließlich zugeben mußte, daß die frischen Soldaten härter und schneller arbeiteten als er es nach all den Stunden konnte, schlief Branwolf schlagartig ein, gab den Befehl, ihn sofort zu wecken, falls man etwas fand … was auch immer. Mit einiger Zufriedenheit sah er, wie andere mit aller Kraft arbeiteten, um seinen Sohn zu finden, wie die Soldaten sich die Nacht hindurch plagten, den Schutt abtransportierten, sich tiefer und immer tiefer in den aufgehäuften Stein gruben. Doch die Anspannung verhinderte, daß der Baron richtig schlief, und auch wenn seine Muskeln schmerzten und die Haut an seinen Händen roh und voller Blasen war, bestand er bald wieder darauf, an vorderster Front zu arbeiten.

Er hob einen Brocken an, rief, man solle unten aufpassen, als dieser hinter ihm hinunterrollte, auf den Tunnelboden fiel und in zwei Teile brach. Plötzlich hörte er, daß dasselbe Bersten auch vor ihm zu hören war. Es schien, als hätten sie auf der anderen Seite des Einbruchs einen Felssturz ausgelöst. Anscheinend hatte er es bald geschafft. Er griff nach seiner Fackel, warf das Feuer ins pechschwarze Loch, das sich vor ihm öffnete. Sie waren durch, doch konnte er noch immer nur sehr wenig sehen. Er schluckte fest, versuchte, die Luft anzuhalten und seinen hämmernden Puls zu besänftigen, damit er etwaige Geräusche hören konnte. Wasser trommelte in seinen Ohren ... aber das war alles! Er schrie in die Dunkelheit hinein, aber nur das Plätschern von Wasser auf Stein drang an sein Gehör.

Er drehte sich um, schätzte die Lage nochmals ein. »Hauptmann, ruft noch mehr Männer. Ich will, daß jeder einzelne Stein aus diesem Haufen zur Seite geräumt wird, für den Fall, daß sie darunter begraben sind. Ich werde die andere Seite absuchen. Ich hoffe, daß Hal klug genug ist, stillzuhalten und zu warten, bis ich ihn heraushole. Gebt mir eine neue Fackel.«

Der Hauptmann reichte ihm einen hell flackernden Holzscheit, frisch angezündet, der überschüssiges Öl spuckte.

»Warte!« Mit tödlich abgespannter Miene griff sich auch Pater Gwion eine frische Fackel. »Ich komme mit dir.«

Branwolf war für die Hilfe seines Schwagers dankbar, als er sein Hemd nahm und sich einen Weg über die gezackten Felsen bahnte. Er spürte nichts, keinen körperlichen Schmerz, nur drückende Trauer um seinen Sohn. Er warf die Fackel nach vorn, dann rutschte er auf dem Bauch voran, bis er schließlich auf der anderen Seite war, und sprang in den blockierten Tunnel. Als er erneut nach den vermißten Jungen rief, kam das Echo direkt zurück, hallte nicht endlos nach. Er runzelte die Stirn, merkte, daß nicht weit voraus eine Sackgasse sein mußte. Gwion war gleich hinter ihm, und gemeinsam suchten sie den Schutt zu ihren Füßen nach Spuren der Jungen auf dieser Seite des Einsturzes ab. Branwolf stockte der Atem, als er glaubte, etwas zu sehen, das wie eine Hand aussah, die aus den Spalten des Gerölls aufragte. Als er dorthin sprang, stellte er zu seiner Erleichterung fest, daß es nur ein heller Holzsplitter vom explodierten Pulverfaß war.

Schweigend wartete der Kaplan, und als Branwolf in seine trüben, blauen Augen sah, spürte er den Trost seines Gefährten. »Komm, wir suchen den Tunnel ab. Vielleicht sind sie bewußtlos und haben deshalb nicht geantwortet.«

Stetig marschierte er voran, hielt sein Holzscheit in jeden Spalt zu seiner Linken, während der Kaplan die rechte Seite des Tunnels absuchte. Sie kamen an einem tiefen Tümpel aus gelblich eingefärbtem Wasser vorbei, das schwappte und auf den Tunnelboden lief. Einen Moment lang sah Branwolf ihn fragend an. Dieser Tümpel hatte irgend etwas an sich, das nicht hierher paßte, doch wollte ihm nicht einfallen, was.

»Man sollte glauben, daß ich nach all den Monaten der Suche hier unten jeden Zentimeter Felsen kennen müßte«, seufzte er. »Sicher habe ich jeden Tunnel hundertmal durchsucht … tausendmal.«

»Die Tunnel ändern sich«, murmelte der Priester. »Der schwere Regen«, fügte er mit festerer Stimme hinzu. »Wie Catrik schon sagte, sind viele der unterirdischen Flüsse über die Ufer getreten und haben sich so vielleicht neue Wege gesucht. Außerdem ist das Labyrinth so gleichförmig, daß man sich hier unten verlaufen und ewig weiterwandern könnte.« Er warf einen kurzen Blick auf den von Trauer gebeutelten Baron. »Tut mir leid, das wollte ich nicht sagen. Ich weiß, daß wir jeden Zentimeter nach ihr abgesucht haben. Sie war nicht hier unten, Branwolf. Ich weiß, daß sie nicht hier unten war.«

Auch jetzt fanden sie nichts, keine Spur von den jungen Torra Altanern. Er hatte um eine Biegung im Tunnel gebetet, eine Nische noch, in der sie die beiden Jungen ängstlich zusammengekauert finden mochten. Vielleicht zu verletzt, als daß sie schreien konnten, aber lebendig, am Leben. Doch der Tunnel war leer. Er mußte sich der Tatsache stellen.

Mit großen, ängstlich runden Augen sah Gwion ihn an und faßte sich an die Brust. »Es tut mir leid, Branwolf.« Er hustete, um seiner erstickten Stimme Herr zu werden.

Der Baron spürte, daß seine Augen trocken waren, die Stimme ruhig ... doch in der Abgeschiedenheit seines Schädels schrie er vor Schmerz. Logisches Denken sagte ihm, daß Hal und Spar unter dem Geröll zermalmt lagen. Und es war viel Geröll. Sie lagen metertief unter Gestein begraben – es konnte nicht anders sein –, sie konnten sonst nirgendwohin.

Und doch starrte er den Kaplan zornig an. »Ich weiß, daß er nicht tot ist! Ich weiß, daß mein Sohn lebt!«

Der rußverschmierte Priester brachte eine Minute lang kein Wort hervor, dann murmelte er mit bebender Stimme: »Ich habe gebetet, daß wir sie hier auf dieser Seite finden. Ich habe gebetet, daß sie unversehrt hier drüben wären.«

»Du bist sicher, daß sie nicht auf der Torra-Alta-Seite des Einsturzes waren?« fragte Branwolf mit letzter Hoffnung.

Der Kaplan schüttelte den Kopf. »Caspar war ein ganzes Stück weit den Tunnel hinunter. Warum habe ich nur nicht besser auf ihn aufgepaßt? Aber ich wußte ja nicht, daß der Mondstein einfach so explodieren würde. Er war vor uns, als der Stein zu heulen begann. Wir haben gerufen, er solle zurückkommen, und als keine Antwort kam, ist Hal einfach losgelaufen, ist gerannt wie ein Hase, um den Jungen zu holen. Aber dann blitzten die Explosionen auf, und alles war voller Staub …«

Hal ist ihm nachgelaufen, dachte Branwolf und ließ sich das Bild durch den Kopf gehen, stellte sich seinen jüngeren Bruder vor, wie er der Gefahr entgegenlief, um Caspar zu retten. Hal! Ich bin dem Jungen gegenüber hart, das weiß ich, dachte er voll Reue. Er ist so treu.

Der breitschultrige Baron wandte sich wieder dem Tunnel zu und starrte das Geröll noch einmal an, fragte sich kurz, ob er das Grab seines Sohnes vor sich sah. Er schüttelte den Kopf, weigerte sich, diesen Gedanken zuzulassen. Vielleicht mache ich mir etwas vor, genau wie damals bei Keridwen. Vielleicht ist es einfach zu schmerzlich, als daß ich mich dem Gedanken stellen will, aber ich *weiß*, daß er nicht darunter liegt.

»Gwion«, bellte er böse, und als sein Schwager herumfuhr, wurde sein Blick sanfter, entschuldigte er sich lieber mit den Augen für seinen schroffen Ton, als Worte zu verschwenden. »Geh wieder auf die andere Seite. Ich will mindestens fünfzig Mann hier unten haben. Wir können Gruppen bilden, die von beiden Seiten arbeiten, damit wir das alles schneller wegschaffen. Ich will, daß jeder einzelne Stein beiseite geräumt wird, damit wir ohne jeden Zweifel sicher sein können. Ich will keine Unsicherheit.«

»Ich hole sie«, war die beruhigende Stimme des Kaplans zu hören. »Ich hole sie, aber was willst du tun?«

»Ich will noch einmal suchen. Ich glaube einfach, daß uns etwas entgangen ist.«

»Ich gebe die Nachricht an den Hauptmann weiter und suche dann mit dir. Vier Augen sehen besser als zwei.«

Branwolf schüttelte den Kopf und schickte den Priester

fort. »Nein, geh und hilf, die Männer zu organisieren.« Der Schwager an seiner Seite erinnerte ihn allzusehr an ihre Suche nach Keridwen. Die Erinnerung daran quälte ihn nur um so mehr, und ihm war, als trübte sie sein Urteilsvermögen. Er mußte nachdenken. Er war sicher, daß hier irgend etwas nicht stimmte, und vielleicht wäre er allein eher in der Lage, es herauszufinden.

KAPITEL 4

Es war dunkel. Das weißglühende Leuchten der Mondsteine war vergangen und müdem Glimmen gelben Lichts gewichen, welches durch den dicken Staub drang, der die welligen Muster an Wand und Decke verschleierte. Ein Ball aus schwachem, gelbem Licht glühte trübe in den Tiefen des Tümpels. Verwirrung wühlte seine Gedanken auf, und Caspar ließ Kopf und Schultern auf eine Felsplatte sinken, die schräg ins Wasser fiel. Pfeifend keuchte er Wasser aus seinen Lungen hervor, sog stauberstickte Luft in tiefen Atemzügen ein, zu erschöpft, sich aus dem Wasser zu ziehen.

Durch die verqualmte Finsternis konnte er nicht sehen, wieviel vom Tunnel blockiert war. Die Pulverfäßchen, dachte er. Irgendwas ist schiefgegangen, und ich sitze in der Falle. Dann sah er im trüben Licht schwarze, sich krümmende Umrisse. Caspar rief aus: »Was ist passiert?« Er bekam keine Antwort. Der Mann krümmte sich, als würgte er den Bodensatz des Tümpels aus sich hervor. Caspar schwang ein Knie auf die Felsplatte, stand auf und taumelte unsicher um den rundlichen Rand des Tümpels zu dem Mann, der auf der anderen Seite am Boden lag. »Geht es Euch gut?« Caspar klang nun dringlicher. »Seid Ihr verletzt? Antwortet mir.«

Die schwarzen Umrisse stöhnten leise. Der verkrümmte Leib erbebte, da ein Hustenanfall seine Lungen vom fauligen Schwefelwasser reinigte, und als der Husten nachließ, sank er mit qualvollem Stöhnen in sich zusammen. Schließlich erholte er sich so weit, daß er einen bösen Schwall von Flüchen in die Luft ausstieß.

»Natürlich geht es mir überhaupt nicht gut. Meinst du, ich

liege hier aus Spaß am Boden und huste mir die Seele aus dem Leib?«

»Hal!« Caspar wußte nicht, was er sonst noch sagen sollte. Er stolperte durchs matte Licht und fiel neben seinem Onkel auf die Knie, lockerte dessen durchweichte Kleider, damit er besser atmen konnte. Hal stieß ihn von sich.

»Laß mich nur einen Augenblick, mir geht es gleich wieder gut. Meine Güte, dieses Wasser.« Die Worte platzten aus ihm heraus, und er rang um Luft.

»Was ist passiert?«

Schweigend richtete sich Hal auf und blickte trübselig in den Teich. »Verdammt. Ich werde noch mal in diese Brühe springen müssen, um den Mondstein zu holen.«

»Aber was ist denn passiert?«

»Wahrscheinlich hast du uns beide umgebracht, das ist passiert.«

»Sitzen wir in der Falle?«

»Na, was glaubst du denn, Spar?« Hals Worte sprühten vor Sarkasmus. »Was in Gottes Namen hast du hier überhaupt gemacht? Ich hab nach dir gerufen.«

»Ich habe nichts gehört.«

»Das mußt du doch.«

»Der Wasserfall. Da oben.« Caspar deutete in die gewölbte Nische über dem Teich. »Hinter dem Stein rauscht das Wasser … ich konnte nichts anderes hören.«

Hal spähte in die Finsternis hinauf.

»Ich habe ein paar Kristalle gesehen. Ich dachte, sie wären kostbar«, sagte Caspar, als erklärte das alles.

»Nun, ich hoffe, sie waren es wert.«

Als ihm klar wurde, wie verantwortungslos er gewesen war, schämte sich Caspar und wurde dann böse … böse auf sich selbst und böse auf Hal, weil er dagewesen war, weil er recht hatte und ihm das Gefühl gab, kindisch zu sein.

»Was hast du gemacht? Das Pulver absichtlich gezündet, um mich umzubringen, damit Torra Alta dir gehört … aber dann warst du zu feige, es wirklich durchzuführen?«

Hals Faust schlug Caspar mitten ins Gesicht, und schon waren sie ein Knäuel aus prügelnden Armen, bis Hal den Jüngeren unter sich zu Boden drückte.

»Du dummer, verwöhnter Bengel, ich hätte zulassen sollen, daß du in Stücke gesprengt wirst.« Er ließ den Jungen los, und vorsichtig setzte sich Caspar auf und betastete seine blutende Nase.

»Du hast sie mir gebrochen.«

»Gut.«

Sie saßen da, brüteten eine Weile schmollend vor sich hin. Beißender Staub und brennender Rauch setzten sich. Zu hören war nur der rauschende Wasserfall, und Caspar merkte, daß das Hämmern des Feindes ein Ende hatte. Tatsächlich hatte er es seit der Explosion nicht mehr gehört.

»Hal?«

»Was?«

»Hal …« Caspar hielt inne, wußte nicht, wie er seine Gefühle in Worte fassen sollte. »Es tut mir leid. Ich wollte nur sagen … ich weiß nicht … es tut mir nur leid, glaube ich.«

Hal knurrte.

»Warum ist es explodiert? Ich meine das Pulver. Irgend etwas muß fehlgeschlagen sein.«

»Es war Pater Gwions Mondstein. Er fing an zu heulen.«

»Zu was?«

»Zu heulen«, wiederholte Hal und fügte dann, während er Wasser aus seinen Kleidern wrang, nachdenklich hinzu: »Aber nur seiner.«

»Ich glaube, sie sind alle unterschiedlich. Ich glaube, die alten Druiden haben sie für verschiedene Dinge benutzt, und deshalb verhalten sie sich nicht alle gleich«, vermutete Caspar. »Egal, erzähl weiter.«

»Er fing an, hellrot zu leuchten, und das Heulen wurde, na ja, wie ein Schrei.« Seine Augen wurden groß. »Er pumpte wie ein Herz! Catrik murmelte etwas von Teufeln, aber jedenfalls konnte keiner von uns den Stein berühren, wegen der Hitze, die er von sich gab. Es war offensichtlich, daß er explodieren würde.« Hal schüttelte den Kopf, so daß er einen schwefligen Sprühregen von sich gab, der an Caspars Hals und Wangen klebte. »Dann konnte ich dich nicht finden. Ich habe gerufen und gerufen, und als ich dich da über dem Tümpel gesehen habe, dachte ich, wir kommen beide in der Explosion um. Ich dachte einfach nicht, daß wir weit genug laufen könnten, um uns in Sicherheit zu bringen, aber ich hatte gehofft, daß uns das Wasser schützt.«

»Was ist mit den anderen passiert?«

»Die sind durch den Tunnel zurückgerannt, als sie merkten, daß der Stein explodieren würde. Ich hoffe, Catrik hat es geschafft. Bis zur letzten Sekunde stand er da und hat nach dir gerufen und war weit hinter den anderen zurück.«

»Oh.« Caspar wurde ganz still, als er erfuhr, daß alle außer Hal ihn verloren gegeben hatten. Er streckte seine Hand aus und nahm den Unterarm seines Onkels. »Ich stehe in deiner Schuld. Danke.«

Hal legte seine Hand auf Caspars. »Du hättest für mich das gleiche getan. Komm schon.« Hal kam auf die Beine. »Zeit, wieder naß zu werden.«

Bevor Caspar noch protestieren konnte, war Hal schon kopfüber in den Teich gesprungen. Er hat mehr Gift geschluckt als ich, dachte der jüngere Torra Altaner. Er hätte mich nach dem Mondstein tauchen lassen sollen.

Das einstmals helle Licht der Kugel war zu dunklem Bernstein verblaßt. Es war, als blickte man durch jenen Nebel in die Sonne, der die Schlucht mehrmals im Jahr erstickte. Caspar kniete über dem Teich, spähte in die Tiefen. Er konnte Hals Hand erkennen, als dieser den Mondstein aus dem Spalt befreite, in dem er sich verklemmt hatte. Sein Onkel tauchte auf, hielt die Beute über seinen Kopf, damit Caspar sie nehmen konnte. Der Junge griff nach dem Lederband, das am Netz befestigt war, und stand auf, damit er Hal mit der anderen Hand aus dem Wasser ziehen konnte.

Sobald der Mondstein zu trocknen begann, kehrte seine Leuchtkraft zurück. Caspar spürte, wie ihn eine verwirrende Mischung aus Begeisterung und Furcht durchfuhr, doch verklang dieses Gefühl so schnell, daß er nicht sicher war, ob er es sich nur eingebildet hatte. Hals Stimme holte ihn ganz schnell wieder in die Realität zurück.

»Komm schon, Spar, gib mir das Licht. Wir müssen einen Weg nach draußen finden.«

»Wieso willst du das Licht?« beschwerte sich der Sohn des Barons.

»Weil ich älter bin als du, und größer bin ich auch«, gab Hal mit selbstgefälligem Grinsen zurück.

»Nun, das ist nicht Grund genug«, erwiderte der Jüngere trotzig und band den Riemen des Mondsteins an den Gürtel seiner Hosen. Irgendwie hatte er das Gefühl, der Mondstein gehöre ihm. Er war sicher, daß sein Vater recht hatte, wenn er erklärte, daß im Mondstein ein Gas enthalten sein mußte, welches leuchtete, sobald es mit Luft in Verbindung kam, dennoch war er vom sichtbaren Zauber fasziniert. Hal war aufgestanden, wischte sich das nasse, schwarze Haar aus der Stirn. Beide sahen sie sich um und überlegten, was zu tun sei. Caspar holte tief Luft und wischte seine Nase am Ärmel ab, dann zuckte er zurück.

»Meine Nase tut richtig weh. Die ist bestimmt gebrochen.«

»Sieht häßlich aus«, gab Hal ihm etwas gefühllos recht,

dann trat er an die Geröllwand, die den Gang hinauf nach Torra Alta blockierte, um sie näher zu betrachten. Steine in allen Größen, vom Felsbrocken bis zum Kieselstein, waren von einer Schicht pulvrigen Staubs überzogen und reichten bis an die Tunneldecke. Vergeblich kletterten sie das Geröll hinauf und zogen einige der loseren Brocken hervor, aber sie wußten, daß es sinnlos war, noch bevor sie damit auch nur begonnen hatten.

»Du weißt, daß der Feind die Arbeit abgebrochen hat, nicht?« sagte Hal.

»Schon lange. Die Explosion muß sie verjagt haben.«

»Ha! Ich wette, sie dachten, es wäre das Gebrüll des Drachen. Feiglinge! Elende, vaalakische Feiglinge«, spottete Hal in dem Versuch, sich aufzuheitern.

»Catrik hat mit seinem Pulver wirklich gute Arbeit geleistet«, bemerkte Caspar ironisch, als er sich auf einen Felsen sinken ließ.

»Als Männer von Torra Alta sollten wir dankbar sein«, sagte Hal mit großer Geste.

»Ich will aber kein Held sein … noch nicht.«

»Helden müssen nicht sterben.« Hal zog seinen Neffen am Arm. »Komm, wir sehen uns den Tunnel an. Vielleicht gibt es eine Höhle oder einen Gang nach draußen.«

Der Tunnel schlängelte sich mit glatten, leeren Steinwänden in die Tiefe. Zweimal weitete er sich zu gewölbten Kammern, doch boten weder Risse noch aufgebrochene Adern im Fels den beiden Hilfe. Sie bogen um eine Ecke und standen vor einer steinernen Mauer.

»Sackgasse«, erklärte Caspar ausdruckslos.

Wütend ballte Hal die Faust um den Griff seines Dolches, hob den Arm und schlug mit dem Knauf auf den Stein ein.

»Es muß doch einen Weg nach draußen geben«, schrie er

den gesichtslosen Felsen trotzig an und trat mit seiner Stiefelspitze dagegen.

»Über dem Tümpel … du erinnerst dich. Ich sagte, da wäre Wasser.« Plötzlich klang Caspar hoffnungsvoll. »Da muß ein Kanal oder irgend etwas sein.«

Sie rannten durch den Tunnel zurück, wobei das Licht des Mondsteins seltsame Schatten warf, die hoch aufragten und dann wieder in sich zusammensanken, wenn der Stein an Caspars Hüfte schlug. Nur Augenblicke später waren sie wieder dort, wo sie losgelaufen waren, gleich neben dem Tümpel. Sie erklommen den Felsen in der Nische, schürften sich an den feuchten Steinen die Haut auf, so eilig hatten sie es, ihren Fluchtweg zu erkunden. In ihren Ohren war nur noch der Donner unsichtbaren Wassers, das über Felsen rauschte, so daß sie einander anschreien mußten. Das sanfte Tröpfeln des Wassers in den Teich stand in keinem Verhältnis zu diesem Lärm.

Ein schmaler Sims bot gerade genug Halt, daß Caspar auf seinen Zehenspitzen balancieren konnte. Mit den Fingerspitzen der einen Hand klammerte er sich an die Mauer, während er die andere nach einem steinernen Vorsprung ausstreckte, der ihm den nächsten Halt bot. Dann konnte er sich in die Grotte schwingen, aus der das tropfende Wasser drang. Die pulverisierten Reste der von ihm so heiß begehrten Kristalle verhöhnten ihn von einem Felsen gleich zu seiner Linken aus. Er nahm eine Handvoll Pulver auf und ließ die Körnchen durch seine Finger ins Wasser rieseln, wo sie sich gleich auflösten. Schon hatte Hal seinen Dolch gezückt und brach mit der Spitze ein loses Stück Stein aus dem Spalt, aus dem das Wasser kam.

»Was?« rief Caspar. Er sah, daß Hal ihm etwas zu sagen versuchte.

»Es … Grund des Sees … könnte uns ertränken.«

Caspar rückte näher an Hals Ohr, um das Kommunikationsproblem zu lösen. »Was?«

»Ich habe gesagt, es könnte sein, daß wir uns unter dem Grund eines unterirdischen Sees befinden, und der könnte uns ertränken«, wiederholte Hal so laut er konnte.

Caspar schüttelte den Kopf. »Nein. Es läuft. Hör doch. Und es läuft schnell.«

»Oder ein riesengroßer Wasserfall«, fügte Hal wenig hilfreich hinzu, »in dem wir vielleicht ersaufen.«

Caspar zog seinen eigenen Dolch aus der Scheide und bohrte noch etwas weiter in dem Loch herum, bis das Wasser direkt auf seine Hosen spritzte. Er untersuchte den schmalen Spalt im Fels und fand heraus, daß der Wasserfall am unteren Ende entsprang.

»Wir müssen es weiter oben versuchen. Am anderen Ende könnten wir oberhalb der Wasserlinie sein.«

»Ich hoffe, du hast recht«, rief Hal.

Die beiden Jungen stießen einander mit den Ellbogen an, als sie die Spitzen ihrer Dolche in den Spalt rammten und die Klingen hin und her drehten, um einzelne Brocken herauszulösen. Gelegentlich löste sich ein Splitter, doch sie machten nur langsam Fortschritte.

»Mein Gott, sieh dir das an«, rief Hal angewidert, als er seinen Dolch betrachtete. Die Spitze war abgebrochen, als er sie am Stein gedreht hatte. »Gar nicht gut, seinen Dolch so zu behandeln«, murmelte er, was bei dem Lärm kaum auszumachen war.

»Das geht nicht.«

»Laß mir etwas Platz, ja?« forderte Hal. »Und gib mir einen Stein.«

Caspars Knie stemmten sich gegen den scharfen Felsen, als er sich umdrehte, um einen angemessen großen Stein zu suchen.

»Hier. Ist der gut?«

Hal nahm den Stein und schlug damit gegen den Riß in der Wand.

»Ja, gib mir noch einen. Kleiner und spitz.«

Caspar mußte den halben Weg am Tümpel vorbeiklettern, bis seine Hand einen flintförmigen Stein ertastete. Er weigerte sich zuzugeben, daß sie in der Falle saßen. Es wird schon gehen, dachte er.

Und als läse er in seinen Gedanken, sagte Hal: »Du weißt: Wenn es nicht geht, können uns nur die Vaalaker retten.«

»Vater gräbt sich durch«, protestierte der Knabe.

»Sicher wird er das. Nur wie lange? Du hast gesehen, wieviel Fels heruntergekommen ist. Es wird Wochen dauern, und bis dahin sind wir verhungert.«

Nachdem er den steinernen Keil in den Spalt gerammt hatte, hob Hal den anderen Stein an und hämmerte wiederholt darauf ein. Die Wucht meißelte ein Stück Stein heraus, und schließlich brach ein ganzer Brocken heraus und erweiterte den Spalt. Wasser rieselte daraus hervor, und dann – als sich noch ein Stück Stein herauslöste – wurde es zu einem sanften Strom.

»Versuch es weiter oben«, drängte Caspar aufgeregt. »Wir brechen durch.«

»Ja, aber wohin?« Wieder hämmerte Hal mit dem primitiven Werkzeug, wobei der Spalt allmählich größer wurde. Endlich brach das Wasser hervor, bahnte sich einen Weg durch den Stein. Die beiden Jungen sprangen zur Seite und klammerten sich mit Fingernägeln an die Wände der Nische, erwarteten einen Dammbruch … der nicht kam. Die kurze Flut verging. Ein schmaler Brocken war herausgebrochen und hatte einen Durchgang zu dem Tunnel auf der anderen Seite geschaffen. Ein stilles Rinnsal lief über den unteren Rand des vergrößerten Spalts.

»Gott sei Dank«, rief Hal.

»Du zuerst, und denk daran, daß du kein Wasser schluckst«, rief Caspar ihm in Erinnerung.

Die Öffnung war gerade groß genug, daß sie sich auf den Bäuchen hindurchquetschen konnten. Der Knauf an Caspars Dolch verklemmte sich, und er drehte sich wütend, um ihn zu befreien. Auf Ellenbogen schob er sich in den rauschenden Strom, reckte den Hals, damit sein Mund über dem Wasser blieb. Als seine Füße frei waren, konnte er aufstehen, wenn auch nur soweit, wie die niedrige Wölbung der Decke es erlaubte. Glücklicherweise reichte der Strom nur bis an seine Oberschenkel, aber der Grund war scharfkantig, und Steine rollten und purzelten zu seinen Füßen. Gelber Schleim zog sich über die Wände, und es roch ungesund. Da sie sich nun nicht mehr unter dem Strom befanden, nahm der Donner ein erträglicheres Maß an.

»Stromaufwärts«, erklärte Hal. »Das müßte der beste Weg sein.«

»Ich bleibe hinter dir«, keuchte der kleinere Junge mit dem kastanienbraunen Haar.

Hal machte sich schnellen Schrittes auf den Weg, hielt die Schultern angezogen und den Kopf gesenkt, um nicht an die felsige Decke zu stoßen.

Während Caspar mit Mühe Schritt hielt, machte er sich zum ersten Mal Gedanken um seinen Vater. Inzwischen hatte der Kaplan ihm erzählt, daß sie in der Falle saßen. Vielleicht glaubt Vater, wir seien tot, dachte er bestürzt. Er fühlte sich schrecklich schuldig, weil er sich gegen die Anweisung seines Vaters in den Brunnen geschlichen hatte. Seine Phantasie führte ihm das Gesicht des gramgebeugten Vaters vor Augen. Traurig würde die Dienerschaft der Burg murmeln: »Nicht schon wieder. Erst seine Frau und jetzt sein Sohn. Wie traurig das ist, wie traurig.« Natürlich erinnerte sich Caspar nicht an den Tag, an dem seine Mutter verschwunden war, denn er war noch klein gewesen, doch wurde er seither von tränenreichen Alpträumen heimgesucht. Viele Jahre war die Miene seines Vaters lang und ausgezehrt gewesen.

Stets hatte Caspar die geheime Phantasie oder vielleicht auch nur eine verzweifelte Hoffnung gehegt, daß seine Mutter noch am Leben war. Er versuchte, sich an alles zu erinnern, was man ihm von ihr erzählt hatte. Sie mußte schön gewesen sein, soviel war sicher: Der Baron interessierte sich nur für schöne Frauen. Aber Branwolf wollte niemals von ihr reden.

Caspar hatte seinen Onkel Gwion nach ihr gefragt, doch die schmalen Lippen des Priesters blieben verschlossen. In letzter Zeit runzelte Gwion bei jedweder Erwähnung ihres Namens ärgerlich die Stirn und hieß Caspar mit der Behauptung schweigen, es sei für den Baron und ihn zu schmerzlich, an diese Frau erinnert zu werden. Wenn man ihn weiter drängte, erinnerte er Caspar nur feierlich daran, daß es Keridwens sündiges Verhalten war, das den Zorn des lieben Gottes über sie gebracht hatte. Einmal hatte der Junge sogar belauscht, wie der fromme Onkel zu seiner Amme gesagt hatte: »Ich habe diesen Jungen gelehrt, Gottes Wort zu fürchten, und ich will nicht, daß diese Frau oder das, was sie war, noch einmal Erwähnung findet, weil es ihn nur verwirren würde.«

Seine Amme jedoch hatte Lady Keridwen geliebt und erzählte dem Jungen heimlich von ihr. Sie erzählte, wie sehr seine Mutter ihn geliebt hatte und daß sie die beste Mutter gewesen sei, die es je gegeben habe. Das hatte ihn sehr getröstet. Der Burgtratsch hatte ihn glauben lassen, daß seine Mutter ihn verlassen und Gott sie dafür gerechterweise mit dem Tode bestraft hatte.

»Kannst du nicht Schritt halten?« rief Hal ihm ungeduldig

zu. »Branwolf bereitet die Burg für den Krieg vor. Er sollte seine Zeit nicht mit der Suche nach uns verschwenden müssen. Beeil dich!«

Die Vaalaker hatte Caspar ganz vergessen! Nun bereute er sein kindisches Verhalten, sich seinem Vater zu widersetzen und in den Brunnen hinabzustehlen, nur noch um so mehr.

»Vater wird mich umbringen.«

»Ganz recht«, stimmte Hal ihm zu. »Aber wir müssen zurück, und zwar schnell, sonst machen wir alles nur noch schlimmer.«

Das unebene Flußbett führte sie steil hinauf, doch die Decke wurde immer niedriger und zwang sie zu einer unbequemen, affengleichen Haltung. Caspars Oberschenkel schmerzten von der Anstrengung des Aufstiegs. Er fror, hatte Hunger, er fühlte sich schlecht, und seine Nase tat ihm weh. Die durchweichten Kalbslederhosen klebten schwer und hinderlich an seinen Beinen. Vom ekelhaften Gestank des Wassers wurde ihm ganz schwindlig. Er brauchte frische Luft. Statt dessen fiel die Decke immer weiter ab, und sie mußten auf Händen und Knien kriechen, aufwärts gegen die Strömung, den unterirdischen Strom entlang. Wasser spritzte ihm an Mund und Nase, und er spuckte ganze Mundvoll davon aus, fragte sich, wieviel davon sein Körper wohl ertragen konnte, bis es ihn vergiftete.

Unter stetigen Selbstbezichtigungen hatte Caspar die Hoffnung auf ein Entkommen schon aufgegeben, als der Kanal endlich in eine Kammer führte. Der Strom tänzelte durch die Mitte; zu beiden Seiten gab es trockenen Fels und ausreichend Platz zum Stehen. Sie ruhten sich kurz aus, warteten, bis das Licht des Mondsteins heller wurde und die Kammer erfüllte. Der Fluß hatte die Glut gedämpft, und wiederum war der Stein nur eine trübe Kugel, deren Zauber unter der kühlenden Flüssigkeit litt. Allmählich gab das Licht eine weite Höhle preis, deren Gewölbe im Dunkel jenseits des Mondsteinlichts verschwand. Die schwarzen Schlünde der Grotten klafften ihnen entgegen, und eine Traube von glitzernden Quarzkristallen spiegelte das weiße Licht auf Adern aus rotem Eisenerz, welche den Fels durchzogen. Während er die Höhlenwände betrachtete, konzentrierte sich sein Blick allmählich auf Bereiche aus tiefem Schwarz ... vielleicht waren manche davon keine Grotten, sondern Tunnel. Als sich das weiße Licht über die freie Fläche ausbreitete, konzentrierte er sich auf einen niedrigen Schattenfleck: Er sah unnatürlich aus, zu gleichmäßig und scharf geschnitten. Er konnte nur aus dem Stein gehauen sein.

Auch Hal hatte ihn gesehen. »Komm, wir versuchen es.« Er grinste. »Wenn wir zurück sind, stelle ich mich oben auf den Wachturm und bin der erste, der einen Vaalaker erschießt.« Hal zog seinen rechten Arm zurück, legte seine Finger um die unsichtbare Bogensehne.

»Nein, das wirst du nicht, denn ich werde vor dir da sein«, prahlte Caspar.

»Ach! Aber du würdest nicht mal treffen.«

Steil stieg der Tunnel an, aber bald schon verlief er eben. Als er wieder in die Tiefe tauchte, blieben die beiden Jungen verunsichert stehen.

Caspar schwang den Mondstein nach links. Sein Licht breitete sich in einer Nebenkammer aus, die sich hinter einer runden Wand im Tunnel verborgen hatte. »Da ist noch ein Durchgang, und sieh nur, von dort kommt Licht. Das muß der Weg nach draußen sein.«

Sie hasteten voran, und Hal stürmte nach vorn, der Biegung des Tunnels entgegen. Doch er blieb abrupt stehen. Einen Augenblick später stand auch Caspar staunend am Eingang einer Höhle voller Edelsteine, die das Licht des

Mondsteins, den er bei sich trug, zum Leben erweckte. Ein Spektrum von violettem und indigoblauem Licht tanzte auf den Stalaktiten, von denen gelbe Flüssigkeit tropfte. Caspar wußte, daß das Licht des Mondsteins die natürlichen Farben einer Kristallhöhle zum Leben erweckt hatte, die mineralischen Adern beleuchtete, welche mit reflektierenden Gemmen und weniger wertvollen Sulfaten wie den türkisen Kristallen über dem Tümpel überzogen waren. Stück für Stück sog sein benebelter Blick die Szenerie in sich auf, und ihm wurde klar, daß er einen Schatz vor sich sah ... in dessen Mitte ein seltsam metallisches Gewirr aus zermalmten Körpern lag. Die Jungen starrten die Leiber an, bis sich diese gnadenreicherweise in leere Rüstungen verwandelten, allesamt zu klein, als daß sie einem ausgewachsenen Belbidianer gepaßt hätten.

»Es ist alles so *alt.*« Caspars Stimme war von Staunen erfüllt, als er den Rost und die Löcher im Metall einer der Klingen sah. »Ein Heldenschwert! Aus den glorreichen Zeiten der Drachenkriege.«

Hal tat eine wegwerfende Handbewegung. »Alt und rostig ... so nützlich wie die Spindel einer alten Frau.«

Caspar bemerkte, daß der Blick des Onkels statt dessen den juwelenbesetzten Knauf des Schwertes mit Rubinen und Diamanten ins Auge faßte. Hal fiel nun auf, daß wertvolle Halsketten um die Waffen gewickelt waren und glitzernde Juwelen auf dem Boden verstreut lagen. Er schöpfte die schimmernden Steine mit beiden Händen und betrachtete sie ehrfürchtig und schwer atmend.

»Diese hier könnten mir das Herz der schönsten Prinzessin auf der ganzen Welt erobern ... oder mir ein Königreich kaufen!« Hals Stimme war von Sehnsucht wie erstickt.

Caspar dachte nur, daß man mit dem Reichtum, den sie gefunden hatten, mehr Soldaten und eine neue Bewaffnung aller Männer bezahlen konnte, die Torra Alta verteidigten – und sein Pferd Feuerschweif mit der allerfeinsten Rüstung versehen. Doch dann fiel sein Blick auf einen Torques mit eingravierten Monden, der ganz oben auf dem Haufen der Schätze lag. Sein Traum vom Reichtum war wie fortgeschwemmt: dieser Halsring verzauberte ihn.

Neben ihm ließ Hal die Juwelen fallen und trat mit angewidertem Grunzen einen Schritt zurück. Plötzlich wurde Caspar klar, daß dieses Objekt seiner Begierde ein heidnisches Ding war und er sich unbewußt mehr nach diesem heidnischen Artefakt als nach all den kostbaren Juwelen gesehnt hatte.

»Rühr es nicht an!« warnte Hal, bevor Caspar das hübsche, gewundene Silberband berühren konnte. »Wir können kein Unglück mehr gebrauchen … es ist heidnisch, das alles da.«

Erschrocken wurde sich Caspar plötzlich des Lichts bewußt, welches sie in diese Kammer gelockt hatte. Es stammte nicht von einem Schacht, der sie aus den Höhlen führen konnte, es drang aus dem Inneren des Schatzhaufens selbst.

»Verschwinden wir hier«, drängte Hal. »Woher kommt dieses Licht?«

»Vom Schatz«, sagte Caspar schlicht. »Wir sitzen noch immer in der Falle.«

»Es kann nicht sein …«, wollte Hal widersprechen, doch dann verklang seine Stimme vor Mutlosigkeit. »O Gott!« Er stieg über den Haufen aus Eisen und Juwelen, der unter seinen Füßen klapperte und knirschte, und erklomm den Gipfel. Wütend trat er den heidnischen Torques mit dem Stiefel beiseite, wollte ihn mit bloßen Händen nicht berühren; der klirrende Sturz hallte in der Kammer nach. Er vergrub seine Hand unter goldenen und silbernen Kelchen und griff nach dem Leuchten, das durch die Diamanten und Saphire drang und ihnen Leben einhauchte. »O Gott, nein.«

Der Junge klang bitterlich enttäuscht. »Noch ein Mondstein.« Er drehte sich zu Caspar um, wobei sein Gesicht seltsam im Schatten lag und seine Augenhöhlen schwarz aussehen ließ, als er den Mondstein in die Höhe hielt.

Ein Prickeln fuhr über Caspars Haut. Er starrte den Stein an, magisch angelockt von dessen Macht. Dieser war größer als alle fünf, die in der eichenen Schatulle im Brunnenraum verwahrt gewesen waren. Er war größer, mindestens doppelt so groß, und in mancher Hinsicht kräftiger. Die anderen Steine hatten ihm schon ein merkwürdiges Gefühl vermittelt, doch dieser hier war irgendwie unwiderstehlich. Obwohl er nichts hören konnte, fühlte er – oder glaubte zumindest zu fühlen –, daß er zu ihm sang, ihn drängte, die leuchtende Gemme zu berühren.

»Verschwinden wir hier«, knurrte Hal und ließ den Stein aus seiner Hand gleiten. Er rollte über den Schatz und blieb vor Caspars Füßen liegen. »Es muß eine andere Möglichkeit geben.«

Caspar hörte Hal nicht. Langsam öffnete er seine leere Hand und kniete neben dem glühenden Ding nieder, war davon wie erregt. Er streckte seine Handfläche dem leuchtenden Mondstein entgegen, sanft und zögerlich. Der Schock der Berührung zwang ihn, seine Hand zurückzureißen, und er rieb die versengte Handfläche am Oberschenkel.

»Hast du dich heute nicht schon oft genug zum Narren gemacht?« rief Hal ärgerlich.

Aber Caspar konnte seinen Blick nicht davon wenden. Der Stein wandelte sich, und er folgte seinen wirbelnden Mustern, suchte nach einer Logik in den hellen Wolken unter der nun durchscheinenden Oberfläche.

»Er versucht, mit mir zu sprechen, Hal.« Caspars Stimme klang langsam und müde, als fiele er in Trance.

»Um Himmels willen«, schrie Hal.

Noch einmal hielt er der Kugel weißen Lichts seine Handfläche entgegen. Als er sie berührte, traf ein Schock seine Haut und schnitt durch die Nerven, lief am Arm hinauf, bis er sich ihm ins Hirn bohrte. Er knirschte mit den Zähnen und schlug die andere Hand auf den Mondstein, um den Kreis zu vollenden. Der Ruck ließ seine Muskeln erstarren, und ein gezackter Blitz fuhr durch die dunklen, verborgenen Tiefen seines Seins.

»Der Schmerz vergeht«, erklärte eine sanfte, beruhigende Stimme. »Halte durch. Bekämpfe den Schmerz. Er wird vergehen.«

Dämonen mit Äxten hieben auf die Innenseiten seiner Augen ein, formlose Teufel nagten an den Blutgefäßen, die sein Hirn versorgten, mit Reißzähnen, die seine Haut zerfetzten. Du wirst deinen Verstand an uns verlieren, kreischten sie. Mit aller Kraft, die er besaß, schrie er eine stille Verneinung heraus. Die Bilder schmolzen, ihr ersterbendes Geschrei versank in der Vergessenheit verbannter Alpträume, und sein Verstand war wieder frei und konnte bis ins Herz des glühend weißen Kristalls blicken.

»Spar, was ist mit dir?« Hal klang erschrocken. »Du zitterst.« Doch Caspar blieb wie hypnotisiert von dem alten Zauber, der im Stein gefangen war.

»Wolken, klärt euch für den weiten Blick.« Er murmelte den Zauberspruch, ohne zu wissen, woher er die Worte kannte. Zur Hälfte sicher, daß er wüßte, was geschehen würde, und zur Hälfte ungläubig staunend sah er, wie die wirbelnden Fetzen glanzloser Muster zur Seite rollten, und er blickte ins Zentrum des Steins. Er war klar wie das weiche Wasser in einem flachen Bergbach.

»Spar, was geschieht mit dir? Laß ihn los.« Hals Stimme war am Rande der Panik. »Laß ihn fallen. Deine Augen! Sie sind weiß. Laß ihn fallen!« Hals Worte kämpften sich durch die Kluft zwischen Wachsein und Wahnsinn. Für Caspar fühlte es sich an, als hätte er sich auf einem Berg verlaufen, und die Worte trieben mit dem Wind aus einem fernen Tal herauf.

»Ein Gesicht«, flüsterte der verzauberte Junge. »Ich kann ein Gesicht sehen.«

Hal packte die Handgelenke seines Neffen, wollte sie auseinanderreißen, damit er den Mondstein fallen ließ, doch in der Sekunde, als er Caspar berührte, konnte auch er die Bilder sehen und war dem Zauber augenblicklich anheimgefallen.

»Sie ist wunderschön«, seufzte Hal.

»Sie sieht tot aus.« Caspar empfand einen tiefen Verlust, eine unerträgliche Last von Trauer, die sein Herz erdrückte. »Sieh doch, sie ist tot, erdrückt unter der harten Schale dieses Kristalls.«

»Vielleicht, aber es ist nur so etwas wie ein Trugbild im Kristall.« Das Bild rief in Hal keinerlei Empfindungen hervor. »Vielleicht ist es eine Art Erinnerung der Menschen, denen diese alten Schätze einst gehört haben.« Hal lachte über die Absurdität seiner eigenen Idee.

Caspar blickte tiefer in den Kristall auf die farblose Haut der Frau, die in dem Stein gefangen war. Er fühlte sich, als könnten seine Augen den Mondstein schmelzen und sie dann berühren. Je tiefer er zu ihr hineinblickte, desto mehr Hoffnung wuchs in seinem trauernden Herzen.

Die Farbe kehrte auf die Wangen der Frau zurück, und die graublauen Lippen erwärmten sich zu gesundem Rosenrot. Selbst der rötliche Farbton, der sich durch ihre braunen Locken zog, ringelte sich auf ihre Schultern herab und schimmerte in der tauenden Wärme des Mondsteins wie gehämmertes Kupfer, das die Abendsonne reflektierte. Ein Zucken ging über ihre Augenlider, und langsam öffneten sie sich, gaben Augen von dunklem Himmelblau preis. Es war, als suchte man den Himmel eines perfekten Sommertages ab. Caspar spürte, wie ihr Blick seine Empfindungen durchforstete, seine Wünsche, seine Ängste, seine Bedürfnisse mit Hilfe ihrer von Tränen erfüllten Augen abtastete.

Die Frau streckte einen schlanken Arm aus, als versuchte sie, ihn zu berühren, und Caspar fühlte sich von Liebe und Glücksgefühlen übermannt. Doch dann kehrten seine Qualen wieder, als er merkte, daß sie ihn um Hilfe ersuchte. Ihre Lippen bewegten sich, als riefe sie nach ihm.

»Ich kann sie nicht hören«, schrie Caspar verzweifelt. »Sie braucht unsere Hilfe.« Er war außer sich und hilflos, als er sah, wie der Kristall sie wieder in seine Tiefen zog und ihr lebendiges Gesicht erfrieren ließ. Der Frost betäubte ihre Lippen und Wangen, und ihr Haar gefror zu Eiszapfen. Die leuchtenden Augen schlossen sich, und der Mund zeigte einen gequälten, stillen Schrei, als das Eis hart wurde und sie in dieser ewigwährenden Pose der Folterqualen gefangen nahm.

»Nein! Nein …« Caspars Stimme verklang zu einem Schluchzen, und Hal entriß den Stein den weißen Knöcheln seiner Hand.

»Sie braucht unsere Hilfe.« Caspar merkte, daß er schrie.

»Es war nur ein Bild … eine Vision.« Hal gab sich Mühe, rational zu klingen, und legte seinem verwirrten Neffen beruhigend einen Arm um die Schulter. »Es war ein Zaubertrick, den dir der Stein gespielt hat. Es war nicht real. Es waren die Ängste in dir.«

»Du hast es auch gesehen«, protestierte Caspar. »Das Gesicht war real.«

»Ich habe gesehen, was du in Gedanken gesehen hast. Ich habe deinen Alptraum gesehen.« Hal gab sich Mühe, eine vernünftige Erklärung für das zu finden, was er erblickt hatte. »Es war nur ein böses Abbild, erschaffen von Schwarzer Magie. Jetzt reiß dich zusammen, sonst sind wir bald so tot wie diese Frau. Wir müssen hier raus. Komm jetzt.« Mit festem Griff zog Hal den Jungen an der Schulter. Caspar fummelte an dem Lederriemen des anderen, kleineren Mondsteins herum. Er schob die kleinere, eiförmige Kugel in seine Tasche und den größeren Mondstein in die Ledertasche. Diese befestigte er an seinem Gürtel, zog einen zusätzlichen Knoten, um sicherzugehen, daß diese sich nicht lösen konnte, und folgte seinem Onkel wieder in den Tunnel. Jeder Gedanke an den Rest des Schatzes wurde von der zwingenden Macht des Mondsteins verbannt. Hal schritt voran, als sie ins Dunkel des Tunnels stiegen.

»Hierher, Spar, bring das Licht. Sieh mal: Was ist das?« Hal deutete auf ein weißes Objekt, das wie ein zerfetzter Lumpen von einer Felsenspitze hing.

Caspar hob den Mondstein über ihre Köpfe, um einen besseren Blick darauf werfen zu können. »Ich weiß es nicht«, erwiderte er, trat näher heran, um es sich anzusehen, dann schrie er: »Mein Gott, es ist ein Stück Haut! Hal, es ist Haut!«

Sie begutachteten den Fetzen aus haarlosem Fleisch, ohne ihn zu berühren. Die Haut war gerissen, vor Verwesung ganz grau, und wo einst Blut auf den Stein getropft war, hatten sich braune, geronnene Flecken gebildet. Ein weiteres Stück des Kadavers hing etwas weiter von einem spitzen Felsen. Caspar sah Hal an, mit offenem Mund, vor Entsetzen unfähig zu sprechen.

»Nun, ich kann dazu nur sagen: Ich hoffe, es ist ein Vaalaker«, sagte Hal ernst und versuchte, seinen Ekel zu verbergen.

»Bist du sicher, daß es ein Mann ist?«

»Nun, es könnte auch eine Frau sein, Spar«, erwiderte er

sarkastisch, »aber in einem bin ich mir sicher: Das stammt ganz zweifellos von einem Menschen.«

»Wir sollten hier besser verschwinden.« Caspar zerrte an Hals Arm. »Hier unten scheint es ein ziemlich großes Raubtier zu geben. Wir müssen weg.«

Sie liefen zurück, dem Gewölbe der Kammer entgegen. Vielleicht ist es ein Berglöwe oder ein Bär, der diesen Tunnel als seinen Bau benutzt, dachte er, während er Hal eilig folgte. Welch gräßlicher Fleischfresser mochte hier unten leben?

KAPITEL 5

Es kam von vorn. Seine erste Warnung war ein tiefes, kehliges Knurren, bevor die beiden Jungen direkt in seinen Rachen stierten, in den gerippten Tunnel seines Schlunds. Der schuppige Wanst des Ungeheuers war von derart gewaltigen Proportionen, daß er den Tunnel blockierte, der zur mittleren Kammer führte. Alle Farbe schien aus seinem Leib gesogen, bis auf die blauen Adern, die unter seiner Kehle aus der gelblichweißen Haut traten. Die Adern pulsierten sichtlich. Es schwang eine Klaue nach vorn, dann eine andere, und der hängende Bauch scharrte über den Boden. Dann blieb es stehen und machte feierlich den Hals lang, schnüffelte mürrisch in der Luft herum, wobei die Nüstern bebten. Es schnaubte, als es ihre Fährte aufnahm, und eine Schlangenzunge zuckte aus dem Maul hervor.

Caspar war vom Anblick seiner gebogenen, von Speichel glänzenden Reißzähne wie gebannt. Gelber Schleim verkrustete den Gaumen und klebte an den scharfen, weißen Linien der spitzen Zähne. Der beißende Gestank von verwesenden Tieren, die in seinem Wanst verdaut wurden, rülpste mit fiebriger Hitze hervor.

Caspar und Hal wichen in den Tunnel zurück, starr vor Entsetzen.

»Nicht rennen«, hauchte Hal. »Schön langsam. Er kann uns nicht sehen.«

Lange Gefangenschaft in der sonnenlosen Höhle hatten die Augen des Untiers zersetzt und eine Schicht von grauem Fleisch zurückgelassen, welche die rollenden Augäpfel versiegelte. Es mag uns vielleicht nicht sehen können, dachte Caspar, aber ganz sicher kann es uns riechen.

Sie wichen weiter zurück. Alle Instinkte schrien, sie sollten in Panik rennen, doch lange Jahre der Wildschweinjagd im Wald hatten sie gelehrt, Furcht zu unterdrücken, wenn man einen Angriff überleben wollte.

Zwei verkümmerte Stümpfe ragten hinter den Schulterblättern des Ungeheuers auf, zwei Flügel aus verwitterter Haut, die kraftlos wedelten. Eine hakenbesetzte Klaue hing nutzlos von der Spitze des Fortsatzes. Caspar konnte nicht glauben, was vor ihm stand: ein gigantisches, fleischfressendes Reptil mit messerscharfen Zähnen, grotesk vergrößerten Nüstern und etwas, das früher einmal Flügel gewesen sein mußten. So verkümmert es auch sein mochte: Es sollte nicht existieren, nicht jetzt, nicht noch nach tausend Jahren.

Der mutierte Drache rutschte ihnen entgegen, die Klauen – in kreiselnder Bewegung seitlich abgespreizt – schwangen vom Ellbogen aus nach vorn. Das Untier bewegte sich langsam, aber unaufhaltsam vorwärts.

Caspar merkte, daß Hal ihn am Arm zurückzog. Sein Staunen hatte ihn wie angewurzelt stehen lassen, doch nun wichen Hal und er Schritt für Schritt durch den Tunnel zurück. Keine Sekunde lang wandten sie ihren Blick vom Drachen ab. Ein Knirschen unter den Füßen alarmierte Caspar, zeigte ihm, daß sich seine Umgebung veränderte. Zu seinem Entsetzen stellte Caspar fest, daß sie in eine Höhle ausgewichen waren, die voller Schädel, abgerissener Körperteile und zermalmter Kadaver lag. Das verweste Fleisch stammte zumeist von Wild, doch einige Kadaver erinnerten auch an Füchse oder Ziegen. Sogar ein sandfarbener Schwanz und Hinterläufe von etwas, das die Reste eines Berglöwen zu sein schienen, waren zu erkennen. Die meisten Tiere waren angefressen, sorglos zerkaut und dann ausgespien worden. Dieses Raubtier tötete aus Freude, nicht nur um der Nahrung willen. In seiner Verzweiflung warf Caspar das Licht des Mondsteins an die gatten, runden Wände der Höhle. Es gab keinen Ausgang. Sie hatten sich direkt in die Speisekammer des Drachen geflüchtet. Sie saßen in der Falle.

Riesenhafte, spitze Reißzähne saßen in seinem Kiefer, und die scharfen Schneiden wetzten sich aneinander. Ein seltsames Gurgeln trat aus seiner Kehle, eine Art feuchtes Knurren, das in einem Überfluß an Speichel ertrank.

Die Jungen standen Schulter an Schulter, die Dolche gezückt, die Gesichter genauso aschfahl wie die unnatürliche, blutlose Farbe des Drachen, der sie an die Wand trieb.

»Wir halten dem Vieh stand«, sagte Hal unsicher.

»Ganz bestimmt.« Caspar klang nicht sonderlich überzeugt, aber er nahm seinen Dolch mit wilder Entschlossenheit in beide Hände.

»Wir sind Männer von Torra Alta. Unsere Vorfahren haben die Drachen vertrieben. Wir müssen diesen Wurm nicht fürchten.« Hals Stimme wurde lauter und trotziger.

»Wurm!« rief Caspar dem Mutanten zu. »Feigling!« Er, Caspar, erster und einziger Sohn des großen Branwolf, des Barons von Torra Alta, wollte kein Feigling wie dieses Untier dort sein. Falls nun sein letzter Kampf stattfinden sollte, würde er vorher seinen Dolch tief in den Bauch des Drachen bohren, würde er tapfer sterben. Als Held würde er sterben, und seine Taten würden in Balladen gepriesen, die in ganz Belbidia gesungen wurden.

Das makabre Gurgeln des Drachen wurde lauter, wuchs zu mächtigem Gebrüll. Die Hautlappen unter seinem Hals blähten sich wie eine Blase mit Luft auf und vibrierten, was den mächtigen Donner aus seiner Kehle noch verstärkte. Plötzlich brach ein Luftzug aus seinem Maul hervor, und wieder hing der Hautsack faltig herab. Anfangs roch sein heißer Atem eklig süß wie etwas Gärendes, doch als er sie anrülpste, wichen sie vor dem beißenden Gestank nach verwesendem Fleisch zurück und waren gezwungen, sich weiter in den Bau zurückzuziehen.

»Du klapprige Echse«, lachte Hal ihm ins Gesicht, »du bist doch nur ein lauer Windsack.«

»Wo ist denn dein Drachenfeuer?« höhnte Caspar. »Ohne Feuer bist du ja wohl kein richtiger Drache, oder?«

Der Drache machte einen unerwartet lebhaften Sprung in ihre Richtung, eilte voran, hielt dann aber inne und wich zurück, als spielte er mit ihnen.

Caspar rang einen Schrei in seiner Kehle nieder und versuchte, diesen in einen trotzigen Schlachtruf zu verwandeln, doch erstarb seine Stimme angesichts der riesenhaften Echse. Mit bebendem Flüstern wandte er sich an seinen Onkel: »Was um alles in der Welt sollen wir tun?«

»Was können wir tun, Spar?« Hal schien der Verzweiflung nah. »Außer ... vielleicht, mal sehen. Gib mir diesen Mondstein. Schnell!«

Hal schnappte sich den Lederriemen, wickelte das Ende des Riemens fest um seine Hand und schwang den Stein wie ein Pendel, wartete darauf, daß der Drache angriff.

Der plumpe Leib des Drachen schwankte von einer Seite zur anderen, folgte dem Rhythmus des schwingenden Mondsteins. Die Schuppen seines fleischig weißen Bauches scharrten über den Boden, und Knochen zerbarsten und zersplitterten, als sein Gewicht auf den dreizehigen Klauen über die Kadaver glitt.

Der Wurm richtete sich soweit auf, wie die Decke es zuließ, und seine Massen ließen die Jungen zu Zwergen werden, als er sich zum Angriff bereit machte.

»Wenn ich schreie, spring zur Seite, um ihn abzulenken«, befahl Hal.

»Tausend Dank«, murmelte der Jüngere, »ich wollte schon immer als Lockvogel in die Geschichte eingehen.«

»Tu es einfach.«

Die gespaltene Zunge zuckte vor, und der mutierte Drache griff an. Hal schrie auf, und fügsam warf sich Caspar zwischen die verwesenden Kadaver am Boden, was den Drachen von seinem ursprünglichen Ziel ablenkte. Mitten im Sprung drehte er sich, und Hal schwang den Mondstein wie eine Keule nach dem nackten Bauch der Kreatur. Ein gequälter Schrei dröhnte durch den Bau, und Caspar glaubte schon, der Lärm würde sie ersticken. Doch der Drache bäumte sich zu einem zweiten Angriff auf, und eilig kam Caspar wieder auf die Beine, um einen weiteren, aufopferungsvollen Sprung zu tun.

»Noch einmal, Hal: Es hat gewirkt!«

Doch als der Drache diesmal sprang, schlug seine Riesenklaue seitwärts und riß Hal das Leder aus der Hand. Der Mondstein flog zur Seite und schlug an die Wand, gab einen ungeheuren Funkenregen von sich. Er lag außer Reichweite hinter dem mächtigen Leib des Untiers, und das gespenstische Licht beleuchtete die Umrisse seiner gezackten Rückenflossen. Das große Vieh bewegte seinen Wanst, bis sich die Stachel seines Pfeilschwanzes in den Riemen des Mondsteins hakten, als wollte er den Stein für sich behalten. Im Hinterstübchen seiner panischen Gedanken wurde Caspar klar, daß die Haufen uralter Juwelen und Waffen in der anderen Kammer die Beute des Drachen waren. Anscheinend war der Mondstein Teil seines Schatzes. Nun schien das Licht das Untier nicht mehr zu locken, nachdem es jetzt hinter ihm lag, wo die Menschen es nicht mehr erreichen konnten. Die gespaltene Zunge zuckte ihnen entgegen, witterte den schwachen Geruch der beiden Jungen. Das Monstrum ragte über ihnen auf, der Hautsack unter seiner Kehle schwoll, als es sein triumphierendes, gurgelndes Gebrüll ausstieß und sich zum Angriff bereitmachte.

Verzweifelt fummelten Caspars Finger nach dem kleineren Mondstein, und seine zitternde Hand war kaum in der Lage, den glatten Stein zu fassen, der sich kalt anfühlte. Im Gegensatz zum größeren Mondstein rief er kaum mehr als ein Prickeln seiner Nerven hervor. Er warf den Stein seitwärts und betete, daß das Licht das Ungetüm ablenken würde. Seine weißen Strahlen fuhren über das Gewölbe der Kammer und beleuchteten plötzlich die dolchähnlichen Stalaktiten hoch oben an der finsteren Decke der Höhle. Der Drache blies durch seine wulstigen Nüstern, riß den Kopf abrupt zum Mondstein hinüber, aber er ignorierte ihn und bäumte sich auf, reckte den Hals nach hinten, bereit für einen neuerlichen Angriff.

Das ist das Ende, dachte Caspar. Er packte seinen Dolch mit beiden Händen, so daß das Ungeheuer – wenn es sich denn auf ihn stürzte – zuerst in die Klinge fiel. Stolz erfüllte ihn, als er sah, daß sein Onkel das gleiche tat, Stolz darauf, daß keiner von beiden den Vorfahren mit Feigheit Schande machte.

»Zeit für ein Gebet«, sagte Hal fast resignierend. »Mir fällt nichts weiter ein. Lieber Gott und Vater, erlöse uns von diesem Höllenwesen und laß meine Klinge tief in sein kaltes Herz dringen.«

Irgend etwas lockte Caspars Blick vom Drachen fort zum hellen Schein des größeren Mondsteins. Von irgendwo tief unten in seinem Unterbewußtsein formte sich sein eigenes Gebet ungewollt zu schlichten Worten.

»Hilf uns.« Seine Gedanken überraschten ihn, und er verstand nicht, an wen seine Bitte gerichtet war. »Hilf uns«, murmelte er.

Ein markerschütterndes Kreischen entfuhr dem Monstrum. Wo seine feuchte Ringelzunge sein sollte, ragte nun eine stählerne Pfeilspitze hervor. Einen Moment lang taumelte das kränklich blasse Untier auf seinen Hinterläufen, schwankte und torkelte wie ein riesenhafter, alter Trunkenbold, als es sich ihnen näherte. Caspar dachte, das ungeheure Gewicht würde sie jeden Augenblick zu Brei zermalmen. Schließlich sank es mit mächtigem Getöse zu Boden, und sein Kiefer brach auf dem Gestein zu ihren Füßen. Dunkelrotes Blut quoll hervor, wo der Armbrustbolzen die Schuppen im Nacken gespalten hatte, und ein pulsierender Strom braunroter Flüssigkeit flutete zwischen seinen gezackten Zähnen hervor. Seine Glieder zuckten vor Schmerz. Wild schlug der lange Schwanz um sich, löste Felsbrocken von der Decke ab, und sein Rücken krümmte sich zu einem starren Krampf.

Alles ging so schnell: Caspar hatte keine Zeit, darüber nachzudenken, bis der erste Retter über den zitternden Haufen des Drachenleibes sprang. Blondbehaarte Männer, spärlich mit groben Fellen bekleidet, schwenkten Doppeläxte. Vier von ihnen kletterten über den geschwollenen Reptilienbauch. Obwohl Caspar noch nie einen gesehen hatte, wußte er doch, daß es Vaalaker waren.

Ihre Aufmerksamkeit richtete sich ausschließlich auf die belbidianischen Jungen. Immer mehr Vaalaker zwängten sich in den kleinen Raum, trugen Fackeln bei sich. Zufriedenheit machte sich im gelblichen Licht der knisternden Scheite auf ihren bärtigen Gesichtern breit. Einer von ihnen trug eine Armbrust, die er auf Hal gerichtet hielt, während ein anderer die Gefangenen mit seltsamen, häßlichen Worten bedachte. Ein fetter, rotbärtiger Mann kletterte über den Berg des Drachenbauches, knurrte und grinste Hal und Caspar an.

»Er sagt: Wirf Messer weg, sagt er.« Der Vaalaker hatte Schwierigkeiten, die Worte herauszubringen.

Die Knöchel an Caspars Hand wurden weiß.

»Es sind keine Messer, es sind Dolche«, erwiderte der kleine Junge trotzig. Es schien sinnlos, so etwas zu sagen, doch Caspar dachte, daß ein schlichtes »Nein« unter diesen Umständen ein wenig schroff gewesen wäre.

»Messer, Dolche, ist ganz egal. Laßt nur fallen.« Der rotbärtige Mann wurde immer röter, je wütender seine Stimme klang. »Fügt euch mir, ihr schwächlich Belbidianerbengel.«

Hal brüllte vor Zorn und griff den Mann an. Die Armbrust folgte dem Jungen, doch der rote Anführer hob einen Arm, um den Schuß zu verhindern, und machte sich selbst für Hals Angriff bereit. Ein kurzer Hieb mit dem Griff seiner Axt traf Hal im Nacken, und dieser brach zusammen. Caspar kam seinem Freund zu Hilfe, doch als er neben Hal knien wollte, traf ihn ein Stiefel unter dem Kinn, und er fiel rückwärts.

»Ihr macht nichts. Nichts bewegen, nichts reden, nichts atmen, bis ich sage.«

Caspar sah, wie Hals Finger seinem Dolch entgegenkrochen, der etwas außer Reichweite lag. Der große Mann brüllte vor Lachen, so daß sein Leib erbebte, bis er mit dem Stiefelabsatz auf Hals Handrücken trat und die Finger am Felsen zermalmte.

Hal schrie. Es war ein kurzer Schrei, den er eilig schluckte, doch konnte er seinen Schmerz nicht verbergen. Caspar merkte, daß er seinen Onkel zuvor niemals vor Schmerz hatte schreien hören: Das war für den jungen Erben Torra Altas zuviel. Er stürzte sich auf den Dolch und stach mit blindem Zorn wild um sich, gänzlich verloren in seiner Kampfeslust.

Er kam zu sich, als Hals Stimme lauthals seinen Namen rief.

Reglos lag er am Boden, hoffte, die Welt würde aufhören, sich zu drehen. Seine Hände wollten sich nicht bewegen lassen, und allmählich verstand Caspar in seinem benebelten Zustand, daß er an Händen und Füßen gefesselt war. Auch Hals Arme waren mit einem festen Knoten hinter seinem Rücken zusammengebunden, doch er kniete noch immer schützend über seinem jungen Neffen.

Eine dicke, behaarte Hand packte Caspar beim Kragen und wollte den Jungen auf die wankenden Beine zerren. Hal rammte seine Schulter in den Vaalaker.

»Laß ihn in Ruhe! Wag es nicht, ihn anzurühren, du groteskes Zerrbild eines Menschen, sonst, sonst ...«

»Sonst? Ja, sonst?« höhnte der vaalakische Anführer. »Dann willst du mich ganz allein töten, kleine Belbidiak? Du hast noch nicht genug Prügel für ein Tag, oder du willst mehr? Ist leicht getan. Mein Freude.« Er lachte tief aus dem Bauch heraus, da er wußte, daß die beiden Belbidianer überwältigt waren. »Ich gebe noch ein paar Minuten, damit Jüngelchen kann laufen. Und dann wir gehen.« Er fuhr in seiner Heimatsprache fort, knatterte Befehle an die vier Männer heraus und schrie über den gemarterten Leib des Drachen hinweg. Ein weiterer blonder Mann sprang mit viel Geschick über den Kadaver. Auch er trug Stiefel aus Leder, die mit gekreuztem Muster über seine dicken Unterschenkel geschnürt waren, und dazu hing ein zerlumpter Umhang aus schwarzem Bärenfell über seiner Schulter. Er sah jünger als die anderen aus, nicht viel älter als Hal, mit einigem an strammen Muskeln, die sich über seine bulligen Schultern spannten. Als er auf den Beinen landete, zog er an einer schweren Kette, und ein Tier folgte ihm herüber.

»Wir haben Zeit, unsere klein Lieblinge zu füttern«, lachte der rotbärtige Mann.

Das Tier war etwa so groß wie ein Ochse und schien unsicher zu sein, ob es auf zwei oder vier Beinen laufen wollte. Die kurzen Hinterbeine waren hart von Muskeln, die sein Gewicht ohne weiteres tragen konnten, wenn es sich aufrichtete, was es ihm erleichterte, mit seinen langen Klauen auf den Bauch des Drachen einzuschlagen. Es riß die dicke Schuppenhaut auf und legte ein Gewirr aus pulsierenden Eingeweiden frei. Der Mann mit der Axt riß an der Kette des Tieres, schlug ihm mit der flachen Seite seiner Axt auf die Nase, um zu verhindern, daß es seinen wulstigen Kopf in den feuchten Magen des Drachen schob. Das Tier riß seine stumpfe Nase zurück, schüttelte den Kopf vor Schmerz, daß die zottige Mähne hin und her flog. Von den Schultern abwärts war das Vieh fast haarlos, und nur spärliche Büschel von derben Borsten sprossen an seinem krummen Rückgrat entlang. Sie ragten zwischen den Gepäckrollen auf, die um seinen Rücken geschnallt waren.

Der beißende Gestank der Dracheneingeweide brachte Caspar schnell wieder zur Besinnung, und angewidert sah er dieses vaalakische Untier an, das so lärmend grunzte. Seine riesigen Klauen scharrten über den Boden, als es sich widerstrebend vom Drachen entfernte und sich mit dem fauligen Bein einer Ziege begnügte, welches es zwischen den Zähnen zersplitterte. Dann gab es die Knochen für einen saftigeren Kadaver auf und drückte seinen Kopf in den madenbesetzten Rumpf einer Hirschkuh, riß ein inneres Organ heraus, das der Drache unberührt gelassen hatte. Vielleicht waren es die scharrenden Klauen dieses schweren Tieres gewesen, was vor der Explosion auf der anderen Seite des Tunnels zu hören gewesen war, dachte Caspar widerwillig.

Böse zerrte der junge, hellblonde Vaalaker an der Kette, die an einem Ring durch die Nüstern des Untiers hing. Der Kopf kam aus dem Kadaver hoch und tropfte von Blut und Innereien. Am meisten angewidert war Caspar jedoch von der Gesichtsform: haarlos, mit großen, runden Augen und flacher Schnauze. Wären da nicht die langen Eckzähne gewesen, hätte man das Wesen fast als Mensch bezeichnen können. Die Stirn wich zu scharf zurück, und die Nasenlöcher waren viel zu groß, doch ansonsten sah es ausgesprochen menschlich aus.

»Gehen jetzt«, verkündete der Anführer. »Wir alle, jetzt.«

»Was wollt ihr von uns?« fragte Hal.

»Du nicht in Lage zu stellen Fragen. Steh auf.«

»Warum tötet ihr uns nicht einfach und bringt es hinter euch«, fuhr Hal kühn fort.

»Nein. Töten später. Erst wir reden. Gehen lange Weg. Dann du reden. Da, sieh, ihr habt gute Messer, gute Kleider, ihr seid Kinder von jemand, und jemand ist groß in eure Festung. Ihr redet mit uns, weil ihr habt viel zu erzählen. Und ihr habt weiße Steine.« Erst trat er an den kleineren Mondstein, der neben dem Drachenkopf lag, und starrte angestrengt hinein. Sorglos ließ er ihn fallen. Dann knirschte er über die zerbrochenen Knochen halb gefressener Kadaver bis zum Schwanz des Drachen, wo er vorsichtig den Mondstein an dessen Riemen anhob. Schwach zuckte der Drachenschwanz, und Caspar merkte voller Entsetzen, daß das Untier noch nicht tot war. Der Bolzen aus der Armbrust schien sein Hirn verfehlt zu haben. Das Gesicht des Vaalakers erstrahlte, als er das hypnotisierende Licht des größeren Mondsteins betrachtete. »Ihr redet. Ihr erzählt uns davon. Meister sucht lange Jahre schon danach. Wir finden das, und wir finden klein Jungen von große Burg an selbe Stelle. Sehr seltsam.«

»Wir sind nicht von der Festung«, platzte Caspar heraus. »Mein Vater ist Schmied und hat die Dolche gemacht. Wir sind aus dem Osten. Wir wissen nichts über die Festung. Und wir wissen nichts über diesen weißen Stein.«

»Und wieso ihr seid unter Festung? Du sagen wieso.«

»Weil mein Vater Waffen geliefert hat und ...«

»Wir haben uns verlaufen«, beendete Hal den Satz für ihn.

»Ja, und wieso das andere Ding hier, das andere Stein? Ihr bringt es, um zu finden große Zauberstein.«

»Nein!« warf Caspar vergeblich ein.

»Und das hier mit Schrift.« Der Vaalaker wedelte ihnen mit einem feuchten, zerknüllten Pergamentball vor den Nasen herum. »Wieso haben klein Knabenjungen dieses Kartendings? Du sag mir.«

»Weil, mh, weil wir es brauchten, um den Weg zur Festung zu finden«, erwiderte Hal eilig.

»Und über die Festung wissen wir nichts«, fügte Caspar hoffnungsvoll hinzu.

»Du sagen Lügen, und sehr schlechte Lügen dazu«, lachte der Vaalaker. »Klein Kinder aus wichtig Familien in Belbidiak nicht gut in Lügen. Wir gehen.« Sorgsam schlang er den größeren Mondstein um seinen Hals und stieg über den Bauch des Drachen.

Eine Hand stieß Caspar von hinten, und sein Magen drehte sich ihm um, als man sie zwang, durch den Tümpel aus dunklem, klebrigem Blut zu kriechen, das aus den Wunden des Drachen getreten war. Als sein Fuß die Schuppen berührte und er über den federnden Brustkorb kletterte, konnte er schwach das Pochen zweier großer Herzen fühlen. Das groteske Ungeheuer stöhnte; der Hautsack unter seinem Hals erzitterte und blähte sich schwach, als man sie aus der Kammer zerrte. Caspar folgte dem Licht des Mondsteins, der um den Hals des Vaalakers hing und rein und weiß leuchtete – im Gegensatz zum Grauen der blutigen Kammer. Ein stechender Schmerz fuhr dem Jungen durch sein Herz, als er daran dachte, daß der Mondstein in Feindeshand war, und einen Moment lang wehrte er sich gegen seine Fesseln.

»Laß es, Spar! Es ist sinnlos, hier unten mit ihnen zu kämpfen.«

»Aber ich muß den Mondstein haben.« Caspar wußte, daß

seine Worte in den Ohren seines Onkels verrückt klingen mußten, doch irgendwie konnte er nicht verhindern, daß sie ihm über die Lippen kamen.

Hal sah ihn erschrocken an. »Hast du den Verstand verloren, Spar?«

Der jüngere, lebhafte Vaalaker folgte Caspars dringlichem Blick und sah zu seinem Häuptling, der den leuchtenden Stein trug. »Seid ihr Hexenmeister wie auch Kinder von Edelmann, mit eurem Spielzeug von Schwarze Magie?« Caspar fand seine Stimme unheimlich. »Großer Priester von Vaal-Peor wird mit unserer Beute heute sehr zufrieden sein. Beute von Belbidiak. Und mit mir. Ich habe euer Scharren zuerst gehört, Scharren wie Ratten.«

Die Fußfesseln schnitten in seine Knöchel, als Caspar einen unbeholfenen Schritt nach dem anderen hinter sich brachte. Noch immer war er benommen von den Schlägen, mit denen ihn diese brutalen Männer eingedeckt hatten, und langsam fühlte er sich krank. Hal sah geschunden und mit seiner blutigen, schwellenden Wunde an der Schläfe auch nicht besser aus, doch hielt er den Kopf hoch und streckte seine Brust stolz heraus. Caspar gab sich Mühe, es ihm nachzutun, aber er zuckte wegen der Prellung am oberen Brustkorb zusammen. Bei jedem schmerzlichen Schritt wurden die beiden Jungen von ihren Fesseln zurückgerissen, und sie schrien ihre Häscher an, bis sie ganz rot im Gesicht waren und ihre Kehlen vor Heiserkeit brannten. Die Vaalaker ignorierten sie, knurrten nur böse miteinander, wenn sie sich im Tunnel gegenseitig anrempelten. Hilflos und frustriert gingen Hal und Caspar dazu über, miteinander zu zanken.

»Ich wünschte, dieser Drache hätte uns gefressen«, murrte der mutlose Junge in Hals Richtung, als sie an ihren Lederfesseln wieder zur Gewölbekammer geführt wurden.

»Na, ich nicht. Sonst hätte ich keine Chance, diese Wilden

zu erschlagen, diese dreckigen Wiesel. Jeden einzelnen von denen werde ich töten.«

»Wie, Hal? Sag mir nur wie.«

Einen Moment lang schwieg der ältere Junge, so daß Caspar nur noch brüten konnte. Wut und Sorge paarten sich in seinem Herzen und erzeugten ein unnatürliches, unerträgliches Gebräu von Gefühlen.

»Ich finde eine Möglichkeit«, setzte Hal freudestrahlend an, versuchte, ihre Kampfmoral zu steigern. »Wir brauchen nur eine Strategie. Wie alle Heiden sind sie primitiv und grausam und lassen sich nur von ihren bösen und brutalen Instinkten lenken. Wir sind in der Lage, ihren barbarischen Verstand zu übertölpeln. Angst und Schmerz sind ihr Antrieb: Der unsere wird die Strategie sein.«

»Du klingst, als hättest du das in einem Buch gelesen«, bemerkte Caspar, begierig darauf, jeden Gedanken zu ergreifen, der ihn vom Grauen ihrer mißlichen Lage ablenkte. »Ich dachte, du hättest gesagt, Bücher seien nur etwas für Frauen und Männer der Kirche.«

»Die Bücher, die *du* liest. Du bist der Sohn eines Barons und machst dir nicht die Mühe, etwas von der Kriegskunst zu lernen oder was einen Mann zu einem Führer macht.«

»Das tue ich sehr wohl. Ich habe alle großen Sagen gelesen. Ich kann die Geschichten aus den Drachenkriegen rückwärts aufsagen.« Caspar stampfte mit den Absätzen auf den Fels, doch er wurde mit solcher Wucht zurückgerissen, daß er glaubte, seine Arme würden ausgekugelt.

»Märchen, alles Märchen.« Hal hatte dafür nichts übrig. »Ich rede von echten Büchern – Handbüchern mit Hinweisen und Lektionen der Taktiker durch die Jahrhunderte.« Der dunkelhaarige Junge ächzte, weil auch er versuchte, sich von seinen Fesseln zu befreien. »Bücher mit Diagrammen, die Manöver in der Schlacht zeigen, und wie man Kriegsmaschinen baut. Echte Bücher, Spar. Verdammt. Ich kann nicht … ich kriege diese Fesseln nicht los. Richtige Bücher für Männer.«

»Was du nicht sagst … Es ist sinnlos, die Knoten geben nicht nach. Du willst mir doch nicht erzählen, daß du solche Bücher gelesen hast.«

»Branwolfs Bibliothek steht voller Bände mit Schlachtplänen aus belbidianischen, salisischen und camaalischen Kriegen, und außerdem Handbüchern zu Führungsqualität und Befehlslogistik. Sie sind sehr informativ.« Aufgeblasene Entrüstung sprach aus Hals Stimme.

»Nun, schade, daß du nicht gelernt hast, irgend etwas von alledem, was du gelesen hast, in die Tat umzusetzen.«

»Schade, daß du dir nicht mal die Mühe gemacht hast, etwas davon zu lesen. Du wirst die Kunst der Menschenführung eher als ich beherrschen müssen«, gab Hal zurück.

»Ich habe viel gelesen«, wandte Caspar ein, »aber es ist nun wirklich nicht der rechte Augenblick zu streiten, oder?«

Hal lachte, und seine Freude am Widerspruch wich bereitwillig der Freimütigkeit. »Nein, du hast recht. Du hast nicht oft recht, aber diesmal hast du es.«

»Danke vielmals, Hal«, murrte Caspar. »Und meine Nase tut immer noch weh«, fügte er vorwurfsvoll hinzu.

»Na, du hast sie dir verdient.«

»Was Worte raunt ihr mit heimlich Stimme?« Kräftig riß der vaalakische Anführer am Lederriemen um Caspars Handgelenke. »Ich denke, wir wollen gehen schneller.«

Der Strom, der sie zu diesem Teil des Höhlensystems geführt hatte, floß eilig durch die Mitte der kathedralengleichen Höhle. Alles sah so vertraut aus, nur nahm das schmutzige Wasser im Licht der vaalakischen Fackeln eine blutrote Färbung an. Unwillkürlich ging ein Schauer durch Caspar, und er hoffte, daß dieser Blutfluß kein schlimmes Omen wäre. Sie überquerten den Strom und betraten einen frischen Durchgang, der hinter einer vom Wasser geformten Steinsäule verborgen lag.

Das Scharren der Klauen des haarlosen Untiers zerrte an Caspars Nerven. Das Tier war linkisch und unnatürlich. Es schien unfähig, die Füße richtig anzuheben, und schob die langen, spitzen Klauen mit unangenehm schabendem Geräusch über den groben Stein. Hin und wieder zog der junge, mächtig muskelbepackte Vaalaker liebevoll an den Stummelohren des Untiers und raunte ihm Unverständliches zu.

»Was für ein Tier ist dieses elende Vieh dort?« fragte Caspar seinen Onkel.

»Es ist ein Vaalaker. Angeblich sollen sie menschlich sein.«

»Du weißt genau, was ich meine: dieses haarlose Schwein mit dem Gesicht eines prähistorischen Menschen.«

»Es ist ein Troll.«

»Woher weißt du das?« wollte Caspar wissen, da er nicht sicher war, ob Hal es wirklich wußte oder sich nur gebieterisch gebärden wollte.

»Ich weiß alles, weil ich mir die Mühe mache, es herauszufinden.«

»Nein, ernsthaft, woher weißt du es?« schmeichelte der Junge, während er sich gegen seine Fesseln stemmte, um den Vaalaker zu verblüffen, der ihn in den neu entdeckten Durchgang zerrte.

»›Das illustrierte Buch der Tiere nördlicher Klimata, seltene und gemeine‹ … da hast du es.«

»Glaub ich dir nicht. Es müßte Beutetiere oder Jagdhunde im Titel führen, damit du es dir ansiehst«, hielt der Jüngere dagegen, wobei er sich nach wie vor gegen den wuchtigen, fellbehängten Krieger stemmte.

»Also gut, ich gebe auf. Ich habe es mir ausgedacht und

rate nur. Aber es ist kein Bär, und es ist kein Schwein, und es ist kein Mensch, daher vermute ich, daß es sich um einen Troll handelt.« Hal sprach mit leiser Stimme. »Hör mal, kannst du deinen Verstand nicht auf etwas Sinnvolles lenken und überlegen, wie wir uns befreien sollen, statt dich um dumme Dinge wie die Frage zu kümmern, was für ein Tier das ist?«

Einen Augenblick lang schwieg Caspar. Es mußte eine Möglichkeit geben, dachte er bei sich. Es wird der Moment kommen, an dem sie unaufmerksam sind: Sie müssen essen und schlafen. Vielleicht bekämpften sich diese primitiven Wilden untereinander, wie Hal vermutet hatte. Es blieb nur abzuwarten. »Sie sehen aus, als wüßten sie, wohin sie wollen«, flüsterte er Hal zu. »Lassen wir uns von ihnen ins Freie führen, und dann schmieden wir Pläne. Mir fällt nichts anderes ein, was wir tun könnten.«

Der Tunnel, den die Vaalaker gewählt hatten, war eng. Die Tunneldecke senkte sich allmählich ab, bis der Troll gezwungen war zu kriechen, so daß sich seine Ellbogen neben den Schulterblättern bewegten. Selbst die größeren Vaalaker mußten sich bücken, damit sie sich nicht die Köpfe stießen. In diesem Tunnel hätte der Albinodrache keinen Platz gefunden, so daß sie – falls es noch mehr von seiner Sorte gab – vor diesen zumindest sicher waren, dachte Caspar. Doch selbst dieses Bewußtsein konnte seine Laune nicht aus der Finsternis befreien, in welche er gesunken war. Es war alles seine Schuld, alles. Wie hatte er so flegelhaft sein können, wie hatte er zulassen können, daß sein selbstsüchtiger Stolz und seine kindische Neugier Hal in solche Gefahr brachten? Gnadenlos hieb die Reue auf sein Gewissen ein. Hätte er sich doch nur nicht wie ein Narr verhalten und seinem Vater widersetzt. Lächerliche Hoffnung ließ ihn glauben, daß eine belbidianische Patrouille sie vielleicht retten würde, wenn sie erst im Freien wären. Hal hätte solches Glück verdient, ich vielleicht nicht. Ja, und vielleicht verwandeln sich die Vaalaker in Schwäne und fliegen davon. Wie konnte er nur so etwas Lachhaftes denken?

Ein Vorhang aus klarem Licht ragte vor ihnen auf, wo ein Schacht von oben in den Tunnel fiel. Dann flackerten die brennenden Holzscheite in der sauberen Zugluft, die über Caspars Gesicht strich und seinen müden Lebensgeistern wieder neue Hoffnung gab. Wenn sie diesen üblen Ort von Drachen, Kerkern und vergiftetem Wasser erst hinter sich gelassen hatten, wäre ihnen das Glück vielleicht bald wieder hold. Der Kamin hatte glatte Wände und ragte fünf Schritte weit über ihren Köpfen auf, unmöglich, mit gefesselten Händen hinaufzuklettern. Vielleicht lösen sie die Riemen, dachte Caspar. Vielleicht ist das unsere erste Chance.

Doch die murrenden Vaalaker hatten andere Pläne. Offenbar hatten sie diese Route schon einmal genommen, denn sie erklommen den Schornstein mit dem Geschick reisender Akrobaten bei ihrem Lieblingstrick. Zuerst stellte sich der Troll auf seine Hinterbeine, dann kletterte einer der Vaalaker über die Gepäckrollen und stellte sich auf die Schultern des Untiers. Ihm folgte ein weiterer, der die lebende Leiter ins Freie hinauf sprang ... von wo aus er für den Rest des Trupps ein Seil herunterließ. Hal und Caspar blieben unter Aufsicht des Armbrustschützen und des höhnisch grinsenden Vaalakers zurück, der den Troll hielt.

»Also, wollt ihr diese Fesseln aufschneiden, damit wir hinaufklettern können?« fragte Hal. »Oder fürchtet ihr euch jetzt zu sehr, da eure muskulösen Ammen fort sind?«

»Halt häßlich Mund«, knurrte der junge Wilde. Seine Beherrschung der belbidianischen Sprache war offenbar beschränkt, doch verstand er Hals spöttischen Unterton. Er winkte dem Mann mit der Armbrust, der prompt die Spitze eines geladenen Bolzens an Hals Schläfe hielt. »Ich, Scragg, kein Angst.« Er grinste höhnisch, als er das baumelnde Seil an Hals Handgelenken befestigte und den Schacht hinauf den anderen oben etwas zurief.

Das Seil spannte sich, und Hal wurde an den Handgelenken durch die Luft hinaufgezogen. Er schlug an die Wände und sammelte erneut einen ganzen Schwung von Schürfungen, wenn er mit Haut und Kleidern am Stein hängenblieb. Als Caspar an die frische Luft gezogen wurde und auf dem moosbewachsenen Boden landete, brüllten seine Häscher ob seines offenkundigen Unwohlseins vor sadistischem Gelächter. Hal saß noch immer fluchend am Boden, als Scragg aus der Unterwelt aufstieg und vor Freude über Hals Schmerzen strahlte. Er setzte den Absatz seiner Fellstiefel an den Kopf des Belbidianers und drückte ihn fest in den Schlamm. »Scragg kein Angst. Mag ich dein Schmerz.«

Mit scharfer Stimme sprach der rotbärtige Anführer zu Scragg, der den Torra Altaner widerstrebend losließ. Er murmelte in seiner eigenen Sprache etwas vor sich hin, dann verschwand er, um nach seinem Troll zu sehen, den man zurückgelassen hatte, damit er sich selbst einen Weg aus dem Labyrinth suchte.

Natürlich gab es kein belbidianisches Empfangskomitee, das die beiden Jungen rettete. Caspar hatte gewußt, daß keines dort sein würde, aber dennoch war er enttäuscht. Entschädigung boten einzig und allein der blaue Himmel, wie er in diesen Höhen üblich war, und die kühle, frische Luft. Caspars Bemühen galt zuerst der Orientierung. Unmöglich ließ sich sagen, in welche Richtung sie unterirdisch gelaufen waren. Seine Beine sagten ihm, daß sie einen weiten Weg zurückgelegt hatten, doch mochten sie ebenso im Kreis gelaufen sein. Er wußte jedoch, daß die Tunnel direktere Wege durch die Gelben Berge boten, da die Bergkette oft genug von unzugänglichen Schluchten und Klippen durchzogen war. Es mochte sein, daß sie mehrere Tagesritte von Torra Alta entfernt waren, außer Reichweite von allem, was Rettung bedeuten konnte. Die Berge mit den beiden Gipfeln nördlich von ihnen schienen ihm vage vertraut, und er kam zu dem Schluß, daß sie sich weit westlich in den hohen Bergen befinden mußten. Das Tal stieg steil an, endete schließlich in einer Krone nackter, schwarzer Klippen, die im Halbkreis einen schützenden Felsen bildeten. Caspar sah, wie grelles Sonnenlicht auf den stillen Fluten eines kleinen Bergsees tanzte. »Der Spiegelsee«, murmelte er.

Hal nickte. »Mindestens zwei Stunden von Torra Alta … in dieser Gegend ein ganzer Tagesritt.«

Trübsinnig sahen sich die beiden Jungen um, starrten zum blassen Gold der fernen Gipfel hinüber, die den Gelben Bergen ihren Namen gaben. Die hohe Konzentration von Schwefelablagerungen in diesem Land hatten manchen Möchtegern-Goldgräber schon genarrt. Mancher war auf der Suche nach dem trügerischen Gold an Unterkühlung gestorben. Es war, als suchte man den Quell des Regenbogens: Die gelbe Färbung war aus der Ferne deutlich zu erkennen und verging im benachbarten Tal bald schon zu trübem Braun. Der Bewuchs war kläglich. Wacholderbüsche klammerten sich im Windschutz an die Felsen. Trockene Gräser, Farnkraut und gelegentliche Zwergbirken sprossen aus dem bitteren Boden, doch für gewöhnlich war die Erde von Geröll bedeckt, das von den umgebenden Klippen gefallen war. Wir sind oberhalb der Baumgrenze, folgerte Caspar. Die beißende Kälte in der Luft stützte diese Schlußfolgerung. Schluchten voll ewiger Schatten durchzogen Felder aus grauem Schnee, welche die Sommermonate überlebt hatten.

Die felsigen Gipfel über ihnen gaben Caspar das unheimliche Gefühl, sie würden von einer gigantischen, umgedrehten Klaue festgehalten. Ein kleiner Bergsee schmiegte sich an den Fuß der zahngleichen Gipfel, und ein frischer Fluß rann fröhlich vor sich hin, führte Wasser aus den sumpfigen Marschlanden um den Bergsee. Die Sonne hatte ihren Zenit überschritten und glitt hinter die Gipfel, die finster über ihnen drohten.

Eine große, knochige Hand riß Caspar auf die Beine. Wie starrsinnige Packesel wurden die Jungen mit Gewalt von ihren Häschern über einen schmalen Ziegenpfad am Ufer eines Bergbaches entlang gezerrt.

»Haltet Füße in Bewegung«, befahl der Anführer, der seit einiger Zeit nicht mehr gesprochen hatte. »Zieht weiter rückwärts, und kleine Belbidiakbengel werden bereuen, werden sie.«

Hal spuckte aus und starrte den großen Mann aufsässig an, doch er sagte nichts. Er stemmte sich fest in die Riemen, grub seine Fersen bei jedem unsicheren Schritt in den Boden, bis die Lederbänder um seine Handgelenke die Haut durchgescheuert hatten und seine Unterarme von einem blutigen Band geschmückt waren.

»Ich sagen, dir noch leid tun.« Dann kehrte der Anführer zu seiner Muttersprache zurück, gab eilig Befehle unter seinen Männern aus. Augenblicklich fanden sich Caspar und Hal wie zwei Mehlsäcke an den stachligen Rücken des Trolls gefesselt wieder, eingekeilt zwischen den Bündeln mit Fellen und klappernden Töpfen. Rotbart kraulte Hal die Nase, als der Vaalaker ihm ins Gesicht sah und den stolzen Jungen mit seinem stinkenden Atem erstickte. »Und nun dir tut leid. Troll keine gute Pferd. Sehr unbequem.«

»Petersilie«, sagte Hal sachlich, was Caspar komplett verblüffte, weil er nicht verstand, wovon sein Onkel redete.

»Peterzil, Peterzil, was sagst du Peterzil?« wollte der Vaalaker wissen, wütend darüber, daß er die belbidianischen

Worte nicht verstehen konnte, für den Fall, daß sie eine schwere Beleidigung darstellten.

»Es ist ein kleines, grünes Kraut, und du bräuchtest etwas davon für deinen schlechten Atem, Rotbart«, lachte Hal mutiger als gut für ihn war, und Caspar zuckte beim Knall der lauten Ohrfeige, die seinem Onkel über den Mund fuhr.

»Rudbarak, nicht Rotbart.«

Blut sammelte sich in Caspars Schädel, als er kopfüber im Rhythmus des Trolls wippte. Seine knorrige Wirbelsäule und die spitzen Knochen ragten an viel zu vielen Stellen heraus, stachen Caspar und bohrten sich in seine Rippen, während ihm vom steten Schwanken übel wurde. So stellte er sich die Seekrankheit vor.

»Was glaubst du, wohin sie uns bringen?« stöhnte Hal.

»Nach Norden.«

»Woher weißt du das?«

»Wegen der Sonne.« Die Schatten reckten sich zu ihrer Rechten, und die Ostlagen der Täler waren bereits vorzeitig von Nacht umhüllt. »Bald wird es kalt.«

Es war schwierig, sich zu unterhalten, da ihnen bei jedem unbeholfenen Schritt des Trolls die Luft aus den Lungen geprügelt wurde, doch sie konnten in kurzen, atemlosen Sätzen sprechen. Gemeinsam mutmaßten sie, was ihr erbärmliches Schicksal in den Fängen der Vaalaker anging, und versuchten vergeblich, einen Fluchtplan zu schmieden. Hin und wieder drehte das plumpe Tier den Hals und starrte sie mit seinen Menschenaugen an. Speichel rann aus seinen Mundwinkeln.

In steifem Belbidianisch – damit seine Gefangenen ihn verstehen konnten – gurrte Scragg seinem Liebling ins Ohr: »Später, wenn wir mit die zwei fertig sind, mein Kleiner, dann du kannst mit sie spielen.«

»Was glaubst du, was er mit ›spielen‹ meint?«

»Ich glaube nicht, daß ich es wissen möchte.« Hal reckte sich, um den Krampf zu lindern, der in seinen Muskeln brannte. Seine Arme waren fest hinter dem Rücken verschnürt, und seine Schultern fühlten sich an, als würden sie ausgekugelt. »Aber was auch geschehen mag, Spar, wir dürfen ihnen nichts von der Festung erzählen, es sei denn, es wären Lügen. Wenn du reden mußt, sei so einfallsreich wie möglich.«

»Natürlich«, erwiderte Caspar nach einem Augenblick des Schweigens. Er hatte seinem Onkel nicht zugehört und sich in Gedanken Sorgen um seinen Vater auf Torra Alta gemacht. Ihr Verschwinden würde ihn in tiefe Trauer stürzen. Doch selbst die Gedanken an seinen Vater verflogen. Ständig kehrte er zu dem Mondstein um den Hals des vaalakischen Häuptlings zurück. Es schien ihm, als riefe ihn der Stein. Wenn er die Augen schloß, konnte er in Gedanken das Abbild des perligen Glanzes sehen.

Der Weg nach Norden war beschwerlich, und aus ihrer verzerrten, kopfstehenden Perspektive schien es den beiden Gefangenen, als trüge man sie stetig abwärts. Die Dämmerung in dem engen, steilen Tal war ein schleppendes Phänomen. Sie kam früh, doch hielt sie sich lange in weichen Pastellfarben auf den westlich ausgerichteten Hängen, die noch nicht von den Schatten geschluckt waren, welche aus dem Boden des Tales wuchsen. Schließlich stolperten sie allesamt durch Dunkelheit, und die Vaalaker machten halt. Die Riemen, die den Troll umschnürten, wurden gelöst, und Caspar und Hal sanken zu Boden.

»Wir machen Lager hier«, verkündete der große Vaalaker unnötigerweise, da seine Männer bereits Zweige für ein Feuer sammelten. »Und nicht denken an klein Wanderung allein, denn ich habe euch lassen gekettet an Tier.«

»Wir dir danke viele Male«, erwiderte Hal mit geübtem Sarkasmus.

Das Feuer brachte willkommene Wärme und den unwiderstehlichen Duft von Eintopf, der auf den Flammen kochte. Die beiden Jungen saßen zum Trost und wegen der Wärme nah beieinander. Ihre Arme waren nach wie vor hinter den Rücken verschnürt, und Hunger und Kälte verschlimmerten ihr Unbehagen noch.

Plötzlich platzte ein Wutanfall aus Hal hervor. »Ich werde euch töten. Euch alle. Mein Gott wird eure Seelen foltern, und ihr werdet bis in alle Ewigkeit in der Hölle schreien.«

In diesem Moment beschloß der Troll, sich ein Lager für die Nacht zu suchen. Schnaufend und ächzend kam er auf alle viere, streckte sich und humpelte zur anderen Seite des Lagerfeuers, wobei er Caspar und Hal an den Handgelenken mit sich zog, ungeachtet ihres Protestgeschreis. Die Vaalaker gackerten hysterisch, hielten sich die aufgeblähten Bäuche, erfreuten sich der Erniedrigung und Hilflosigkeit der beiden Belbidianer. Caspar wurde vor Zorn und Scham ganz übel.

»Ich krieg sie noch«, knurrte Hal zwischen zusammengebissenen Zähnen hervor. »Ich foltere sie zu Tode, besonders diesen miesen, kleinen Scragg. Ich werde ihn mit seiner eigenen Axt in tausend Stücke hacken und an Reißer verfüttern.«

Liebevoll dachte Caspar an ihren treuen Hund. »Nein, wir wollen Reißer nicht vergiften. Ich würde das milchhäutige Wiesel an seinen eigenen Troll verfüttern. Sehr viel passender.«

Der Gedanke an Rache schien Hals Würde wiederherzustellen, und als sich der Feind zur Nacht bettete, raunte er seinem zitternden Gefährten neben sich zu: »Es gibt keinen Grund, ihnen eine ruhige Nacht zu gönnen, Spar«, und fing an zu schreien, so laut er konnte. »He, wie wär's mit was zu essen? Gebt uns was zu essen!«

Caspars knurrender Magen drängte ihn, sich an dem Lärm zu beteiligen. »Wir nützen euch nichts, wenn ihr uns verhungern laßt.«

»Fette Knabenbengel brauchen kein Fleisch. Ihr könnt noch tagelang von eure Fett leben«, lachte Scragg.

»Ihr könnt uns nicht hungern lassen«, protestierte Hal.

»Nein?« Scraggs sadistischer Tonfall verwandelte sich in verschlagene Freude. »Ah, aber ich, Scragg, so netter Mann. Ich gebe euch mein Essen, um meine große Herz zu zeigen.«

Der boshafte junge Nordmann sprang auf und balancierte mit gespielter Eleganz einen Teller auf seinen Fingerspitzen.

»Das ist für euch. Ein milde Gabe.«

Da sie wußten, daß Scragg nur einen schändlichen Trick versuchen würde, starrten die beiden Jungen ihn mit ausdruckslosen Mienen an. Doch Caspar merkte, daß er den grausamen Worten des Vaalakers gern Glauben schenken wollte. Erschrocken spürte er, wie sein Widerstand von Furcht und Erniedrigung geschwächt wurde. Der Vaalaker hielt seinen Gefangenen den übervollen Teller hin, dann hielt er inne.

»Ach! Aber euer Hände sind gefesselt, ja? Ha! Dann müßt ihr euer Fressen eben wie die Hunde schlingen.« Er lachte fürchterlich und spuckte in den Eintopf, dann ließ er ihn vom Teller auf den Boden gleiten und breitete ihn mit der Stiefelspitze aus. »Mein milde Gabe. Eßt nur, Belbidiak-Lümmel.«

»Hör auf, Hal. Achte nicht auf ihn«, rief Caspar, als sein Onkel über die Fußfesseln fiel, weil er versuchte, den höhnischen Vaalaker anzugreifen. »Laß ihm wenigstens nicht die Genugtuung, uns erniedrigt zu sehen.«

Unglücklich lehnte sich Hal zurück. »Ich habe Hunger, Spar. Was sollen wir tun?«

»Ich weiß es nicht.« Caspars Stimme brach. »Ich habe Angst.« Er rückte näher an seinen Onkel heran. »Ich habe Angst, und es tut mir leid, und alles ist meine Schuld.«

KAPITEL 6

Ein einsames Heulen hallte durch die Stille jener kalten, wolkenlosen Nacht. Caspar schreckte aus unruhigem Schlaf auf und rang darum, den Schrei in der Dunkelheit von den Dämonen und Todesfeen zu trennen, die in seinen Träumen gekreischt hatten. Als sich die irrationalen Ängste in das Universum seiner Träume zurückzogen, merkte er, daß ihm kalt war und er Hunger hatte. Seine Arme waren taub. Meine Finger, dachte er in Panik, als er merkte, daß er sie kaum noch fühlen konnte. Er versetzte Hal einen Stoß mit dem Knie.

»Bist du wach?«

»Nein.«

»Hal, krümm deine Finger.«

»Was?!«

»Beweg deine Finger schnell, sonst frieren sie dir ab.« Unbeholfen schob sich Caspar mit der Schulter aufrecht und rieb seine gefesselten Arme eilig am Rücken auf und ab. »Meine sind steifgefroren. Ich kann sie nicht fühlen.« Panisch versuchte er, Blut durch die engen Aderpressen der Lederbänder zu pumpen, um seine Finger zu wärmen.

Augenblicklich merkte Hal, daß Caspar recht hatte, und tat es ihm nach. »Wir müssen wach bleiben, Spar. Reib weiter.«

Langsam kehrte das Blut in Caspars Hände zurück, doch es fühlte sich nicht warm und tröstlich an, sondern als stächen tausend Nadeln in die Adern und bohrten Stahl noch in die letzten Kapillargefäße. Er beugte sich vor und biß die Zähne vor Schmerz zusammen, bis dieser verging und es in seinen Händen nur noch heiß pulsierte. Als er wieder aufblickte, ragte der schwarze Schatten eines Vaalakers über ihm auf. Er schwang eine Axt und knurrte dabei wütend.

»Ich glaube, er will uns sagen, daß wir uns nicht rühren sollen«, meinte Caspar, wobei seine Stimme ruhig und würdevoll blieb. »Laß uns allein, du fetter Ochse, wenn du schon nichts zu essen bringst«, fügte Hal mit klappernden Zähnen hinzu.

Der Vaalaker grunzte nur noch einmal und setzte seine Wache fort. Gleichmäßig umrundete er das Lager, trat über die schwarzen, schnarchenden Haufen, die in Tierfelle eingewickelt waren. Er behielt die Gefangenen im Auge, blieb immer wieder stehen, um den großartigen Glanz des Herbstmondes zu betrachten.

»Was sieht er sich den Mond an?« Hal war verdutzt, und jedes Gespräch war ihm recht, wenn es darum ging, die langen, wachen Stunden dieser Nacht hinter sich zu bringen.

»Wahrscheinlich um die Uhrzeit zu bestimmen.« Der Junge mit dem kastanienbraunen Haar hob seinen Kopf, um dem Blick des Vaalakers folgen zu können. »Ist es nicht eine erstaunliche Farbe? Meinst du, es könnte ein Omen sein?«

»Gestern war es die Sonne, heute ist es der Mond … was soll es morgen sein? Feen?«

»Halt den Mund.«

Der Herbstmond war von dunstigem Orange, fast voll, und sein dunkles Licht glich der sterbenden Glut eines Feuers. Oder der untergehenden Sonne, dachte Caspar verstört, weil etwas daran nicht stimmte.

»Verdammter Mond. Und was diese Mondsteine angeht, denke ich, daß Catrik recht hatte. Wie er sagen würde: Ein Pfund gegen eine Prise Schnupftabak, daß sie uns das ganze Übel eingebrockt haben. Sie lassen dich reden, als wärst du ein Heide, und das gefällt mir nicht.«

Wieder hallte das unheimliche Geheul eines Wolfes durch die Täler. Es kam näher. Die tiefe Trauer darin vermittelte dem Jungen ein Gefühl von abgrundtiefer Einsamkeit unter diesen bösen und brutalen Männern. Vor Tagen noch war die Nachricht von der bevorstehenden Invasion der Vaalaker aufregend gewesen, eine Gelegenheit für Abenteuer, Schlachtenruhm und Heldentaten. Welche Heldentaten? Sieh uns nur an, dachte er angewidert bei sich, verschnürt wie Geflügel, jämmerlich, hilflos und verängstigt.

»Was wollen die von uns, Hal? Wieso haben sie uns nicht getötet? Informationen oder Lösegeld?«

»Vor allem Informationen, würde ich sagen. Ein geheimer Weg nach Torra Alta? Irgendwas über den Tunnel oder den Brunnen oder die Reichweite der Waffen? Ich weiß es nicht.« Er zuckte mit den Schultern. »Aber ich denke dauernd ... Sie scheinen von diesem vermaledeiten Stein besessen. Nur wieso?« Hal sprach eilig, als hätte er darüber schon seit langem nachgedacht.

Caspar ließ seinen Blick zum trüben Lichtschein gleiten, der um den Rand des schwarzen Bärenfells leuchtete, das den vaalakischen Häuptling verbarg. Noch immer hielt sich der rotbärtige Nordmann an der Kugel fest. »Es ist nicht nur ein Stein. Sein Licht unterscheidet sich von den anderen. So schön ... und gleichzeitig traurig, als wäre er tatsächlich ein Stück des Mondes, das vom Himmel gefallen ist.«

»Er ist nicht anders als die anderen.« Hal winkte augenblicklich ab. »Nur etwas größer. Ich kann verstehen, wieso diese primitiven Barbaren davon fasziniert sind, aber du?« Er schüttelte den Kopf und strich die Locke zurück, die im Dunkel über sein Gesicht gefallen war. Beide schwiegen sie mehrere Minuten, bedachten sorgenvoll ihr Schicksal.

»Erinnerst du dich, daß sie unten in den Höhlen etwas von ihrem Meister sagten?« Hals fragende Stimme brach das

Schweigen. »Dieser Häßliche, der fast wie ein Albino aussieht, hat definitiv etwas von einem Meister gesagt.«

»Morbak wahrscheinlich.«

»Aber wieso sollte Morbak einen Mondstein haben wollen? Es ist absurd.« Hal begann, leise vor sich hin zu murmeln, als versuchte er, das Problem durchzuarbeiten, und müde driftete Caspar wieder in seine Welt der Halbträume. Nie schweiften seine Gedanken allzu weit ab von der Macht des Mondsteins und dem Abbild der gepeinigten Frau. Der Mondstein sang zu ihm, rief nach ihm. Wie der Wolf dort draußen in den Bergen, der den Mond rief, wollte er seinen Kopf in den Nacken werfen und die weiße Glut der Kugel anheulen. Plötzlich erschien ihm diese Idee derart absurd, daß er sich schüttelte und den Blick vom hypnotisierenden Licht des Steins abwandte. Der schreckliche Gedanke, daß irgendein böser Zauber von ihm Besitz ergriff, ließ sein Herz vor Angst fast aussetzen. Er begann, die Zeilen der Heiligen Schrift zu rezitieren, die der Kaplan ihn so oft hatte niederschreiben lassen, um »seinen Geist zu reinigen und ihn Gott näherzubringen«. Vielleicht hat Gwion recht, dachte er, vielleicht brauche ich tatsächlich Hilfe!

Endlos zog sich die lange, kalte Nacht hin, und Caspar ging in Gedanken mehrere abwegige Fluchtpläne durch, doch wußte er in seinem Herzen, daß sie allesamt lächerlich waren. Seine letzte Hoffnung bestand darin, daß Hal schließlich doch etwas Machbares einfallen würde, was sie aus den höllischen Fängen des Feindes befreite. Hal war gut im Pläneschmieden.

»Hal? Fällt dir nichts ein? Ich meine, was sollen wir tun? Dir fällt doch immer etwas ein, Hal.«

»So ist es recht«, knurrte der Onkel, »gib alle Verantwortung an mich. Woher soll ich wissen, was zu tun ist? Ich weiß es nicht besser als du.«

Sie lehnten sich aneinander. Als der Schlaf an ihren Lidern zerrte, mußten sie sich dazu zwingen, die Fäuste zu ballen. Wenn sie einschliefen, würde die Kälte in sie kriechen und ihre Finger stehlen.

In seiner verzweifelten Einsamkeit und Hilflosigkeit betete er, daß Branwolf plötzlich aus der Nacht heranreiten und sie retten würde. Nie zuvor hatte er sich derart verlassen und verletzlich gefühlt. Zumindest konnte er sich nicht erinnern, jemals so empfunden zu haben, nicht mehr seit … nein, er konnte sich nicht erinnern …

Niemals hatte er sich erinnern können, wie er sich gefühlt hatte, als seine Mutter plötzlich verschwand. Tatsächlich hatte er sämtliche Erinnerung an sie verloren. Sein Vater bekam immer einen Wutanfall, wenn er ihn danach fragen wollte. Oft erzählte er dann vom Bau der Kathedrale, doch das erklärte nichts. Nur durch den Burgtratsch erfuhr er einiges. Dort hörte er, daß der Baron Keridwen irgendwo in einem Dorf am Rande des Keilerwaldes gefunden hatte. Ihre Schönheit hatte ihn derart verzaubert, daß er sie direkt mit nach Hause genommen und geheiratet hatte.

Ein anderer Vaalaker stand nun Wache, der kleinere Barbar mit dem schmutzigblonden Haar, der eine Armbrust und nicht die übliche Axt trug. Er unterband ihr Gespräch mit einem wohlplazierten Tritt an Caspars Oberschenkel.

Schweigend versank Caspar erneut in der Welt des Schlafes, und diesmal waren seine Träume friedlich, die Gedanken auf angenehme Weise tröstlich. Vor seinem inneren Auge tanzte die Frau im Mondstein ums Feuer, das lange, volle Haar schimmerte hell im Flammenschein, und ihre Arme streckten sich dem Mond entgegen. Sie lächelte Caspar an, bevor sie seine Fesseln löste. Sie gab ihm Brot, Honig und warme Milch, als sei er ein kleines Kind. Dann sprach sie mit bezaubernder, klarer Stimme, doch konnte Caspar die Worte nicht verstehen. Als sie das sah, wurde ihre Stimme zu einem traurigen Schrei, als riefe sie ihn aus der Ferne. Der Junge erwachte zum einsamen Heulen des Wolfes.

Inzwischen war der Mond von einem reinen Silberweiß. Eine überhängende Klippe hoch über dem Grund des Tals zeichnete sich pechschwarz vor dem Weiß des zunehmenden Mondes ab, und eine Sekunde lang glaubte Caspar, dort eine Bewegung zu erkennen. Er war nicht sicher, doch dann bewegte sich erneut etwas. Ein schwarzer Schatten löste sich von den Felsen, und die deutlichen Umrisse eines großen Wolfes standen dort, vom Mond umleuchtet. Er hockte auf seinen Hinterläufen, reckte seinen Hals mit der dichten Mähne und warf die lange Schnauze zurück, um den Mond anzuheulen. Ein Heulen voller Trauer, dachte Caspar, als riefe er einen verlorenen Gefährten.

Bewegung ums Feuer weckte seine Aufmerksamkeit. Entsetzt wurde ihm klar, daß die vaalakische Wache ihre Armbrust auf den Wolf angelegt hatte und sorgsam zielte.

»Nein!« rief Caspar. Sein Schrei rief stöhnenden Protest der schlafenden Vaalaker hervor, und der Mann mit der Armbrust fuhr herum. Drohend knurrte der Troll, fletschte seine krummen Reißzähne im Mondlicht. Er hob den ungelenken Leib auf seine Stummelbeine und drehte sich mehrmals wie ein Hund, der sein Lager vorbereitet, wobei er die beiden Belbidianer bei seinen Bewegungen hin und her zerrte. Als alles wieder friedlich war, hatte sich der Wolf davongemacht.

»Wozu um alles in der Welt hast du das getan?« wollte Hal wissen.

»Er wollte den Wolf töten!«

»Und?«

Der Junge war verwirrt und wußte nicht, was er antworten sollte. Wölfe waren gefährliche, mörderische Diebe. Doch das

Heulen dieses Wolfes klang derart verzweifelt, derart verlassen, daß es die Trauer in Caspar berührte, und er hatte geantwortet.

In der Stille, die darauf folgte, erinnerte das Klopfen eines hölzernen Löffels an den Seiten eines Kochtopfs die Jungen plötzlich an ihre leeren Mägen. Der Armbrustschütze kostete heimlich ein paar Löffelvoll Eintopf von den Resten des gestrigen Tages, um es durch die Nacht zu schaffen.

»He, Vaalaker«, rief Hal dem Mann, der genießerisch an einem Stück Kaninchen kaute, leise zu. »Komm, es kann dir nicht schaden, wenn du uns etwas davon abgibst.«

Caspars Magen schmerzte vor Hunger. »Bitte.«

Nachdenklich betrachtete der kleinere Vaalaker seine schnarchenden Kameraden und schlenderte dann achselzuckend zu den Jungen herüber. Sein Messer blitzte im Mondlicht auf, und unwillkürlich schreckte Caspar zurück, bis er merkte, daß der Mann tatsächlich ein Herz hatte und ihre Fesseln durchschneiden wollte, damit sie essen konnten. Der Junge bog seine Finger, als sich die Lederriemen lockerten, doch seine Freiheit war nur von kurzer Dauer. Der Vaalaker fesselte die Hände wiederum, doch diesmal vorn.

»Kullak nicht dumm«, brummte er. »Läßt Bengeljungen nicht los. Aber ich habe Hunger viele Male.« Er rieb seinen Bauch. »Nicht gut, wenn Mann hungrig.«

Schulter an Schulter mit seinem Onkel grub Caspar die gefesselten Hände in den Topf, um etwas vom kalten Eintopf auszukratzen.

»Nimm nicht alles«, stieß Hal undeutlich mit vollem Mund hervor.

Nachdem er seine klebrigen Finger geleckt hatte, rollte sich Caspar neben seinem Onkel ein, dankbar für dessen Gesellschaft. Als er aufwachte, lag Hal gemütlich in das gemeinsame Fell gewickelt, während er selbst zitternd ohne alles in der feuchten Morgenluft kauerte. Mit einem Knurren schickte der rothaarige Vaalaker zwei Axtmänner eilig im Lager herum, damit sie die Schlaffelle einrollten und die verstreuten Schalen nach dem Mahl des gestrigen Abends einsammelten. Schmutzige, unorganisierte Leute, dachte der Junge. Trotz seiner Statur und der durchdringenden Stimme wurde der vaalakische Anführer von Scragg und dem Mann mit der Armbrust gänzlich ignoriert. Die beiden beugten sich über den Kochtopf, den Hal und Caspar leergekratzt hatten, und ihre Mienen waren schwarz vor Zorn, als sie einander anbrüllten. Angewidert richtete Scragg seine Wut gegen den Eisentopf, trat ihn in die Glut und brach ein gezacktes Stück mit seiner Axt heraus.

»Sieht so aus, als würde es Scragg jetzt an uns auslassen«, warnte Hal, als der Vaalaker seinen Landsmann beiseite stieß und ihnen entschlossen entgegenstapfte. »Überlaß das Reden mir.«

Nahe der sterbenden Glut in der Mitte des Lagers lag ein offener Sack mit trockenem, ungesäuertem Brot im Weg des Axtkriegers. Er bückte sich, um ein ordentliches Stück vom Laib abzubrechen und nahm es mit zu ihnen hinüber.

»Ihr hungrig? Ihr hungrig, Söhne von Edelmann? Ich geben euch Brot, wenn ihr mir erzählt von Höhlen unter große Festung.« Dann riß ein böses Lachen seinen Mund auf. »Nein, ich ändere Meinung. Ihr nicht mehr so hungrig nach Hasenmahl. Brot ist statt dessen für meine Liebe.«

Der Troll verschlang das Brot mit zwei Bissen, ohne zu kauen, und liebevoll kraulte sein Herrchen die lederige Haut unter dem Kinn.

»Ich hasse dieses Tier«, sagte Hal verbittert.

Zu Caspars Erleichterung machte sich Scragg nicht die Mühe, ihre Arme wieder hinterm Rücken zu verschnüren, sondern sah sich den Knoten nur an, prüfte, ob er stramm war. Unzufrieden goß er Wasser aus dem Kessel über die Fesseln und riß den Knoten fester. »Hier, Belbidiaks. Leder trocken hart. Nicht lösen, glaube ich.« Er band ihre Riemen an den Gurt des Trolls und nahm dann die Zügel des Untiers auf, die am Ring durch seine Schweinsnase befestigt waren.

»Ihr lauft heute. Habt ihr mehr Hunger bei Dämmerung.« Scragg verzog sein Gesicht zu einer Grimasse.

Das Seil um ihre Knöchel war gerade lang genug, daß die Jungen kurze Schritte machen konnten, und bald schon wurde der zügige Marsch ermüdend. Die Vaalaker folgten dem Lauf des Flusses durch die steilwandigen Täler. An manchen Stellen waren die Schluchten so steil, daß ihre Wände den Boden überschatteten und dieser stets halb im Dunkel blieb. Hier war die Luft kühl von Feuchtigkeit, und Morgennebel verhüllte den Strom.

Scragg lief neben ihnen, äffte ihr Humpeln nach.

»Ist sehr schwierig, so zu gehen. Sehr schwierig.« Er nahm einen großen Schluck aus einer Flasche, die um seinen Hals hing. »Kühles Wasser. Gutes Wasser, frisch von Berg. Ah!« seufzte er mit übertriebenem Vergnügen. »Sehr schade für Belbidiakbengel. Scragg hat kein Wasser für euch.«

Die Töpfe und Pfannen, die sorglos an das Gepäck des Trolls gebunden waren, klapperten ununterbrochen, und jeder seiner rollenden Schritte schwenkte die schlecht gepackte Last von einer Seite zur anderen. Der Sattelgurt sah aus, als rutschte er, wenn die Ladung immer weiter zu einer Seite schwankte, und als der rotbärtige Mann die Spitze des Zuges verließ, um ein Auge auf seine Gefangenen zu werfen, musterte er das unberechenbare Gepäck. Grob riß er an den Schnallen, zog den Gurt um den dicken Wanst des Untiers. Wütend spuckte es ihn seitlich an, und der große, massige Vaalaker fuhr ihm blitzschnell über die Schnauze, dann nahm er seine Position an der Spitze des Trupps wieder ein.

Als der schmale Ziegenpfad ein Stück weit über ebenen Boden führte, hob sich der Troll unbeholfen auf seine Hinterläufe und ging steifbeinig wie ein Riesenbär, bis er wieder auf alle viere fiel. Wiederum dachte Caspar, welch seltsames Tier es doch war, da es zwischen zwei Gangarten wechselte. Er kam zu dem Schluß, daß es sich um eine Kreuzung handeln mußte. Das üble Vieh reckte seinen Hals, um den Kopf nach den beiden kleinen Fremden umzudrehen, dann hielt es seinen peitschengleichen Schwanz zur Seite, um eine dampfende Folge stinkender Fladen abzusondern. Eilig wichen Hal und Caspar in die Farne aus und kämpften sich durchs Unterholz neben dem Weg, um dem Dung des Trolls auszuweichen. Noch immer stierte das Tier sie mit seinen kleinen, runden Augen an, und das menschliche Gesicht faltete sich zu einem Grinsen.

»Das hat er absichtlich getan«, erklärte Hal voll Zorn.

Scragg lachte fröhlich und sprang dem Troll auf den Rücken, um hämisch auf sie herab zu grinsen, sein Gesicht dem Hinterteil des Trolls zugewandt. »Leider seid ihr nicht zu töten«, sagte er sehnsüchtig. »Alle Gefangenen sollen zu Morbak. Er fragt euch, und großer Gott Vaal-Peor wird euch machen antworten. Dann sorgt Scragg für euren Tod.« Freude hellte seine Miene bei dem Gedanken auf, und er glitt von dem Vieh herab, wandte Hals Erwiderung den Rücken zu.

»Mein Gott ist ein größerer Gott. Er ist der Einzig Wahre Gott. Kein falscher Götze oder Dämon kann seine Macht übertreffen.« Hal schrie Scragg die Worte nach, doch sein Feind ignorierte ihn, ließ die Erklärung hohl klingen, und hilflos stolperte der Belbidianer dem Troll hinterher.

»Unser Gott scheint im Augenblick nicht sonderlich viel für uns zu unternehmen«, bemerkte Caspar taktloserweise.

»Blasphemie, Spar!« Hal klang halb schockiert und halb

erstaunt. »Das sind Heiden. Der Einzig Wahre Gott wird uns vor ihren Teufeln schützen.«

»Aber vielleicht nicht vor ihren Äxten«, warf der Jüngere grimmig ein.

»Noch nie habe ich dich so sprechen gehört!«

»Ich weiß.« Caspar wollte es erklären, wenn auch unzulänglich. »Es war ein Traum, den ich letzte Nacht hatte … und ein Gefühl, das mir der Mondstein gibt … den Rotbart uns gestohlen hat.« Er spürte einen heiße Woge von Besessenheit, als sich seine Gedanken der Kugel mit ihren unerklärlichen Bildern zuwandten.

Die Vaalaker marschierten unnachgiebig, ohne anzuhalten. Gegen Mittag taumelten die beiden belbidianischen Gefangenen und waren vor Durst ganz ausgetrocknet. Ein Bach glitzerte verführerisch nah. Caspar scherte aus und watete im Flachen, bückte sich eilig, um mit den Händen einen Mundvoll eiskalten Wassers zu schöpfen. Doch der stete Zug an den Riemen um seine Handgelenke machte die Bewegung unbeholfen. Hal tat es ihm nach, stürzte sich aufs Wasser und schaffte es, ein paar durstlöschende Tropfen zu erhaschen. Caspar bückte sich noch einmal, doch als seine Hände eben auf gleicher Höhe mit den Knöcheln waren, ließ ein Hieb mit der flachen Seite von Scraggs Axt an die breite Flanke des Trolls das Tier einen Satz nach vorn tun. Der schlanke Junge fiel ins Wasser und wurde über die Steine geschleift, während Hal ihm nachlief und versuchte, den Neffen auf die Beine zu ziehen.

Es ist die Hilflosigkeit, die schmerzt, dachte Caspar bei sich, als er endlich wieder auf den Füßen stand, mit Blut im Gesicht und blauen Flecken überall. Machtlos wie ein dummes Tier zu sein.

Vor seinen Augen schwang die scharfe Kante des zerbrochenen Kochtopfs hin und her … und zeigte ihm Möglichkeiten auf. Etwas anderes, das er vage wahrnahm, worauf er sich bisher jedoch nicht konzentriert hatte, war dieses seltsame Prickeln zwischen seinen Schulterblättern. Gelegentliches Knacken von Zweigen oder ein Rebhuhn, das aus dem Unterholz aufschreckte, nachdem der Trupp lange schon vorüber war, legte die Vermutung nahe, daß ihnen jemand folgte. Er verwarf die Ahnung als Einbildung und kehrte zu seinen Überlegungen hinsichtlich des Kochtopfes als Waffe oder Fluchtgerät zurück.

Die dunkle Schlucht führte in ein weites, offenes Tal, das ein wild reißender Fluß geschnitten hatte, der ihren Weg von West nach Ost kreuzte. Doch statt dem leichteren Weg des wiesenbewachsenen Tales zu folgen, befahl ihnen der große, rotbärtige Vaalaker, den Fluß an einer seichten Stelle zu überqueren und dann direkten Weges aus dem Tal zu klettern, immer weiter gen Norden. Der Anstieg war mühsam, und nun war Caspar fast froh, an den Troll gefesselt zu sein. Er konnte sich in die Lederriemen stemmen und es dem kräftigen Tier überlassen, ihn den Hang hinaufzuziehen.

»Ich weiß, wo wir jetzt sind«, flüsterte Hal mit angestrengtem Keuchen. »Das muß der Hirschfluß sein. Er mündet in den Silbernen, etwa zwanzig Wegstunden nördlich von Torra Alta.«

»Zu klein«, widersprach Caspar.

»Nein, wir müssen weit im Westen sein, näher an der Quelle, wo er aus dem Tal der Drachenklaue kommt. Es muß der Hirschfluß sein. Kein anderer fließt so von West nach Ost durch die Gelben Berge.«

Caspar nickte zustimmend, froh, zumindest zu wissen, wohin er laufen sollte, falls sie fliehen konnten. Hal sah sich nach dem weiß rauschenden Wasser um, den von Farn und Birken bewachsenen Hang hinab.

»Was ist das? Da hat sich was bewegt.«

»Vorsicht. Daß die Vaalaker nichts merken«, warnte Hal, als er sich langsam umdrehte und Mühe gab, beiläufig zu wirken. »Wo? Ich kann nichts sehen.«

»Rechts. Bei den Weißbirken am Rande des Talgrunds. Im Schatten. Irgendwas bewegt sich. Jetzt ist es weg. Nein, da ist es wieder, weiter oben.«

»Wahrscheinlich nur ein Hirsch. Ich kann nichts sehen.« Hal winkte ab.

»Kann nicht sein. Kein Hirsch würde sich im Umkreis von zehn Meilen des Krawalls aufhalten, den der Troll veranstaltet, und ganz sicher würde er uns nicht folgen«, argumentierte Caspar.

Sie erreichten den Bergrücken, und selbst die harten Muskeln der Vaalaker zollten dem schnellen Aufstieg Tribut. Der rotbärtige Anführer hob eine Hand, daß sie halten sollten und winkte Kullak zu sich herüber. Sie überblickten das Panorama, drehten sich einmal um sich selbst, um das Land im Norden zu erkunden, und dann wieder zurück, um sich das Tal der Drachenklaue anzusehen. Caspar folgte ihrem Blick, bemerkte einen müden Fleck aus Schneematsch, der sich in die dunkle Höhlung hinter einer Felsnase verzogen hatte. Ein hellroter Punkt bildete einen deutlichen Kontrast zum weißen Grund. Ein Adler schien kürzlich etwas getötet zu haben, schloß er, da er keine großen Spuren im schmelzenden Schnee fand.

Die Vaalaker schützten ihre Augen vor dem grellen Licht der Sonne, die nun hoch an den blauen Himmel stieg und tief ins Tal der Drachenklaue schien. Die Sonne jagte die Schatten aus den Nischen und Höhlungen, beleuchtete den Quell des Flusses. Rauschendes Quellwasser fiel von einer großen, grauen Eisplatte an der Seite des höchsten Gipfels. Augenblicklich wurde Caspar klar, woher die Gegend ihren ungewöhnlichen Namen hatte: Die Eismassen strichen über die Bergwände, ganz wie eine riesenhafte Klaue. Der Gletscher funkelte im grellen Sonnenlicht, und Caspar staunte, als die benommenen Vaalaker allesamt auf die Knie fielen und ihre Arme in flehentlicher Geste ausbreiteten.

»Der Gletscher, Hal, er gehört zu ihrer Eisgott-Religion! Vielleicht ist die Mittagssonne auf dem Eis für sie eine Art Zeichen.«

»Dann ist das jetzt unsere Chance.« Hals Miene war grimmig und bereit. Als die Vaalaker für ihre heidnische Zeremonie eine hufeisenförmige Formation einnahmen, rangen er und Caspar heimlich und vergeblich darum, sich von ihren Fesseln zu befreien.

»Der Kochtopf«, sagte Caspar drängend, woraufhin Hal ihn verständnislos ansah. »Scragg hat ihn mit seiner Axt eingeschlagen und eine scharfe Kante hinterlassen …«

»Gut, rühr dich nicht. Ich hole ihn.« Wie stets nahm Hal die Sache sofort in die Hand. »Tu nichts, was ihre Aufmerksamkeit erregen könnte.«

»Als ob ich so was tun würde.«

Der Halbkreis axtschwingender Heiden begann einen langsamen, melodielosen Singsang. Ihre Oberkörper waren allesamt nackt, und die Bärenfelle hingen ihnen um die Hüften. Caspar staunte über die vielen weißen Narben auf den Leibern der Männer. Nur Kullaks Haut war unversehrt. Scragg hatte eine erhabene, rötliche Narbe in Form einer Sichel, die unter seinem linken Schulterblatt verlief. Trotz der Aufregung, die sein Herz doppelt so schnell schlagen ließ, spürte Caspar ein vages Gefühl von Mitleid für diese im Kampf vernarbten Männer so fern der Heimat. Er haßte sie. Sie waren grausame, sadistische Barbaren, die die Seinen ermorden wollten, bevor sie die reiche Ernte im Herzen Belbidias plünderten. Trotzdem waren sie menschliche Wesen, und Wunden so vieler Klingen zu tragen, schien kein Mensch verdient zu haben.

Als Hal eben seine gefesselten Hände dem Kochtopf entgegenheben wollte, fiel Kullak in einen neuen Singsang, der mit dissonant heulendem Stöhnen gegen das monotone Brummen des allgemeinen Gebetes anging. Aus der Scheide, die an seinen Unterschenkel geschnallt war, zog er ein langes Messer, hob die Klinge über seinen Kopf und drehte sie vor und zurück, um das Licht darin zu fangen. Der schmutzigblonde Nordmann bewegte sich mit einem seltsam tranceartigen Tanz dem Schnee in der Höhlung entgegen und schöpfte einen Armvoll davon auf. Er wiegte ihn auf seinen umgedrehten Unterarmen, dann formte er ihn zu einem kleinen, festen Ball. Der feierliche Tanz ging weiter, und nun konnte Caspar die Worte im Singsang seiner Feinde verstehen. »Vaal-Peor, Vaal-Peor!« Der Chor wurde lauter, als die Männer ihre linken Arme quer über die Brust ans Herz schlugen, die rechten Unterarme ausstreckten und auf den Gletscher deuteten.

Kalte Übelkeit machte sich in Caspar breit, als er fühlte, wie sich Böses um den Bergrücken sammelte, auf dem sie standen, als ob die Götter – wenn es denn andere Götter als den Einzig Wahren Gott gab – dieses Gebet genossen. Kullak hockte sich mit weit gespreizten Beinen hin und schwankte von einem Bein aufs andere, wobei er den Schneeball hoch über seinen Kopf hielt. Aus dem Augenwinkel konnte der Junge eben noch sehen, wie sich Hals Hände um den Topfgriff legten. Bitte, bitte, lieber Gott, hilf uns zu entkommen, betete Caspar, doch das starke Gefühl von Bösem um ihn ließ ihn ahnen, daß sein Gebet erstickt und ihm vom Feind gestohlen worden war.

Der Troll stöhnte. Hal erstarrte. Er hielt den Topf in der Hand, und Caspar traute sich nicht mal mehr zu atmen, bis er davon überzeugt war, daß die Vaalaker nach wie vor in ihr Gebet vertieft waren. Ihm wurde übel, als er sah, wie Kullak mit weißen, verdrehten Augäpfeln hin und her schwankte. Er bewegte sich von einem Mann zum nächsten, schnitt langsam in ihre Unterarme und fing das tropfende Blut mit dem Schneeball in seiner Hand auf. Er ging den Halbkreis der Männer ab, während sich Hal hinter dem Troll versteckte und mit der scharfen Stelle am Topfrand die Lederriemen zerschnitt.

»Halt still, Spar.«

Caspar konnte sich nicht rühren. Der gräßliche Anblick des vaalakischen Priesters, der nun dem Gletscher zugewandt stand und beide Arme über den Kopf gehoben hatte, war ihm zuwider. Kullak schnitt sich mit dem Opfermesser selbst in den Arm, bis das Blut daran herunterlief und über seine Schulter floß. Der stetige, hypnotisierende Singsang dröhnte weiter. »Vaal-Peor, Vaal-Peor!«

»Spar, du meine Güte.« Hals dringendes Flüstern brach den Zauber, und Caspar merkte erschrocken, daß sein Onkel seinen Namen bereits mehrfach geflüstert hatte. Er schüttelte den schrecklichen Zwang ab, der seinen Blick erstarren ließ und ihn an den gräßlichen Opferritus vor seinen Augen fesselte. Ruckartig kehrte er in die Wirklichkeit zurück, wurde sich der Dringlichkeit der Lage plötzlich bewußt. Hal schob sich vor und stand dann neben ihm.

»Ich bin frei. Stell dich langsam neben den Troll«, befahl Hal, ohne ihn anzusehen. Caspar schlurfte rückwärts, hielt seinen Blick auf eine Stelle in der Mitte von Kullaks Rücken gerichtet, versuchte, den Feind dazu zu bringen, daß er den Ritus verlängerte und sich nicht umdrehte. Mit der Schulter strich er am Topf entlang und drehte sich langsam um, hob seine gefesselten Handgelenke. Nun bildete der Troll eine Barriere zwischen ihm und dem Feind, und er arbeitete wild daran, die Fesseln zu durchschneiden. Erst rang er mit den Händen, sägte mit den Fesseln am zerbrochenen Rand des Kessels. Es schien eine Ewigkeit zu dauern, bis das erste Band auszufransen begann und dann plötzlich riß. Mit neuerlichem Eifer kämpfte er darum, die anderen Riemen aufzutrennen, spürte die Schnitte in der Haut kaum, welche er sich am scharfen Metall zuzog. Mit einem Ruck gab das Leder nach. Caspar hatte Mühe, ruhig zu bleiben, während er nach den Riemen griff, die seine Knöchel zusammenhielten. Er hielt das Leder stramm, als er es am scharfen Metallrand hin und her bewegte. Er fürchtete, das Hämmern seines Herzschlags in den Ohren müsse so laut sein, daß es die Vaalaker alarmierte, doch der monotone Singsang hörte nicht auf, und plötzlich war er frei.

»Hal, ich habe es geschafft«, flüsterte er dem Rücken seines Onkels zu. Langsam und vorsichtig schritt der dunkelhaarige Junge rückwärts, bis er neben seinem aufgeregten Neffen stand.

Caspar nickte, schob seinen Fuß zurück und fing an, den Hang hinabzukriechen. Liebend gern wäre er so schnell und weit wie möglich losgerannt, doch er wußte, daß jede plötzliche Bewegung ihre Flucht verraten würde. Schon waren die Vaalaker hinter dem Bergkamm nicht mehr zu sehen, und bald, so dachte er, würden sie rennen können. Sie rutschten herum, fanden Halt am Heidekraut, um ihren Abstieg zu bremsen, ohne Lärm zu machen. Ein Stück Boden unter Caspars Füßen war rutschig, und er glitt etwa einen Schritt weit auf dem Tierpfad ab, bis sein Zeh an der Wurzel eines Ginsterstrauches hängenblieb. Darauf streckte er den Fuß noch vorsichtiger auf der Suche nach festem Halt aus und setzte seinen Abstieg fort. Plötzlich brach die verdrehte Wurzel unter seinem Fuß, und er fiel zu schnell, griff nach Farnwedeln, die ihm durch die Finger glitten, als er versuchte, seinen Sturz zu bremsen. Ein Stein, den seine tastenden Füße gelöst hatten, rollte unaufhaltsam bergab, wurde dabei immer schneller. Er stieß an andere lose Steine, was einen kleinen, aber hörbaren Erdrutsch auslöste. Bestürzt hörte Caspar sie fallen.

»Das war's, Spar«, rief Hal. »Lauf um dein Leben!«

Der Junge mit dem kastanienbraunen Haar fuhr herum, blickte in das Tal des Hirschflusses und begann einen hektischen, unkontrollierten Abstieg, sprang und schlitterte wie eine Bergziege von Fels zu Fels, konnte sich nicht mehr festhalten. Hal rutschte, raste den Hang hinab, während er mit den Händen nach den derben Pflanzen griff, um sich zu bremsen. Halte deine Füße vorn, riet Caspar ihm im stillen, dann wird es gehen. Aber Hal hatte nicht sein ganzes Leben auf den steilen Hängen von Torra Alta zugebracht, ohne gelernt zu haben, was es hieß, wie ein Hase bergab zu stürmen. Er behielt die Nerven, grub seine Fersen ein, bis sie sich in die Erde bohrten. Sobald er den Boden berührte, nahm er schon den nächsten Schritt in Angriff, damit er nicht der Länge nach stürzte. Dann ging er eilig zu kurzen, hüpfenden Schritten über.

Schreie und Gejohle vom Bergrücken her kündeten von der vaalakischen Hatz, und zum ersten Mal in seinem Leben spürte Caspar die Panik des Fuchses beim Gebell der Hunde. Der steile Abstieg gab den leichten, wendigen Jungen einen Vorteil gegenüber den schweren Männern, die in den Steppen Vaalakas aufgewachsen waren. Der Grund des Tales kam ihnen entgegen, und als sie den Fluß überquert hatten, nahmen sie die Beine in die Hand, um in den Schutz der Birken zu gelangen. Hal lief voraus, denn seine längeren Beine trugen ihn leichter über den Boden. Hundert Schritte, dachte Caspar, hundert Schritte noch, und wir können im Schutz des Waldes untertauchen. Das Geschrei der Vaalaker wurde lauter, und er rannte noch schneller, zwang die Knie bis an die Brust. Mit jedem Schritt barsten seine Lungen fast vor Anstrengung.

Er sah nur noch die Bäume vor sich. Vage nahm er wahr, daß Hal ihm winkte, ihn drängte nachzukommen. Hinter seinem Onkel bewegte sich etwas, lief ihnen aus den blättrigen Schatten entgegen. Einen Moment lang konnte er nicht erkennen, was es war, doch plötzlich wurde ihm klar, daß ihm allen Ernstes sein treuer Reißer zur Rettung kam. Die Freude währte nur den Bruchteil einer Sekunde, als ein beißender Schmerz den Knöchel des Jungen ergriff, wie ein Fangeisen, das seine Haut durchschnitt, um seinen Knochen zu zermalmen. Schwer fiel er zu Boden und rollte und rollte.

Caspar wand sich vor Schmerz, hielt seinen Knöchel. Blut quoll zwischen seinen Fingern hervor, als er seine Hände fest um seinen Stiefel schloß, um das Blut aufzuhalten, das um den Schaft eines Armbrustbolzens herausdrang, der seinen Knöchel aufgespießt hatte. Der Anblick der Vaalaker rief ihn auf die Beine, und er stolperte noch ein paar Schritte weit, bevor er wiederum zusammenbrach.

»Lauf weiter, Hal! Los!« befahl er seinem Onkel, der zurückgekommen war und versuchte, ihm auf die Beine zu helfen. »Laß mich. Lauf weg.«

»Nein, Spar, du kannst es allein nicht schaffen«, erwiderte Hal tapfer.

»Bitte …«

»Wir haben keine Zeit zu streiten. Lehn dich an meine Schulter.« Hal packte den Arm seines Neffen und stützte ihn, als sie zu laufen versuchten. Ein weiterer Bolzen pfiff an ihnen vorbei und bohrte sich tief in den Boden.

Blut spritzte aus seiner Wunde, als Caspar fiel, herumfuhr und gerade noch sah, wie Kullak abrupt stehenblieb und auf ihn zielte. Für den Bruchteil einer Sekunde trafen sich ihre

Blicke, und Caspar machte sich bereit. Hilflos lag er am Boden, trotz Hals Bemühungen, und als er wußte, daß Kullak den Auslöser seiner todbringenden Waffe betätigt hatte, hörte er hinter sich ein böses Knurren. Ein grauer Schatten sprang über ihn und warf sich dem fliegenden Bolzen in den Weg.

Reißer sank zu einem schlaffen Bündel zusammen, stieß einen erbarmungswürdigen Schrei aus. Der Bolzen, der seinen Herrn hatte treffen sollen, steckte tief in seiner Schulter, und der treue Jagdhund lag regungslos am Boden. Er lebte, doch sein Blut rann in Strömen über den verletzten Jungen.

Einen Moment lang nahm Caspar Hals beruhigende Stimme nah an seinem Ohr wahr. »Ich laß dich nicht im Stich, Spar. Keine Sorge. Ich bin da.« Dann konnte er nur noch die behaarten Beine der Axtkrieger sehen, als diese sich um sie versammelten. Es gab kein Entrinnen. Scraggs Gesicht kam ganz nah an seines heran.

»Nicht nochmal versuchen Flucht. Nicht nie mehr, Belbidiaks.« Das gräßliche Grinsen auf dem Gesicht des Vaalakers warnte, daß etwas Übles geschehen würde. Caspar konnte seinen Schrei nicht unterdrücken, als der junge Vaalaker den Armbrustbolzen, der in seinem Knöchel steckte, packte und scharf daran riß. Er fühlte, wie das Ding an seinem Knochen scharrte.

»Laß ihn in Ruhe«, schrie Hal.

Als Caspar das Bewußtsein verlor, nahm er den realen Alptraum, der sich um ihn herum abspielte, dennoch vage wahr. Die großen Axtkrieger fielen über Hal her und schlugen ihn mit dem Knauf ihrer Waffen nieder. Caspar wollte helfen, doch er konnte nur schreien, während Scragg ihn weiterquälte. Plötzlich hörte er nichts mehr, aber er wußte, daß der schneidende Lärm noch immer aus seinen Lungen kreischte.

Als Caspar wieder zu sich kam, zog der rotbärtige Anführer Scragg von ihm herunter. Rotbart hieb seinem blutrünstigen Untergebenen mit der flachen Seite seiner Axt voll ins Gesicht, was den Jüngeren auf den Rücken warf. Der erste Gedanke des Jungen galt seinem Onkel und dem lahmen Hund, der noch immer warm und feucht auf seinen Beinen lag. Er betete, daß Hal noch lebte, und ungeheure Trauer wollte ihn überwältigen, als er merkte, daß sein geliebter Hund wahrscheinlich sterben würde.

Voll Sorge sah ihm der rotgesichtige, vaalakische Anführer ins Gesicht.

»Bist du lebend, Belbidiak? Bist du lebend?«

Caspar stöhnte, antwortete aber nicht.

»Gut. Atme weiter, Belbidiak.« Der Vaalaker schien beruhigt. Caspar vermutete, daß auch er beruhigt sein sollte. Offensichtlich brauchten die Vaalaker sie lebendig, nur war er im Moment nicht sicher, ob er noch wollte, daß der Alptraum, zu dem sein Leben geworden war, weiterging.

Mit Mühe drehte er seinen Kopf herum und konnte sehen, wie sich der Vaalaker über seinen Onkel beugte und die gleiche, dringende Botschaft vermittelte. Hal stöhnte nicht einmal. Augenblicklich spürte Caspar keinerlei körperlichen Schmerz mehr, und seine Sorge galt allein noch seinem Gefährten. Auf den Ellenbogen schleppte er sich dort hinüber, wo Hals erschlagener Leib lag.

»Hal! Hal! Sprich mit mir!« Noch immer bekam er keine Antwort. Hals Gesicht sah grau aus, und er lag vollkommen reglos da. Caspar drückte seinen Kopf an die Brust des Onkels, lauschte nach dem Herzschlag. Er war da, nur schnell und sehr schwach.

»Laß mich nicht allein, Hal! Du hast versprochen, daß du mich nicht allein läßt.«

Dann nahm Kullak über dem geschundenen Belbidianer

einen monotonen Singsang auf. Er muß wohl so was wie ein religiöser Mann sein, ein Medizinmann oder eine Art Schamane, dachte Caspar.

»Nein, nein. Ruft nicht euren Eisgott«, flehte er, entsetzt bei dem Gedanken, daß ein solcher Gott tatsächlich existieren und dem vaalakischen Priester antworten mochte. »Ihm ist jetzt schon zu kalt. Seht ihr nicht, daß er Wärme braucht?«

»Wir beten um Heilung, nicht Kälte«, antwortete Rotbart für Kullak, dessen Augen völlig weiß waren, als blickte er in seine eigene Seele.

Die anderen Vaalaker sammelten auf Rotbarts Befehl hin Zweige und machten sich daran, ein Feuer anzuzünden, um einen Wasserkessel aufzuwärmen. Kullak steckte seine Finger in das laue Wasser und ließ ein paar Tropfen über Hals Lippen laufen. Unberührt rollten sie herab.

Das Wasser kochte, und Caspar widersetzte sich nicht, als Kullak das oberste Stück seines Stiefels abschnitt, damit er den Knöchel waschen konnte. Inzwischen war es dem Jungen egal, daß der vaalakische Medizinmann seine Verletzung stirnrunzelnd betrachtete. »Der Bolzen bleibt. Stoppt Wunde. Wenn kein mehr Bolzen da, blutest du zu Tode.«

Caspars Gedanken waren einzig und allein bei Hal, und er versuchte, das Herz seines Onkels dazu zu bringen, daß es kräftiger schlug. Er kroch ganz nah zu Hal, wickelte ihn in ein Fell, während er ihm beruhigende Worte ins Ohr flüsterte. Caspar hoffte, daß Hal – selbst wenn er nicht reagieren konnte – irgendwo in seinem verschlossenen Sein die Stimme hören und daraus Trost schöpfen konnte. Er stopfte die Felldecke unter Hal, damit er nicht auf dem nackten Boden lag, und rollte noch eine andere zusammen, die als Kissen diente. Dann zog Caspar den eigenen Umhang von den Schultern und breitete ihn liebevoll über dem großen Hund aus, in der Hoffnung, daß er noch lebte.

Plötzlich traten ein Mädchen und ein Bergwolf aus dem Dunkel der Birken. Zwar hinkte das Mädchen schwer und stützte sich auf die dicke Mähne im Nacken ihres Begleiters, doch kam sie entschlossen näher … und die Männer, welche die verletzten Belbidianer umringten, wichen zurück, wirkten seltsam verschreckt. Je näher sie kam, desto besser konnte Caspar ihr schrecklich entstelltes Gesicht erkennen, die linke Seite gänzlich geschwollen, und eine Augenhöhle war dick und verschlossen.

Entsetzt starrte Kullak sie an, und seine Zunge zuckte zwischen den dünnen Lippen hervor, als er zu zischen begann und seine Finger mit den langen Nägeln zu Krallen formte. Seine Hand streckte sich mit einer warnenden Geste dem Mädchen entgegen.

Sie trug zerrissene, schlammverschmierte Lumpen und versank in einem langen Kapuzenumhang, der über die Erde schleifte, als sich die kleinwüchsige Gestalt näherte und ihren lahmen Fuß nachzog. Sie ging direkt zum Kreis der Männer hinüber und starrte den rotbärtigen Vaalaker mit ihrem einen Auge offen an.

»Ihr braucht meine Hilfe«, sagte sie nur.

KAPITEL 7

Karren knarrten unter der Last des Gerölls, während die Männer von Torra Alta hart und ernsthaft daran arbeiteten, das herabgefallene Gestein fortzuschaffen. Währenddessen stand der Baron fragend vor winzigen Kratzspuren auf der Felswand am Ende des Tunnels dahinter. Er hob seine Hand, um mit dem Knauf seines Messers versuchsweise gegen die Wand zu hämmern. Seine Schläge hinterließen ähnliche Kratzspuren, nur waren die seinen etwa sechs Daumenbreit höher.

Es mag Zufall sein, dachte er im stillen. Die Kratzer mögen seit Jahren schon dort sein, doch dann wieder sehen sie frisch aus. Hal sähe es ähnlich, seinem Zorn körperlichen Ausdruck zu verleihen. Die Höhe der Kratzspuren wäre in etwa richtig. Er marschierte zurück, um den Tümpel zu untersuchen. Das Wasser stand doch höher als eben noch? Nicht viel, nur ein paar Zentimeter. Er beugte sich darüber, um die schwefelige Brühe am Rande des unterirdischen Tümpels zu betrachten, der von plätschernden Fluten gespeist wurde. Irgendwo am Grund, schloß er, muß das Wasser durch Felsrisse zum Grundwasser durchsickern. Aber im Moment, so schien es ihm, verschwand es nicht so schnell wie kürzlich noch. Der Stein am Rand war noch immer schwarz, während er sechs Daumenbreit darunter mit den Schwefelresten überzogen war, die sich im Laufe der Jahre abgelagert hatten. Seine Hand schimmerte im goldenen Wasser, als er mit den Fingerspitzen über die Steine kratzte und reinen, sauberen Stein am Rand des Tümpels fand. Als er sich noch weiter übers Wasser beugte, wobei sein Arm bis zum Ellenbogen untertauchte, wurde der Fels schleimig, und seine Fingerspitzen waren mit gelben Resten überzogen. Entweder hatte es über ihnen kürzlich eine Überschwemmung gegeben, oder jemand hatte sich am Zufluß zu schaffen gemacht, wodurch das Wasser schneller floß und somit den Tümpel schneller füllte. Er blickte zum Wasserfall auf, bevor er um den Tümpel herum trat, darüber kletterte und seine Schultern in die enge Nische zwängte. Er war viel zu konzentriert, um das eiskalte Wasser auch nur zu bemerken, welches ihm in den Schoß spritzte und seine Hirschlederhosen durchweichte, als er vorankletterte.

Der Lärm der arbeitenden Männer unter ihm, das rhythmische Klirren der Fersen auf Stein und das Bersten der Felsbrocken erstickte im Donner des reißenden Wassers. Der Wasserfall, so dachte er, kommt aus einem unterirdischen Fluß. Die Öffnung war nur etwa einen Fuß breit, und zweifelnd sah er sie an. Sicher war sie zu eng, als daß jemand hindurch gelangen konnte … selbst Hal oder Spar. Dann erinnerte er sich daran, wie sich der Koch einmal beklagt hatte, daß frischgebackene Törtchen auf mysteriöse Weise aus der abgeschlossenen Speisekammer verschwanden, und wie er das Gitter über der Tür begutachtet hatte. Es war tatsächlich nur ein Schlitz gewesen. Bei dem Verhör durch Gwion, der ihnen mit der Rache Gottes gedroht hatte, falls sie lügen sollten, hatten die Jungen schließlich zugegeben, daß sie sich durch dieses Gitter gezwängt hatten. Sie sind wie Mäuse, kommen immer und überall hinein, und endlich breitete sich ein Lächeln auf seiner angespannten, sorgenvollen Miene aus. Er hatte wieder Hoffnung.

Doch was wäre, wenn nur einer dem Einsturz entkommen war? Es mochte der Fluchtweg für nur einen allein sein, und der andere lag nach wie vor zermalmt unter den tonnenschweren Felsen. Es war möglich, doch glaubte er nicht daran. Die beiden konnten streiten und sich prügeln, aber sie waren nie mehr als einen Steinwurf voneinander entfernt. Und wenn nur einer entkommen war, wäre er geblieben, um die Steine fortzuschaffen und den anderen auszugraben, so sinnlos die Aufgabe einem auch erscheinen mochte. Ja, er war sicher, daß keiner von beiden den anderen aufgegeben hätte.

Der Wasserfall, der über den Felsvorsprung rauschte, füllte die untere Hälfte der Öffnung aus, fiel wie Quecksilber in einem taumelnden, spiralförmigen Strudel, zog das Licht in seine wirbelnden Tiefen. Branwolf warf seine breite Brust vorwärts in das sprudelnde Wasser, drehte seinen Kopf seitwärts, um den Mund über den Fluten zu halten. Er schob einen Arm nach vorn und hielt die Fackel durch den Spalt. Über den Rand des Wasserfalls hinweg konnte er dahinter in einen anderen Tunnel im löchrigen Felsen sehen, wo das Licht der Fackel auf der spritzenden Wasseroberfläche tanzte. Er schätzte, daß etwa ein Meter Raum über dem Wasser war, bis das Licht seiner Fackel die flackernden Muster an der Decke erreichte. Der Tunnel, so dachte er, war allein vom Wasser gegraben, nicht von den Drachen, die sich durch das Innerste des Felsenturms geschlängelt hatten.

Er ging wieder zurück, zwängte sich aus der kleinen, engen Nische und zuckte zusammen, als er sich einen Splitter in die Hand riß. Er sah seine Handfläche an und betrachtete stirnrunzelnd ein Stückchen Metall, welches in seiner Haut steckte. Es glitzerte wie poliertes Kupfer im orangefarbenen Fackelschein, doch als er es umdrehte, nickte er. Zweifellos! Es mußte die Spitze eines stählernen Dolches sein, der den Jungen bei dem Versuch, den Spalt im Felsen zu erweitern, abgebrochen war.

Vorsichtig zupfte er den Splitter aus seiner Haut und rutschte auf dem Felsen wieder herab. Er stampfte zum Kaplan und seiner Mannschaft aus zwei Dutzend Männern zurück, die inzwischen eine ansehnliche Lücke in den Berg aus Stein gehauen hatten und Felsbrocken auf Karren stapelten, die sich durch den ganzen Tunnel aneinanderreihten.

»Gwion! Gwion! Schnell!« rief er aufgeregt. Sofort ließ der Arbeitstrupp sein Werkzeug sinken, so daß der Lärm von Geschrei und Gehämmere erstarb. Erwartungsvoll sahen sie den nassen Baron an. Er nahm eine würdige Haltung ein und sprach mit ruhiger Stimme.

»Arbeitet weiter, Männer. Das Geröll muß in jedem Fall hier weg ... für alle Fälle.« Leise sagte er: »Gwion, komm mit, und sieh dir das an.« Er nahm sich eine Hacke und wandte sich dem Tümpel zu. Er deutete hoch oben auf den Quell des Wasserfalls und rief über den Lärm der Kaskade und des rumpelnden Flusses darüber hinweg. »Hier haben sie sich durchgezwängt. Dessen bin ich mir ganz sicher. Sieh nur, das habe ich gefunden.«

»Oh, Gott sei Dank«, antwortete der Kaplan sogleich. »Sie müssen am Leben sein, oder zumindest einer von beiden«, fügte er etwas unsicherer hinzu, da sein Verstand denselben Weg wie jener seines Schwagers nahm. »Gelobt sei der Herr. Es gibt Hoffnung. Selbst Hal könnte durch diesen Spalt passen. Die beiden könnten sich überall durchzwängen. Der liebe Gott weiß, daß ich sie oft genug züchtigen mußte, weil sie an Orten waren, an denen sie nicht sein sollten. Nun, was machen wir?« Vor Aufregung sprach er mit hoher Stimme. »Sollen wir ihnen folgen?«

Branwolf nickte. »Wir werden zuerst den Felsspalt öffnen müssen. Du gehst zurück und holst ein Dutzend Männer mit Fackeln und je einem Scheit zum Ersatz, was uns mehr Zeit in den Tunneln läßt. Sag dem Hauptmann, ich will, daß das Geröll ganz weg ist, bevor er wieder an die frische Luft geht und die Vorbereitungen für die Belagerung fortsetzt. Falls er natürlich unter den Steinen einen von ihnen findet, während wir weg sind … nun, dann müssen wir immer noch den anderen suchen.«

Er klemmte die Fackel in einen Spalt neben dem stürzenden Flüßchen und schob den Haken der Hacke in die Öffnung. Hin und her riß er die Axt, schlug mit dem Handballen gegen den Griff, bis ein Stück Fels absplitterte. Sie müssen stundenlang so gearbeitet haben, dachte er. In der sonnenlosen Welt der Höhlen konnte er die Zeit nur am langsamen Brennen der Fackeln messen. Er versuchte, seinen Ärger über den engen Arbeitsplatz zu unterdrücken, der ihm nicht genügend Raum ließ, die Hacke zu schwingen und die Felsmauer aufzubrechen, die ihm im Weg war. Er mußte sich mit kleinen, scharfen Bewegungen zufriedengeben, die nur Stück für Stück am Rand der Öffnung nagten. Schließlich hielt er die Spitze der Hacke an die Öffnung und rammte sie wiederholt gegen den Stein, bis dieser endlich nachgab. Wasser sprudelte über ihn, und er drehte seinen Kopf zur Seite, drückte seine Schulter zwischen die Felsen. Ernst stand der Priester gleich hinter ihm und drängte zur Vorsicht.

Er hielt die Luft an, als das faulig schmeckende Wasser über sein Gesicht lief und er die Schultern in den neuen Tunnel schob. Als er mit seinem Leib das Loch blockierte, stürzte er sich selbst in tiefe Finsternis. Er trat mit den Beinen und suchte mit seinen Zehen die Risse im Stein, bis er sich auf alle viere kämpfen konnte und im flachen, aber schnell fließenden Fluß trieb. Er stellte sich aufrecht, stieß sich den Kopf an der niedrigen Decke, was ihn daran erinnerte, daß er sich bücken sollte. Trübes Licht drang durch das Loch, durch das er sich eben erst gezwängt hatte, und er schob seine Hand hindurch, um eine Fackel anzunehmen, die der Kaplan ihm reichte.

Es dauerte mehrere Minuten, bis sich der Rest der Männer

durch den Spalt gezwängt hatte. Branwolf wartete, verbarg seine Ungeduld, während er sich in den engen Tunneln umsah. In welche Richtung waren sie gegangen, gegen die Strömung oder stromabwärts in die Tiefe?

»Welche Richtung?« murmelte er.

»Ich würde stromaufwärts zur frischen Luft hin gehen«, meinte Pater Gwion.

Branwolf versuchte, sich in seinen jungen, leichtsinnigen Halbbruder zu versetzen. Was hätte Hal getan? Sicher hatte der ältere, impulsivere Junge die Entscheidung getroffen. Er dachte an das Gewicht des Felsens über seinem Kopf und die tonnenschwere Erdkruste, die auf ihm lastete. Er fühlte sich hier unten eingesperrt und klaustrophobisch, wie es jedem gehen würde, der in den luftigen Höhen von Torra Alta geboren und aufgewachsen war. Aus Erfahrung wußte er, daß es besser wäre, einen der Tunnel zu nehmen, die abwärts führten. Sie boten besseren Zugang zu den wichtigsten unterirdischen Flüssen, welche die Quellen am Fuße der Schlucht speisten und die Fluten des Silberflusses schwellen ließen. Doch das konnte Hal nicht wissen, und ganz sicher hätte er den direktesten Weg ins Freie gesucht.

»Sicher hast du recht, Gwion. Ohne Kenntnis der Tunnel wäre ich wahrscheinlich auch stromaufwärts gegangen.« Er ging voraus, und der Kaplan und seine zwölf Männer folgten ihm platschend den unterirdischen Fluß entlang, die verkrampften Schultern angezogen, um ihre Köpfe zu schützen. Die feuchten Lederhosen des Barons rieben an seinen schmerzenden Oberschenkelmuskeln, doch vertrieb seine Sorge die Müdigkeit. Allerdings merkte er, daß seine Männer den Druck spürten, da sie allmählich zurückblieben und nur noch sein Schwager verbissen an seinen Fersen hing. Er fragte sich, ob die Männer, die in Friedenszeiten geboren waren, den Beschwernissen der unvermeidlichen Belagerung gewachsen waren. Oh, Spar, wie konntest du mir das antun? Wieso hast du nicht gewartet, bis ich komme und dich hole? Hast du nicht gewußt, daß ich dich hole? Er versuchte, sich in die Lage seines Sohnes zu versetzen. Von jeher war Spar schwer zu verstehen gewesen. Manchmal wirkte er so wunderlich und abwesend, starrte zu fernen Gipfeln oder fühlte sich vom Leuchten des Mondes angelockt. Er überlegte, ob sich sein Sohn wohl mißverstanden fühlte, aber dennoch mußte er gewußt haben, daß Branwolf die beiden ausgraben würde. Vaalaker oder nicht, hätte er doch seinen letzten Mann in den Brunnen geschickt, um sie zu befreien. Wahrscheinlich hatten die Jungen den Berg aus Geröll angestarrt und waren verzweifelt. Sie konnten nicht wissen, wieviel vom Tunnel blockiert war oder ob überhaupt jemand vom Trupp des Kaplans die Explosion auf der anderen Seite überlebt hatte. Sie mußten gewußt haben, daß er sie schlußendlich holen würde, doch sie wußten nicht, wie lange es dauern konnte. Vielleicht würde es Tage dauern, und in ihrem zarten Alter mochte tagelanges Hungern ein schlimmeres Schicksal als der Tod sein. Sie konnten nicht einmal das unbehandelte gelbe Wasser trinken, das von den Schwefelrückständen vergiftet war.

Schließlich führte sie der faulig stinkende Strom in eine offene Kammer, in der Branwolf seinen verkrampften Nacken recken konnte. Er hielt das brennende Holzscheit in die Höhe, um das Gewölbe der Höhle mit seinem halben Dutzend Tunneln zu beleuchten, die in verschiedene Richtungen führten. Er drehte sich um, und der Fackelschein fiel auf die wild geformten Stalagmiten und Stalaktiten, die aus dem Dunkel ragten. Schaler Gestank fiel ihm auf, und dazu ein anderer Geruch … doch er konnte ihn nicht einordnen. Sein Instinkt sagte ihm, daß er wachsam sein sollte. Irgendwie war ihm, als wäre er rückwärts durch die Zeit gegangen.

Die Höhlen hatten eine finstere, gespenstische Atmosphäre, die ihm gar nicht gefiel.

»Verteilt euch, Männer, aber bleibt zu zweit. Sucht die Eingänge dieser Tunnel ab und ruft, wenn ihr etwas Ungewöhnliches findet.« Der Schwager hielt sich nah an seiner Seite, stieß die brennende Fackel in jede Ritze und hinter jeden Stein oder Stalagmiten, suchte verzweifelt. Branwolf schritt dem ersten Tunnel entgegen und hielt seine Fackel in die Finsternis. Er sah einen gewundenen Gang mit runden Wänden, aus wirbelnden Felszungen geformt, welche dem Muster fließenden Wassers folgten. Wahrscheinlich floß hier nur Wasser, wenn eine Flut kam. Er legte seine freie Hand an den Mund und bellte den Namen seines Sohnes heraus, dann wartete er, bis das Echo verklungen war, und rief noch einmal. Gnadenlose Stille antwortete ihm. Er suchte den Boden ab, ob jemand etwas weggeworfen oder Kratzspuren zurückgelassen hatte, und verfluchte seinen Sohn und den Halbbruder insgeheim, daß sie nichts hinter sich gelassen hatten, mit dessen Hilfe man sie hätte finden können. Nichts. Hoffnungsloses Nichts.

»Sir! Mylord! Hier, seht.« Einer der Soldaten schwenkte seine Fackel, und das schwankende Licht weckte die Aufmerksamkeit des Barons. Er platschte durch den Fluß und lief zu dem Mann auf der anderen Seite des gewölbten Raumes hinüber. »Es ist Blut, Herr, seht.«

Branwolf kniete nieder und schmierte mit dem Finger durch dicke, dunkle Flüssigkeit. Er rieb sie zwischen den Fingerspitzen, spürte einen Hauch von Wärme. Es war noch flüssig, nicht ganz trocken. Er hob seine verschmierten Fingerspitzen an die Nase und roch daran. Augenblicklich wich er davor zurück, angewidert vom Geruch, der ihn an verkohlten, alten Fisch erinnerte.

»Gwion«, sagte er leise. »Was sagst du dazu?« Der Schwager kniete neben ihm und hielt seinen Finger in das frische Blut. Er roch daran und runzelte die Stirn.

»Fürchtet die Wesen des Teufels. Meidet die Wesen der Unterwelt, denn ihr Atem ist faulig, und ihr Blut ist böse«, murmelte er, als zitierte er die Heilige Schrift. »Ich fürchte, wir sind dem Höllenpfuhl hier unten zu nah, in dieser widernatürlichen Welt unter der Erde.«

Besorgt sahen sich die Männer um, und jemand mit lebhafter Phantasie murmelte etwas von Kobolden.

»Es gibt immer eine logische Erklärung.« Die ruhige Stimme des Barons füllte den Raum aus. »Ihr seid Belbidias beste Männer. Männer von Torra Alta, schämt euch, daß ihr bei Aberglauben und Altweibermärchen zittert.«

»Mylord Branwolf!« Ein weiterer erregter Schrei kam von der anderen Seite der Höhle. »Sir, hier drüben ist etwas.« Als Branwolf dort war, hielt er inne, um sich die Spur aus dunklem Blut anzusehen, die eine direkte Verbindung zwischen den beiden Tunneln darstellte. An manchen Stellen waren die Lachen verschmiert, als wäre etwas Großes hindurchgerutscht. Der Durchgang führte steil aufwärts, und nachdem er das stinkende Blut untersucht hatte, strich er mit den Fingern über die Tunnelwände und prüfte deren Oberfläche. Ihr fehlten die spiraligen Muster von wassergeformtem Stein, und sie war von verräterischen Spuren von Hacke und Meißel überzogen. Ein von Menschenhand geschaffener Tunnel aus der Erde heraus, dachte er. Sicher war er einen Versuch wert. Bei allen Möglichkeiten, die sich boten, mochte Hal sehr wohl den einen gewählt haben, der anders war und steil aufwärts führte. Es wäre die naheliegendste Wahl. Er beschloß, den Tunnel selbst auszukundschaften, doch da er keine Zeit vergeuden wollte, hielt er es für klug, seine Männer auszusenden, damit sie die anderen Tunnel erkundeten, falls seine Vermutungen falsch sein sollten. »Gut,

Männer, ich möchte, daß ihr tiefer in die Tunnel dringt, aber geht nicht weiter, als ein Pfeilschuß reichen würde, und kehrt dann in die mittlere Höhle zurück. Ich will nicht, daß jemand verlorengeht. Pater Gwion und ich werden diesen hier erkunden.«

Wenn er wegen des Blutgestanks auch etwas beunruhigt war, spürte Branwolf doch so etwas wie Hoffnung. Hal mußte diesen Tunnel einfach genommen haben: Er war die logische Wahl. Sein Fuß rutschte auf dem glatten Blut aus, und er hielt sich an der Felswand fest, fuhr mit der Hand darüber. Er sah die Innenfläche an und fand silbrig schimmernde Schuppen, die an seiner Haut klebten. Der Kaplan eilte voraus, zuckte mit seinem rasierten Kopf von einer Seite zur anderen, lugte in die Schatten. Es ist genau wie es schon einmal war, seufzte Branwolf, damals, als der Kaplan verzweifelt nach seiner Schwester suchte. Allerdings war er ziemlich sicher, daß sie in diesen Tunneln nie gewesen waren. Er wußte, daß die Katakomben unter Torra Alta einst bis tief unter den Fluß der Gelben Berge gereicht hatten. Vor Hunderten von Jahren jedoch hatten seine Vorfahren alle Seitentunnel versiegelt, um die Burg vor einem unterirdischen Angriff zu schützen. Plötzlich wurde ihm bewußt, daß es – falls Hal und Caspar es bis in unerforschte Tunnel geschafft hatten – sehr wohl möglich sein konnte, daß das gleiche auch Keridwen gelungen war.

Möglicherweise hatte sie sich im Labyrinth der Tunnel verlaufen, in denen er nicht gesucht hatte. Bei dem bloßen Gedanken daran wollte sich ihm der Magen umdrehen. Seine Gedanken schwenkten von seiner Frau zu den seltsamen Hammerschlägen, von denen Catrik behauptet hatte, sie müßten von feindlichen Spionen stammen, die in das Burglabyrinth einzudringen versuchten.

Innerlich legte er die Stirn in Falten, als er gleichzeitig an

Keridwen und die Vaalaker dachte, und allmählich begann sein Verstand, die beiden miteinander zu verbinden. Wie kam es, daß jenes Jahr, in dem Keridwen verschwand, auch das erste Jahr vaalakischer Grenzübergriffe war? In jedem der folgenden Jahre gab es einige Geplänkel oder es wurde eine Handvoll Ziegen gestohlen, doch allmählich wuchsen die Gerüchte, daß eine größere Bedrohung nahte. Er hatte Spione nordwärts entsandt und von Geschichten gehört, die sich schnell ausbreiteten und in denen Morbak und seine Pläne beschrieben wurden, die nördlichen Nomaden zu vereinen.

Er blickte voraus und merkte erschrocken, daß der Kaplan verschwunden war.

»Gwion!« schrie er, doch er bekam keine Antwort. Schon wollte er rennen, aber dann sah er zu seiner Erleichterung, daß das warme Licht der Fackel seines Schwagers aus einer Seitenkammer drang. Er bog um die Ecke, und sein Kinn sank vor Staunen herab, als der Fackelschein grell und in alle Richtungen von wertvollen Metallen und polierten Steinen reflektiert wurde. Wortlos stierte er den blendenden Schatz aus Juwelen, Rüstungen, Amuletten und Waffen an. Der stämmige Priester sank auf die Knie, drehte und wendete die alten Stücke. Seine Augen funkelten vor Verwunderung. Eine kurze Sekunde lang dachte Branwolf, daß sich mit diesen uralten Reichtümern auf Lebzeiten sämtliche Steuern an den König entrichten ließen, vielleicht sogar auch die für Spars Regierungszeit. Er würde Druck von den Holzfällern nehmen können, von den Bergarbeitern in den Schwefelminen und den Fallenstellern, die Wolfsfelle auf dem Markt anboten. Er konnte Torra Altas Beitrag zur Kirchensteuer des Königs bezahlen, ohne die Rücklagen der Baronie anrühren zu müssen. Doch schweiften die Gedanken nur sehr kurz von der Sorge um seinen verlorenen Sohn und seinen Bruder ab.

Wenn Spar und Hal über diesen Schatz gestolpert waren, erstaunte es ihn, daß sie die Reichtümer zurückgelassen hatten. Eigentlich sollten sie mit sprachlosen Mienen oben auf dem Haufen hocken, ganz wie der Kaplan. Fragend sah er den Mann an. Es schien ein unschickliches Betragen für einen Kirchenmann.

»Wir könnten die neue Kathedrale beenden«, murmelte der Priester verzückt.

Branwolf sah seinen Schwager mit hochgezogener Augenbraue an. »Eine Kirche für den Einzigen, Großen Gott, errichtet vom Erlös durch heidnischen Schmuck. Das klingt richtig gut.«

Eilig hob der Kaplan den Blick seiner blauen Augen, die sich in Branwolfs Seele bohrten ... aber sich dann entspannten. Er schritt um das aufgehäufte Metall, hielt seine Fackel nah an den Schatz, wodurch Kettenhemden sichtbar wurden, besetzt mit Seide und Satin. Die Stoffe waren mit Saphiren und Perlen bestickt, die wie Sterne in eiskalter Nacht funkelten. Der alte Faden im Stoff war derart hauchdünn, daß das bloße Gewicht der zarten Juwelen die Stickereien zerriß. Ihre Blicke schweiften über Kelche, goldene Kandelaber, Broschen aus fein geschmiedetem Silber, Torques in Form von Drachen und Schlangen und die silberne Statue eines Einhorns mit zwei perfekt gleichen Saphiraugen. Funkelnd kam im Feuerschein – nach Jahrhunderten der Kerkerhaft im Schwarz dieser sonnenlosen Welt – Leben in die Juwelen.

»Wenn sie hier waren, sollte man doch glauben, daß sie ein Stück vom Umhang oder etwas ähnliches zurücklassen. Ich kann mir nicht vorstellen, daß sie diesen prächtigen Schatz sehen und darauf herumklettern ... Aber da ist nichts.« Pater Gwion seufzte enttäuscht. »Außer ...« Er schob seine Hand in den klappernden Haufen von Metall und Rüstungsteilen, die gerade groß genug aussahen, daß sie den

Torso eines kleinen Jungen schützen konnten. »Es ist ein Fell, ein Bärenfell vielleicht?«

Branwolf fummelte an dem Fell herum, die gegerbte Haut auf der einen Seite, das matte, dunkle Haar auf der anderen. »Das haben sie sicher nicht von ihren Kleidern gerissen. Es sieht aus wie ein Bär, aber ein schwarzer Bär, und von denen gibt es hier unten keine.« Dann aus dem Norden, dachte er furchtsam. Und wie lange war er schon hier unten?

»Komm schon, wir vergeuden hier unsere Zeit«, sagte er barsch.

Sie wandten sich links aus der Höhle voller Schätze, und augenblicklich war Branwolf entmutigt, als er spürte, daß der Boden abwärts statt aufwärts ins Freie führte.

Die Luft roch abgestanden, und bald schon schwanden seine Hoffnungen. Plötzlich fing Pater Gwion an zu laufen, und gleichzeitig sah Branwolf kaltes, weißes Licht, welches im Tunnel vor ihnen leuchtete. Ein Mondstein! Sein Herz tat einen Satz, als er den Gang hinunterstürmte und seine Ledersohlen laut auf dem nackten Felsen knallten, bis er auf gleicher Höhe mit dem Kaplan stehenblieb.

»Oh, du lieber Gott«, murmelte er hilflos. Der Mondstein warf sein reines Licht auf Kadaver voller Maden, halb gefressenes Wild, das faulende Fleisch eines zermalmten Fuchses, verwesende Steinböcke und sogar den zerfetzten Leib eines Berglöwen. Er betrachtete den Mondstein und dann wieder die Höhle voller Kadaver.

Seine Stimme klang wie ein harsches Flüstern, als er seinen Schwager fragte: »Du sagtest doch, Hal hätte einen Mondstein bei sich gehabt, nicht?«

Der Kaplan nickte.

Kadaver … Blut … der Mondstein … eine Sackgasse … Er trat vor, wagte kaum, die kläglichen Reste zu untersuchen, für den Fall, daß er die Leiche seines Sohnes unter dem

Gemetzel fand. Der Boden war rutschig von frischem Blut, faulendem Fell und der weißen, durchscheinenden Haut herausgerissenen Gedärms, welches das Raubtier gleichgültig in seinem Nest herumgeworfen hatte. Es war die Höhle eines bösartigen Einzelgängers von einer Katze, dachte er, die gnadenlos tötet und sich nicht die Mühe macht, ihre Beute ganz zu fressen.

Der Priester knirschte über die Knochen und sprang zum Mondstein hinüber. Branwolf merkte kaum, wie der Mann tief in sein Herz blickte und ihm einen sorgenvollen Blick zuwarf. Mit niedergeschlagener Miene machte sich Gwion eilig an die gräßliche Aufgabe, die Leichen umzudrehen, als sie gemeinsam nach menschlichen Überresten suchten.

Oh, mein Gott, oh, mein Gott, eine Hand. Der Baron schloß die Augen eine Sekunde lang, hoffte, was er eben gesehen hatte, sei nur trügerisches Licht gewesen, doch es war noch immer da. Eine Menschenhand. Er kniete nieder und hob sie an, aber das Fleisch war derart verwest, daß sich die Sehnen lösten und die Knöchel aus dem Rest der Hand rissen. Sie konnte weder von Spar noch von Hal stammen, aber ... Ohne darauf zu achten, daß er seine Hände mit madenzerfressenem Fleisch besudelte, schob er den verfaulten Hinterlauf eines Hirsches beiseite, der auf der Leiche lag. Der Kaplan war gleich neben ihm.

»Was hast du gefunden?« fragte er mit verzweifelter Sorge in der Stimme.

Branwolf konnte nicht antworten. Der Großteil der Leiche war zerfressen, nur nicht die Stickereien eines Bauernrocks und die grob gehauene Gürtelschnalle aus Eisen. Er stieß einen schweren Seufzer der Erleichterung aus. Nicht Keridwen, ganz sicher nicht Keridwen, sondern wahrscheinlich ein Hirte, der allein auf den hohen Weiden gewesen war. »Niemand, den wir kennen«, murmelte er.

Noch immer gab ihm die Blutspur zu denken. Er konnte sich nicht vorstellen, welche Art von Kreatur in diesem Loch leben mochte, doch welch ein Tier es auch immer war: Es blutete heftig. Möglicherweise hatte es Hal und Caspar in die Enge getrieben und schleppte sie nun in eine andere Höhle. Die Blutspur ... der andere Gang. Es hat sie dorthin gebracht, dachte er verzweifelt, lief aus der gräßlichen Kam- mer und den Tunnel entlang zu der großen, gewölbten Höhle.

Dort drängte sich sein Dutzend Männer bereits aufgeregt beim gelb gefärbten Fluß aneinander. Sie standen gebückt, während sie etwas untersuchten, das sie in ihrer Mitte hielten.

»Gebt mir Bericht, einer von euch«, befahl der Baron, was alle erschreckte.

Einer von ihnen zeigte einen Dolch, den er in der Hand hielt. Dieser war mit Saphiren und Smaragden besetzt, doch das Metall war rostig und alt.

»Er muß tausend Jahre alt sein, Mylord.« Er reichte die Waffe seinem Herrn. »Wilbert und ich, Sir, wir sind dem Tunnel gegenüber gefolgt.« Vage deutete er hinter sich und gab seine Geschichte zum besten, stolperte in der Eile über seine eigenen Worte. »Er führte zu einem Schacht, Sir, einem Schacht mit einem Seil, hinaus ins Tageslicht. Dort haben wir den Dolch unten beim Seil gefunden. Was hat das zu bedeuten, Herr? Führt es uns zu Master Hal und Master Spar, Sir? Sind sie in Sicherheit?«

Die anderen Männer stimmten in den Chor mit ein, erwarteten von ihrem Herrn, daß er Antworten parat hätte.

Er hob eine Hand, um sie zum Schweigen zu bringen. »Hat noch jemand etwas gefunden?«

»Sir«, bellte ein anderer Soldat mit breitem Gesicht, »ja, Sir. Wir sind der Blutspur gefolgt ... stinkendes, fauliges Blut überall. Es hat uns zu einer großen Öffnung geführt, hoch oben in der Höhlendecke, nur war sie zu hoch, als daß ein Mensch herausklettern könnte. Dort endete die Blutspur, aber von Master Hal und Master Spar war nichts zu sehen.«

Branwolfs Stirn legte sich in tiefe Falten. »Dann kann die Blutspur mit ihnen nichts zu tun haben. Wir haben den Mondstein gefunden, den Hal bei sich trug. Er lag in einer Höhle voller Tierkadaver, was bedeutet, daß irgendein großes, bösartiges Tier hier unten lebt. Die Blutspur muß von diesem Tier oder einem seiner Opfer stammen. Die Jungen haben alles fallen lassen, um ihm zu entkommen. Das Seil und der Dolch, den ihr gefunden habt, zeigen uns, daß sie diesen Tunnel genommen haben … wir haben keine Zeit zu verlieren. Bleibt zusammen und paßt auf. Gehen wir.«

Und so kam der Baron am Ende des sich verengenden Tunnels zu jenem Seil, das in einem Schacht mit Tageslicht herunterbaumelte. Der Schacht war schmal, und das klare Licht lockte die Blicke der Männer nach oben. Der Kaplan, der leichter und wendiger als der Baron war, sprang zum Seil und zog sich Hand über Hand hinauf. Er verschwand über dem Rand des Schachtes, und Branwolf folgte ihm voll Ungeduld. Er blinzelte, als das Tageslicht in seinen Augen brannte. Schon hockte Pater Gwion dort, suchte den Boden ab. Branwolf schnüffelte. Ein fremder Geruch lag in der Luft, stark und beißend, wie Vieh oder Pferd, eher noch wie Wild.

»Nun«, sagte der Priester und schnitt eine Grimasse, »dieses Seil hängt sicher nicht zufällig da.«

»Nein«, gab Branwolf ihm recht. Seine Stimme war schwer und leise. »Nein. Es ist das letzte Stück im Vexierspiel. Erst hören wir Metall klappern, das an Bergbau erinnert. Dann finden wir ein Stück schwarzes Bärenfell und jetzt ein Seil.« Er fummelte an dem gedrehten Tau herum. »Nesselhalm, würde ich sagen. Etwas primitiv für ein Seil aus Torra Alta. Und dieser Geruch …« Er trat vom Schacht zurück und sah sich das zertretene Heidekraut und die geknickten Farnwedel an. »Ein breiter Pfad, der nach Norden führt. Und – urks – Fladen, die nicht mehr dampfen, aber dennoch frisch sind.«

»Ein Troll? Ein vaalakischer Troll?« Der Kaplan sah ihn an, und angespannte Nerven zuckten über sein schmales Gesicht.

Branwolf nickte und seufzte tief und verzweifelt. »Ich würde sagen, sie leben – leben ganz bestimmt –, nur sind sie in der Hand eines Trupps feindlicher Spione. Kommt herauf, Männer«, bellte er in die Tiefe. »Kommt schnell herauf.« Während er wartete, daß seine Leute aus dem Tunnel stiegen, ging er langsam herum, versuchte, sich an den Bergen zu orientieren. Er sah zur Sonne auf, die sich dem westlichen Horizont näherte. Eine runde Krone gezackter Felsen stach der sinkenden Kugel entgegen, überschattete die glasigen Fluten eines Bergsees zu ihren Füßen. »Ein Tagesritt westlich der Burg«, murmelte er vor sich hin. »Das Tal des Spiegelsees.« Er kannte das Tal von seiner letzten Wolfsjagd, bei der sie ein großes, weißes Tier verfolgt hatten, weil es auf den Hochweiden Lämmer riß. Sein seltenes Fell hatte einen hohen Preis gebracht.

Finster blickte er zum vor ihm liegenden Pfad hinüber und knurrte frustriert. Er würde die Verfolgung des Feindes verschieben müssen. Auf lange Sicht wäre es effektiver, wenn er nach Torra Alta heimkehrte, bevor er ihnen folgte. Zu Fuß konnte er sich nicht erhoffen, die Vaalaker einzuholen.

Die letzten, schwelenden Fackeln waren fast heruntergebrannt, und es wäre unmöglich, den Weg durch die Tunnel zu finden. Sie würden die harte Reise über Land machen müssen.

Er wartete nicht, bis seine Männer am Seil heraufgeklettert waren, sondern rief ihnen hinunter, daß sie sich so schnell wie möglich gen Osten auf den Weg nach Torra Alta machen sollten. Er hegte keinerlei Zweifel daran, daß er schneller als seine Soldaten wäre, und er konnte es sich nicht erlauben, Zeit zu vergeuden.

Das Tageslicht verging und warf seinen wandernden Schatten vor ihn, als sich der große, dunkle Baron zielstrebig auf den Weg machte. Heftig keuchte der Kaplan auf seinen Fersen, stöhnte manchmal leise vor sich hin, da sie ein grausames Tempo vorlegten. Während er durchs Dunkel stürmte, verleitete die Müdigkeit Branwolf dazu, in Gwions Stöhnen die Klage zu hören, daß er den Schatz in jener Höhle zurückgelassen hatte. Bald folgten sie nur noch dem Licht des Mondes, was sie dazu zwang, langsam stolpernd zu marschieren. Hier waren die Schluchten steiler und das Geröll trügerischer. Der Baron war für Gwions Treue und Hilfe dankbar, wie er es vor so vielen Jahren schon gewesen war. Als die Sterne im violetten Glanz des Morgens verblaßten, stolperten sie schließlich über die Hochweiden oberhalb von Torra Alta, von trockenen Steinmauern umgeben, die wegen mangelnder Reparaturen bröckelten. Sie kamen auf einen Weg, der sie direkt zur Burg führte, und ermutigt von der Aussicht, bald daheim zu sein, nahm Branwolf ein letztes Mal Anlauf.

Als der Westturm von Torra Alta über den schroffen Bergen aufragte, zwang Branwolf seine müden Beine stolpernd über den letzten Hügel. Endlich lag die ganze Pracht seiner Burg vor ihm. Die glatten Zinnen aus Basalt schimmerten wie ein polierter Schild über dem Paß, fingen den Glanz des herbstlichen Sonnenaufgangs ein. Er sprang über kleine Hügel, lief im Zickzack hin und her, als er die steil abfallenden Wände der Schlucht hinunterstürmte. Der Pfad unter seinen Füßen härtete sich von festgetretener Erde zu Stein, als er an den Rand des eigentlichen Cañons kam. Ohne zu zögern folgte er dem Weg, als sich dieser zu einem Sims hinunterschlängelte, welcher in den Fels geschnitten war. Er war gerade breit genug, daß man eine Ziegenherde hindurchtreiben oder vorsichtig hintereinander reiten konnte, vorausgesetzt man hatte keine Angst vor dem steilen Gefälle.

In einem Stall am Fuße des Felsenturms gab es frische Pferde. Sie wurden vor Wagen gespannt und hatten die zusätzliche Kraft zur Verfügung, die nötig war, schwerere Ladungen die gefährlich steile Straße zur Burg hinaufzutransportieren. Diese Pferde waren große Tiere mit muskelbepackten Körpern und festem Tritt, verläßlich auf den Bergpfaden. Generationen von Torra Altanern hatten ihr Leben der Zucht dieser feinen Tiere gewidmet. Meist handelte es sich um junge Wallache, die besonders gut gepflegt waren, da ihre Kraft für das Wohlergehen Torra Altas lebensnotwendig war.

Eilig schob sich der Baron zwischen den wartenden Wagen hindurch und hastete zu den Ställen. »Gebt mir ein Pferd!«

»Ich habe keine Reitpferde, Mylord«, erklärte der Stallbursche. Doch als er es sagte, sah er schon die Augen des Barons, und er trat zu einem großen, schlanken Pferd, das bereits vorn vor einen Wagen gespannt war, fest im Kummet und mit langen Zügeln. Der Baron nahm die Zügel, bevor man sie ihm reichte, rollte sie ein und sprang auf den breiten, nackten Rücken, stieß dem Tier die Fersen in die Seite und zog den Kopf zur Straße hin.

»Zur Seite«, rief er einem Kutscher zu, dessen Peitsche erhoben war, bereit, die Pferde den ersten Teil der Straße hinaufzutreiben. »Zur Seite. Laßt mich durch.« Das schwere Pferd donnerte die Straße hinauf, ließ die Aufgabe, einen Baron zu tragen, leicht und mühelos erscheinen. Verglichen mit den üblichen sechsrädrigen Wagen – beladen mit Belagerungsgerät – war es das auch.

Auf halbem Weg den Felsenturm hinauf keuchte das Zugpferd hart, klapperte aber nach wie vor an Eseln vorbei, welche sich eilig an die Felswand drückten. Er ließ dem Tier die lange Leine, damit es sich den Weg über den schmalsten Teil des verschlungenen Weges suchen konnte. Branwolf sah über die steilen Klippen hinweg, die hundert Meter tief bis zu den winzigen Gestalten am Grund des Tales führten. Sein Herzschlag blieb ruhig. Er schob sich an einem letzten, wackligen Wagen vorbei, dann trieb er das Zugpferd lauthals den steilen Hang der Rutschbahn hinauf, um dann unter den Zähnen der Falltore auf den offenen Burghof von Torra Alta zu stürmen.

Auf dem Burghof herrschte reges Treiben, wie stets, seit Morbak näher kam, und der Baron war erleichtert, als er den Hauptmann im Durcheinander fand. Müde stampfte er ihm über das Pflaster entgegen, um ihn zu begrüßen, von einer dicken Schmutzschicht überzogen wie ein Bergarbeiter.

»Wir haben sie nicht gefunden, Sir«, murmelte er.

Branwolf nickte. Er stieg ab und gab dem Hauptmann das Pferd. »Ich weiß. Die Vaalaker haben sie«, sagte er. »Ich reite ihnen nach. Holt mir meinen Bogen und einen Bund Pfeile. Ich will welche für weite Entfernungen und auch einige für kurze Distanz mit hoher Durchschlagskraft. Ein großes Raubtier schleicht durch die Berge. Beschafft mir Proviant aus der Küche: ein schönes, großes Paket.«

Der Hauptmann salutierte und wandte sich eilig ab, bellte den Soldaten um ihn herum weitere Befehle zu. Er trat zur Seite, um dem Kaplan auszuweichen, der atemlos auf den Burghof stürmte und von seinem Pferd glitt.

Schnurstracks marschierte Branwolf auf den Stall zu, überlegte, ob er Feuerschweif, das Pferd seines Sohnes, nehmen sollte, welches das bei weitem schnellste Pferd im Stall war. Doch könnte das hitzköpfige Tier unzuverlässig sein und sich in den Bergen zu leicht fürchten. Wie sein Sohn mit dem Tier zurechtkam, hatte er noch nie verstanden. Als der Stallbursche herausgelaufen kam, um ihn zu begrüßen, befahl der Baron mit dem rabenschwarzen Haar statt dessen: »Mach mir Sturmwind bereit, und zwar mit einer guten Decke unter dem Sattel. Ich reite hoch in die Berge hinauf. Bring ihn mir zum Falltor, wenn du fertig bist.«

»Mylord«, stammelte der Stallbursche. »Tut mir leid, ich kann nicht. Er ist nicht da. Jemand hat ihn gestern nacht herausgeholt.« Sein Gesicht war angespannt, und nervös wischte er Stroh von seinen Hosen.

Bevor der Stallbursche noch etwas sagen konnte, hatte Branwolf schon nachgedacht. »Dann hol mir eben Donnerkeil. Der ist gesund und stark.« Er kehrte auf den inneren Burghof vor seinem Turm zurück, wo Gwion ihn abfing.

»Ich komme mit dir«, verkündete er entschlossen.

Der Baron schüttelte den Kopf. »Nein, ich brauche dich hier. Du mußt dich um die Burg kümmern. Wir müssen uns für die Belagerung bereitmachen, und die Kampfmoral wird nicht gerade groß sein, wenn Spar und Hal Morbaks Gefangene sind. Dein Platz ist hier, damit du uns allen Halt und Beistand gibst.«

»Aber Branwolf, du kannst nicht allein reiten.«

»So bin ich schneller.« Er wandte sich dem Hauptmann zu. »Wie geht es Catrik?«

»Nicht gut, Mylord.«

Branwolf spürte, wie es ihm eng ums Herz wurde. Catrik war sein ältester und treuester Freund und hatte ihn seit der Kindheit durch so manche Schwierigkeit begleitet. »Ich muß zu ihm, bevor ich reite.«

Das alte Faktotum war leichenblaß unter dem Bart. Sein

Atem ging harsch, ungleichmäßig, während er Gebete murmelte. Leeren Blickes starrte er zur Decke, während der Burgarzt seine Wunden verband, bis Branwolf die Hand seines alten Freundes nahm.

Blut tropfte aus seinem Mundwinkel, als er zu sprechen versuchte. »Habt ihr … sie gefunden?«

»Nein, aber bald. Ich habe ihre Spur gefunden«, beruhigte ihn der Baron.

»Der Mondstein …« Catrik sprach mit großer Mühe und flüsternder Stimme, dann brach ein schrecklicher Hustenanfall aus ihm hervor.

»Alles wird gut. Du hast dein Bestes getan«, sagte Branwolf, um ihn zu besänftigen. Er nickte dem Arzt zu. »Für dich wird gesorgt sein, und wenn du sprechen kannst, wird man dich auch hören«, sagte er deutlich zu Catrik gewandt und marschierte aus dem Hauptturm, um sich für die lange, einsame Jagd bereitzumachen, die er umgehend würde aufnehmen müssen. Der Koch erwartete ihn im Schatten der großen Türen mit Bier und Brot und frischem Wasser, schwefelfrei, um die Schnitte an seinen Händen zu lindern. Augenblicke später hatte er seine Waffen und die Zügel seines schlanken, schwarzen Rosses ergriffen. Er wandte sich seinem Schwager zu.

»Du bist hier jetzt mein nächster Verwandter, und ich überlasse dir die Verantwortung, solange ich fort bin. Der Hauptmann wird die Garnison organisieren. Denkt daran, daß ihr den Tunnel wieder verschließt.«

Kurz darauf ritt er allein unter den Falltoren hindurch, hatte seinen langen Bogen um den Rücken geschlungen, dazu zwei Köcher mit Pfeilen. Seine Hand betastete den Knauf eines Breitschwerts, das am hohen Hinterzwiesel des Sattels befestigt war, dann prüfte er die Wurfdolche und ein Jagdmesser, das in seinem Gürtel steckte.

KAPITEL 8

Die blassen Augen der großen Wölfin blieben auf ihre Herrin gerichtet, folgten jedem ihrer Schritte aufmerksam. Das Mädchen unter der Kapuze war lahm und sein Gesicht grauenvoll entstellt, doch es hatte Ausstrahlung. Bei der Unerschrockenheit in seinem Auftreten stockte Caspar der Atem, und er sah zwischen dem mißgestalteten Mädchen und der Wölfin hin und her, die den schützenden Blick auf ihre Herrin gerichtet hielt. Das Mädchen stellte sich dem großen Mann entgegen, der zornig die mächtigen Muskeln unter seiner strammen Haut spannte, während er ihren Blick staunend und wachsam erwiderte.

»Nak! Nak!« Kullak bahnte sich einen Weg vor seinen Häuptling und bedrohte das verkrüppelte Mädchen mit der Spitze seiner Armbrust. »Geh zu deinen Teufeln, Hexe. Nak!«

Der Blick des Mädchens wankte nicht. Sie sprach mit weichem, klarem belbidianischen Akzent, im musischen Tonfall des Bergvolkes. »Schafft diese Schande von einem Priester aus dem Weg und laßt mich eure Gefangenen heilen.«

Der vaalakische Anführer legte seine schwere Hand auf Kullaks Schulter und zog den protestierenden Mann beiseite, bis er direkt über der Hexe aufragte. »Wenn sie sterben, du sterben. Wenn sie leben, du leben, aber ihr alle meine Gefangenen und kommt mit zu Lord Morbak. Ist abgemacht, ja?«

»Abgemacht«, nickte das Mädchen, als sie ihre zerfetzten Röcke beiseite schob und sich neben den verletzten Jungen niederkniete. Vorerst war es Caspar egal, wer sie war, woher sie kam und wieso sie ihre Freiheit aufgegeben hatte, um ihnen zu helfen. Entscheidend war nur, daß sie ihnen zu Hilfe kam. Hal brauchte Hilfe.

Sie warf einen flüchtigen Blick auf Caspars Knöchel, dann einen auf den sterbenden Hund, und schließlich betrachtete sie ausgiebiger Hals aschfahles Gesicht.

»Du wirst warten müssen. Du wirst überleben.« Sie lächelte ihn schief an. »Kümmern wir uns erst um deinen Freund, ja?« Mit wachsender Hoffnung sah Caspar, wie das Mädchen das Fell zurückzog, um Hals Brust und Bauch zu untersuchen. »Du hast gut daran getan, ihn warm zu halten«, bemerkte sie, während sie sanft seinen Oberkörper betastete. »Ich brauche ein paar Kräuter, mit denen ich die Blutung aufhalten kann.«

»Aber er blutet doch nicht.« Caspar war verblüfft.

»Innerlich«, erklärte sie und wandte sich dann den Vaalakern zu. »Gebt mir Wasser … kochendes Wasser.« Der Häuptling brachte den Kessel zu ihr herüber und ging dann aus dem Weg. Aus einem Lederbeutel, den sie zwischen ihren Röcken versteckt hielt, zog das Mädchen eine Handvoll langstieliger, haariger Blätter und anderes, weiches, ovalblättriges Kraut. Dieses zerdrückte sie in ihrer Hand und rührte es dann in eine Schöpfkelle mit dampfendem Wasser. Die Mixtur sprudelte eine Weile, und als sie sich beruhigt hatte, gab das Mädchen die schaumige Medizin tropfenweise in Hals Mund.

»Ich heiße Brid«, flüsterte sie. »Die Göttin gibt mir die Macht, dich zu heilen, Freund. Dieses Mittel aus Wundkraut und Felberich wird die Blutungen in deinem Körper stillen.« Sie gab noch ein paar Tropfen in Hals Mund. »Bald wirst du dich besser fühlen. Schlafe, Freund, schlafe und genese.« Als sie ihre pulverisierten Kräuter allesamt verabreicht hatte, stellte sie ein frisches, konzentrierteres Gebräu her. Ordentlich zerbrach sie einen Zweig, um eine Schreibfeder zu formen, und tunkte diese in die Mixtur.

»Dieses sind die Runen der Heilung«, begann Brid ihren Singsang, während sie mit dem Zweig und der Medizin ein kantiges, magisches Zeichen auf Hals nackte Brust zeichnete. »Ich, Brid, bitte unsere Mutter, die gnadenreiche Spenderin des Lebens, unserem Freund zu helfen. Die Runen rufen dich, die Runen sprechen zu dir. Dieses sind die Runen der Heilung: Mutter Göttin, verleihe du mir deine Kraft. Deine Tochter Brid fleht um deine Liebe. Mit den Runen der Heilung bitte ich um deinen Segen.«

Sie sank zurück, ruhte auf ihren Knöcheln. Ihre Ausstrahlung verblaßte für einen Augenblick, als die Kraft aus ihr entschwand und durch die Fingerspitzen fuhr, welche auf Hals Brust lagen. Leise murmelte sie die Worte noch einmal: »Dieses sind die Runen der Heilung.« Ihr ganzer Körper bebte vor Erschöpfung, und ihr Atem ging schwer. Das gesunde Auge schloß sich, und sie fiel in Schlaf. In den wenigen Minuten, während derer sie schwieg, waren alle, die Vaalaker, Caspar und ihre graue Wölfin, wie versteinert. Alle starrten sie an, gebannt von ihrer Zauberkraft, alle bis auf Kullak, der noch immer leise zischte, während er die Gruppe wütend umkreiste.

Das Mädchen atmete tief und gleichmäßig, seufzte ein und aus. Allmählich nahm Caspar Hals Atmung wahr, die kräftiger und regelmäßiger wurde. Er hielt Schritt, atmete mit Brid ein und aus, als atmete sie für ihn und hauchte ihm sogar Leben ein. Wärme kehrte auf Hals Lippen zurück, als die kränklich-blaue Farbe verging. Langsam schlug Brid die Augen auf.

»Jetzt schläft er«, murmelte sie. »Er ist vom Rande der Anderwelt zurück und wird nun viele Stunden schlafen. Am Morgen wacht er auf.«

Caspars Tränen der Sorge brannten in den Augenwinkeln, als die Erleichterung ihn übermannte. Mit seinem blutigen

Ärmel tupfte er sie ab. Das seltsame, schmutzige Mädchen kroch zu ihm und drückte seine Hände leicht an beide Seiten seines Knöchels, weckte den marternden Schmerz in seinem Bein, der von seiner Angst um Hal betäubt war. Ihm wurde übel, als der Bolzen unter der Haut an Knochen stieß.

»Bitte.« Er gab sich Mühe, tapfer zu klingen. »Bitte, der Hund ... kannst du irgend etwas für ihn tun? Er hat versucht, mich zu retten.«

»Erst das«, gab Brid bestimmt zurück. »Ich kann nichts für dich tun, bevor wir nicht den Schmerz gestillt haben.« Sie langte tief in ihre Kräutertasche und holte ein Stück faltige, gräulichbraune Baumrinde hervor. »Hier, kau das. Es wird etwas dauern, bis es wirkt, und während wir warten, kümmere ich mich um den Hund.«

Ängstlich untersuchte Caspar die Rinde, strich über die Innenfläche, dann schob er sie zögerlich in seinen Mund. Als er den bitteren Geschmack bemerkte, verzog er das Gesicht.

»Lebt er noch?« Reißers Überleben wurde Caspars vordringliche Sorge, nachdem Hal nun friedlich atmete. Der Hund hatte am Fußende seiner Wiege geschlafen, als Caspar noch ein Säugling war, und war ihm seither durch die ganze Burg gefolgt ... und weit darüber hinaus auf Hirsch- und Wildschweinjagden. Reglos lag das geliebte Tier an Caspars Seite, noch immer unter der Felldecke. Der Junge streckte seinen Arm aus, um das blutige Fell des Hundes zu streicheln. Wieso bist du dem Ärger nicht aus dem Weg gegangen, Reißer? Warum mußtest du so tapfer und treu und aufopfernd sein? Caspar wiederholte seine Frage ohne große Hoffnung in der Stimme.

Brid antwortete nicht. Sie streckte den Hals des Hundes, tastete an seiner Drosselvene nach dem Puls, dann fuhr sie mit den Fingern durch das kurze, graue Fell zu dem zermalmten Schulterblatt. »Er wird nie wieder jagen«, sagte sie traurig. Caspar verstand dies als beschönigenden Ausdruck für den Tod und schloß die Augen, um seine Tränen zu unterdrücken. Er nahm wohl wahr, daß das Mädchen weitersprach, doch waren seine Gedanken bei dem Hund. Plötzlich hörte er etwas von dem, was sie sagte.

»Wie?«

»Er sieht sehr alt aus, so daß die Knochen nicht gut heilen werden, armer Kerl, aber sonst ist nichts mit ihm. Die Blutung hat aufgehört.«

»Dann wird er also leben?« Aufgeregt sprang Caspar aus seiner hingestreckten Stellung auf und wurde grausam an seine Wunde erinnert.

»Nicht ewig, aber wenn ich den Bolzen herausbekommen kann, vielleicht noch ein paar Jahre. Er ist geradewegs hineingegangen.« Leise murmelte sie vor sich hin, als wollte sie sich entschließen, was zu tun war.

»Was machst du mit dem Tier?« Der rotbärtige Häuptling beugte sich zu Brid herab und hob ihr geschwollenes Gesicht mit einem scharfen Ruck an. »Das Tier nicht in Handel. Du kümmer dich um Belbidiakbengel, oder ich schneide Tier den Hals mit Axt durch.« Er hob sein Hackbeil mit der Doppelklinge über seinen Kopf, und Brid antwortete mit unterwürfiger Geste. »Du mach deine Arbeit gut, sonst du verlierst noch andere Auge, Hexe.«

Ein schläfriges Gefühl entfernte Caspar von seinem Schmerz, und Brids sanfte Worte hallten nach, als riefe sie ihn von der anderen Seite des Tales her. Die langen, stelzengleichen Beine der Wölfin drangen an den Rand seines Blickfelds, schienen von dort, wo er lag, in den Himmel zu reichen, und er konnte ein Geräusch hören, als schleckte eine Katze Milch. Es dauerte einen Moment, bis ihm klar wurde, daß Brids Wolf Reißers Wunden sauber leckte.

Schief sah ihn das Mädchen an und hob die Augenbrauen,

während sie die Wunde betastete und seine Reaktionen prüfte. »Gut, du spürst jetzt nicht mehr viel. Das ist der Weidenrinde zu verdanken, die ich dir gegeben habe.«

Caspar war, als stünde er neben sich und sähe jemandem zu, der wie er selbst aussah, der er jedoch nicht war. Brid formte zwei runde Fladen Erde mit den Händen und legte sie bereit, dann nahm sie seinen Knöchel. Vorsichtig legte sie einen Stein unter den Schaft des Bolzens, wo er aus der Haut trat.

»Vaalaker«, kommandierte ihre ferne Stimme. »Wenn du willst, daß dieser Junge die nächsten beiden Tage überlebt, spalte den Bolzen genau hier.« Sie zeigte mit dem Finger darauf. Der rotbärtige Häuptling war sicher und schnell, tätigte den Hieb exakt.

»Bereit, mein Freund?« warnte Brid, als sie begann, den Bolzen herauszuschieben. Als das gespaltene Ende des Bolzens erst im Knöchel verschwunden war, sickerte Blut aus dem Loch hervor. Sorgfältig legte sie den einen Erdfladen auf die Wunde, der das Blut auffing. Caspar nahm den Bolzen wahr, als dieser an seinem Schienbein schleifte und die Muskeln und Sehnen auf seinem Weg beiseite schob, doch er spürte keinen Schmerz. Brids flinke Finger drehten den Bolzen, um ihn von den Blutverklumpungen zu befreien, die sich bereits bildeten, und schließlich glitt der Schaft heraus, von gerinnendem Blut verklebt. Frisches Blut spritzte aus dem runden Loch, und eilig dämmte sie es mit der feuchten Erde. Sie wartete, bis sich der Fladen rot färbte und matschig wurde, dann ersetzte sie ihn durch den nächsten. Allmählich ließ die Blutung nach, und Brid umgab den Knöchel gänzlich mit Lehm, bandagierte ihr Werk mit Tuchfetzen von ihren Röcken.

»Schlaf jetzt«, flüsterte sie, und Caspar hatte keine Kraft mehr, ihr zu widersprechen.

Als er erwachte, war es dunkel. Nur weiches, graues Licht von jenseits der östlichen Gipfel deutete den Morgen an. Das Feuer war heruntergebrannt; einer der vaalakischen Axtkrieger saß mit dem Rücken der Glut zugewandt und wachte aufmerksam. Die anderen schliefen, bis auf Brid, die Hals Kopf in ihrem Schoß hielt und seine Stirn streichelte.

»Wie fühlst du dich?« flüsterte sie Caspar zu, als sie sah, daß er wach war.

»Schrecklich. Mein Knöchel schmerzt, und ich fühle mich krank, aber«, lachte er, als wollte er das Beste daraus machen, »ich will mich nicht beklagen. Was macht Hal?«

»Er schläft. Aber sein Puls geht kräftig.«

»Gott sei Dank.«

»Nein. Danke der Mutter«, gab Brid steif zurück.

Ein furchtsamer Schauer lief dem Jungen bei ihren Worten über den Rücken, und einen Augenblick lang befürchtete er, daß diese heidnische Hexe teuflische Pläne für sie bereithielt. Doch er sah das kleine, häßliche Wesen noch einmal an, das ihnen so willig geholfen hatte, und seine abergläubischen Ängste verflogen. Er wußte nichts von diesem Mädchen mit seinen gräßlichen Verstümmelungen, dem geschwollenen, blinden Auge und der zerfressenen Wange. Aber es war noch etwas anderes an ihr als ihre furchtbare Erscheinung, das noch um so beunruhigender war. Caspar konnte nicht beim Namen nennen, was ihn schreckte. Klein und zart wie sie war, sah sie nur um weniges älter aus als er. Doch sie wirkte außerdem uralt und weise. Durchdrungen von Weisheit, die sich über Jahrhunderte angesammelt hatte, mit starkem, mächtigem Herzen und tapferer Seele – all das in ihrem verletzlichen, verkrüppelten Körper gefangen. Merkwürdigerweise, so dachte Caspar, waren Arme und Körper im Gegensatz zu ihrem Gesicht und den Knöcheln stark und gesund, die Haut weich und straff wie eine junge Rosenknospe im Tau des frühen Morgens. Und noch etwas stimmte mit ihrer Stimme und den Kleidern nicht überein: Sie hatte sowohl den Akzent und die schmutzige Kleidung eines Bauernmädchens, benutzte aber eine gelehrte Sprache.

»Wer bist du? Woher kommst du? Warum hilfst du uns?« fragte Caspar nachdrücklich.

»Ich bin Brid. Ich bin hier, weil ich gespürt habe, wie die Kraft des Auges erwacht.« Verstohlen nickte sie zu der massigen Gestalt des vaalakischen Häuptlings hinüber, der mit seinem Bärenfell um die Schultern dasaß und dabei halb einen matten, unheimlichen Glanz verdeckte. Dem Jungen dämmerte, daß sie den Mondstein meinte. »Jemand hat ihn berührt, jemand mit der Kraft, zu ihm zu sprechen, und sein Lied hat mich gerufen.« Nachdenklich sah sie den Jungen mit den Sommersprossen an, fixierte ihn für den Bruchteil einer Sekunde mit ihrem einen Auge, und dann sprach sie mit verschwörerischem Flüstern, welches ihn auf unangenehme Weise aus der Fassung brachte. »Doch davon wollen wir jetzt nicht reden.« Ihre starken Finger fuhren durch das rauhe Haar am Rücken des verletzten Hundes, während sie so sprach, dann tätschelte sie Reißer zärtlich, der an die Wölfin geschmiegt lag. »Ich habe euch mit Hilfe dieses Hundes aufgespürt, der euch auf der Fährte war. Übrigens habe ich ihm den Bolzen aus der Schulter gezogen. Nun liegt es an der Wölfin, ihm zu helfen. Die Vaalaker werden sich für den Hund nicht interessieren.«

»Was hast du mit ihm gemacht?« Caspar konnte nur einen hellgrauen Fleck von rasiertem Fell um die Wunde des Hundes erkennen, dazu Zeichen auf der nackten Haut. »Noch mehr Runen der Heilung?«

»Nein.« Brid sprach noch leiser. »Aber keiner hier wird den Unterschied erkennen. Nein, es ist eine Botschaft.«

»Für wen? Wie? Niemand auf Torra Alta kann Runen lesen.«

»Zu ihrer Schande und ihrem möglichen Untergang.« Ein Hauch von Abscheu lag in Brids Stimme. »Nein, für die Greisin. Sie wird wissen, was zu tun ist.«

»Eine alte Frau«, spottete Caspar.

»Sei vorsichtig, Junge. Wenn ich nicht wäre, könnte dein Freund wegen dieses dummen Vaalakers mit seinen brennenden Kräutern längst tot sein, und du könntest dich auf dem besten Weg dazu befinden, dein Bein an den Wundbrand zu verlieren.« Brid zog ihr lahmes Bein an die Brust und umarmte ihre Knie, als wollte sie eine Barriere zwischen sich und den abschätzigen Jungen bringen.

»Ich heiße Caspar, nicht Junge. Aber verzeih mir. Ich habe dir nicht angemessen gedankt. Es tut mir leid, wenn ich dich verärgert habe.«

»Das sollte es auch. Stelle nicht die Weisheit von Dingen in Frage, von denen du offensichtlich nichts verstehst«, fuhr sie ihn an.

Sind Frauen immer so streitsüchtig? dachte Caspar verzweifelt. Sie scheinen so leicht gekränkt. Er versuchte, versöhnlich zu bleiben. »Wie lautet die Nachricht? Wie wird sie zu dieser Frau gelangen?«

»Ich denke, es ist wohl nicht deine Schuld«, räumte sie ein, »daß du nichts von den alten Traditionen verstehst, und auch nichts davon, daß das Mannsvolk von Torra Alta, das dieses Land beschützen soll, seine Götter verraten hat und uns allesamt diesen Schlächtern gegenüber verletzlich macht.«

»Du hast recht. Das ist nicht meine Schuld.« Langsam ärgerte sich Caspar über dieses Mädchen. »Sag mir nur: Welchem Umstand verdanke ich deine Mildtätigkeit … und der Mondstein? Woher weißt du davon? Wieso bist du so versessen darauf?«

Brid lachte; es klang wie glitzernde Wassertropfen, die von einem Blatt fielen. »Mondstein sagst du. Du meinst das Druidenauge. Ich habe gespürt, wie die Mondsteine erwachen. Anfangs waren es fünf, nur waren sie schwach, und ich wußte, daß sie nicht das Helle Auge waren. Dennoch war es bedeutsam. Ich habe gespürt, wie sie in den Schoß der Erde stiegen. Deshalb kam ich her. Ich habe die Wölfin durch die Täler mitgebracht, bis ich die Türme von Torra Alta in der großen Schlucht sah. Dann konnte ich spüren, wie die alten Steine unter meinen Füßen zu Leben erwachten und ihre Schwingungen durch die Erde aufstiegen.«

»Zauberei!« flüsterte Caspar vor sich hin.

»Die Steine sondern eine starke Strahlung ab«, sagte Brid geduldig. »Jeder, der nur halbwegs lebendig ist, kann sie fühlen.«

»Ich glaube, ich habe sie gefühlt«, gab Caspar ihr verlegen recht, doch dachte er bei sich, daß keiner der anderen sie gefühlt hatte.

»Dann plötzlich spürte ich die drängende Energie des Hellen Auges, und ich wußte, daß jemand die Frau im Stein erreicht hatte. Jemand mit Macht hatte das Auge gefunden. Ich habe den Ruck wie einen Blitz gespürt, der durch die Erdenkruste fuhr.« Plötzlich schien ihr Blick ihn direkt zu durchbohren. »Und du warst es, der die Frau erreicht hat, nicht? Deshalb bin ich hier.«

Die Worte des Heidenmädchens waren reiner Wahnsinn, eine Art grauenvoller Nekromantie. Es fühlte sich an, als kröchen ihre Gedanken unter seine Haut, suchten nach seiner Seele. Woher wußte sie von der erfrorenen, blaulippigen Frau, die er im Mondstein gesehen hatte?

»Du bist in die Gedanken der Mutter eingedrungen.« Brids Worte waren gnadenlos. »Es ist für uns unabdingbar, daß du sie erreichst. Ich kann sie nicht erreichen, und auch die

Greisin nicht, nicht ohne deine Hilfe. Ich habe gespürt, wie die Knochen der Welt vor Erregung klapperten. Du mußt uns helfen. Wir brauchen sie, die ganze Welt braucht sie, sonst ist alles verloren. Das Gleichgewicht des Lebens ist ohne sie nicht mehr gegeben.«

Allein die Hoffnung, daß es sich bei alledem um eine arzneibedingte Phantasie durch die Kräuter des Hexenmädchens handelte, hinderte Caspars entsetzte Unruhe daran, sich zur Panik auszuwachsen. Das Mädchen sprach von teuflischer Hexenkunst und deutete an, daß er, der Sohn eines Barons, die Kraft eines Teufels in sich trug. Schon jetzt war er von der Verderbtheit gefangen, war seine Seele gefährdet. Er versuchte zu beten, aber er konnte nur daran denken, daß der Kaplan ihm sagte, er solle den heidnischen Gedanken vertreiben, der in seiner Seele gärte ... und nie hatte er den Kaplan überzeugend gefunden.

»Deine Nase ist gebrochen«, sagte Brid plötzlich, als wäre es ihr eben aufgefallen.

Caspar berührte sein Gesicht. »Das hatte ich ganz vergessen. Das war Hal.«

»Paßt. Normales, destruktives Verhalten von Jungen euren Alters.« Wieder war Brid entnervend unnachgiebig und verbannte Caspar dazu, das perlweiße Licht der Morgendämmerung zu betrachten, welches sanft ins Hirschflußtal kroch. Als er ihr Gesicht sah, verwirrte eine Mischung aus Neugier, Mitleid und Abscheu Caspar. Er mußte die geschwollene Augenhöhle einfach anstarren, durch deren Mitte verklebte, starre Augenlider liefen. Ihre linke Gesichtshälfte quoll hervor, zog die Haut zur Seite und verzerrte den Mund zu einem höhnischen Grinsen. Vielleicht ist es ein Geschwür in ihrem Wangenknochen, dachte er, und dann durchfuhr ihn ein Schauer, oder schlimmer noch: Vielleicht ist es ansteckend. Mitten auf ihrer Stirn war ein blaues

Zeichen auf die Haut gemalt. Er fragte sich, ob die Rune eine Art Warnung war.

»Starr mein Gesicht nicht so an. Das ist unhöflich.«

Caspar wurde verlegen. »Tut mir leid, das wollte ich nicht. Ich hoffe, es wird wieder besser«, stotterte er und merkte, daß er ganz und gar nicht das Richtige sagte. »Ich meine, wie ist es passiert? Oh, entschuldige! Ich meine … ich hätte es gar nicht erwähnen sollen.«

»Vergiß es, ich bin nicht beleidigt, und du mußt dir keine Sorgen machen. Es ist nicht ansteckend.«

Caspars Mißtrauen wuchs mit jedem Mal, wenn sie seine Gedanken zu lesen schien. Traurig sagte er, daß sie alle zusammen nun, nachdem das Mädchen ihnen das Leben gerettet hatte, Gefangene waren.

»Ja, aber das ist nicht ganz so endgültig wie der Tod, nicht?«

»Bin ich dir deine Freiheit wert?«

Brid nickte.

»Sag mir noch einmal, wieso.« Caspar war mißtrauisch.

»Weil du die Frau erreichen kannst. Die Kraft im Druidenauge wird es dir zeigen. Du kannst sie finden.«

»Welche Frau? Wer ist sie?« Caspar bekam Angst. Ein kaltes, unheimliches Gefühl leerte seine Seele; er wollte sich nicht eingestehen, daß das Bild in jenem Stein etwas mit ihm zu tun haben sollte. »Mit Totenbeschwörungen und rastlosen Seelen will ich nichts zu tun haben. Vergiß es einfach.«

Brids Tonfall wurde schmeichlerischer. »Wovor fürchtest du dich? Sie wird dir nichts tun. Du brauchst sie … Torra Alta braucht sie ebenso sehr wie du.«

»Das ist doch alles Wahnsinn. Ich habe nur eine Art Hirngespinst oder Trugbild in dem Stein gesehen. Das Bild einer toten Frau. Im Stein sah sie tot aus.«

Plötzlich wirkte Brid schwach, als verlöre sie ihr Zutrauen. Sie flüsterte: »Nein, ist sie nicht. Ich kann es nicht glauben.«

»Woher weißt du das?«

»Ich weiß es eben«, sagte sie schroff, wandte sich der Wölfin zu und streichelte ihre aufgerichteten Ohren, als fände sie Trost bei diesem Tier. »Sie muß noch leben.«

»Du weißt es also nicht?«

»Nein, ich weiß es nicht!« herrschte sie ihn an. »Ich weiß es erst, wenn wir sie finden. Wir müssen sie finden. Mein Leben lang habe ich nach ihr gesucht, und endlich bist du da und kannst mir helfen.«

»Dieses ›wir‹ gefällt mir nicht.« Er versuchte, seine Stimme tiefer klingen zu lassen, damit Autorität und Rang durchschimmerten, aber er klang – verglichen mit dem unbefangenen Selbstvertrauen des Mädchens – nach wie vor schwach. Es gefiel ihm nicht, wie sie die Zügel in die Hand nahm. »Warum sollte ich dir vertrauen?«

»Weil ich meine Freiheit gegeben habe, um dein Bein zu retten und Hal vor diesem nutzlosen Vaalaker und seiner Vorstellung von Heilkunde«, erklärte sie.

»Nun, wenn du nicht deinen Zauberstab schwingst und uns alle zurück nach Torra Alta bringst, will ich mit deiner Hexenkunst nichts zu tun haben.« Der Junge schnaubte vor Mißfallen. Woher wußte dieses Mädchen soviel? Das war nicht normal. Die beste Lösung wäre es, darauf zu warten, daß Hal zu sich kam und die Verantwortung übernähme. Und was war mit Reißer? Die Nachricht hatte sie noch immer nicht erklärt.

»Wir gehen nicht nach Torra Alta zurück.« Sie erklärte es schlicht und mit fester Stimme, als hätte sie das Sagen und nicht die ungeschlachten Vaalaker. Sie schien seine Stellung als Erbe von Torra Alta offensichtlich nicht zu respektieren. Caspars Gedanken wurden vom leisen Stöhnen seines Onkels abgelenkt. Caspar zuckte vor Schmerz, als er auf den Ellenbogen zu ihm hinüberkroch. Auch Brid starrte dem dunkelhaarigen Jungen ins Gesicht.

Hals Augenlider flatterten, und langsam schlug er sie auf. »Spar, bist du das? Gott sei Dank geht es dir gut.« Er rollte seinen Kopf herum und blickte argwöhnisch in das andere Gesicht, das ihn betrachtete. Sein Mund ging auf, und die Augenlider erstarrten eine Sekunde lang, als versuchte er, sich zu erklären, was er dort sah. Eine Art entsetzter, erstickter Schrei wollte aus seiner Kehle dringen, aber er unterdrückte seine Angst und griff nach Caspars Hand. »Ich glaube, ich habe Halluzinationen: Ich sehe einen Dämon, der über mich kriecht.« Er lachte unruhig.

»Das ist Brid«, erklärte Caspar.

»Du meinst, es ist real?«

»Keine Sorge ...«

»Sind wir tot? Sind wir in der Hölle?« Eilig setzte sich Hal auf, doch er sank wieder zurück und hielt sich seine Rippen. »Vaalaker! Nichts hat sich geändert. Wir sind immer noch gefangen.« Er wandte sich von dem Mädchen ab, wollte sie nicht ansehen, als bestritt er ihre Existenz. »Was geht hier vor sich, Spar? Gott, meine Rippen tun mir weh.«

»Sie sind nicht gebrochen«, sagte Brid scharf, als machte Hal zuviel Aufhebens darum.

Erschrocken starrte Hal die Runen auf seiner Haut an. »Du Teufel, du Hexe«, schrie er. »Weiche von mir, Hexe!«

Der Aufruhr unter den Belbidianern alarmierte die feindlichen Krieger, und sie umkreisten die am Boden liegenden Gefangenen wie Geier. Brid stand auf und stellte sich ihnen.

»Nun, kleine Hexe? Für mich sie hören sich sehr lebend an. Du hast gut getan. Nun mußt du deinen Handel einhalten. Kullak!«

Der große Vaalaker winkte den Armbrustschützen heran,

raunte ihm etwas zu, und der schlanke Mann trat mit einem Stück Seil nervös nach vorn. Furchtsam zischend wich er Brids stierem Blick aus. Doch sie wehrte sich nicht, als er einen festen Knoten um ihre Handgelenke zog. Er reichte das Ende des Seils seinem Häuptling und ging eilig auf Distanz, fort von diesem einäugigen Mädchen.

»Werden sie leben, wenn sie reiten auf Tier?« Der vaalakische Häuptling deutete auf den schnaubenden Troll, der dem Ruf der Morgendämmerung keinerlei Beachtung geschenkt und sich in seinem lärmenden Schlaf noch nicht gerührt hatte. Brid nickte, was den Vaalakern Zeichen genug war, das Lager abzubrechen.

Während die belbidianischen Gefangenen mit dem Tod rangen, hatte sich Scragg zurückgehalten, doch nun schien sein Status wiederhergestellt. Mit großer Geste befahl er zwei Axtkriegern, die Schlafstätten einzusammeln und die Kochutensilien zu stapeln. Er hielt kurz inne, um den Wolf und Reißer zu mustern, die noch immer nah bei Caspar lagen, dann trat er die Tiere mit dem Fuß.

»Nak! Nak!« knurrte er, was Reißer unsicher auf drei seiner Pfoten brachte, mit dem Schwanz zwischen den Hinterläufen eingeklemmt und einem steifen Haarstreif an seinem Rücken entlang. Die Wölfin bleckte eine erschreckende Reihe säbellanger Reißzähne, die Scragg einen Moment lang zögern ließen, bevor er nach dem Griff seiner Axt langte.

»Aus, Mädchen«, warnte Brid, und die Wölfin wich zurück, ließ den Kreis der Männer hinter sich. Reißer hinkte vorsichtig, hielt sein viertes Bein unter sich eingeknickt, als er der Wölfin auf den Fersen folgte. Er blieb nur einen Augenblick lang stehen, um seinen Herrn zur Bestätigung noch einmal anzusehen.

»Ab, Junge.« Caspar gab dem Hund das vertraute Kommando, welches ihn bei der Jagd vorausschickte, und der

Hund fügte sich treu. »Ich hoffe, er wird wieder gesund«, seufzte er traurig.

»Die Wölfin wird sich um ihn kümmern, dessen kannst du sicher sein.« Brid sprach wieder mit sanfter Stimme. Nun, da sie gefesselt und hilflos war, schwand ihre Autorität. Gnadenlos fiel das Tageslicht auf ihr entstelltes Gesicht, und bläuliche Farbe aus verschmiertem Waid vervollkommnete ihre Häßlichkeit derart, daß es kein Wunder war, wenn Hal sie für eine Dämonin hielt.

Ein Stück rohes Hasenfleisch brachte den Troll auf die Beine, und die beiden Axtkrieger verstauten die Fellbündel und zahlreichen Kochtöpfe auf seinem runden Rücken. Genauso grob verluden sie auch die Gefangenen. Hal war weiß vor Schmerz, als man ihn anhob. Sich abstützend sank er gegen seinen Neffen.

»Hier.« Brid streckte ihnen die gefesselten Hände entgegen. »Es lindert den Schmerz und beschleunigt die Heilung.« Caspar griff danach und nahm die Rinde aus ihren kräftigen Händen.

»Ich werde von dieser Hexe nichts nehmen.« Hal war trotzig.

»Ich mag dich wirklich nicht besonders«, sagte Brid freimütig. »Aber wenn du lernst, dich vor mir nicht mehr so sehr zu fürchten, bessern sich vielleicht auch deine Manieren.«

»Ich bitte dich nicht darum, mich zu mögen, Hexe, und ganz sicher habe ich keine Angst. Lächerlich!« Er lachte höhnisch, doch verwandelte sich der Spott bald schon in ein ersticktes Husten, das ihm in die Rippen stach.

»Sie heißt Brid«, stellte Caspar das Mädchen vor, da er glaubte, ein diplomatischer Vermittlungsversuch zwischen den beiden sei vonnöten. Irgendwie rief Hals mißtrauische, widerstrebende Haltung dem Mädchen gegenüber Caspars

Schutzinstinkte wach. Sie mochte eine Ketzerin sein, doch sie war Belbidianerin, und in Kriegszeiten sollte man – ungeachtet allen Glaubens – zusammenhalten. »Hal, das ist Brid. Brid, das ist Hal. Und wir werden untereinander nicht streiten.«

»Werden wir nicht?« Hal blieb unnachgiebig, rieb noch immer vorsichtig an seiner Brust, um die Runenzeichen zu entfernen, selbst wenn die Haut empfindlich war. »Was mich betrifft, gehört sie nicht zu uns.«

»Mögen uns die Götter schützen!« rief das Mädchen wütend aus.

»Möge dich Gott erschlagen und zur Hölle schicken«, erwiderte Hal, doch er rief bei Brid nur Lachkrämpfe hervor, und der belbidianische Junge war perplex. »Was ist daran so komisch?«

»Du bist komisch. Du hast ungefähr soviel Macht, die Hilfe eines Gottes zu erwirken, wie … wie …«, sie sah sich nach Inspiration um, »wie der Schwanz von diesem stinkenden Troll. Du weißt nicht mal, welchen Gott du rufen sollst.«

»Es gibt nur einen!« erwiderte Hal triumphierend, als hätte er einen Punkt im Streitgespräch gemacht.

»Du bist ein weiser, alter Mann und weißt es ganz genau«, stichelte Brid.

»Und du? Welchen Beweis hast du, daß deine Götter auf dich hören?«

»Du bist mein Beweis. Du wärst tot, wenn sie nicht wären.« Sie lächelte ihn schief an, und angewidert wandte sich Hal ab.

Der ermüdende Streit ärgerte Caspar, und er war wütend auf sich selbst, daß er ihn nicht beenden konnte. Sie schenkten seinen versöhnlichen Vorschlägen keinerlei Beachtung; den ganzen langen Morgen über schimpften und stritten

Hal und Brid ohne Unterlaß, was dem vaalakischen Anführer zu Caspars Ärger einiges Vergnügen bereitete. Der rotbärtige Mann marschierte nun einen Schritt vor dem Troll, während er den Mondstein lässig im geflochtenen Lederbeutel schwang. Unablässig starrte Brid darauf, und Caspar merkte, wie er selbst verzweifelt versuchte, das hypnotische Licht zu sehen, das jedoch im grellen Tageslicht verschwand. Er sagte sich immer wieder selbst, daß nur die Flucht wichtig sei, aber dennoch ging ihm der Mondstein nicht aus dem Kopf.

»Vaalaker«, rief Hal hochmütig nach vorn. »He, du, Rotbart, wohin bringt ihr uns? He, Rotbraunbärtchen oder wie immer du heißen magst.«

Mit kaltem Blick sah der große Mann sie an. »Zu Lord Morbak«, knurrte er zur Antwort. »Er wischt Grinsen von Bengelgesicht.«

»Und weswegen?«

»Wegen Antworten auf Frage«, erwiderte er mit selbstgefälligem Lächeln und einem Blick auf die schwingende Kugel.

»Welche Frage?«

»Die Morbak stellt.«

»Und warum sollten wir ihm antworten? Hältst du uns für so weiche Narren?«

»Ach! Belbidiak-Narren, niemand verweigert sich Morbak.« Der Vaalaker sprach voller Überzeugung, und es war sein unverblümtes Zutrauen, das die kalte Klinge der Angst tief in Caspars Herz stieß. Würde er wirklich Geheimnisse preisgeben … um Hal zu retten? Würde er? Die Antwort war schmerzlich wahr: Ja, natürlich würde er.

»Und das Mädchen?« wollte Caspar wissen. »Sie weiß nichts. Ihr braucht sie nicht.« Sie war vielleicht eine ketzerische Heidin, doch hatte sie Hal das Leben und ihm das Bein gerettet, so daß er sich ehrenhalber genötigt fühlte, sich zu revanchieren. Das Mindeste, was er tun konnte, war, um ihre Freilassung zu bitten. Er sah auf das Mädchen unter der Kapuze hinab, wie sie ihr nutzloses Bein nachzog. Sie sah so hilflos und verlassen aus, kein Vergleich zu ihrer befehlenden Ausstrahlung am Tag zuvor. Eine andere Stimme in seinem Kopf lachte ihn aus. Sei nicht so dumm, Spar, sie ist abgrundtief häßlich und dazu noch eine Hexe. Was kümmerst du dich um ein so häßliches Mädchen? Aber sie hat uns gerettet, sie ist tapfer und loyal, und ihre Stimme ist wunderbar.

»Wichtig ist sie für euch? Ist gekommen, euch zu helfen. Ich nicht dumm, Jungelchen.« Der rotbärtige Vaalaker kicherte. »Und auch Lord Morbak mag Kurzweil. Ihn lechzt nach Unterhaltung, und Mädchen und Troll machen gute Unterhaltung, ganz bestimmt. Gute Kurzweil gefällt Lord Morbak.«

»Ihr wollt sie an einen Troll verfüttern. Ihr seid ein ekelhaftes Volk, böse und krank.«

Die Schultern des großen Mannes bebten vor Lachen. »Männliche Trolle fressen kleinen Mädchen nicht, dummer Belbidiak.« Die Anspielung in den Worten des Mannes entsetzte Caspar mehr als alles andere, was er je gehört hatte.

»Es tut mir leid, Brid. Das hättest du nicht hören dürfen. Ich hätte meinen Mund halten sollen«, entschuldigte er sich.

»Nein«, antwortete sie. »Beängstigender ist das Unbekannte. Besser ist es, bereit zu sein.«

Die Reise zog sich über endlos lange Tage hin. Nicht enden wollende Zeiten bedrückten Schweigens einten die drei Gefangenen, und jeder von ihnen malte sich die Schrecken aus, die vor ihnen lagen. Der Schmerz in Caspars Knöchel war zu einem leisen Brennen abgeklungen, doch Hal weigerte sich nach wie vor, Linderung durch die Weidenrinde zuzulassen. Ohne den Schmerz konnte Caspar klarer denken. Schließlich verblaßte die Erinnerung an den Mondstein wie ein Traum, der wieder im Nebel des Unterbewußten verschwand.

Steile Geröllhalden und kärglich bewachsene Felsen wichen allmählich sanft gerundeten Hügeln mit Grasbüscheln und Heideflächen. Verkümmerte Eichen und Buchen mit weicher Borke wuchsen auf den flacheren Steigungen, und Caspar wurde klar, daß sie in das gastlichere Klima im nördlichen Vorgebirge der Gelben Berge kamen. Schließlich erreichen sie einen Kamm, und der Horizont sank in die Ebene dichten, laubwechselnden Waldes, in Gold, Kupfer und Bronze gehüllt, ganz offenbar am Herbstbeginn. Ein schmales Band von Weiden faßte die Hügel ein, bevor sie von den Bäumen des Keilerwaldes geschluckt wurden.

Caspar sah nichts, was ihm bekannt vorkam, also schloß er, daß sie weit westlich ihrer üblichen Jagdgründe sein mußten. Der Wald nahm ein Gebiet ein, das viele Wegstunden weit war, und nur sehr wenig davon hatte er erkundet.

»Der Keilerwald«, brummte Hal. Es war das erste Wort, das er seit vielen Stunden von sich gegeben hatte. Brids Gesellschaft und der Schmerz in seinen Rippen hatten ihn mürrisch gemacht. »Und sieh nur!« Da er wegen der Fesseln mit den Händen nicht zeigen konnte, deutete er mit dem Kopf auf das Tiefland unter ihnen. »Da breitet sich ein Nest dieser vaalakischen Ratten schon innerhalb der Grenzen von Belbidia aus.«

Caspar konnte in einiger Entfernung Aktivitäten ausmachen, die vom Laub des herbstlichen Waldes halb verborgen waren. Ein Vorauslager vaalakischer Spione. Er sah sie wie

Ameisen, die um einen runden Pfahlzaun liefen, der in der Tiefe des Waldlandes zum Schutz errichtet worden war. Also lagerten die ersten Vaalaker bereits auf seinen Ländereien. Wütend, wenn auch vergeblich, rang er mit den Fesseln, bis in der Wunde an seinem Knöchel stechender Schmerz pulsierte.

KAPITEL 9

Dann stellst du dich also gegen mich?« Hal saß mit dem Rücken zum Palisadenzaun und sah Caspar finster an. Der Zaun bestand aus einem Gitter von Pfählen, die eng verwoben waren, eine Decke bildeten und sie so in ein enges, rundes Verlies sperrten. Wütend schlug Hal gegen die unnachgiebige Wand, dann saß er da und rieb seine geprellte Hand. Der Gestank eines Trolls ganz in der Nähe drang in ihr Gefängnis, und das ständige, sabbernde Knabbern an irgendeinem Knochen nagte an ihren Nerven. Nur gelegentliche Ausbrüche von Aktivität unterbrachen die Langeweile ihrer Gefangenschaft, wenn Boten und Spione ins Lager kamen oder wieder gingen. Mehrere Tage lang wurde ihre emotionale Kraft durch die zornige Hilflosigkeit geschwächt, gefangen zu sein, während feindliche Spione ungehindert die Berge um Torra Alta durchstreifen konnten.

»So ist es nicht. Hör ihr doch zu, Hal!« flehte der kleinere Junge, der mit seinem Onkel immer ärgerlicher wurde. Ungeduldig schlug er mit der Faust auf den Boden.

»Sie ist eine Hexe, und eine häßliche dazu. Und sie ist nur ein Mädchen. Was versteht sie schon von den Kriegen der Männer? Nichts. Sie versteht etwas von Wurzeln und Blumen und von Kräutern zum Kochen. Wahrscheinlich könnte sie eine Nadel besser einfädeln als ich, aber ich will verdammt sein, wenn ich auf diesen Knirps von einem Mädchen höre, was ernste Fragen zur Zukunft Torra Altas betrifft.« Hal scharrte mit dem Absatz am Boden herum und starrte seinen Neffen mit sturem Blick an.

»Vorurteile machen Narren selbst aus weisen Männern«, seufzte Brid absichtlich gönnerhaft. Sie hatte seit einiger Zeit zum ersten Mal wieder gesprochen, und Caspar fürchtete, daß sie von Hals verächtlichen Bemerkungen zutiefst verletzt war, aber sie schien von den harschen Worten eher gelangweilt als erregt.

»Werd nur nicht anmaßend, Hexe«, fuhr Hal sie bitter an.

»Hast du Angst, daß ich dir den bösen Blick zuwerfe?« lachte sie und zog am unteren Augenlid ihres gesunden Auges, so daß das feuchte Rot des inneren Gewebes sichtbar wurde. »Hör zu, Caspar, wir brauchen ihn nicht. Wenn er so dumm und stur sein will, kann er hierbleiben und meinetwegen in den Händen der Vaalaker verrotten.«

»Ich gehe nicht ohne Hal.« In den Augen des Jüngeren brannte ein Starrsinn, der sich mit dem seines Onkels messen konnte.

»Oh, Mutter«, fluchte Brid, »alles wieder von vorn … immer im Kreis.«

»Ich verstehe diese Sache mit dem ›gehen‹ nicht.« Hals Sarkasmus machte seine Stimme scharf wie Säure. »Mir scheint, ihr vergeßt das Problem, daß ein Dutzend ochsengleicher Männer mit scharfen Äxten nur darauf wartet, euch die Dummköpfe abzuhacken, wenn ihr euch entschließen solltet, irgendwohin zu ›gehen‹. Was willst du machen? Auf deinem Besenstiel reiten? Wie kannst du erwarten, daß ich deinem blasphemischen Wahnsinn lausche … deiner üblen Ketzerei, wenn du mir nicht mal erklärst, wie du entkommen willst?«

»Ich habe es dir gesagt. Jetzt hör gut zu, und vielleicht erinnerst du dich dann.« Brids Geduld war erschöpft. »Ich habe mit dem Hund eine Nachricht ausgesandt. Morrigwen müßte sie inzwischen haben. Zwei Nächte noch, und sie wird bereit sein, dann versuchen wir unser Glück. Wir müssen nur bis zum Zaun des Lagers kommen.«

»Und was soll dieses ›nur‹ bedeuten?« höhnte Hal.

»Du wirst mir einfach vertrauen müssen, weil du es nicht glauben würdest, wenn ich es dir erkläre.« Das Mädchen umschlang ihre Knie und starrte ihre nackten Füße an. Der rechte Knöchel spreizte sich in unmöglichem Winkel ab, grausam verdreht, wobei der knorrige Fußwurzelknochen aus der Haut ragte, wo der Knöchel glatt und rundlich hätte sein sollen. Caspar mußte die Verstümmelung einfach anstarren.

»Wenn ich dir nicht glaube, scheint mir das ein guter Grund, dir auch nicht zu trauen, meinst du nicht?« Hals Logik klang unerschütterlich, und einen Moment lang blieb Brid ihm die Erwiderung schuldig. »Ich meine«, fuhr der ältere Junge fort, »Spar ist ein Narr, der sich vom Gerede über Zauberei leicht beeindrucken läßt. Du kannst ihm den Blick vernebeln, aber aus mir wirst du keinen Idioten machen. Ich will Tatsachen.«

»Also gut, also gut, ich werde es dir zeigen.« Brid warf ihre große, dunkle Kapuze zurück, die ihr Gesicht vor neugierigen Blicken verbarg und verfilztes Haar freilegte, klebrig und knotig. Wegen des Schmutzfilms ließ sich unmöglich sagen, welchen Braunton es haben mochte. »Aber nur eine Sache. Der Rest ist zu schwierig, als daß er sich zweimal machen ließe.«

Caspar war gebannt und fragte sich, ob sie wohl noch eine Knolle aus ihrem Umhang holen würde, diesmal eine, die das gesamte vaalakische Lager verrückt oder blind machen würde. Doch er schwieg augenblicklich, als das Holzbrett, das den Eingang zu ihrem Gefängnis darstellte, klapperte und ächzte, weil jemand es öffnete. Ein altbekanntes Hohngrinsen verzog Scraggs Gesicht, als es in der Öffnung erschien. Breitbeinig stand er da, die Hände an den Hüften; er atmete tief und zufrieden, als er drei schwergewichtige Männer in das Gefängnis winkte.

»Borog hier. Er und Morbak sehr vertraut. Borog ist Vaalak-Häuptling. Also rate ich, arrogantes Maul zu halten. Ihr kommt mit mir, kommt.« Scragg wandte den Gefangenen den Rücken zu und überließ seinen Untergebenen die grobe Arbeit, die Belbidianer herauszuholen. Kein Zugeständnis an Brids Geschlecht oder Hals und Caspars Verletzungen schützte sie davor, auf die Beine gezerrt zu werden. Mit hinter dem Rücken verdrehten Armen zwang man sie, dem jungen Vaalaker zu folgen. Steif marschierte Scragg voran, hielt sein Kinn gen Himmel gerichtet, als erfreute er sich seiner neuen Stellung innerhalb der Truppe von Spionen. Er führte sie zu einer freien Weidefläche, die erst kürzlich gerodet und durch einen hohen, geflochtenen Zaun aus Schößlingen eingefaßt worden war. Caspar betrachtete die runde Lichtung und überlegte, ob es sich um einen Pferch für Vieh oder Trolle handelte, doch dann fielen ihm die beiden dicken Pfähle auf, welche man dort in den schwarzen Boden getrieben hatte. Mit düsterer Vorahnung wurde ihm bewußt, daß er eine Art provisorischer Arena betrat.

»Borog ist ungeduldig. Schon haben wir Nachricht wegen Zauberstein an Meister geschickt. Er weiß schon, daß wir ihn von euch haben, also sagt Borog, ihr seid nicht mehr so wichtig. Wir wollen Spiele. Nicht warten auf Morbak«, erklärte ihnen Scragg und grinste dabei über sein ganzes, breites Gesicht. »Wir prüfen eure Kraftheit und Mut. Ist gute Kurzweil.«

Eine Holztribüne am einen Ende der Arena bot eine privilegierte Sitzgelegenheit für den vaalakischen Unterhäuptling, der von etwa zwei Dutzend Kriegern umgeben war. Er war überraschend klein für einen Nordmann, doch glich er diesen Mangel mit reichlich Speck und einem ausschweifenden Kopfschmuck aus Geweih und Adlerfedern aus, die stolz seinen erhabenen Status verkündeten. Eilig stand Kullak an seiner Seite, schob sich eifersüchtig vor Scragg, flüsterte und deutete aufgeregt auf Brid. Offensichtlich bestand einige Rivalität zwischen den beiden Vaalakern. Der speckige Mann lauschte, dann hob er eine feiste Hand und winkte die Gefangenen heran.

Die dicken Lippen kauten eine Folge vaalakischer Worte hervor, welche direkt an die Gefangenen gerichtet waren. Als er damit fertig war, schob er in Erwartung einer Antwort seine Augenbrauen in die Höhe. Zögerlich legte Kullak dem dicken Mann eine Hand auf die Schulter und flüsterte erneut, was Borog husten und dem vaalakischen Schamanen einen bösen Blick zuwerfen ließ, dann riß er seinen Kopf in Richtung der Gefangenen herum.

»Der Häuptling hat gedacht, ihr sprechen Vaalak, aber ich, Kullak, bin Dolmetsch.« Er sah sich danach um, ob auch wirklich alle vaalakischen Augen auf ihn gerichtet waren. Eifersüchtig sah Scragg mit finsterem Gesichtsausdruck hinter Borogs Schulter hervor. »Soldatenhäuptling ist freundlich Mann mit große Herz.«

»Und absolut enormem Wanst«, unterbrach Hal. Kullak ignorierte ihn.

»Er gibt euch Wahl. Ein Junge nur verteidigt Mädchen? Sie ist in Arena, ja? Köder wie angebunden Ziege an Pfahl. Welcher beschützt Mädchen vor Vaalak-Krieger?«

Caspar sah seinen Onkel an, der mit gesenktem Kopf seinen Fuß anstarrte, mit dem er Kreise in den Boden malte. Hal mochte stärker sein als er, aber er kümmerte sich offenbar nur wenig um das Wohlergehen des Mädchens, und somit hatte Brid eine bessere Chance, wenn er, Caspar, für sie eintrat. Caspar tat eine Bewegung, als wollte er vortreten, doch der Wächter hinderte ihn daran, so daß er nur tapfer und würdevoll verkünden konnte: »Ich werde für sie streiten.«

Seine klare Stimme wurde von Hals gleichzeitiger, wenn auch weit weniger ritterlicher Ankündigung erstickt. »Verdammt, ich schätze, ich muß es tun.«

Kullak übersetzte seinem Unterhäuptling, während Hal und Caspar wütend miteinander stritten. Der Schamane hob seine Hand, um ihren Protest zu unterbinden. »Es ist entschieden, ist es. Du Belbidiak«, er deutete auf Hal, »du bist mehr groß, was ist mehr Kurzweil. Wir beginnen.«

Drei sitzende Soldaten erhoben sich bei diesen Worten und hoben verbeulte Silberhörner an die Lippen. Eine mißtönende Fanfare rief ein weiteres Dutzend Soldaten in die Arena, die um die besten Plätze bei diesem Spektakel stritten. Protestierend wurde Caspar von den Wachen fortgeführt und zu Borogs Füßen festgehalten. Hals Miene war ohne jeden Ausdruck, als er sich bereitmachte. Der Unterhäuptling knurrte einen Krieger neben sich an, der dem Jungen widerstrebend seine Doppelaxt und seinen Helm aushändigte. Hal hob die Waffe.

»Ich danke dir«, sagte Brid mit leiser Stimme.

»Nein«, gab der Junge mit grimmiger Miene zurück. »Ich tue das für Spar, nicht für dich, denn wenn ich nicht kämpfe, tut es der kleine Narr … und er wird sich dabei weh tun.«

Brid wurde von einem Wächter fortgeführt, der ihr gesundes Bein an einen der Pfähle fesselte und ihre Hände freiließ, so daß sie kämpfen konnte, wenn auch ohne jede Hoffnung auf ein Entkommen. Klein und schutzlos wie sie war, wich sie an den Pfahl zurück und zog ihre Kapuze tief ins Gesicht. Hal ging zu ihr hinüber, packte die ungewohnte Waffe und drückte den visierlosen Eisenhelm auf sein rabenschwarzes Haar. Forschen Schrittes durchmaß er die offene Arena, bis er fünf Meter vor dem Mädchen war, dann drehte er sich langsam auf dem Absatz um, so daß er direkt vor ihr stand.

Die Axt war für einen größeren Mann gemacht, und

Caspar sah zu seinem Unbehagen, daß Hal Schwierigkeiten mit der fremden Waffe hatte, als er sie ein paarmal probehalber schwang. Deutlich zog sich der Schmerz wie eine Narbe über Hals Gesicht, wenn er die Arme hob, Druck auf seine verletzten Rippen gab. Dennoch machte er sich unverdrossen beharrlich mit der Doppelaxt vertraut.

Der korpulente vaalakische Unterhäuptling gab eine unverständliche Erklärung ab. Kullak sprang auf und übersetzte in holperndem Belbidianisch. »Wer will haben Maid? Häßlich Maid, aber hat doch Körper von Jungfer. Wer kämpft gegen den Belbidiak um Mädchen?« Buhrufe und Gezischel wurden unter den Soldaten laut, die das Angebot dieses Mädchens selbst fern der Heimat und ihrer vaalakischen Frauen noch ablehnten. Fast schämte sich Caspar für sie, doch es erleichterte ihn, daß ihr schreckliches Gesicht selbst noch besseren Schutz bot als Hal mit seiner klobigen Axt. Das Hohngelächter erstarb, als Scragg in die Arena sprang und geschickt seine schimmernde Axt schwang. Er grinste in die Menge, deren Stimmung sich in Vorfreude auf einen blutigen Kampf deutlich verbesserte. Er schlenderte über den schwarzen Boden, verneigte sich vor Jubelrufen von links und rechts, bis er vor dem Unterhäuptling salutierte und sich auf seinen Gegner konzentrierte.

»Ich bin verboten, dich zu töten, bin ich, aber ich dich böse schmerzen … böse, wenn ich Mädchen nehme, tu ich«, warnte er. »Sie ist häßlich, ja, häßlich wie Troll, aber ich habe Mädchen als Beweis, als Trophäe. Ich zeige, daß ich Vaalaker habe Belbidiak Frau mir zu Gefallen. Belbidiak ist zu kleine Mann. Kann nicht schützen eigen Maid. Zu klein und schwach wie alle Belbidiaks.« Unter Jubelrufen wiederholte er zur Freude der versammelten Kundschafter seine Worte auf Vaalakisch. Borog war bewegt und stand auf, klatschte selig.

Vergeblich riß Caspar an seinen Fesseln. Brid traf ihre eigenen Vorbereitungen, und statt demütig am Boden zu kauern, nahm sie ein Stück Kette in die Faust, in der Absicht, Scragg damit zu verletzen, falls er sich ihr nähern sollte. Der Junge von Torra Alta und der junge vaalakische Krieger umkreisten einander fast so, als seien ihre Augen durch einen Faden miteinander verbunden. Scragg täuschte auf beiden Seiten an, prüfte Hals Reaktion. Caspar sah deutlich, wie wendig Hal auf den Beinen war, aber deutlicher noch war die Schwäche im Oberkörper durch seine Verletzungen.

»Du darfst mich vielleicht nicht töten, aber wenn du das Mädchen willst, wirst du genau das tun müssen. Ich werde euch allen zeigen, daß Belbidianer ihre Frauen nicht im Stich lassen. Von den Hübschesten bis zu den Erbärmlichsten. Ich kämpfe für die Ehre aller.« Hals edle Worte wehten über den Platz, und Caspar wußte, daß sie trotz aller Vorurteile gegen Brid der Wahrheit entsprachen: Sein Onkel war von ganzem Herzen Patriot. »Ich werde dir dein Hohngrinsen aus dem Gesicht schneiden, Vaalaker«, drohte er wacker.

Die feindlichen Krieger johlten, als Scragg angriff. Aus der Hocke stürmte er vor, hielt seine Axt hoch über der linken Schulter, doch mit einer geschickten Drehung des Handgelenks schwang er die Axt herab und zur anderen Schulter hinüber. Dann sprang er. Caspar wollte nicht zusehen, doch es war grauenvoller, es nicht zu tun. Wenn Scragg den Hieb landete, würde Hal im Bruchteil eines Augenzwinkerns einen Arm oder ein Bein verlieren. Hal täuschte einen Sprung nach vorn an, lockte so Scraggs Hieb an und sprang zurück, um der Klinge auszuweichen, die sirrend einen Bogen durch die Luft beschrieb und nur um Haaresbreite seine Kniescheibe verfehlte. Eine Sekunde lang konnte Caspar wieder atmen.

Der Vaalaker jedoch lenkte seinen verfehlten Hieb blitzschnell um, schwang ihn auf den Zenit, wo er einen Augenblick lang mitten in der Luft hing. Dann beschrieb er eine neue Bahn, die direkt auf Hals behelmten Kopf abzielte. Die schmale Schneide der polierten Klinge schnitt durch die Luft, und für Caspar stand die Zeit still. Gleich würde Scragg in die obere Hälfte von Hals Schädel hacken, doch im allerletzten Moment drehte Scragg die Klinge, so daß die flache Seite gegen die Stahlplatte an Hals Schläfe schlug, woraufhin dieser seitlich taumelte und der Länge nach hinfiel.

Hal war am Boden, aber er kämpfte noch. Er rollte im Schlamm hin und her, um Scraggs knochenberstenden Attacken zu entkommen, nahm seine Axt eher als Pikenschaft, nicht so sehr als Hackbeil, um die Hiebe abzuwehren. »Greif an!« drängte Caspar. »Steh auf. Komm schon, Hal, du kannst es schaffen!«

Unseligerweise war nicht zu übersehen, daß der Vaalaker ein gewandter Kämpfer war, als er Hal mit seiner Axt marterte, als sei er eine Katze, die mit einer Maus spielt, bevor sie ihr mit einem sauberen Krallenhieb den Garaus macht.

»Hal!« rief Brid ihm plötzlich zu, »komm zu mir zurück. Steh auf!«

Hal lag nach wie vor auf dem Rücken und war zu sehr mit Scraggs Axt beschäftigt, um ihr antworten zu können. Er duckte sich und wich den Hieben aus, trat seine Fersen in den Boden und schlängelte sich rückwärts von der sirrenden Klinge fort.

»Steh auf, Hal«, rief sie erneut. Brid hielt ihren Blick sorgenvoll auf ihren widerwilligen Kämpen gerichtet, streckte die Kette zur vollen Länge aus und humpelte im Kreis um ihren Pfahl. Mit der Ferse zog sie einen tiefen Strich über den Boden. »Komm her zu mir.«

Das schwere Schwunggewicht der Axt machte Kraft und Durchhaltevermögen nötig, und die wiederholten Bemühungen, die Klinge zu führen, ermüdeten Scragg sichtlich. Die

Pausen zwischen den einzelnen Attacken wurden immer länger, und Hal ergriff die Gelegenheit, strampelte mit den Beinen und sprang akrobatisch auf. Zwar schwang Scragg seine Waffe in langem Bogen, doch dem unerfahrenen Torra Altaner war die schwerfällige Axt zu unhandlich. Statt dessen packte er die Axt weiter unten am Griff und machte sich über seinen Gegner her, hackte dabei blindlings in die Luft. Der Vaalaker zog sich einen Schritt zurück, ebenso von Hals Geschwindigkeit und Verbissenheit wie von dem Schlachtruf überrascht, der aus den Lungen des Jungen heulte. Die Klingen trafen mit einem Funkenblitz aufeinander; Scragg, der im Kampf Mann gegen Mann geübt war, fand sein Gleichgewicht schnell wieder. Mit einem Zucken seines Handgelenks änderte er den Winkel seiner Klinge, schlug Hal die Waffe aus der Hand, daß diese wirbelnd durch die Luft flog.

Die freudige Erwartung brachte die Nordmänner kurz zum Schweigen, als Hals Axt durch die Luft segelte, außer Reichweite; der dumpfe Schlag, als sie auf den Boden schlug, war in der stillen Arena deutlich zu hören.

Brids Aufschrei klang erschreckend laut, und alle Blicke schwenkten über den Platz und nahmen sie ins Visier. »Hal, hör mir zu.« Ihr Rufen klang zwingend. »Du mußt in meinen Kreis kommen.«

Seiner Axt entledigt, hielt sich Hal mit ausgestreckten Armen nah am Boden, wie eine Katze, die sich zum Sprung bereit macht. Tapfer stellte er sich seinem Gegner, der sich nun Zeit ließ, seines Sieges sicher war, seinen Ruhm auskostete und den Jubel seiner Gefährten genoß.

Deutlich konnte er Brids gescharrte Linie sehen, die kreisförmig um den Pfahl lief. Verblüfft sah er, daß sie eckige Muster an den Boden malte und Hal beharrlich drängte, in ihren Kreis zu treten. Ihre Absichten waren zu mystisch, um sie durchschauen zu können, und Caspar bezweifelte, daß Hal ihrem Ruf folgen würde. Von seinem Mißtrauen Brid gegenüber einmal abgesehen, würde Hal – da war Caspar ganz sicher – niemals den Beistand eines Mädchens suchen, wenn er im Kampf einem Mann gegenüberstand.

Die weiten Falten ihres Umhangs rollten von den schlanken Armen, als sie die Hände zum Himmel streckte. Eine innere Kraft schien aus ihrer Seele aufzusteigen, in dieser kleinen, wehrlosen Gestalt zu wachsen und den zarten, verkrüppelten Leib zu schützen. Wie in dem Moment, als sie ihnen zum ersten Mal zu Hilfe gekommen war, spürte Caspar die Macht ihrer Ausstrahlung. Instinktiv wußte er, daß Hal sich ihr würde fügen müssen.

Die üble Mordgier, die in der Luft lag, verflog, da Brid alle Augen und Ohren auf sich lenkte, als sie ihre Stimme erhob und sang: »Dieses sind die Runen des Schutzes. Mutter, erhöre deine Tochter im Augenblick der Gefahr und lasse die Runen des Schutzes frei.«

Unruhig ging Hals Blick zwischen ihr, seiner Axt, die mehrere Schritte weit entfernt lag, und Scragg hin und her, der sich für den nächsten Hieb bereitmachte. Caspar biß auf seine Lippen, als er darauf wartete, daß sich Hal auf die Waffe stürzen würde, doch sein Onkel folgte Brids Ruf und rannte zu dem Pfahl zurück. Scragg ließ ihn rennen. Es schien dem vaalakischen Sinn für Dramaturgie zu entsprechen. Höhnisch lachte er über den eiligen Rückzug seines Gegners und rückte langsam und bedächtig vor, schmückte seinen Vormarsch mit einer eindrucksvollen Darstellung seiner Fähigkeiten mit der Axt. Er warf sie hoch in die Luft, betrachtete ihre elliptische Drehung und trat vor, um sie im Rücken zu fangen. Mit beiden Händen abwechselnd ließ er die Axt rotieren, ließ sie wirbeln, während er sich seinem wehrlosen Opfer stetig näherte. Wieder warf er die Waffe in den blauen

Himmel hoch und fing den Griff, ohne seinen Rhythmus zu ändern oder seine Bewegungen zu unterbrechen. Scragg war gänzlich von seinem Ruhm beeindruckt, schwelgte in der Bewunderung seiner Genossen. Das gab Hal und Brid Zeit.

Das Mädchen hatte die Kette stramm gespannt, die ihren Knöchel an den Pfahl fesselte; Hal stand einen Schritt vor ihr und einen Schritt näher am Pfahl. Er atmete schwer, hielt sich mit einer Hand die Rippen und stützte die andere auf sein Knie, um seinen erschöpften Körper zu stützen. Seine Augen blickten unter dem Schutz seines offenen Helms hervor und waren zielstrebig auf das feierliche Vorrücken des Vaalakers gerichtet.

Scragg blieb drei Schritte vor Brids Kreis stehen, ließ noch immer seine Axt wirbeln. Wieder flog sie langsam kreiselnd hoch, und die Klinge pfiff, als sie im Bogen durch die Luft flog. Für den Bruchteil einer Sekunde hing sie am Scheitelpunkt des Bogens, bevor die Erdanziehung sie wiederum spiralförmig taumelnd zurückrief. Achte auf den Mann, nicht auf die Axt, Hal, dachte Caspar. Hal kauerte noch immer da, stierte auf Scraggs Füße und Beine, wartete auf den Augenblick, wartete auf den Auslöser, der Scraggs Attacke in Gang setzte. Keinen einzigen Blick widmete er der Axt.

Wieder flog die Doppelklinge hoch, und Scraggs Füße traten ein Stück weit auseinander. Diesmal sei bereit, Hal, dachte Caspar. Diesmal kommt er. Schon drehte sich die Axt wieder Scraggs geschicktem Griff entgegen, und eine kaum spürbare Spannung in Knöcheln und Knien zeugte von einer beginnenden Hocke. Die Axt berührte seine Finger, und schon stürzte Scragg heran, hielt die Waffe über seinem Kopf, bereit, einen schweren Hieb auszuteilen, sobald er die fünf Schritte hinter sich hatte. Zwei davon hatte er getan, ehe Hal auch nur mit einem Muskel zuckte. Der Belbidianer war bereit, wie ein Falke, der über seiner Beute schwebt, doch er wartete auf den rechten Augenblick – mit der Geduld und Selbstbeherrschung eines Jägers.

Bei aller Geschicklichkeit mit der Doppelaxt war er der bloßen Wendigkeit eines Bergmenschen von Torra Alta aber nicht gewachsen.

»Jetzt«, kommandierte Hal wütend, sprang auf und zurück, während Brid gleichzeitig eher lahm nach vorn lief. Die Kette ging unter Hals Füßen durch, als Scragg sich auf ihn stürzte, und sie traf das Schienbein des Vaalakers. Er fiel mit ausgestreckten Armen vor die Füße des Jungen, die Kette hatte sich peinlicherweise um seine Knöchel gewickelt. Brid warf sich in die Mitte ihres Kreises, fesselte Scraggs strampelnde Füße, hielt seine Beine am Boden und überließ Hal den Rest.

Der junge Belbidianer kehrte seine Rückwärtsbewegung um und sank augenblicklich vornüber auf Scraggs Schulterblätter, drückte den Axtkrieger an den Boden. Wütend trat Scragg um sich, wie ein wildes Tier, das in der Falle sitzt. Doch als Hal es schaffte, einige wohlplazierte Schläge an Nieren und Hals des Vaalakers zu plazieren, löste sich dessen Griff um die Axt, und Hal riß sie ihm triumphierend aus der Hand. Er hielt die Waffe wie ein kurzes Kriegsbeil und hackte neben seinem entwaffneten Gegner in den Boden, wobei er ihm ein Stück vom Ohr abschnitt, was helles Blut spritzen ließ. Scragg schrie auf.

Da er seiner Zielgenauigkeit mit der plumpen Waffe nicht vertraute, hielt Hal die scharfe Klinge an Scraggs Kehle gedrückt und kauerte über der Waffe, machte sich bereit, sein ganzes Gewicht darauf zu stützen, falls sich der Vaalaker wehren sollte. Der Kopf des Vaalakers war herumgedreht, und die wirren Augen zuckten vor Angst hin und her, zwinkerten das Blut beiseite, das vom Ohrläppchen über seine Wangen floß.

»Gibst du auf, wertloser Vaalaker?« brüllte Hal und stützte sich ein wenig auf die Klinge. Scragg fletschte seine Zähne wie ein kämpfender Terrier. Wut, Zorn und Erniedrigung zischten hervor, doch keine Kapitulation. »Gibst du auf?« fragte Hal noch einmal.

Höhnisches Gelächter machte sich unter den zuschauenden Vaalakern breit, gefolgt von einem Chor. Auch wenn die Barbaren Hals Worte nicht verstanden, waren seine Taten in jeder Sprache zu verstehen, und die Nordmänner zeigten sich enttäuscht. Sie wollten das versprochene Spektakel voll gewalttätiger Unterhaltung. Ein Mißklang höhnischer Buhrufe forderte, daß Scraggs Blut die Arena füllen sollte, doch eine Fanfare aus einem Widderhorn brachte diese Schreie zum Schweigen, und Kullak sprach im Namen aller Barbaren.

»Töten ihn, Belbidiak, töten ihn. Er verdient zu sterben, tut er.«

Triumph und Wildheit in Hals Haltung schienen zu schwinden, und seine Augen bewegten sich unsicher zwischen dem besiegten Krieger, Brid und den spottenden Vaalakern hin und her. Schließlich traf sein Blick den seines Neffen, der sich gegen seine Fesseln wehrte und fest gegen die Barriere drückte. So oft hatte Caspar in den letzten, endlosen Minuten gedacht, er würde sehen, wie sein Onkel verstümmelt oder getötet würde. Haß auf die Vaalaker erfüllte sein Denken, und da die Sorge um Hal und Brid ihn schier um den Verstand gebracht hatte, wollte er – ebenso wie die Menge – Scraggs Blut sehen. »Töte ihn, töte ihn«, schrie er wild in die Arena, doch ging seine Stimme im tiefen Knurren der Vaalaker unter. Dann kam er wieder zu sich, und einen Moment lang suchten ihre Blicke einander in stillem Zwiegespräch, und Caspar schüttelte langsam den Kopf. Nein, es wäre nicht recht, Scragg zu töten. Nicht in der Arena. Es würde sie auf eine Stufe mit den Feinden stellen.

»Gib auf, Mann!« forderte Hal erneut.

»Töten mich«, flehte Scragg heiser. Seine Stimme wurde vom Druck der Klinge an seinem Hals erstickt, und seine Miene verfinsterte sich aus Mangel an Sauerstoff. »Im Namen von Vaal-Peor, im Namen aller Götter, ich bitten.« Die Degradierung vor seinen Männern zwang seinen Stolz in die Knie, und der junge, eisblonde Mann schloß die Augen, um diese Erniedrigung nicht zu erleben, spannte sich in Erwartung des Hiebes. Hals wütender Druck am Hals des Vaalakers ließ allmählich nach, und langsam kam er auf die Beine, hob die große Axt weit über seinen Kopf und hielt inne, um sorgsam zu zielen. Mit lautem Klirren zerschlug die Klinge die Glieder in Brids eiserner Kette.

Der Stahl schleifte über den schwarzen Boden, als Hal ihn am Griff zu Borog trug. Erschöpft ließ er den Kopf hängen, blickte kein einziges Mal zum johlenden Meer der ihn umringenden Gesichter auf, sondern trottete müde dem fleischigen Unterhäuptling entgegen, blieb nur stehen, um Luft zu holen und sich nach Scragg umzudrehen, der bäuchlings dort im Schlamm lag. Er achtete nicht auf Brid, die nach ihren Bemühungen derart entkräftet war, daß sie kaum noch humpeln konnte. Ständig fiel sie auf die Knie, kroch ihm hinterher. Die furchteinflößende Ausstrahlung, welche während ihrer Anrufung der Göttin von ihr ausgegangen war – wie ein flackerndes Feuer des Lebens in ihrem Herzen – war erloschen. Wieder war Brid nicht mehr als eine gebrochene Kreatur.

Auf halbem Weg über den leeren Platz kam Hal stolpernd zum Stehen, hielt sich die Seite. Er lehnte sich stützend auf den Axtgriff, und sein Blick wanderte von den höhnischen Mienen zum besiegten vaalakischen Krieger. Brid kroch näher heran und zog ein Stück Kette hinter sich her, das klirrend über den Boden glitt. Schließlich sah Hal sie an.

Seine Fingerspitzen streckten sich ihr entgegen. »Ich sollte dir danken. Deine Göttin und deine Schwarze Magie können nicht ganz so übel sein, wenn sie diesen Scragg erniedrigt haben.« Sie antwortete nicht, doch ein schwaches Lächeln machte sich auf ihren Lippen breit, als sie ihre Hand nach ihm ausstreckte. Auf den Griff der Axt gestützt, mit einem Arm um Brids schmale Taille, um sie aufrecht zu halten, stand Hal vor Morbaks Unterhäuptling.

Borogs aufgeplusterte Wangen drangen bis in seine Augenhöhlen, verliehen ihm ein verschlagenes Aussehen, und wütend sah er auf die beiden herab. Caspar glaubte, Borog mache sich Sorgen darum, wie Morbak dieses Schauspiel wohl gefallen hätte, nachdem es nun nicht so gut ausgegangen war. Wahrscheinlich hätte es Morbak nicht sonderlich behagt, einen seiner besten Krieger im Schlamm zu sehen. Die Zufriedenheit machte ihm Mut.

»Du kämpfen schlecht«, stammelte Kullak, als er Borogs Worte übersetzte, wobei er seine Hand hob, um sich vor Brids einäugigem Blick zu schützen. »Du bist schwach, aber dein Tapferkeit ist gute Schau für Morbak. Nach Fragung er will Blut, viel Blut … und Tote.« An dieser Stelle brachte Kullak ein Lächeln zustande, während Borog undurchschaubar blieb. »Denn nun du warten auf Morbak, zwei Monde, bis er durch die Drachenwüste marschiert. Beim nächsten Mal kämpfen Belbidiakbengel allein, tun sie. Keine Hexenmädchentricks als Hilfe.« Leise zischte Kullak in ihre Richtung, als er auf Borogs abschließende Worte wartete. »Die Hexe kriegt der Troll. Wird Morbak gefallen, sehr gefallen.«

Zwei Monate! Sie würden im Gefängnis darben, während schreckliche Vorahnungen zu Morbaks Fragen in ihnen wuchsen. Caspar hatte kein Vertrauen in die geheimnisvolle Greisin, von der Brid sagte, sie würde zu ihrer Rettung kommen.

»Aber es ist egal, ob er uns Fragen stellt«, verkündete Caspar, als hätte er schon einige Zeit mit sich selbst gestritten. »Ich weiß nichts, was die Sicherheit Torra Altas gefährden könnte.«

»Ich fürchte, das weißt du doch, Spar. Denk nur darüber nach«, widersprach Hal müde und etwas herablassend. »Du weißt, daß Torra Alta nicht genügend Lebensmittel hat, um länger als ein halbes Jahr durchzustehen, falls es unter der Belagerung gänzlich isoliert wird. Außerdem weißt du, daß Morbak gute Spione besitzt, die den Paß im Westen, den Wolfsrachen, bald gefunden haben werden, nur sind sie im Spätherbst noch nie dort gewesen. Sie wissen nicht, wie früh der Schnee kommt … aber du.«

Caspar dachte daran, wie die gezackten Gipfel um den Wolfsrachen im Laufe der kommenden Monate weiße Reißzähne bekommen würden, die mit dem Rechen des Todes durch die vaalakische Armee gingen. Falls Morbak das nicht wußte, war es von großer Bedeutung, daß sie ihn nicht darauf hinwiesen. Zehntausende von Vaalakern würden in den Schneewehen und Lawinen sterben und sicher keinen konzentrierten Angriff auf Torra Alta schaffen.

»Wir müssen fliehen oder bei dem Versuch umkommen, damit das Wissen in unseren Köpfen für Morbak unerreichbar bleibt«, beharrte Hal. Caspars Entschlossenheit war ebenso groß.

Das Klappern der Schranke an der Tür brachte sie augenblicklich zum Schweigen, und eine Hand schob einen Wassereimer und einen harten Laib mit ungesäuertem Brot herein. Der rotbärtige Nordmann schob sein Gesicht durch die Tür, um sie sich anzusehen.

»Nur Brot und Wasser bis Morbak kommt«, brummte er, wenn auch ohne die Bosheit, welche die Worte vieler seiner Gefährten prägte. »Und macht keine Ärger. Scragg ist jetzt

Kerkermeister, ist er. Er wetzt sein Klinge und ist böse vor Haß. Macht keine Ärger. Ihr seid gewarnt, seid ihr.«

»Gut«, murmelte Brid vor sich hin.

»Was meinst du mit ›gut‹? Ich kann an dieser Situation absolut nichts Gutes sehen.« Hals Toleranz dem Mädchen gegenüber hatte seit dem Kampf in der Arena erheblich zugenommen, und er hatte ihr gestattet, seine Wunden zu verbinden, doch es lag noch immer eine gewisse Schärfe in seiner Stimme.

»Scragg kuriert seinen verletzten Stolz. Helfen kann ihm dabei nur, dich zu erniedrigen: Dadurch wird er anfällig.«

»Anfällig wofür?«

»Für mich natürlich. Keiner von euch beiden Edelmännern mit den langen, protzigen Titeln und adligem Stammbaum hat bisher irgendwelche Pläne ersonnen. Ihr werdet euch nach mir richten müssen.«

»Einen Moment mal. Du wirst mich zu überhaupt nichts zwingen«, entgegnete Hal.

»Komm schon, Brid«, flehte Caspar mit etwas mehr Überzeugungskraft in der Stimme, »kannst du es nicht erklären?«

»Also gut, aber vorher will ich ein Versprechen.« Sie stand vom kalten Boden auf. »Ich helfe euch, damit ihr mir helft. Ich brauche das Druidenauge, und ich brauche Caspar, damit er seine Kraft für mich einsetzt … um die Mutter zu finden. Falls sie lebt, müssen wir sie finden.«

»Aber wer ist sie?«

»Sie ist die Hohepriesterin der Großen Göttin, Tochter des Mondes und Ergebene Dienerin.«

»Eine Hexe, meinst du.« Caspar spürte seinen Abscheu, der in lebenslanger religiöser Indoktrination gegen den Alten Glauben gewachsen war. Der fromme König Rewik hatte die ketzerischen Frauen gejagt und geschworen, er würde sein Land von Teufelsanbetern säubern. »Ich werde dir nicht helfen, eine Hexe zu finden. Eher will ich hier verschimmeln.«

»Beruhige dich, Spar, wir haben keine Zeit für hitzige Entscheidungen«, sagte Hal unerwarteterweise. »Ich jedenfalls finde: Das Wichtigste ist, aus diesem Loch zu entkommen.«

In Caspars Gedanken machte sich das Bild dieser leichenblassen Frau mit ihrem Wust aus rotem Haar breit, die im Mondstein eingeschlossen war. Er konnte nicht klar denken. Irgendein teuflischer Trick dieser Hexe schien diese seltsamen Empfindungen in ihm wachzurufen. Er sehnte sich danach, ihr Gesicht wiederzusehen. Er sehnte sich danach, den Mondstein zu berühren, tief in dessen Herz zu greifen und dort diese gespenstisch tot wirkende Frau vorzufinden.

»Ohne sie ist unsere Kraft gering und unser Wissen sehr begrenzt«, setzte Brid ihre Erklärung fort. »Ohne sie können wir die Göttin nicht um ihre Hilfe ersuchen. Ohne sie ist die Zauberkraft der Trinität verloren.«

»Da ich an den Einzig Wahren Gott glaube, scheint mir dieser Umstand ein ziemlich guter Grund zu sein, dir nicht zu helfen, sie zurückzuholen, falls sie denn noch leben sollte … oder auch nur real ist.« Hals klare Logik half Caspar, seine Gefühle wieder in den Griff zu bekommen.

»Du brauchst sie ebensosehr wie ich.« Brids Stimme klang leidenschaftlich. »Torra Alta wurde der Großen Mutter geweiht. Die Burg kann nicht bestehen, wenn die rechtmäßige Göttin sie nicht schützt, und das wird sie nicht tun, da die Menschen von Torra Alta ihr abgeschworen haben. Ganz Belbidia stirbt einen langsamen Tod, genau wie Vaalaka gestorben ist, als sich die Nordmänner von der Göttin ab- und dem kaltherzigen Vaal-Peor zugewandt haben.«

»Belbidia stirbt nicht«, protestierte der Junge mit dem rabenschwarzen Haar. »Es ist das reichste aller Länder am

Caballischen Meer. Der Weizen aus Faronshire, der Käse aus Nattarda, das Rindfleisch aus Jotunn ... wir haben so vieles, und die anderen Länder zahlen gut dafür.«

»Ja, und die Mutter Erde zahlt einen bitteren Preis dafür. Ihr Männer von Belbidia mit eurem neuen Gott, der euch nichts über das Gleichgewicht und die Kreisläufe des Lebens lehrt, ihr werdet alles vernichten. Ihr seid genauso gefährlich wie die Vaalaker, die den Grund und Boden schneller verbrannten, als sie plündernd durch das Land ziehen konnten.«

»Das ist nur ketzerischer Unsinn«, gab Hal naserümpfend zurück. »Es ist einfach vollkommen unlogisch.«

»Ich wußte, daß du es nicht verstehen würdest«, erwiderte das verkrüppelte Mädchen, und ihre Stimme klang herablassend. »Aber du mußt mir glauben, daß Torra Alta die Festung der Großen Göttin ist und wir die Mutter finden müssen, um die Burg vor den Vaalakern zu retten, sonst seid ihr verloren.«

»Du kannst Torra Alta retten?« höhnte Hal ungläubig. »Du bist ein kleines Mädchen, nicht viel älter als Spar. Was glaubst du eigentlich, wer du bist?«

»Die Tochter des Mondes und Ergebene Dienerin. Auch ich bin eine Hohepriesterin. Ich dachte, das wäre klar.«

»Und du nennst unsere Titel protzig«, spottete der dunkelhaarige Junge.

»Und Morrigwen, die Greisin, ist die Dritte?« vermutete Caspar, ignorierte seinen Onkel und setzte das Bild zusammen, auch wenn er nicht ganz so beeindruckt war, wie er – Brids Tonfall nach zu urteilen – hätte sein sollen.

»Selbstverständlich. Die Göttin wird auf Erden vertreten von der Jungfrau, der Mutter und der Greisin ... den drei Stadien der Weiblichkeit.«

»Es sagt nicht viel Gutes über den Rest der armen Frauen aus, wenn du sie hier vertrittst«, platzte Hal taktloserweise heraus.

Mit gerümpfter Nase sah Brid ihn abfällig an. »Wenn du ein Beispiel für die Manieren der Männer von Torra Alta wärst, würde ich mich mit euch gar nicht abgeben und die Vaalaker mit offenen Armen empfangen.« Wieder rümpfte sie die Nase, und Caspar ärgerte sich über die undankbaren Worte seines Onkels. Dennoch wirkte die so unansehnliche, heidnische Priesterin unverzagt und fuhr damit fort, die Frage zu beantworten. »Aber, Hal, nein, ich allein kann nichts und niemanden retten. Ohne den vollständigen Kreis ist unsere Macht gering. Helft dabei, uns zu einen, und gemeinsam werden wir dieses Land von den verfluchten Barbaren und ihrem blutrünstigen Gott befreien.«

»Wir können uns dir nicht verweigern, Brid«, sagte Hal widerwillig und unterwarf sich dem Kommando des Mädchens. »Wir müssen fliehen, und du bist hier die einzige mit einem Plan … unsere einzige Hoffnung. Unsere letzte Zuflucht«, fügte er scharf hinzu.

»Versprecht ihr, mir zu helfen?« fragte sie mit ernster Stimme.

»Bedeutet dir unser Versprechen etwas?«

»Das Versprechen der Edelmänner von Torra Alta? Natürlich. Selbst wenn sie unsagbar rüde sind, weiß ich doch, daß ihr Wort zählt.« Sie lachte froh, als seien ihre Probleme nun sämtlich gelöst.

»Dann gebe ich dir mein Wort«, erwiderte Hal mit großer Geste.

Caspar schwieg, und mit hochgezogener Augenbraue sah sie ihn an.

»Nun, wenn Hal es tut, muß ich es wohl auch tun«, räumte er ein.

»Gut.« Brid grinste schief. »Dann zeige ich euch, wie wir hier rauskommen.«

KAPITEL 10

Brid zerrieb eine Handvoll trockener Zweige zwischen ihren Handflächen, gab tropfenweise Wasser in das Pulver und schuf damit eine unappetitliche, breiige Masse. Aufgeregt zupfte Hal an seiner fleckigen Hose herum, murmelte etwas davon, daß Frauen für alles immer so lange bräuchten, während sein Neffe ruhig und aufrecht an die Wand gelehnt saß. Caspar war erleichtert, daß sie nun wenigstens Fortschritte hinsichtlich ihrer Flucht machten … selbst wenn er Brids Plan noch nicht ganz verstand.

»Der schwierigste Teil«, sagte sie, während sie geduldig weiterarbeitete, »wird darin bestehen, euch beide an den Rand des Waldes zu bringen.« Sie hörte auf, mit den Kräutern zu hantieren und fing an, darauf herumzukauen. Als sie weitersprach, waren ihre Zähne braun, und Hal schreckte bei ihrem Anblick zurück. Angewidert verzog er das Gesicht; entspannte sich erst wieder, als sie Wasser trank, um die Paste auszuspülen.

»Was hast du vor? Willst du dich in einen Frosch verwandeln?« Vorsichtig betastete Hal seinen Brustkorb, um die Verletzungen zu prüfen, und brummte zufrieden. Inzwischen konnte er sich wieder freier und schmerzloser bewegen.

»Nein, es hilft, die Muskeln zu entspannen. Weidenrinde natürlich gegen Schmerz. Kamille und die Borke des Hirschbusches zur Vermeidung von Muskelkrämpfen. Es wird etwas dauern, also solltet ihr versuchen, etwas Schlaf zu bekommen, wie ich schon sagte.« Brid sprach nicht weiter, und die beiden Jungen zuckten etwas ratlos mit den Schultern. Hal kroch näher an seinen Neffen heran, überließ Brid ihren Vorbereitungen. Da sie zu nervös zum Schlafen waren, sprachen sie noch eine Weile miteinander. Nachdem sie das vaalakische Lager abgehandelt und dann bei Torra Alta verweilt hatten, kehrten sie immer wieder zum Rätsel Brid zurück.

»Ich mag keine herrischen Frauen«, knurrte Hal.

»Sie kann dich hören«, tadelte Caspar. »Außerdem ist sie nur so, weil es ihr Plan ist.«

»Aber sie hat versprochen, uns zu sagen, was sie plant.«

»Nein, habe ich nicht.« Brids Stimme klang etwas benommen. »Ich habe versprochen, euch zu zeigen, daß es einen Unterschied gibt. Und genau das werde ich tun. Aber vorher brauche ich eure Hilfe. Kommt beide her.«

»Herrisch!« wiederholte Hal, als er steif auf die Beine kam.

»Mein Knöchel, Hal.« Sie schob ihre zerlumpten Röcke bis zu den schmutzigen Knien hoch. »Du mußt fest ziehen, richtig fest. Caspar, halt mein Knie und zieh dagegen.« Die Jungen taten, wie man ihnen sagte, ohne es in Frage zu stellen. Die Tage im Gefängnis hatten sie gelehrt, daß Brid niemals eine direkte Antwort gab, so daß es keinen Sinn machte, mit ihr zu streiten. Das Gelenk war überraschend lose und ließ sich leicht strecken. »Jetzt dreht es gerade.« Brid stieß ein ersticktes Jaulen aus und seufzte schwer, als ihr Knöchel wieder ins Gelenk sprang.

»Ausgerenkt!« rief Caspar ungläubig. »Du bist kein Krüppel. Du hast es dir *selbst* angetan. Aber wieso?«

»Zum Schutz.« Wieder gab Brid eine simple Erklärung, die Caspar rein gar nichts erklärte.

»Nun zum Rest. Am besten etwas Augentrost.«

Verstohlen stierte Caspar das starre Geflecht klebriger Wimpern an, welche die hervorquellenden Augenlider aussehen ließen, als wären sie zusammengenäht. Er fragte sich, was Augentrost bei einer solchen Entstellung wohl würde ausrichten können. Sie zerdrückte die Blätter und kleinen weißen Blüten des Krauts mit dem Brotrest und etwas Wasser zu einer Paste und gab diese auf das geschwollene Augenlid. Schließlich spülte sie das klebrige Harz ab. Langsam weitete sich das Auge und gab ein graues, unmenschliches Gewebe darunter preis. Caspar hatte das Gefühl, der Magen wollte sich ihm umdrehen. Definitiv ein Krebsgeschwür, dachte er, als er seinen Blick von dem blasenförmigen, grauen, blumenkohlförmigen Zeug abwandte, das Brid an Stelle ihres Auges hatte.

»Keine Sorge, es ist nur Spinngewebe«, erklärte Brid, als sie vorsichtig die feinen Fäden entfernte, die sich über ihr Augenlid zogen. Staunend und ungläubig sah Caspar, wie sie eine Kugel aus grauer, klebriger Masse abschälte und ihr Auge freilegte: sauber und klar und von wunderschönem Grün. Er fragte sich, warum ihm das Smaragdgrün ihres anderen Auges vorher nie aufgefallen war, und da wurde ihm klar, daß er stets nur ihre Häßlichkeit angestarrt hatte. Wieder lockte ihn die Färbung dieser Augen. Nein, nicht smaragdgrün, widersprach er sich selbst – sie sind zu lebhaft, als daß man sie mit einer kalten Gemme vergleichen könnte – eher ein blühender Sommerwald. Als sie ihn mit diesen prüfenden Augen ansah und er vor deren Intensität zurückwich, spürte er, daß diese Farbe voller Kraft war. Drachengrün, dachte er bei sich. Drachengrün.

»Das letzte ist simpel.« Sie spuckte eine Walnuß in ihre Hand, und die geschwulstartige Deformation an ihrer Wange glättete sich, zeigte ein perfekt symmetrisches, ovales Gesicht, auf entwaffnende Weise bezaubernd, selbst noch unter dem Dreck.

»Aber wie kannst du mit dem großen Ding im Mund sprechen?« wollte Caspar wissen.

»Übung«, erwiderte sie lakonisch. »Und hör auf zu gaffen. Man könnte meinen, du hättest noch nie zuvor ein Mädchen gesehen. Jetzt brauche ich Wasser, also solltet ihr besser vorher nehmen, was ihr davon braucht.«

Caspar konnte nicht antworten. Sein Kinn hing zwei Daumenbreit tiefer als es hätte sein sollen, während er das verwandelte Mädchen anglotzte.

»Ich kann es einfach nicht glauben«, wiederholte Hal immer wieder, ebenso sprachlos wie sein Neffe.

»Wenn ihr mich entschuldigen würdet?« Brids tadelnder Tonfall erinnerte die beiden an ihre Manieren. »Ich möchte mich waschen, und es wäre mir lieber, wenn ihr mich dabei nicht anstarren würdet.«

Caspar hustete verlegen und wandte seinen Blick ab, sah aber nur, daß Hal sie noch immer mit lächerlicher Miene anglotzte.

»Hal!«

»Was? Oh, ja, tut mir leid.« Widerstrebend zwang der Junge seinen Blick zur Seite, und Onkel und Neffe saßen mit dem Gesicht zur Zellenwand. Ungeduldig wartend sprachen sie mit leiser Stimme, wobei Hal immer wieder flüchtige Blicke über seine Schulter zu der Jungfrau hinüberwarf. »Sie ist das hübscheste Mädchen, das ich je gesehen habe. Glaubst du, es ist real oder wieder nur einer ihrer Tricks?«

Verzweifelt sah Caspar in Hals leuchtende Augen. »Ich dachte, du sagtest, sie sei eine schreckliche Hexe. Jetzt klingst du schon ganz anders, was?«

»Aber sie ist wunderschön.«

»Und das ändert dann wohl alles, nehme ich an«, unterbrach Caspar scharf.

»Na ja, für dich nicht?«

»Nein, natürlich nicht. Vom ersten Moment an fand ich, daß sie etwas Besonderes ist, und das ist etwas, das von innen heraus kommt und nichts mit ihrem Aussehen zu tun hat.«

»Sicher doch«, spottete Hal, warf noch einen kurzen Blick

auf das Mädchen; seine Lippen spannten sich zu einem breiten Grinsen. »Sie ist süß.«

»Na, komm nur nicht auf falsche Gedanken, was sie betrifft«, fuhr Caspar ihn ein wenig zu harsch an.

»Wieso? Würde es dich eifersüchtig machen?« höhnte Hal.

Sag jetzt nichts, warnte Caspar sich selbst, sonst wird er nur wieder irgendeinen arroganten Kommentar in der Richtung abgeben, daß seine Chancen bei Brid selbstredend weit größer als die meinen sind, und es würde ihn nur ermutigen. Nichts weckte die übelsten Instinkte in Hal besser als eine Wette oder Herausforderung.

»Jetzt könnt ihr euch wieder umdrehen.« Brid hatte so eine Art an sich, daß alles, was sie sagte, wie ein Befehl klang. Caspar blickte in ihre wunderschönen, absolut gleichen Augen und wünschte sich nichts mehr, als ihr zu gehorchen.

Zähneknirschend kam Hal auf die Beine. »Sie mag ja hübsch sein, aber sie hat kein Recht, so mit mir zu reden. Sie braucht einen richtigen Mann, der sie Respekt lehrt.«

Ihr Haar fiel in Wellen herab, strich über ihre Schultern und rahmte ihr ovales Gesicht mit Löckchen ein. Endlich war Caspar in der Lage, ihre echte Haarfarbe zu erkennen, nachdem der verklebte Schlamm nun herausgewaschen war. Die Farbe war nichts Besonderes, ein eher helles Braun mit einem Hauch von Kupfer, doch der tiefe Schimmer stach ins Auge, als die Abendsonne die rotgoldenen Töne leuchten ließ. Volles, seidiges Haar, durch das man mit den Fingern fahren will, dachte er sehnsüchtig. Hals Umhang lag um ihre Schultern, während ihr Kleid und das Kapuzencape zum Trocknen am Holz der Pfahlwand hingen.

Anfangs war es schwierig, sich darauf zu konzentrieren, was Brid sagte. Caspar merkte, wie irreführend und wirksam ihre Tricks zur Verhüllung ihrer Schönheit gewesen waren. Er erinnerte sich daran, daß sein Blick stets auf unheimliche

Weise von der geschwollenen Augenhöhle und der dicken Wange angelockt wurde, was seine Gedanken auf Geschwüre und Geschwülste brachte, und daß der verkrüppelte Knöchel ihre anmutigen Bewegungen zunichte gemacht hatte. Doch jetzt schweifte sein Blick über ihr Gesicht und ihren Körper, fasziniert von dem freien Fleck gebräunter Haut, der unter dem Umhang zu sehen war. Gelegentlich, wenn sie sich bewegte, zeigte sie noch etwas mehr Schulter, und seine Augen wurden vor Freude und Begehrlichkeit ganz groß.

Hal stieß ihn mit dem Ellbogen an. »Ist dir aufgefallen, daß sie ihren nackten Leib mit meinem Umhang wärmt … nicht mit deinem?«

Urplötzlich wußte Caspar, was Brid damit gemeint hatte, daß ihre Mißbildungen sie schützten. In einem Soldatenlager hätte ein derart liebenswertes Wesen schrecklich unter Männern zu leiden, die Sklaven ihrer Begierden waren. Ganz sicher hätte man sie nicht bei ihnen im Gefängnis gelassen. Nein, man hätte sie bei Borog einquartiert, und Scragg hätte sie niemals in Ruhe gelassen.

»Hörst du mir zu, Caspar?« fragte Brid mit singender Stimme. Er sah, wie sie ihre vollen, runden Lippen bewegte und hörte die Musik in ihrer Stimme, doch erreichten die Worte ihn nicht.

»Vielleicht reagiert er besser auf ›Spar‹. Kaum jemand nennt ihn Caspar, bis auf den Kaplan natürlich«, teilte Hal ihr mit.

»Wenn das so ist … Spar, hörst du zu? Weißt du, was du tun mußt? Spar?«

»Hm? Was? Ja, natürlich habe ich zugehört«, log Caspar. Es fiel ihm so schwer, sich auf ihre Worte zu konzentrieren.

»Hm … Ich sage es dir noch einmal. Wir warten auf den Mond. Er wird voll und hell sein, und sein Licht wird mich mit dem Glanz der Göttin segnen. Scragg, unser liebster

Vaalaker, hält passenderweise Wache.« Sie nickte zur verriegelten Tür hin. »Zur Abwechslung wird er einmal erfahren, was es heißt, ein wehrloses Opfer zu sein.« Brid zwinkerte ihnen böse zu, doch statt sich über ihren Plan zu freuen, war Caspar entsetzt.

»Das darfst du nicht. Das ist, das ist ...«, stammelte er, und ihm wurde ganz übel bei der Vorstellung.

»Er ist eifersüchtig.« Hal gab den unnötigen und taktlosen Kommentar von sich, der Caspar die Möglichkeit gab, seine aufgestauten Gefühle loszuwerden: Er schlug Hal hart und unerwartet aufs Auge. Sie traten auf dem erdigen Boden um sich.

»Mutter, rette mich vor diesen Kindern«, seufzte Brid und brachte Caspar mit ihrem finsteren Blick zur Vernunft. Sein Stolz war verletzt, und nun hatte er sich vor diesem wundersamen Mädchen auch noch lächerlich gemacht. Er schämte sich zu sehr, um Brids Blick begegnen zu wollen, und verbarg sein Gesicht, indem er zu Boden starrte. Aber er spürte immer noch, wie ihr Blick durch seine Haut brannte und seine Seele suchte.

»Also«, fuhr Brid mit aufrechter Haltung fort. »Wir warten darauf, daß das gesegnete Licht des Mondes seinen Zenit erreicht. Es wird unseren Weg beleuchten und uns auf dem Weg zum Wald beschützen. Nun, Hal«, und ihre singende Stimme nahm einen gebieterischen Tonfall an, »leere diesen Wassertrog und halte ihn hinter der Tür bereit. Du kannst nichts weiter tun als warten. Ich muß noch einige Vorbereitungen treffen.«

»Schütte du ihn aus, Spar. Sie mag uns ja hier raushelfen, aber ich werde mich nicht von einem Mädchen herumkommandieren lassen«, forderte Hal seinen Neffen hochmütig auf.

»Ich kann nicht glauben, daß du so engstirnig bist!

Außerdem, wieso solltest *du* mir Anweisungen geben?« Sorgsam kippte Caspar das hölzerne Halbfaß, so daß das verbliebene Schmutzwasser langsam in den Boden sickerte. Er achtete darauf, daß es nur leicht geneigt war, damit das Wasser vom Boden innerhalb ihrer Zelle aufgesogen wurde und keine verdächtige Überschwemmung verursachte, die den Feind alarmieren würde. Brid hatte ihre lederne Kräutertasche auf dem Schoß und sichtete ihre Sammlung unzähliger Pflanzen und Wurzeln. Schließlich suchte sie eine kleine, vierblättrige Pflanze, ganz ähnlich einem Kleeblatt. Erstaunlicherweise war noch etwas schwarzer Saft in dem Stengel, welchen sie auf ihre Handfläche preßte, indem sie ihn zwischen den Fingern rollte. Mit dem Zeigefinger nahm Brid das tintenartige Sekret, um das Zeichen an ihrer Stirn zu erneuern. Leise flüsterte sie irgendein geheimes Gebet, dann malte sie das Zeichen feierlich neu. Dünn aufgetragen wurde der dunkle Pflanzensaft zu einer blauen Rune auf ihrer Haut.

Caspar erwartete, daß die blaue Farbe ihrer Schönheit einigen Abbruch tun würde, doch schien sie zu seiner Überraschung jener mysteriösen inneren Qualität von Anmut und Sinnlichkeit zu entsprechen. Sie war mehr als nur ein Mädchen mit runden, roten Lippen, großen, liebreizenden Augen und weicher Bronzehaut. Sie hatte Kraft und Weisheit. Sie war begabt und gescheit, was sie weit interessanter machte als all jene welkenden Blumen, die gewissenhaft an ihren Wandteppichen zupften und Angst davor hatten, aus dem Schatten der Burgmauern zu treten, weil die Sonne ihre lilienweiße Haut schädigen könnte.

»Brid?«

»Ja.«

»Nichts.«

»Nein, sag schon. Was wolltest du fragen?«

»Nein. Nichts. Es ist egal. Ich dachte nur gerade, daß zu Hause, auf der Burg, die Mädchen … ich meine, hat deine Mutter nichts dagegen, wenn du allein durch die Berge läufst?«

»Ich habe keine Mutter«, erwiderte Brid. Ihr sachlicher Tonfall verunsicherte die Jungen.

Das Mädchen ließ es dabei bewenden und stand auf, um nachzusehen, ob ihre Kleider trocken waren.

Da Brid nun so faszinierend schön war, stellte Caspar fest, daß seine Versuche, mit ihr zu sprechen, zu errötendem Stottern verkamen, und er gab sich Mühe, etwas Vernünftiges zu finden, was er sagen konnte, bis ihm ihr ausgerenkter Fuß einfiel. »Dein Knöchel, geht es besser? Tut er weh?«

Brid schob Hals langen Umhang an ihrem Unterschenkel hinauf, stützte sich auf einen Fuß, streckte die anderen Zehen und beschrieb mit ihnen langsam elegante Kreise. »Mmh, glaub schon. Solange die Muskeln entspannt bleiben, reißt nichts, und in ein paar Stunden fühlt es sich wieder normal an. Deinen sehe ich mir nochmal an, bevor die Sonne untergeht.«

Noch einmal forderte die jungfräuliche Priesterin die beiden Jungen auf, sich umzudrehen, damit sie einen sauberen, blauen Rock und ein weißes Oberteil anziehen konnte. Es war eng um ihre Taille geschnürt und ließ einen schlanken Leib erahnen, der eben erst begann, weibliche Rundungen zu entwickeln. Sie warf ihren alten, sackförmigen Kittel von sich, der ihre weichen Formen wie ein Zelt verborgen hatte, und fröhlich drehte sie sich einmal um sich selbst.

»So ist es besser, oder?« fragte sie neckisch. Sie brauchte keine Antwort, denn das Staunen in den Augen der Jungen sagte alles.

»Keine Schuhe?« Es war der einzig sichere Kommentar, den Caspar von sich geben konnte.

»Keine Schuhe«, bestätigte Brid. »Nun, ich konnte sie schließlich nicht in der Hand tragen, oder? Und mit dem Knöchel paßten sie mir ohnehin nicht.«

»Du solltest deine Göttin um welche bitten«, höhnte Hal.

Brid schien verletzt und wollte eine Weile lang nicht antworten. Sie beschäftigte sich mit Caspars schnell heilender Wunde, erneuerte den Breiumschlag und tastete vorsichtig nach Narbengewebe. Sie war ernst und schweigsam, dann antwortete sie barsch: »So geht es nicht, und das weißt du.«

»Ach?« stieß Hal hervor.

»Du kannst nicht einfach dreimal links um einen Mondstrahl tanzen und sagen: Kann ich bitte einen Eimer Gold bekommen, drei Wünsche und ein Königreich. Man muß sich um das bemühen, was man will, und es möglich machen. Die Götter sind keine einfachen Herren, und ihren Segen kann man nur für etwas erbitten, was möglich ist, und beten, daß sie es wahrscheinlich machen. Und wenn es einem mit der Bitte ernst und man seinem Gott treu ist, steigt die Wahrscheinlichkeit, daß das Gebet erhört wird. Statt um Wunder zu bitten, ist es besser, wenn man lernt, welche Gaben der Götter frei verfügbar sind, wie die Kräuter etwa.«

Plötzlich wurde Caspar klar, wie ernst es Brid mit ihrer Religion war. Er war überwältigt, unfähig etwas zu sagen, für den Fall, daß er ihre Gedanken unterbrach. Da Hal keinen spöttischen Kommentar über den Glauben des Mädchens abzugeben hatte, wurde sie ruhiger und widmete sich wieder Caspars Knöchel.

»Gut, er ist nicht entzündet. Es könnte weh tun, und du solltest damit nicht rennen und ihn auch nicht allzuviel bewegen, da die Wunde wieder aufbrechen könnte, aber ich fürchte, das wird sich heute nacht nicht vermeiden lassen.«

Dann wandte sie sich wieder Hal zu. »Sehen wir uns mal die Rippen an.«

Hal hob sein Hemd an und warf seinem Neffen über Brids Kopf hinweg einen lüsternen Blick zu, als sie ihre kühlen Hände auf seine nackte Brust legte. Caspar wandte sich ab, ignorierte Hals rüdes Benehmen. Er fand, Brid stünde über solchen Anzüglichkeiten und sollte mit mehr Respekt behandelt werden.

Sie versuchten zu schlafen, doch die Vorfreude hielt die Jungen wach. Brid kniete am Boden, sah zum Himmel auf und badete ihr Gesicht im silbrigen Licht des Mondes. Ihre Lippen bewegten sich wie zum Gebet. Eine Ewigkeit schien zu vergehen, bis sie seufzte und leise aufstand, um die anderen beiden Gefangenen anzustoßen.

»Es wird Zeit«, verkündete sie.

»Willst du nicht ein paar Runen schreiben oder um Hilfe beten?« fragte Caspar, der plötzlich fürchtete, sie könnten scheitern.

»Die Göttin hat mich, als ich geboren wurde, mit aller Hilfe gesegnet, die ich dafür benötige. Ich brauche keine Zauberkraft, nur Frauenkraft.« Sie band ihren Umhang um den Hals, warf jedoch die Falten über ihre Schultern, so daß ihre verlockende, mädchenhafte Gestalt deutlich zu sehen war. »Bereit?«

»Wie nie zuvor«, bestätigte Hal, der mit dem Rücken an der Pfahlwand hinter dem Eingang stand und den schweren Wassertrog mit beiden Händen hielt. »Oh … und viel Glück.«

»Danke. Jetzt geht's los.« Ihre Stimme wurde freundlicher und flehentlich, sanft wie Seide und einladend wie warmer Honig. »Scragg«, rief sie. »Scragg.«

Er wird sie ignorieren, dachte Caspar mit wachsendem Pessimismus. Er findet sie häßlich. Für sie macht er die Tür nicht auf. Er ist nicht dumm. Er weiß, daß es ein Trick ist.

»Scragg, ich weiß etwas, was du wissen solltest. Etwas über Kullak, das deinem Lord Morbak nicht gefallen wird«, improvisierte Brid. »Hör zu, Scragg. Ich weiß, daß er kein echter Priester ist, und du willst doch, daß er in Ungnade fällt, nicht?«

»Was spielst du für Spiel, häßliche Hexe?«

»Ich habe den Beweis. Mach die Tür auf, damit du es sehen kannst. Fürchtest du dich? Du großer Mann mit deiner Axt … fürchtest du dich vor einem Mädchen und zwei kleinen Jungen?« Hänselnd lächelte sie ihre Gefährten an.

»Das zahle ich ihr später heim«, flüsterte Hal.

Langsam knarrte der Verschlag, und als er sich bewegte, nahm Brid etwas Kleines in den Mund. Sorgsam schloß sie die Lippen, doch schluckte sie es nicht herunter. Die Tür aus groben Brettern, die mit Juteseil zusammengebunden waren, ächzte, als sie noch ein Stück weiter geöffnet wurde, und das Licht der Lagerfeuer fiel auf Brids sauberen Leib, blitzte in ihren Augen, ließ ihr Haar im Feuerschein erstrahlen. Jung, frisch, unschuldig stand sie einen Augenblick lang da. Zwar konnte Caspar den Vaalaker auf der anderen Seite der Tür nicht sehen, doch er konnte sich die erstaunte Miene des Mannes vorstellen, als er plötzlich Brids Schönheit gegenüberstand. Sie trat vor und hob die Hände langsam an ihr Oberteil, zog die Schnüre auf. Hinter der Tür kam Scraggs große Hand hervor und packte sie um die Hüfte, riß sie durch die Tür, so daß sie nicht mehr zu sehen war.

Ein Drang, der Jungfrau zu helfen, explodierte in Caspar, und er sprang vor, um ihr zu folgen, doch Hal drückte ihn wieder an die Wand zurück.

»Halt dich an den Plan«, zischte Hal zwischen zusammengebissenen Zähnen hindurch. »Schließlich war es ihre Idee, und sie wird schon zurechtkommen.«

Widerwillig hielt Caspar still, wartete, lauschte und haßte

sich dafür, daß er dem Mädchen erlaubt hatte, sich seinetwegen in solche Gefahr zu begeben. Fünf Minuten schienen wie eine Ewigkeit, doch sie hatte gesagt, daß es so lange dauern würde. Endlich hörten sie ein Klappern, als der Riegel zurückgeschoben wurde. Die Seilscharniere knarrten, als Hal und Caspar durch die Lücke in die Nacht hinaus traten.

»Ist er tot?« fragte Caspar voller Hoffnung, als er den am Boden liegenden Scragg im Schatten betrachtete, zwischen dessen Lippen rötlichschwarze Flüssigkeit hervortrat.

»Nein.« Brids Stimme klang ungeduldig, während sie ihr Oberteil verknotete. »Er kommt gleich wieder zu sich, also zieh ihm dieses Faß kräftig über den Schädel. Ich konnte nur sehr wenig Beeren nehmen, für den Fall, daß ich sie selbst schlucken müßte«, erklärte sie und half, den Mann in das Gefängnis zu zerren. »Eibenbeeren sind viel zu gefährlich.«

Scragg war weit schwerer als erwartet, so daß Hal und Caspar je einen Arm nahmen und ihn hinter die Pfahlwand schleppten. Es lag etwas höchst Befriedigendes darin, daß der üble Vaalaker Brids Kräuterkunst zum Opfer fiel. Ein Klumpen roten Blutes klebte an seinem Ohr, wo Hal ein Stück vom Ohrläppchen abgehauen hatte. Als Scragg sicher drinnen war, bückte sich Hal nach der Axt des Nordmanns. Einen Moment lang hielt er die Klinge an Scraggs ungeschützte Halsschlagader, aber er entspannte sich dann und ließ die Axt sinken.

»Ich dachte eben, ein Vaalaker weniger wäre sicher gut, aber irgendwie kann ich es nicht tun, solange er so wehrlos ist«, erklärte Hal bedauernd. »Aber ich behalte seine Axt.«

»Beeilt euch«, drängte Brid von ihrem Wachposten draußen vor dem Gefängnis. »Schnell, bevor jemand kommt.« Die Jungen schlichen hinaus und sicherten die Tür. »Denkt daran, bleibt im Schatten, und falls wir getrennt werden, lauft zu den Bäumen.«

Auf Händen und Knien krochen sie außen um das Gefängnis herum, Hal als erster und Caspar als Nachhut. Vor ihnen lag eine freie Fläche, zwanzig Schritte ohne Deckung bis zu einer Reihe von Zelten, die ordentlich in der Erde verankert waren. Hal ging zuerst. Gebückt hastete er hinüber und versank in den Schatten der Zelte. Brid und schließlich Caspar folgten ihm. Einzig die Stille war ihr Freund, als sie die Zelte aus Rentierhäuten betrachteten.

»Welches Zelt ist es?« flüsterte Hal so leise er nur konnte.

Caspars Hand war im hellen Mondlicht von gespenstischem Weiß, als er auf das runde Zelt am Rand der Gruppe deutete.

Überrascht sah Hal ihn an. »Woher weißt du das?«

»Ich habe Brid gefragt.«

Ein trostloser Schauer durchfuhr den braunhaarigen Jungen, als er merkte, daß er die pulsierende Kraft des Mondsteins deutlich spüren konnte. Es war unnatürlich. Wieso sollte er dazu in der Lage sein, Hal aber nicht?

Still und hell lag die Herbstnacht im Licht des Mondes, und der kleinere Junge fühlte sich immer seltsamer, als sie zu Rotbarts Zelt hinüberschlichen. Zumindest vertuschten das Schnarchen der schlafenden Vaalaker und das Stöhnen der angeketteten Trolle alle Geräusche, die sie machten. Als sie beim Zelt ankamen, stahl sich weißes Licht durch die Ritzen in den stramm gespannten Rentierhäuten, und Caspar schien es, als streckte das weiße Licht die Finger nach ihm aus. Brid drehte sich um, hielt einen Finger an die Lippen, warnte sie unnötigerweise, still zu sein, als sie die beiden zu Boden winkte. Caspar preßte sein Gesicht auf die Erde, als ihn das Rasseln einer Trollkette erschreckte. Sein Herz schlug an die Rippen, und er hielt die Luft an, wartete darauf, daß der Lärm die Wache weckte. Als er wieder aufsah, war Brid verschwunden.

»Sie ist im Zelt. Eben ist sie reingegangen«, zischte Hal. »Sie ist verrückt. Man wird uns noch die Kehlen durchschneiden.«

Caspars Herz schien auszusetzen, und er spannte alle Muskeln an. Er konnte sie nicht einfach allein ins Zelt gehen lassen. Hal packte ihn beim Handgelenk und zog ihn zu Boden. Da erst wurde dem Jungen klar, daß er vorwärts gekrochen war.

»Allein ist sie sicherer. Sie huscht leise wie ein Schatten.«

Caspar lauschte angestrengt, ob etwas aus Rotbarts Zelt zu hören war, doch ging alles im grollenden Grunzen der Trolle unter. Er hielt die Luft an, und jetzt schon schien es ihm, als sei sie eine Ewigkeit dort drinnen gewesen. Er fragte sich, ob sie mit den tödlichen Beeren bewaffnet war, als plötzlich ein tiefer, rauher Aufschrei aus dem Zelt die Jungen alarmierte: Rotbart war wach. Ein Stöhnen war zu hören, dann Stille und schließlich ein tiefes, männliches Seufzen der Zufriedenheit. Offenbar hat Brid ihr Oberteil erneut gelöst, dachte der Junge, und ein unangenehmes Gefühl machte sich in seiner Magengrube breit.

Das Licht im Zelt tat einen Ruck und schwang im Bogen herum. Auf einen dumpfen Schlag folgte ein erstickter Schrei, dann wieder ein dumpfer Schlag. Dann Stille.

»Mein Gott, was ist passiert?« murmelte Hal, doch Caspar war schon auf den Beinen, humpelte eilig zum Zelteingang. Brids weiches Gesicht lächelte ihn an, und er spürte eine tiefe Erleichterung. Sie zog die Träger ihres Hemdchens fest, verhüllte den weißen Brustansatz und schob sich an dem Jungen vorbei, wobei sie den Lederriemen des Mondsteins fest in der Hand hielt, der zu glitzern schien. Der erstickte Schrei des Vaalakers rief einiges Brummen in den umliegenden Zelten hervor.

»Kommt, schnell. Verschwinden wir.« Sie war außer Atem.

Caspar spähte weit ins Zelt hinein und sah undeutlich den mächtigen Wanst des barbrüstigen Vaalakers, der auf einem Haufen von Fellen lag. An seiner Stirn klaffte eine Wunde, aus der Blut rann. Der Junge war sprachlos. Mein Gott, sie hat ihn mit dem Stein geschlagen … sie hat ihm eins über den Schädel gegeben. Aber sie ist so winzig und nur ein Mädchen: Wie konnte sie das schaffen?

Brids sanfte Stimme klang an seinem Ohr. »Ich habe ihn überrascht«, flüsterte sie, als könnte sie die Gedanken des Jungen lesen. »Jetzt komm, verschwinden wir.«

Geräuschlos sprang sie mit ihren nackten Füßen zwischen den Zelten hindurch, wich den Seilen aus, die zwischen den Häuten gespannt waren und die zerbrechlichen Bauten gegen den Wind schützten. Das Licht des Mondsteins war in ihre Röcke eingerollt. Hal und Caspar gaben sich alle Mühe, lautlos zu laufen, schlichen ihr nach, pirschten durch die dunklen Schatten zwischen den Zelten und hielten sich vom grellen Licht des Mondes fern. Brid war schon jenseits des Lagers und lief über die Heide, als Caspar über ein Seil stolperte und laut und schwer zu Boden stürzte. Ein Troll sprang auf. Das rauhe Rasseln seiner Kette, die durch einen Ring lief, hallte durch die Nacht.

»Das war's. Lauf los, Spar«, rief Hal. »Lauf um dein Leben.«

Er schaffte es zum Rand des Lagers und in den Schutz von Farn und Dornensträuchern, als die ersten wütenden Schreie der vaalakischen Spione durch die Nacht kreischten. Ein scharfes Stechen im Knöchel zwang ihn, schwerfällig zu humpeln, als er den anderen beiden eilig nachlief. Der Boden war von Brombeersträuchern bedeckt, in denen sich seine Füße verfingen und die ihm die Schienbeine aufrissen. Wir schaffen es, sagte er sich immer wieder, während er sah, wie die beiden anderen vorausliefen. Die Barbaren sind vom Schlaf noch ganz benommen. Wir haben noch ein paar Minuten: Wir schaffen es ins schützende Dickicht des Waldes.

Ein Horn gellte durch die Nacht. Es klang so harsch und wild, daß es den kalten Fels erschüttern und aus seinem endlosen Schlaf reißen konnte. Es ging zur Jagd. Ein Klirren von Metall bedeutete, daß die Männer ihre Waffen gefunden hatten, und nun war das Lager hellwach, alles schrie und brüllte. Immer wieder knickte Caspars verletzter Knöchel unter ihm weg. Mit steifem Bein hüpfte er und schleppte sich voran. Die Schreie wurden immer lauter, je näher sie ihm kamen. Warum hatte er auf Brid gehört? Das war doch Wahnsinn. Ein Armbrustbolzen hatte ihn bereits getroffen, und er wollte nicht, daß der nächste seine Wirbelsäule zwischen den Schulterblättern durchschlug.

Aus der Menge des Gebrülls wurden einzelne Schreie, als die schnelleren Männer über Wurzeln und Stümpfe durchs feuchte Farnkraut sprangen. Sie sind nah, dachte Caspar, ganz nah. Jetzt konnte er weder Brid noch Hal sehen. Sie waren mit den Schatten der Nacht eins geworden. Bitte, lieber Gott, laß sie es schaffen. Laß sie entkommen. Und bei dem Gedanken an Brid fügte er hinzu: Mutter Göttin, steh ihr bei. Er wußte, daß es ein ketzerischer Gedanke war, doch bezweifelte er, daß sein eigener Gott einer heidnischen Priesterin beistehen würde. Vielleicht hatte Hal recht: Vielleicht glaubte er – seit er um ihre Schönheit wußte – nicht mehr, daß sie Bosheit in sich tragen würde, obwohl sie eine Heidin war.

Schwere Schritte ließen den Boden gleich hinter ihm erbeben und drängten Caspar zu einem allerletzten Anlauf. Er sah sich nicht mal um. Er hörte den Vaalaker ächzen, eine eisenharte Faust schloß sich um sein Bein, und eine andere krallte sich in seine Kleider, riß ihn zu Boden. Caspar trat dem Mann den gestiefelten Absatz seines gesunden Beins

ins Gesicht, welches er mit befriedigendem Knirschen traf. Der Griff des Vaalakers löste sich gerade so weit, daß Caspar auf Händen und Knien davonkriechen konnte, wobei er rückwärts nach seinem Verfolger austrat. Doch der Mann war schwer und kräftig und machte sich über ihn her, rollte ihn zur Seite und hielt ihn am Boden fest. Der Geruch seines dampfenden Atems schwallte über Caspars Gesicht. Der Junge wurde am Hals zu Boden gedrückt, doch er schlug noch immer mit allen Gliedern um sich, warf den Kopf hin und her. In einem Augenblick, der ewig zu dauern schien, sah Caspar die Silhouette des Mannes, als dieser mit dem Arm ausholte und sich für einen harten Hieb an Caspars Kopf bereitmachte. Eben noch starrte der Kopf auf ihn herab, die Augen – glühend vor Wahn und Mordgier – versprachen ihm den Tod, und plötzlich donnerten Hufe und blitzte Metall auf, und der Kopf flog wirbelnd durch die Luft. Eine Blutfontäne spritzte aus dem Stumpf des Halses, bevor die Leiche auf ihn sackte.

Schwer hatte Caspar mit dem kopflosen Gewicht des Vaalakers zu kämpfen, doch er schaffte es endlich, den Toten von sich zu rollen. Er kämpfte sich auf die Beine und sah die Flanke eines gelben Pferdes im Mondlicht schimmern. Es drehte sich auf seinen Hinterläufen, und ein silberner Blitz spiegelte das Mondlicht auf einer glatten Klinge. Das Pferd galoppierte wieder in seine Richtung.

»Auf die Beine, Spar!« rief Hal über den Lärm der anrückenden Vaalaker hinweg. Die Zügel waren verknotet, was es Hal ermöglichte, die furchteinflößende Waffe in einer Hand zu halten und dennoch für Caspar eine Hand frei zu haben. Er galoppierte direkt auf seinen Neffen zu, senkte seinen Arm, um ihn zu fangen, und packte Caspar – ohne Zeit zu verlieren – bei den ausgestreckten Handgelenken. Hals Finger gruben sich tief in den Unterarm des Neffen, aber der Jüngere war immer noch nicht überzeugt davon, daß sein Onkel kräftig genug wäre, ihn zu halten. Zwei Sprünge weit peitschten seine Füße durch das Farnkraut, und er schlug gegen die Flanke des Pferdes, doch schließlich bekam er sein Bein hoch genug, daß er Hals Fuß fand. Er nahm den Stiefel seines Onkels als Steigbügel und schwang sich hinter ihm auf den weichen Rücken des galoppierenden Pferdes.

Mit beiden Armen um Hals Hüften kehrte Caspars Zuversicht zurück, nicht zuletzt ausgelöst durch die Begeisterung, auf dem Rücken eines Pferdes zu sitzen. Das Roß unter ihnen machte lange, gleichmäßige Schritte, donnerte durchs Unterholz, ungeachtet jeglichen Dorngestrüpps und Stechginsters, und der Fluchtinstinkt des Tieres zahlte sich aus. Es war ein schwerknochiges Pferd mit ausgeprägten Muskeln, das eher für Kraft und Ausdauer gezüchtet war, nicht so sehr für Geschwindigkeit. Es war ein echtes Bergpferd mit stämmigen Beinen und einem breiten Rücken, der den Ritt zumindest bequem gestaltete. Caspars eigenes Pferd war ein heißblütiges Tier aus den Steppen des Südens, dessen Galopp wie ein Blitz war – im Gegensatz zum Donner dieses Tieres – dessen zarte Hufe zum Lied seines ganz eigenen Gottes tanzten – des Windgottes, dem es leidenschaftlich folgte.

Die Bäume ragten aus der pechschwarzen Nacht auf, und Caspar war dankbar für Brids hellen Mond. Sie hatten die vaalakischen Soldaten abgehängt, ein Stück freier Fläche vergleichsweise leicht hinter sich gebracht, doch ein Galopp im Dunkeln durch unbekannte Wälder wäre mehr als gefährlich. Hal saß aufrecht und zügelte das Roß von sanftem Galopp zu einem Trott, was Caspar in seiner unsicheren Position auf dem Rücken des Pferdes auf und nieder hüpfen ließ. Caspar knirschte mit den Zähnen, damit er sich nicht auf die Zunge biß, weil sein Unterkiefer zum Trott des Tieres klapperte. Ein sanfter Druck von Hals Unterschenkeln drängte das Roß in die rhythmischen, lockeren Bewegungen eines Kanters. Mit eingezogenen Köpfen stürzten sie sich in den Schutz der Weißbirken, hielten sich nah an der stampfenden Schulter des Pferdes, um herabhängenden Zweigen auszuweichen, die bedrohlich nah vorüberpeitschten.

»Wohin jetzt? Wo ist Brid?« fragte Caspar.

»Ich weiß es nicht. Sie hat gesagt, sie wollte Hilfe holen und wir sollten mitten in den Wald reiten«, erklärte Hal. »Haben wir sie schon abgehängt?«

Als Caspar seinen Kopf umdrehte, sah er nichts als weiße Birkenstämme, die sich hinter ihnen zu einer fahlen Masse aus Holz verbanden. Der Aufruhr wütender Vaalaker war jedoch trotz des gedämpften Stampfens der Pferdehufe auf dem modernden Laub deutlich auszumachen. »Nein. Ich kann sie nicht sehen, aber ich kann sie hören. Reite weiter!«

Je tiefer sie in den Wald drangen, desto dichter schloß sich das Dach der Äste über ihnen, sperrte das gelblich-weiße Mondlicht aus, und nur gelegentlich fiel schmales, graues Licht bis auf den Waldboden. Die Dunkelheit zwang sie zu einem zögerlichen Schritt, aus Angst davor, daß sie Äste übersahen, die ihnen im Wege hingen. Bei dieser Geschwindigkeit vergrößerten sie den Abstand zwischen sich und den Vaalakern nicht mehr. Caspar spürte, wie die Spannung in seinem Rücken prickelte, als er sich die Nordmänner vorstellte, die sich durch das Unterholz hackten und dabei ihre großen, scharfen Äxte schwangen.

»Können wir nicht etwas schneller?« flehte Caspar.

»Ich tu mein Bestes«, fuhr Hal ihn an und ließ dem gespenstisch weißen Hengst die Zügel schleifen, damit er sich selbst einen Weg durch die Bäume suchen konnte. Das Tier beurteilte Entfernungen sehr gut für sich allein, interessierte sich aber nicht sonderlich für die Menschen auf seinem Rücken. Die hängenden Äste strichen leicht über seine Ohren, doch über die gebeugten Rücken der beiden Jungen scharrten sie gnadenlos hinweg. Jedesmal, wenn der helle Hengst seinen Leib um den borkigen Stamm eines Baumes schob, vergaß er unweigerlich, Platz für die knochigen Knie der Jungen zu lassen.

»Glaubst du, wir reiten in die richtige Richtung?« fragte Caspar nach einigen Minuten des Schweigens, in denen seine Ohren fein auf das säbelrasselnde Geschrei der sie verfolgenden Vaalaker ausgerichtet waren. »Was ist, wenn wir Brid nicht finden können? Bist du sicher, daß sie entkommen ist?«

»Absolut. Sie ist auf einem Pferd verschwunden, das genau wie dieses war. Hoffen wir nur, daß sie uns vergessen hat, hm?« Hals Stimme triefte vor Sarkasmus. »Und woher will sie hier draußen Hilfe holen?«

»Ich glaube, sie holen auf.«

»Wir können nicht schneller, ohne uns den Hals zu brechen.« Und als wollte er betonen, daß der Wald kein sanfter Riese war, der dieses rüde Eindringen tolerierte, riß ein langer, knorriger Ast an Hals Kleidern und peitschte seinem Neffen ins Gesicht. »Au! Man kann nicht ohne Rücksicht auf Bäume und Äste durch einen Wald galoppieren.«

»Die Vaalaker werden uns auch nicht mit mehr Respekt behandeln.«

Sie hat den Mondstein, dachte Caspar. Vielleicht wollte sie nur den Mondstein … Dann kam ihm ein noch schlimmerer Gedanke: Vielleicht hatten die Vaalaker sie gefangen.

Hal ignorierte sein stetiges Fragen, konzentrierte sich nur auf den Lärm ihrer Stiefel.

»Glaubst du, das Pferd kann im Dunkeln besser sehen als wir?« Caspar zuckte zusammen, als der nächste Ast über seinen Oberschenkel scheuerte und die trockenen, unteren Zweige brachen. Schwarze Schatten ragten in der Dunkelheit auf. Gesichter starrten aus den warzengleichen Astknorren der Bäume. Finger und Arme aus Wurzeln und Schößlingen streckten sich ihnen aus der Erde entgegen wie Leichen, die aus ihren Gräbern stiegen. »Wenn uns die Vaalaker nicht kriegen, dann kriegt uns der Wald. Eine seltsame Stimmung herrscht in diesem Wald, und ich habe es nicht gern, wenn ich nicht sehen kann.«

Plötzlich kam der Hengst rutschend zum Stehen und wich unruhig zurück, obwohl die Jungen ihre Fersen gnadenlos in seine Seiten hieben. Das grelle Rot zweier Augen blitzte vor ihnen auf, fing sich im Mondlicht, dann verschwand es in der Dunkelheit. Das Pferd schnaubte nervös. Dort draußen lauerte einer seiner natürlichen Feinde, und keinerlei Ermutigung konnte es vorantreiben. Dann funkelte sie von irgendwo links ein weiteres Paar runder Augen an. Und noch eines. Bei dem gedämpften Tappen weicher Pfoten, die leise über das Laub am Boden liefen, sträubten sich Caspar die Nackenhaare, da er spürte, daß sie überall um sie herum waren. Ein großes Tier brach aus der Finsternis eines Busches hervor und kreuzte ihren Weg, bis es wieder im Schwarz des Dickichts verschwand.

»Wölfe«, flüsterte Hal. Caspar spürte, wie sich die Muskeln am Arm seines Onkels spannten, als sich seine Hand um den Griff der gestohlenen, vaalakischen Axt schloß. Bergwölfe genossen unter denen, die in den Gelben Bergen aufgewachsen waren, einen furchteinflößenden Ruf. Jedes Kind der Berge hatte ruhelose Nächte gehabt, wenn es die gruseligen Geschichten von diesen großen Tieren hörte, die Lämmer von den Weiden und Säuglinge aus den Krippen raubten.

Die Wölfe schienen sie jedoch passiert zu haben und streiften in stiller Jagd nun hinter ihnen durch den Wald.

»Was tun sie?« keuchte Caspar.

Als er dem Rascheln der Blätter lauschte, welche die Wölfe mit ihren weichen Pfoten zerstreuten, dämmerte es Caspar, daß ihr Vorgehen einem Muster folgte. Die Wölfe kamen aus allen Teilen des Waldes und bewegten sich zügig allesamt auf die Vaalaker zu.

Das Getöse der ihnen folgenden Vaalaker erstarb in einem Schrei, der einem das Blut gerinnen ließ, ein Schrei, der zu vielen Schreien wurde. Caspar wurde klar, daß Brids Hilfe eingetroffen war. Das fleischfressende Rudel fiel über die heranstürmenden Vaalaker her, und ein grauenvolles Knurren und Reißen hob an, alptraumhaftes Menschengeschrei mischte sich mit dem sabbernden Geknurr der wölfischen Legionen und ließ keinerlei Zweifel daran, daß die Zahl der Feinde sank. Urplötzlich endeten die Schreie: Was folgte, war Totenstille.

In einiger Entfernung huschte eine fahle Gestalt hinter den schwarzen Baumstämmen hervor, und der Hengst unter ihnen wieherte, als er sie erkannte, machte nun längere Schritte. Schon kam wieder Leben in den Wald, und Schemen bewegten sich zielstrebig. Wölfe sammelten sich um die dunkle Gestalt eines Pferdes, als dieses auf eine freie Stelle hinaustrat, die ein vom Blitz getroffener Baum geschaffen hatte.

Hier drang das helle Mondlicht durch das dicke Dach der Äste, fiel auf Brids Haar und auf ihr Gesicht. Das mächtige Pferd, auf dem sie saß, tänzelte im Lichtkreis, das Pendant des Pferdes, auf dem Hal und er ritten. Es fiel Caspar leicht zu glauben, daß sie tatsächlich von den Göttern gesegnet war.

Sie hob einen Arm zum Gruß und winkte sie herüber. »Vor uns liegt ein Pfad.« Mit einem Ruck seines langen, weißen Schweifes galoppierte ihr Pferd davon. Hal und Caspar hatten es nicht leicht, ihr auf den Fersen zu bleiben. Das Trappeln hetzender Wölfe folgte ihnen auf dem Fuße.

KAPITEL 11

Sie galoppierten westwärts, fort vom lederfarbenen Licht der Morgendämmerung, die flüsternd anbrach und den schlummernden Wald kaum störte. Ein Nieseln, das vom grauen Himmel kam, neckte die trockenen, kupferfarbenen Blätter der Eichen. Eine Phalanx von Wölfen trabte neben ihnen, lief Gefahr, von den schweren Hinterhufen des Hengstes getroffen zu werden, der austrat, wenn das fleischfressende Rudel zu nah kam. Caspar war ausgesprochen erleichtert, als das letzte zottelmähnige Tier lautlos im dunklen Wald verschwand.

Schließlich zügelte Brid ihr Pferd in einen weniger ermüdenden Tritt. Einige Schritte noch trabte sie den schmalen Pfad entlang, dann schob sie sich ins Dickicht der Bäume zu ihrer Rechten. Dort schnitt ein Weg eine Schneise durch den Wald, hinauf zum Kamm einer Anhöhe, wo sie sich oberhalb der umliegenden Bäume befanden. Der Horizont im Süden schwang sich zu den gezackten Gipfeln der Gelben Berge auf, und im Norden konnten sie sehen, wo die bedrohlichen Klippen der Drachenwüste die südliche Grenze von Vaalaka markierten. Zwischen den beiden Bergketten schmiegte sich der Wald der Länge nach ins Tal des Geisterflusses. Gelegentlich ragte eine immergrüne Tanne hoch aus dem Meer trockener Laubbäume auf. Die dunkle Spur des Grasweges verlief – so weit das Auge reichte – schnurgerade, stieg und fiel mit der hügeligen Landschaft.

Brid war im Wald verschwunden.

Die Jungen fanden sie schnell. Sie wartete geduldig und ließ ihrem Pferd die lange Leine, damit das Reittier etwas von dem besonders schmackhaften Grünzeug knabbern konnte, das aus den Wurzeln einer Rotbuche sproß.

»Hier entlang ist eine Lichtung«, sagte sie schlicht. »Wir rasten und lassen die Pferde ruhen.«

Sie glitt herab und suchte sich einen Weg zwischen den Bäumen hindurch, hielt die Stute hinter sich. Das Unterholz war zu dicht, und die Äste hingen zu tief, um auf dem Pferd bleiben zu können, also stiegen Hal und Caspar beide ab. Caspar achtete darauf, daß er auf seinem gesunden Fuß landete und humpelte den anderen hinterher.

»Woher weißt du, daß da eine Lichtung kommt?« fragte er verwundert. »Wir sind weit weg von zu Hause.«

»Von eurem Zuhause vielleicht.« Wie üblich gab Brid Informationen freiwillig nur von sich, wenn man drängte, und dieses war nun ihre ganze, unzureichende Antwort.

»Ich dachte, du lebst in den Bergen …«

»Tu ich auch.«

»Nun, wovon redest du dann?« stieß Hal zänkisch hervor, da er sich über die wirkungslosen Fragen seines Neffen und die lakonischen Antworten des Mädchens ärgerte.

»Zu Hause«, sagte sie düster, »ist alles westlich vom Silberfluß. Ich habe Freunde in den Bergen und Freunde im Wald. Und Morrigwen wohnt nur einen Tagesritt von hier. Selbstverständlich hat sie uns die Wölfe und Pferde geschickt.«

»Selbstverständlich«, wiederholte Hal sarkastisch.

»Aber woher weißt du, daß dort hinten eine Lichtung ist?« wiederholte Caspar.

Brid seufzte. »Wir folgen einer uralten Route. Mutter Erde besitzt zahlreiche Kraftlinien, die ihre Energiezentren miteinander verbinden: Dieses ist eine davon, und ich kann die Kraft in der Erde fühlen … spüren. Außerdem«, fügte sie pragmatischer hinzu, »habe ich die Edeltannen von der letzten Anhöhe aus gesehen.«

Tatsächlich gab es dort eine Lichtung. Aber Caspar spürte keine besondere Aura oder Ausstrahlung an diesem Ort. Die Tannen mit ihren eisig-grünen Zweigen und berstenden Zapfen bildeten einen Kreis, allzu perfekt symmetrisch, als daß er natürlichen Ursprungs sein konnte. In der Mitte der Lichtung stand ein einsames Exemplar, breiter als alle anderen, ragte wie ein Kirchturm zum Himmel auf.

»Wenn das Licht besser ist, sehen wir uns von oben mal um, aber erst müssen wir uns etwas ausruhen und essen«, verkündete Brid auf ihre bestimmende Art.

»Du willst da raufklettern?« fragte Hal ungläubig. »Ich denke, so was solltest du besser Spar und mir überlassen.«

»Eigentlich ist es mir egal, was du denkst. Spar geht mit seinem Knöchel nirgendwohin, und am allerwenigsten treibt er sich auf Bäumen herum. Und was dich angeht: Du wüßtest nicht mal, wonach du suchen solltest.«

»Wonach suchst du denn?« wollte Hal wissen und schien von Brids scharfem Ton verunsichert.

»Sag ich doch!« erwiderte das Mädchen, als hätte Hal eben ihr Argument gestützt. Doch die beiden Jungen starrten sie voller Erwartung an, bis sie sich auf eine Erklärung einließ. »Na gut.« Sie hob die Hände wie zur Kapitulation, und dann wischte sie gedankenverloren eine Locke aus ihrem Gesicht. »Die Bäume sind an besonderer Stelle gepflanzt. Wir sind hier weit oben, und die Edeltannen wachsen höher als die anderen Bäume. Also kann ich von hier vieles sehen: wo die Wölfe jagen, wo das Wild läuft, ob sich ein Sturm zusammenbraut. Im Moment kann ich sehen, ob vaalakische Spione den Wölfen entkommen sind und ob sie unsere Fährte aufgenommen haben.«

»Reiten wir nicht in die falsche Richtung?« fragte Hal. »Wir wären vor dem Feind doch sicherer, wenn wir südlich in die Gelben Berge und dann zurück nach Torra Alta reiten würden, oder nicht? Außerdem dürfte sich Branwolf schreckliche Sorgen machen ... na ja, zumindest um Spar.«

»Ihr habt mir versprochen, daß ihr helft, die Mutter zu finden.«

»Aber jetzt hast du den Mondstein. Reicht das nicht?«

Sie schüttelte den Kopf, und wie eine hübsche Jungfer im Märchen senkte sie den Blick. Im Licht, das von der marmornen Oberfläche des Mondsteins kam, waren ihre Augen strahlend schön, doch als sie zu Boden sah, schien das Strahlen auf den Stein überzugehen. Vorsichtig legte sie ihre Hand darauf; die cremeweißen Muster riffelten beiseite und gaben einen klaren Teich preis, der schimmerte, als flüstere der Wind darüber. Dann beruhigten sich die kleinen Wellen, und die nebligen Muster wurden klarer. Plötzlich starrte sie das uralte Gesicht einer weißhaarigen Frau mit blauen, weitblickenden Augen an. Hal konnte sehen, daß sich die trockenen Lippen der Frau bewegten, als spräche sie, doch er hörte nichts. Dann nickte Brid ihr zu und zog ihre Hand von der Kugel zurück. Das Bild wurde von weißen, wirbelnden Mustern geschluckt, als wäre eben Seenebel vom Meer hereingetrieben und hüllte das Land ein.

»Wer war das? Ist *das* die Mutter?« fragte der kleinere Junge. »Und was hat das alles mit uns zu tun?«

»Natürlich ist das nicht die Mutter«, fuhr Brid ihn an. »Darum geht es doch: Ich kann sie nicht erreichen. Sie ist der Anderwelt zu nah. Aber Spar kann es. Sieh doch!« Sie nahm Caspars Hand und drückte sie auf den Mondstein.

Stechender Schmerz ließ den Jungen seine Muskeln spannen. Sengende Hitze – wie die Spitze eines glühenden Brandeisens – verschmorte seine Nerven und brannte mit weißglühender Energie in seinem Hirn. Wütend wirbelte die weiße Flüssigkeit wie ein Sturm über die Oberfläche des Mondsteins und klarte dann zu mattem Glanz auf, der den

Anblick jener mysteriösen, rothaarigen Frau erneut verschleierte. Ihr Mund stand wie zu einem erstarrten Schrei offen, zeigte ihre blaue Zunge und die blutleeren Lippen. Gräßlich starrten die Augen vor Schmerz … ein tiefer, alles umfassender Schmerz, der an ihrem ganzen Wesen zerrte. Ihr Mund bewegte sich nicht, doch konnte Caspar ein Rauschen hören, wie ein Wasserfall in einem fernen Traum, seltsam unzusammenhängend, als wären sein Geist und sein Körper weit getrennt. Es war ein Geräusch, das er erst einmal zuvor gehört hatte, und zwar bei dem Versuch, sein Fohlen zuzureiten. Er war abgeworfen worden, und die scharfen Hufe des Tieres hatten ihm an den ungeschützten Kopf getreten. Die Außenwelt war augenblicklich leer und geräuschlos geworden, bis er wieder zu sich kam und eben dieses Rauschen hörte.

»Sie ist tot.« Unsagbare Trauer lag in Brids Stimme. »Sie ist tot. Es ist zu spät. Sie ist schon auf der anderen Seite. Alles ist verloren.«

Caspar blickte tiefer in die starren Augen der Frau, die wie kalte, harte Saphire in ihrem diamantförmigen Gesicht waren. Sie starrten ihn an, reglos und matt. Das Rauschen von Wasser schwoll zu einem Tosen an, welches in seinen Ohren pochte, als würde er mit einem Hammer geprügelt. Er fühlte sich, als wäre er im Inneren einer riesigen Glocke gefangen, die ein Totengeläut anstimmte. Von irgendwo jedoch fing er ein denkbar leises Wispern auf, wie ein Hauch von frischer Luft. Die Augen – er war sicher, ja – die Augen, er fühlte, daß sie nach seiner Seele suchten, ihn durchdrangen, als wäre er das Leben selbst, auf der Suche nach der Wärme des Lebens. Er spürte, wie diese Augen an seiner Seele sogen, als eine schreckliche, kriechende Kälte die Wärme aus dem Mark seiner Knochen zog. Es war, als würde ein Parasit sein Blut aussaugen. Dann war er wieder da: der warme Atem eines

Flüsterns. Sprach jemand mit ihm? Er konnte es nicht sagen. Es war wie ein weit entfernter Schrei, ein Flehen. *Hilf mir. Du bist mein Leben. Hilf mir. Hilf mir.* Plötzlich brach die reale Welt in seine Wahrnehmung ein. Alles war erschreckend lebendig und unwiderstehlich nah nach der Unwirklichkeit der Traumwelt in diesem Mondstein.

Hal rief etwas, schrie ihn an. »Laß los! Laß los!«

Caspar sah seinen Onkel an. Sein sommersprossiges Gesicht war das eines Dummkopfs, den die Komplexität menschlicher Sprache verwirrte. Stumpfsinnig starrte er auf seine Hände. Sie waren weiß – ein kränklich rotes Weiß, und Krämpfe überzogen die Handrücken, da sich seine Finger um die Kugel krallten. Panisch versuchte sein Onkel, sie ihm zu entreißen. Mit einem Ruck ließen seine Finger los, und ungläubig stierte der Junge die Enden seiner tauben Finger an. Er spürte keinen Schmerz, konnte sie jedoch nicht bewegen, und sie waren weiß wie Schnee, dachte er hilflos.

»Oh, Mutter«, keuchte Brid. »Erfrierungen.«

»Sie ist nicht tot«, konnte Caspar nur sagen. »Sie ist nicht tot. Ich habe ihren Blick gespürt. Sie hat mich angesehen.«

Leise Tränen liefen über Brids Wangen, doch als Caspar sprach, stürzte sie sich fast wütend auf seine Worte. »Was hat sie gesagt?«

»Um Himmels willen, er hat Erfrierungen«, warf Hal ein. Zornig starrte er auf das kleinere Mädchen herab, das schließlich nachgab.

Zärtlich streckte sie die Hände nach Caspars Handgelenken aus und drehte die Handflächen nach oben, um sich die Fingerspitzen anzusehen. »Sie ist dem Tod so nah, daß sie Lebenskraft aus dir ziehen muß. Hal, zünde schnell ein Feuer an. Wir müssen ihn wärmen, dann kann ich die Erfrierungen heilen.«

»Nekromantie!« fluchte Hal angewidert. »Wir ringen mit

den bösen Geistern des Teufels. Wir können unser Versprechen nicht halten. Wir müssen nach Torra Alta zurück.«

»Du kannst gehen, Spar aber nicht.«

»Ohne meinen Neffen gehe ich nirgendwohin. Ich trage die Verantwortung für ihn, und ganz sicher werde ich ihn nicht in den Händen einer Teufelsanbeterin zurücklassen. Was hat dieser böse Stein mit Spar zu tun? Warum hat er so schreckliche Macht über ihn?«

»Weißt du es denn nicht?« fragte Brid. Dann sah sie Caspar bedauernd an und schüttelte den Kopf. Sie holte tief Luft, als wollte sie etwas sagen, doch dann atmete sie mit einem entschlossenen Seufzer aus. Sie zuckte mit den Achseln und sagte leichthin: »Es ist der Stein aus dem Herzen von Torra Alta. Er ist ein Geschenk der Göttin an die Burg, ein Zeichen dafür, daß sie der Festung ihren Schutz zusagt, als Dank für eure Verehrung. Spar kann es fühlen, weil er der rechtmäßige Erbe ist. Der Stein gehört ihm und sonst niemandem.«

»Dann also natürlich auch Branwolf«, fügte Hal hinzu.

Brid antwortete nicht, sondern wandte sich um und sah den erschrockenen Jungen an, der durch klappernde Zähne etwas murmelte.

»Wir haben es versprochen, Hal. Wir müssen diese Frau finden.«

»Wieso?«

Caspar antwortete nicht. Er wußte nicht wieso.

»Hol etwas Feuerholz«, befahl das Mädchen. Ungläubig sah Hal sie an, dann wandte er sich mit steinerner Miene ab, um trockene Büsche am Rande der Lichtung zu sammeln, während Brid eilig Haufen knisternder Blätter schichtete und ein Feuer entzündete. Caspar ließ das Mädchen sanft an seine Hände hauchen. Er schluckte den Schrei hinunter, der in seiner Kehle aufstieg, als das Blut pumpend in die Fingerspitzen drängte.

Die Wärme des Feuers vertrieb sein Zittern allmählich, und während sie sich um seine Hände kümmerte, begann die Priesterin erneut, ihn nach dem Bild im Stein zu befragen.

»Ich konnte nichts hören«, erklärte sie. »Du mußt mir erzählen, was sie gesagt hat.«

Caspar fühlte sich leer und tieftraurig. »*Hilf mir*, hat sie gesagt, *hilf mir*.« Irgendwo tief in seiner Seele wußte er, daß er niemals ruhen würde, bis er dem verzweifelten Flehen der Frau nachkam.

»Wir müssen den Glauben an die Große Mutter wiederherstellen«, sagte Brid voller Leidenschaft. »Der König belastet das Land bis an seine Grenzen. Mit den neuen Kathedralen, den Palästen, den Steuern zwingt er das Land in die Knie.«

»Nie zuvor ist es Belbidia besser gegangen. Ich glaube nichts von dem, was du da sagst, Brid«, höhnte Hal.

»Ich habe die Männer beim Holzfällen gesehen. Ganze Landstriche sind bereits zerstört.« Sie wurde ungeduldig. »Du mußt mir nicht glauben, was mit ganz Belbidia geschehen wird, aber ohne die Mutter können wir nichts tun, um die Flut der Vaalaker aufzuhalten. Ohne sie ist das Herz von Torra Alta schwach und leicht anzugreifen.«

»Torra Altas Herz ist stark!« hielt Hal dagegen. »Am Fuß des Felsenturms bauen wir im Augenblick am Fundament einer Kathedrale, deren Kirchturm eines Tages selbst die Türme von Torra Alta überragen wird.« Der dunkle Junge übertrieb.

»Narren seid ihr, allesamt!« Brid wandte ihre blitzenden, grünen Augen Caspar zu. »Wirst du mir helfen?«

Er nickte schwach. »Ich habe es versprochen.«

Hal stieß ein mürrisches Schnauben aus, setzte sich mit dem Rücken gegen die rissige Borke der Edeltanne und zog seinen Umhang tief über die Augen. »Versprochen ist versprochen«, räumte er ein, »aber ich finde, du bist verrückt.«

»Bin ich nicht«, flüsterte Brid Caspar zu. »Wir müssen sie finden: Torra Alta braucht sie. Wir müssen alles tun, was nötig ist, so verrückt es uns erscheinen mag.«

Plötzlich war Caspar zu müde, um Brid weiter zu befragen. Sie sah so unschuldig und hübsch aus ... eine Kindfrau, deren Vertrauen und Mut sein Herz erwärmte, und er glaubte an sie. Die Wärme vom Feuer durchflutete seinen Leib wie Honigwein. Er sank neben Hal zu Boden und war bald schon eingeschlafen.

Wie prickelnder Rauhreif kroch das Bild der gepeinigten Frau langsam durch seine Gedanken, und er spürte sie wie einen Parasiten, der sich von seiner Wärme nährte. Doch bald löste sich das Bild auf und verzerrte sich, bis es wieder klarer wurde. Blut strömte heftig durch die Adern der Frau und trieb ihr ein rosiges Rot auf die Wangen. Die Augenlider fielen zu und öffneten sich wieder, zeigten lebendige Augen. Plötzlich verflog das Gefühl, sie würde ihm die Hitze nehmen, und er empfand die umfassende Wärme seliger Geborgenheit. Ihr langes Haar strich über sein Gesicht, und sie küßte seine Fingerspitzen. Kribbelnde Wärme trat an Stelle der Taubheit der Erfrierungen. Er blickte zu ihr auf. Sie schien ihm gewaltig wie eine allmächtige Göttin. Sie gab ihm das Gefühl, klein zu sein, aber nicht verletzlich. *Spar, such mich. Du brauchst mich.*

Plötzlich hackte das Abbild einer vaalakischen Streitaxt in den Mondstein und schlug der Frau in die Schulter. Eine Hand hielt sie unten, als würde sie unter Wasser gedrückt, und ihr Geist flehte um Erbarmen. *Nicht du, nein. Nicht du. Ich habe dir nie etwas getan.*

Eine düstere Stimme voll bitteren Hasses brach in seinen Traum ein. *Du hast meine Mutter getötet. Du hast sie getötet, damit du mich wie einen wertlosen Hund herumtreten konntest.*

Nein, glaub mir, ich habe dich geliebt, ich habe dich geliebt. Nein … der Geist der Frau schrie auf, während sie sich wild an die Oberfläche kämpfte, bis sie wieder unter Wasser gedrückt wurde. Blasen stiegen von ihrem Mund auf.

Als Caspar erwachte, war es Mittag, und Brid stocherte mit einem Zweig in einem kleinen, rauchlosen Feuer herum, dann steckte sie ein abgezogenes und ausgenommenes Kaninchen auf einen improvisierten Spieß. Stirnrunzelnd betrachtete er die Axt, die neben der Hand seines Onkels lag, dann den Mondstein neben seinem Kopf. Er leuchtete hell, die weißen Muster wirbelten in einem wütenden Malstrom, und Caspar spürte seine pulsierende Energie. Er fragte sich, ob seine düstere Magie die Alpträume hervorrief. Langsam setzte er sich auf und streckte seine Hände aus, bewegte die Finger. Sie wackelten so ungehemmt, daß er einen Moment lang dachte, die schrecklichen Erfrierungen seien Teil seines Traums gewesen. Doch die Bandagen …

Schweigend sah Brid Caspars Hände an. Sie zwinkerte, und zum ersten Mal schien es Caspar, als sei sie überrascht. In den vergangenen Tagen hatte Brid nie ausgesehen, als könne irgend etwas sie aus dem Tritt bringen, so schockierend es auch sein mochte. »Es ist verheilt!«

Ungläubig sah Hal sie an. »Es dauert Wochen, bis Erfrierungen verheilt sind, wenn sie überhaupt jemals verheilen. Und es bleiben Narben. Dann kann es von vornherein nicht echt gewesen sein. Sicher hat die Suggestivkraft des Mondsteins seine Phantasie angeregt«, verkündete er entschlossen.

Brid ignorierte die Bemerkungen des Älteren. »Nun, wie fühlst du dich, Spar?«

»Ich habe Hunger! Mordshunger!«

»Gleich gibt es Frühstück.« Sie lächelte freundlich.

Hal rutschte hin und her, rieb an seinem tauben Bein herum, auf dem er ungeschickterweise geschlafen hatte. Er nickte zum brutzelnden Braten über dem Feuer hinüber. »Es brennt gleich an. Wie hast du es gefangen?«

»Hab ich nicht.« Das schlanke Mädchen drehte ihren Spieß.

»Dann ist es dir vermutlich freudestrahlend entgegengehoppelt und hat sich dir zu Füßen geworfen.«

»Ja, genau.« Wieder war diese beißende Schärfe in Brids Stimme, als sie mit Hal sprach. »Ich bin zu dumm, etwas anzunehmen, was meine Wölfin für mich gefangen hat, weißt du, viel zu dumm. Schließlich bin ich nur ein Mädchen.« Offenbar war Hals Sarkasmus ansteckend.

»Ich habe den Wolf nicht gesehen«, erwiderte der ältere Junge.

Zur Antwort deutete Brid zum Rand der Lichtung, wo zwei leuchtende Augen aus dem Dunkel starrten. Langsam drehte sich Caspar auf seinem gesunden Bein um und merkte, daß sie von einem Dutzend oder mehr Paaren der gleichen, runden Augen umgeben waren. Eines der Paare kam durchs Unterholz vor. Eine große Wölfin trat unsicher auf die Lichtung, blickte ängstlich von einer Seite zur anderen; sie mißtraute der freien Fläche ganz offenbar. Ein weiteres, dickes Kaninchen hing schlaff aus ihrem Maul.

»Brave Wölfin, gut gemacht«, lobte Brid, streckte ihre Hände sanft und langsam aus, wobei sie die Finger bewußt nicht ausgestreckt hielt. Auf seinen langen Läufen schlich der Wolf heran und legte sich neben sie, behielt Hal und Caspar wachsam im Auge, die beide ihren mißtrauischen Blick erwiderten.

»He! Dafür darfst du keine Axt benutzen: Du machst die

Schneide stumpf«, protestierte Hal, als er Brid die scharfe Klinge lieh, um den Bauch des Kaninchens aufzureißen und die Haut vom roten Fleisch zu trennen.

Brid lachte. »Willst du es mit dem Fell essen?« fragte sie, während sie den nächsten geraden Zweig wählte, auf den sie das zweite Kaninchen spießen konnte.

Das frische Fleisch schmeckte den ausgehungerten Jungen saftig und köstlich; allmählich ließ der Hunger nach, und sie konnten sich selbst in der wachsamen Gesellschaft der Wölfin etwas entspannen.

»Bist du sicher, daß sie zahm ist?« Hal streckte eine Hand aus, um die Reaktion der Wölfin zu testen, diese legte aber augenblicklich die Ohren an und fletschte ihre gezackten Zähne. Blitzschnell riß er seine Hand zurück.

»Selbstverständlich ist sie nicht zahm. Sie ist eine Wölfin, oder nicht?« Brid lachte. »Aber sie ist zutraulich und sanft, solange du es bist. Sie schnappt nicht, wenn du ihr traust. Laß ihr Zeit. Behandle sie wie einen Hofhund«, riet Brid, als das Tier an sie herankroch und sich an ihre Hand schmiegte, als wollte es gestreichelt werden. Gern kam das junge Mädchen dieser Bitte nach. »Und nun zum Baum. Wir sollten besser mal nachsehen, ob irgendwelche Aktivitäten zu erkennen sind. Deine Hände sind wieder gut, aber was ist mit deinem Knöchel? Fühlst du dich der Kletterpartie gewachsen, Spar?«

»Ist schon viel besser.« Caspar zwang ein Lächeln auf sein Gesicht, um sein Unbehagen zu verbergen, und drehte seinen Fuß, um die Bewegungsfreiheit seines Knöchels zu demonstrieren. »Muß wohl der Schlaf und alles andere gewesen sein. Ich komme mit.« Allmählich verblaßte die Erinnerung an seinen Alptraum. Wie die Erfrierungen konnte auch dieser nicht real gewesen sein: Er war nicht mehr da … einfach verschwunden.

Hal sprang auf und löste seinen Umhang, damit er ihn nicht behinderte. »Kann nie allein bleiben, unser Spar.«

Die Zweige am Stamm waren in gleichmäßigen Abständen gewachsen und frei von stechenden Tannennadeln, so daß das Klettern relativ einfach vonstatten ging, sogar für Caspar, der nicht zugeben wollte, daß sein Knöchel ein Problem darstellte. Er war viel zu beeindruckt von der Geschwindigkeit, mit der seine Verletzung geheilt war. Dankbar sah er zu Brid hinüber, staunte über ihr Geschick, auf Bäume zu klettern, was er bisher als strikt männliche Domäne angesehen hatte. Behende schwang sie sich von einem Ast zum nächsten, offenkundig unbeeindruckt von der Höhe, was deutlich auf ihre Herkunft aus den Bergen hinwies. Caspar jedoch störte sich etwas daran, wie sie ihre Röcke am Gürtel befestigt hatte, damit sie nicht an abgebrochenen Ästen hängenblieben. Frauen von der Burg hätten sich geschämt, derart viel Bein zu zeigen. Er schämte sich für sie mit, trotz der Tatsache, daß sie gänzlich ungehemmt wirkte.

Der Ausblick war spektakulär. Ganz im Norden war das Kupfer und Bronze des Waldes von dunklen Linien der Pfade und gelegentlichen Kreisen der Immergrünen durchzogen, wo die Tannen dominierten. Im Süden erhoben sich die goldenen, schartigen Berge mit ihren Klippen, Schluchten, Wasserfällen und engen Pässen – wild und bedrohlich, öde und rauh. Die Berge erfüllten Caspar mit Stolz und Liebe: Er blickte heimwärts.

Die grauen Wolken des frühen Morgens hatten sich in der grellen Sonne aufgelöst, und einzig in den dunklen, schattigen Senken hielten sich ein paar dünne Nebelschwaden und legten sich über die innersten Geheimnisse des Waldes. Am südlichen Rand des Waldes zog sich eine breite Narbe durch die Bäume, fraß sich in die hohen, stolzen Tannen, und Brid schnaubte mißbilligend: »Sie sollten nicht so viele Bäume fällen.«

Hal überhörte ihre Bemerkung und seufzte vor Erleichterung. »Also, von denen ist nichts zu sehen. Wir scheinen die Vaalaker abgehängt zu haben.«

»Mmmmh.« Brid schützte ihre Augen vor dem grellen Sonnenschein und deutete – mit einem Arm um den Stamm ihres schwankenden Ausgucks – gen Osten. »Seht, wie die Waldschnepfe auffliegt!«

Caspar blinzelte gegen die grelle Sonne, und Brid streckte eine Hand aus, um sein Kinn in die richtige Richtung zu drehen. »Da.«

Caspar nickte. »Und? Was ist damit?«

»Ich würde sagen, da drüben ist unser Freund Scragg gerade. Er hat den Pfad noch nicht gefunden, also dürfte ihre Reise einigermaßen beschwerlich ausfallen, aber es sieht so aus, als würden sie bald schon darüber stolpern.«

Hal nickte. Vom Wipfel der Edeltanne aus war der Pfad deutlich als dunkle Linie zu erkennen, die wie ein sauberer Schwertschnitt durch den Bauch des Waldes ging. »Sie sind nicht allzuweit davon entfernt. Was vergeuden wir unsere Zeit? Wir haben zu lange geschlafen.« Er glitt von Ast zu Ast, sprang dann die letzten Meter von den unteren Ästen herab und landete katzengleich auf dem Waldboden. Die anderen folgten.

Die beiden Jungen machten sich gleich auf, den Pferden das Zaumzeug anzulegen, doch Brid blieb stehen, kniete bei den Wurzeln des Baumes und schabte eifrig Runen in den Boden um den breiten Fuß der Tanne.

»Wir haben keine Zeit«, fuhr Hal sie an. »Was machst du da?«

»Ich kann diesen heiligen Hain nicht verlassen, ohne mich gebührend beim Geist des weitsichtigen Baumes zu bedanken.« Sie verneigte sich entschuldigend vor der Tanne, dann brach sie einen Zweig vom unteren Ast, und Caspar zog fragend eine Augenbraue in die Höhe.

»Wozu ist das?«

»Ein Schößling vom weitsichtigen Baum: Im richtigen Trunk macht es den Kopf so klar, daß man über das Offensichtliche hinaus in die Ferne blicken kann. Dann versteht man das Ganze besser.«

»Oh!« war alles, was Caspar dazu einfallen wollte.

»Du hast noch viel zu lernen, Spar.« Sie lächelte ein wenig gönnerhaft.

Hal saß bereits auf dem schnaubenden Hengst, der über den Boden scharrte und den Galopp kaum erwarten konnte. »Brid, du solltest besser mit mir reiten, damit wir schneller vorankommen.«

»Willst du mir sagen, daß ich allein nicht mit dem Pferd zurechtkomme?« fragte sie ungläubig.

»Das ist mir in den Sinn gekommen«, erwiderte Hal mit stichelndem Unterton. »Aber eigentlich dachte ich an die Pferde. Du bist leichter als Spar, so daß das Gewicht besser verteilt wäre.«

Selbstgefällig grinste der Junge mit dem rabenschwarzen Haar Caspar an.

Bei ihm ist immer alles ein Wettbewerb, dachte Caspar angewidert, als er mit Schwung auf den Rücken der Stute sprang, die sich umsah und dem stolzierenden Schritt des Hengstes folgte. Vorsichtig schlängelten sie sich zwischen den Bäumen hindurch, doch als sie wieder auf dem Pfad waren, fielen sie in stampfenden Galopp. Caspar trat die Stute, folgte dem wehenden Schweif des Hengstes und Brids langem, fliegendem Haar. Wieso konnte sie nicht mit mir reiten? Es hätte das Gewicht noch besser ausgeglichen. Der kleinere Junge verfluchte sich selbst, daß er daran nicht früher gedacht hatte. Er mag sie nicht mal … wieso muß er auf diese Weise Punkte machen?

Doch es fühlte sich gut an, die Zügel selbst zu halten. Die Stute scheute unter ihm, als sie hustete, um ihre Lungen nach der Morgenruhe zu reinigen, aber dann legte sie einen Spurt ein, um ihren Hengst einzuholen. Sie galoppierten Flanke an Flanke, bis Hal seine Hand hob und sie in einen ruhigeren Kanter verfielen. Caspar fühlte sich wie ein wilder Geist der Wälder, der mit dem Wind stürmte, als er auf dem alten Roß durch den Wald ritt. Er spürte, daß sich trotz der Gefahr durch Scragg, der ihnen auf den Fersen war, ein Grinsen auf seinem Gesicht ausbreitete. Brid drehte sich zu ihm um, und ihr süßer Blick fiel auf sein Lächeln.

»Caspar«, rief sie über das Wummern der Hufe auf dem weichen Boden hinweg, sagte bewußt den ganzen Namen. »Das paßt zu dir. In einer Sprache aus dem tiefen Süden heißt es Reiter.«

Wieder einmal wunderte sich der Junge, wie Brid in ihren jungen Jahren soviel Wissen hatte anhäufen können. Er klopfte an die harten Halsmuskeln der Stute und freute sich über Brids Worte.

In Träumereien verloren kanterte Caspar auf eine Senke zu, in der merkwürdiger, unnatürlicher Nebel aus dem Wald aufstieg und den Weg überflutete. Vom Wipfel der Edeltanne aus hatten sie Nebelsenken gesehen, doch schien diese dicker als die weißen Fetzen zu sein, welche die tiefergelegenen Pfade und engeren Täler verhüllten. Er zügelte sein Pferd, als sich der Nebel um ihn schloß. Plötzlich konnte er nicht mehr weiter als bis zu den Ohren der Stute sehen, die sie eng an den Kopf gelegt hatte. Das letzte, was Caspar noch hörte, war Brids klare Stimme, die durch den Nebel schwebte.

»Bleib auf dem Weg. Komm nicht vom Weg ab, dann kann nichts passieren.«

Schlitternd kam die Stute zum Stehen, bückte sich so weit es ging, doch genügte das nicht. Anfangs wischten Zweige beunruhigend nah an ihm vorbei, dann peitschten sie ihn von beiden Seiten, und Caspar merkte, daß er vom alten Pfad abgekommen war.

»Ganz ruhig, mein Mädchen«, beschwichtigte er die Stute und brachte sie zum Stehen. Sie stand da, stampfte mit den Hufen und schnaubte nervös. Irgendwo zu seiner Rechten hallte ihm ein Chor zischender, hoher Stimmen entgegen. »Gannnss-ruhig-mein-Mädchen.«

»Wer ist da?«

»Wer'sss da, wer'sss da, wer'sss da«, heulten die unzähligen, körperlosen Stimmen zurück.

»Zeig dich«, rief Caspar und nahm seinen Mut zusammen.

»Zzzeig dich, zzzeig dich, zzzeig dich«, kam das Echo des Nebels.

Der unheimliche Dunst und die gespenstischen Stimmen beunruhigten Caspar. Es fiel ihm schwer, seine Heidenangst nicht auf die Stute zu übertragen.

»Hal! Hal, wo bist du?«

Irgendwo zwischen den gespenstischen Echos glaubte Caspar leises Rufen zu hören. »Spar, hier drüben. Spar! Spar!«

Caspar drehte den Kopf der Stute in jene Richtung, aus der er Hals Stimme zu hören glaubte, und trieb sein Pferd an, doch bevor es noch einen Schritt tun konnte, war es bereits von langen, grünen, rankengleichen Händen umgeben. Sie kamen aus dem Nebel, legten sich um die Beine des Jungen und wanden sich um den Hals der Stute, als wollten sie die beiden in die dunklen Tiefen des Waldes ziehen.

»Was machst du in meinem Wald?« flüsterte eine einzelne Stimme. Es war die Stimme einer Frau, sanft und weich, doch kraftvoll und bestimmt.

Das Pferd geriet in Panik, bäumte sich auf und schlug mit

seinen Vorderläufen aus, um sich von den grünen Ranken zu befreien, die es umschlängelten. Die körperlosen Arme hatten zu viele Gelenke an Händen und Ellbogen. Wieder bäumte sich die Stute auf, und da sie ihren Hals lang machte, konnte sich Caspar wegen der kalten, klammen Hände, die sich um seine Hüften legten, nicht nach vorn werfen, um das Gleichgewicht zu wahren. Sie zerrten ihn auf das knisternde Laub am Boden.

»Du kannst in meinem Wald nicht sein, ohne mir den angemessenen Respekt zu erweisen.«

Die zischende Stimme heulte durch den Nebel. »Eine Maut isssst zu entrichten, wenn man diesen Wald durchkreuzzzzt.«

Caspar konnte sich der Hände nicht erwehren. Wütend rang er mit dem unsichtbaren Feind, doch er erreichte nichts. Etwas packte seine Beine, und er wurde über das weiche, modernde Laub gezerrt. Er konnte nicht sagen, wie schnell man ihn zog. Es tat nicht weh, nein, es war eher, als schwebte er. Er hatte keinerlei Kontakt zu seiner Umgebung, als hätte ihn der Wald in eine abgeschlossene, verborgene Welt entführt.

Urplötzlich fand sich Caspar am Boden wieder, frei von den körperlosen Armen, die sich in den Nebel zurückzogen. Er sprang auf, bürstete sich eilig ab, um das unreine Gefühl abzuschütteln, als ob ihn ein ganzes Schlangennest umarmt hätte. Er fuhr herum, starrte in den weißen Nebel und beugte sich vor, als machte er sich bereit, mit dem Nebel höchstselbst zu kämpfen, falls sonst niemand erschien.

»Zeig dich«, rief er herausfordernd. »Ich bin unbewaffnet. Bist du zu feige, dich mir zu zeigen, obwohl ich unbewaffnet bin?«

Etwas tippte ihn an die Schulter, und er fuhr herum; mit großen Augen versuchte er, den Nebel zu durchdringen. Überall um sich herum hörte er Gekicher, und Caspar hatte das deutliche Gefühl, daß man mit ihm spielte. Etwas stieß an seine andere Schulter, wiederum von hinten. Als er in den Nebel hieb, traf seine Faust nur dünne, feuchte Luft. Wieder hörte er boshaftes Kichern im Nebel. Caspar gab sich dem Wahnsinn hin und erschrak zutiefst, als eine einsame Stimme fragte: »Wer ist Hal?«

Die Stimme klang hart, doch nach wie vor undeutlich, mit schlangenhaftem Zischen darin.

Langsam hob sich der Nebel. Sonnenlicht drang durch die Bäume, und schuf ein scheckiges Muster aus Licht und Schatten auf dem Boden des Waldes. Er holte tief Luft, hoffte, das Sonnenlicht würde die gespenstischen Schatten vertreiben und eine ganz normale Erklärung für diese Vorgänge liefern ... ein paar Kinder von Holzfällern zum Beispiel, die ihm einen Streich spielten. Doch während er die feuchte Waldluft einatmete, konnte er nur etwas Riesenhaftes, Böses riechen, das er spüren, aber noch nicht sehen konnte.

Ein Windhauch verwehte die letzten Fetzen der am Boden liegenden Wolke, und Caspar fiel bei ihrem Anblick auf die Knie. Kalt knotete sich sein Magen zusammen, drehte seine Eingeweide zu einer festen Kugel. Sein Gesicht erstarrte zu einer Miene des Abscheus und des Entsetzens, als er spürte, daß die Kreatur darum rang, Kontrolle über sein Denken zu bekommen.

Sie streckte ihm eine ihrer sechs Hände entgegen und lockte ihn mit einem langnagligen Finger.

Caspar versuchte sich zu widersetzen. »Was willst du von mir?«

Ihre grüne Zunge zuckte hervor und leckte über grüne Lippen. »Du durchquerst mein Königreich. Deine Freiheit hast du verwirkt. Du wirst dich mir fügen.«

»Du wirst dich fügen«, zischten die Stimmen hinter den Bäumen hervor. »Du wirst dich ihr fügen.«

Die roten Augen der Kreatur brannten durch seine Augäpfel und fraßen sich in sein Hirn, durchforsteten seine innersten Wünsche und wollten ihn verleiten. Er riß sich von ihrem bohrenden Blick los, doch ihr Wille zwang ihn zurück.

»Sieh mich an, Junge. Ich bin die große Cailleach. Ich bin ganz Frau, ein Wesen aus Wünschen und Begierden. Sei mein in diesem Wald.« Sie fuhr mit vier ihrer Hände an ihrem nackten Leib hinab, strich über die Reihen ihrer vielen Brüste. Wie eine Kreuzung aus Insekt und Mutterschwein sah sie aus, nicht wie eine Frau, dachte Caspar, dem ihr Anblick auf den Magen schlug. Unerbittlich zog sie ihn an sich, und er merkte, wie er auf den Knien näherrutschte, während er sich mit den Händen gegen ihren Blick schützte.

»Komm mit in meinen Wald, und wir tanzen auf ewig unter Bäumen, du und ich.«

»Laß mich los! Laß mich los!« rief er. Er hatte schreckliche Angst vor dieser Kreatur. Hier roch es nach Angst und Blut. Die Stille war unheimlich, und dem Jungen wurde bewußt, daß in diesem Teil des Waldes kein Vogel sang: Es war unnatürlich … übernatürlich. Langsam glitt die Zunge des Wesens aus seinem Mund und wieder hinein.

»Fürchte dich nicht vor mir. Komm näher. Laß mich dir von Freuden ins Ohr flüstern. Nie mehr wirst du mein Nest verlassen wollen.« Sie streckte ihm mehrere ihrer Arme entgegen, und dann legte sie diese um sich selbst, als sehnte sie sich nach seiner Nähe, während die restlichen Armpaare an ihrem Körper auf und ab strichen.

Caspar empfand Ekel, als er ihr entgegenkroch, doch er konnte sich ihr nicht widersetzen. Schließlich waren ihre Hände überall und hielten ihn in enger Umarmung. Ihr süßlich-schwerer Atem füllte seine Lungen.

»Nun, sag mir, junger Mann, was führt dich in meinen Wald?« Lüstern musterte sie ihn. »Die Mär von meinem wollüstigen Leib, Sehnsucht nach der großen Cailleach, oder bist du nur auf der Durchreise?« Lang zischte sie das Wort Durchreise, forderte Caspar heraus, seine Untat zu gestehen.

»Wir … ich …«, stotterte er.

»Ah! Wir. Wie viele sind *wir?* Reichlich junge, gesunde Burschen?«

»Nein, ich bin allein«, platzte es aus Caspar hervor, und augenblicklich schoß ein brennender Schmerz durch seinen Kopf, und er preßte seine Hände an die Schläfen.

Cailleach lachte heiser, so daß ihre vier Paar Brüste wippten und sich ihr grüner Leib krampfartig schüttelte. »Versuch nur nicht, mich zu täuschen, junger Mann. Du bist wie ein kleines Kaninchen, dessen Genick ich mit bloßem Fingerschnippen brechen könnte, wenn ich wollte. Ihr seid also zu dritt: Hal, dein Bruder, wie ich vermute …«

Caspar war erleichtert, daß dieses riesenhaft groteske Weib zwar ungeheuer stark, aber dennoch fehlbar war. Noch im selben Moment, in dem sich dieser Gedanke in seinem Kopf bildete, versuchte er, ihn zu blockieren.

»Hmmm … und noch jemand. Was den Dritten im Bunde angeht, bist du verwirrt. Ich kann ihn nicht … warte … ein kleines Mädchen. Wie langweilig, wie ausgesprochen trist.« Sie gähnte, dann schnippte sie mit einem ihrer Daumen zu den Schwarzdornbüschen hinüber, die ihre Laube umgaben. »Ich möchte etwas Unterhaltung.« Wieder gähnte sie und zeigte ihre Höhle von einem Schlund.

Eine schlanke Nymphe trat aus dem Unterholz. Ein Rock aus Blättern lag um ihre Taille, doch ansonsten war sie nackt. Sie wand und drehte sich zum jammernden Seufzen unsichtbarer Stimmen. Allmählich wurde das Seufzen zu einem Klagelied. Die Nymphe mit dem schlanken Leib, fast jungenhaft mit ihrem geschorenen Haar und den schmalen, eckigen Hüften, bebte und erschauerte, als sie sich zum Rhythmus der Musik hin und her wiegte. Ihr Kopf wirbelte im Kreis herum, als der Rhythmus härter und das Lied zu einem drängenden Chor wurde. Caspar war von Entsetzen gepackt, als er die Messer in ihren Händen aufblitzen sah, die sie immer wieder kreuzte. Ihr Kopf fiel in den Nacken, und ihre Augen, verdreht, in sich gekehrt, zuckten in Trance. Wieder gingen die Messer durch die Luft, als ihre Beine nachgaben und sie auf Knien zu Boden sank. Ihr schlanker Leib bebte zum Rhythmus, die Hände waren dem vielgliedrigen Monstrum flehentlich entgegengereckt.

Allmählich wuchs der Chor zu einem dröhnenden Crescendo an, und Caspar hielt sich die Ohren zu, um den Lärm auszusperren, doch blieben seine Augen auf die unheilvollen Bewegungen der tanzenden Nymphe gerichtet. Das grünhäutige Scheusal hielt einen Arm um den belbidianischen Jungen gelegt, hielt ihn hilflos an seiner Seite, als es aus seinem Schneidersitz aufstand. Zum Rhythmus des lauter werdenden Chores wurde sie doppelt so groß wie ein ausgewachsener Mensch. Eine Hand nach der anderen deutete auf die verzückte Nymphe. Schließlich schoß der fünfte Arm nach vorn, streckte den krallengleichen Fingernagel, als ihre gespaltene Zunge aus dem Mund glitt und Cailleach seufzte: »Jetzt, jetzt, jetzt.«

Scharf riß die junge Nymphe die Messer zurück, als ließe sie eine Peitsche knallen, und zwei rote Schlitze, wie Kiemen, tauchten an ihrem Hals auf. In einem kurzen, klaren Augenblick sah sie das Ungeheuer an. Für eine Sekunde nur war die Trance verflogen, und nichts als Angst und die Hölle auf Erden waren in ihren klaren Augen zu erkennen. Dann gaben ihre Muskeln nach, als aus ihren Adern Blut auf das erdige Bett des Waldes quoll. Schwer sackte sie nach vorn, gurgelte Blut aus ihrer Kehle hervor. Die Messer fielen zu Boden und ihre Hände krallten sich in die Luft, als griffen sie nach jemandem, baten ihn um Hilfe, doch schließlich gab ihr gepeinigter Körper nach, und reglos lag sie da, dem Tod anheimgefallen.

»Ja! Ja!« Stolz stand Cailleach da, eine Hand zur siegreichen Faust geballt, bis ihr ganzes Gewicht wieder in den Schneidersitz sank. Sie schnurrte fast wie eine Katze, während sie Caspars Kopf streichelte, als wäre er ein Haustier. »So ist es besser, mein kleiner Liebling. So ist es besser. Nachdem sie nun die Große Mutter nicht mehr anbeten, beten sie mich an! Sie beten mich an!« kreischte sie und bebte vor wahnsinnigem Gelächter.

Caspar würgte an der Galle, die ihm in den Mund stieg; sein Kopf war ganz taub.

»Du kannst nicht entkommen, also verschwende erst gar keinen Gedanken daran.«

Caspar konnte überhaupt nicht denken, doch allmählich wurde er sich der Tatsache bewußt, daß der vielgliedrige Dämon über ihm stöhnte und seinen Leib liebkoste. Angewidert krümmte er sich. »Du bist mein.« Lüstern fuhr ihre feuchte Zunge über seinen Mund. »Für immer.«

KAPITEL 12

Die Abenddämmerung sank schon herab, als Branwolf endlich wieder ins Tal des Spiegelsees kam. Er starrte in den dunklen Schlund des Schachtes, der aus dem unterirdischen Höhlensystem führte. Seine schweren Augenlider und das benebelte Hirn erinnerten ihn daran, daß er zwei Tage und Nächte nicht geschlafen hatte. Widerwillig glitt er von seinem Pferd und suchte im Windschatten eines moosbewachsenen Felsens Schutz für die Nacht.

Im frühen Morgenlicht untersuchte er niedergetretenes Heidekraut, das zeigte, welchen Weg die Vaalaker genommen hatten. Schon begann es, sich wieder aufzurichten, doch er fand verschiedene Spuren von Klauen oder Stiefeln, die in Richtung Norden wiesen. Unbehagen machte sich breit, als er Spritzer von dickem Blut entdeckte, das am trockenen, braunen Farn klebte. Er stieg ab, um es sich genauer anzusehen. Es war das gleiche, faulig stinkende Blut, das er in der Höhle gefunden hatte. Das verletzte Untier schien auf anderem Wege den Höhlen entstiegen zu sein, doch wanderte es nun gen Norden, in dieselbe Richtung wie die Vaalaker. Er stieg auf seinen Hengst, ohne zu wissen, was er davon halten sollte.

Anfangs fiel es leicht, der Blutspur zu folgen, aber allmählich nahmen die rotbraunen Flecken, die den Farn verschmierten, ab. Er fragte sich, ob sie von einem der vaalakischen Trolle stammen konnten, der sich verletzt hatte, von den anderen getrennt war und ihnen nun nachhumpelte. Als die Sonne über die Gipfel stieg und ihre willkommene Wärme in die dunklen Täler hauchte, fiel es Branwolf leichter, dem breiten Pfad zu folgen. Dankbar blickte er zum östlichen Horizont, wo die Sonne die Gipfel mit ihrer strahlenden Berührung segnete. Auf den Bergen breiteten sich lebhafte, goldene Farben aus.

Sanft strebten Donnerkeils anmutige Schritte vorwärts, und der Baron ließ ihn laufen. Er widerstand der Versuchung, dem schwarzen Hengst eine schnellere Gangart abzuverlangen, da er wußte, daß das Tier bald ermüden würde. Auf lange Sicht würden sie weiter kommen, wenn er jetzt einen leichteren Gang forderte.

Der Pfad führte ihn an den glitzernden Fluten des Spiegelsees vorüber und brachte ihn geradewegs nördlich zum Keilerwald. Er kannte diese Berge sehr gut, obwohl sich die gesamte Kette von Ost nach West über acht Tagesritte erstreckte. Als Junge war er – ganz wie Hal und Spar – tollkühn durch die Täler geritten und hatte sich die höchsten Gipfel hinaufgekämpft. Manchmal war er das Risiko eingegangen, gefährliche Felswände hinaufzuklettern, um den großartigen Ausblick von Klippe auf Klippe zu genießen, die sich wie Zahnreihen bis zum Horizont erstreckten. Manchmal nur, um zu beweisen, daß er es konnte. Später hatten seine Erkundungen natürlich mehr Sinn gemacht. Auf der Suche nach seiner Frau war er durch das Dickicht der Tannen und Birken gestreift, die sich gefährlich eng an die ausgewehte Erde klammerten. Er hatte sogar das Tal der Drachenklaue durchritten, wo er in die Spalten des grauen, geriffelten Gletschers spähte. Dauernd hatte er ihren Namen gerufen, hatte den Schmerz über ihren Verlust herausgeschrien wie ein Wolf, der den Mond anheult, seine unerreichbare Schönheit beklagt.

Branwolf lehnte sich gegen die Hinterpausche seines Sattels und lockerte die Zügel, um Donnerkeil seinen Willen zu lassen, als sie die andere Seite des Kamms hinunterglitten. Das Pferd hielt seinen Kopf aufrecht und die Hinterläufe unter sich, um im Gleichgewicht zu bleiben. Die Heide war bereits an manchen Stellen herausgerissen, wo die vaalakischen Tiere die steilen Hänge hinuntergerutscht waren, und er konnte tiefe Kerben von den Klauen eines großen, bärenähnlichen Tieres sehen. Trolle, dachte er bitter. Unten im nächsten Tal war der Boden weicher, wo sich das Regenwasser von den steilen Talwänden sammelte, und er beugte sich auf seiner Spurensuche weit über den breiten Hals des Pferdes. Er hielt seinen Hengst an. Hier waren die langen Abdrücke des Trolls leicht zu erkennen, die Kratzspuren seiner sechs nicht einziehbaren Krallen deutlich im weichen Boden auszumachen … und eine andere kurz davor, diesmal ein linker Fuß. Stirnrunzelnd sah er ihn an. Innerhalb des Abdrucks befand sich eine weitere Fußspur. Ein Wolf oder vielleicht ein großer Hund. Vielleicht war sie ein wenig klein für einen Wolf, und der Abdruck war auch etwas anders.

Im Fahrwasser des Trolls trudelten verschiedene menschliche Spuren. Die Abdrücke waren zumeist groß, ohne Sohlen oder Fersen, als stammten sie von Füßen, die mit Häuten umwickelt waren. Schließlich fand er, was er suchte: kleinere Fußspuren mit dem festen Abdruck eines Reitstiefels. Die mußten von Hal und Spar stammen. So mußte es einfach sein.

Wieder ließ er Donnerkeil antraben und zwang sich dazu, eine vernünftige Gangart zu wählen, als er dem Pfad in Richtung Norden folgte. Die vaalakischen Spione hatte sich an die leichteren Wege durch die Täler gehalten, was zumindest bedeutete, daß sie mehr Spuren auf dem weichen Boden zurückließen. Eine Bewegung ließ den dunklen, breitschultrigen Mann zum nördlichen Horizont aufblicken. Ein Raubvogel kreiste hoch am dunkelblauen Himmel, schwebte auf der steigenden Warmluft. Der Baron schätzte seine ausgestreckte Flügelspannweite auf eine Breite von mehr als zehn

Fuß. Der Adler kreiste immer über derselben Stelle, neigte seine Flügel gelegentlich, um müheloser abwärtszugleiten.

Branwolfs Herz schien auszusetzen. Ein hoher Schrei verbreitete Angst und Schrecken am blauen Himmel, als der König der Lüfte sein Terrain abmaß. Selbst Donnerkeil legte seine Ohren an. Sein Instinkt riet dem Hengst, wachsam zu sein. Die Adler aus den Gelben Bergen mit ihrem schwarzen Schopf waren so groß, daß sie selbst ein schwaches Fohlen, ein Lamm oder Zicklein töten konnten. Der Adler war weit voraus, legte die unmögliche Entfernung von einer Klippe zum nächsten unersteigbaren Gipfel mit einem einzigen, mühelosen Flügelschlag zurück, dann glitt er auf den Luftströmen weiter. Er kreist über seiner toten Beute, dachte der Mann, während er sah, wie sich das Tier immer wieder emporschwang, ohne sich auch nur einmal auf lebende Beute zu stürzen. Er schloß daraus, daß es ein Aas beobachtete, das bereits von einem größeren Räuber mit Beschlag belegt war, und nun darauf wartete, daß sich Bär oder Bergkatze ihren Teil nahmen und davonstahlen, damit es sich die Beute holen konnte.

Es dauerte eine Stunde oder mehr, bis das Pferd das rauhe Terrain hinter sich gebracht hatte, das sie von dem lauernden Raubvogel trennte. Als sie näher kamen, kreiste er von dannen und hockte sich auf einen Felskamm weit im Osten. Branwolf blickte auf der Suche nach der blutigen Beute ins Tal hinab. Verwirrt und finster sah er drein.

Der schwarze Hengst warf seinen Kopf zurück und tänzelte seitwärts, wollte sich dem Kadaver nicht nähern. Der Mann gab seinem Roß einen festen Schlag, der das Tier daran erinnern sollte, sich wie ein Schlachtroß zu verhalten und auf seine Befehle zu konzentrieren, nicht auf seine ängstlichen Instinkte. Fügsam schlich der schwarze Hengst an den ausgenommenen Kadaver heran.

Ein Berglöwe, dachte er ungläubig. Ein junges Männchen, frisch getötet. Was konnte ein solches Tier töten? Er dachte einen Moment darüber nach und kam zu dem Schluß, daß die Vaalaker ihn geschossen haben mußten und entweder Wölfe oder ein herrenloser Troll den toten Löwen dann gefressen hatten. Hier draußen gab es sonst nichts, was die großen Katzen jagte. Er brummte zufrieden und wollte schon weiterreiten, als sein Blick auf etwas fiel. In die weiche Erde war ein klauenförmiger Abdruck getreten, von der Form dem eines Adlers ähnlich, mit seinen drei Zehen, die nach vorn deuteten, und einem Sporn, der nach hinten ragte … nur war der Abdruck unfaßbar groß. Er war deutlich zu erkennen und fast zwei Fuß breit. Es war unmöglich. Doch die drei Zehen und ihre hakenförmigen Krallen, die sich in den Erdboden bohrten, waren überdeutlich. Er dachte an die tiefen unterirdischen Höhlen mit ihrem Schatzfund und den Unmengen halb gefressener Kadaver.

Eilig saß er auf, gab seinem Pferd die Sporen, fort von diesem Ort, und versuchte vergeblich, seinen Ängsten zu entkommen. Nicht nach so vielen hundert Jahren, dachte er entsetzt, es kann doch keine mehr geben. Nein, er konnte es nicht glauben. Es hätte schon früher Hinweise geben müssen. Jemand hätte es gesehen. Doch hier draußen, einen Tagesritt abseits der abgelegensten Weiden? Was war, wenn es die meiste Zeit unten in den Höhlen verbrachte und sich zur Futtersuche nur des Nachts ins Freie wagte? Schließlich gab es viele Leute, die noch nicht einmal einen Dachs gesehen hatten. Doch dieses Ungeheuer ließ einen Abdruck von zwei Fuß Breite zurück und war offensichtlich stark und schnell genug, einen Berglöwen zu erlegen. Zögernd tastete er nach seinem Bogen und überlegte, welche Pfeile die Schuppenhaut wohl am besten durchschlugen.

Doch irgend etwas stimmte nicht. War es purer Zufall, daß

das Ungeheuer genau denselben Weg wie die Vaalaker nahm? War es auf der Jagd nach ihnen? Vielleicht schmeckte ihm Menschenfleisch besonders gut, oder vielleicht war es gestohlenen Schätzen auf der Spur. Das war sicher nur abergläubisches Gerede: Tiere hatten kein Verlangen nach Schätzen … nun, von Elstern einmal abgesehen, dachte er zweifelnd. Konnte es tatsächlich sein, daß der Drache Diebe jagte, die etwas von seinem Schatz gestohlen hatten? Von meinem Schatz, verbesserte er sich. Zum ersten Mal betete Branwolf, daß seine Jungen in den Händen eines großen, schwerbewaffneten Trupps von Vaalakern waren. Je mehr Krieger es waren, desto besser standen ihre Chancen gegen den Drachen.

Er sprang wieder auf sein Pferd, dessen beschlagene Hufe tiefe Halbmonde in die dünne Erdkrume des Berges traten. Er wurde wütend. Wie hatte Spar sich ihm absichtlich widersetzen können? Er konnte seinem Sohn nicht verzeihen, daß er sich so unverantwortlich verhalten hatte. Hal schon. Hal war von jeher tollkühn gewesen, und Branwolf nahm es als natürliche Sorglosigkeit der Jugend. Doch bei Spar nicht. Er konnte es sich nicht erlauben, sorglos zu sein. Branwolf hatte alles getan, um dem Jungen Verantwortungsgefühl einzuimpfen, doch er kam zu dem Schluß, daß Caspar offenbar zuviel von seiner Mutter geerbt hatte.

Beide voller Marotten, ohne Sinn für die Wirklichkeit, dachte er bestürzt, schweben wie Falken auf den Schwingen ihrer Träume. So wütend hatte Keridwen Rewiks Vorstellungen von Fortschritt bekämpft, leichtsinnig verkündet, daß die neue Kirchensteuer das Bauernvolk in Armut stürzen würde. Armut in Belbidia! Die Vorstellung war lächerlich. Er war sehr jung gewesen. Die ungeheuerliche Art und Weise, mit der Keridwen es gewagt hatte, ihm, einem mächtigen Lord, zu sagen, wie er seine Baronie zu regieren hatte, hatte ihn maßlos erzürnt. Keine Frau Belbidias durfte ihrem Mann die Stirn bieten. Es war undenkbar. Er schäumte vor Zorn, hieb seine Fersen in den Bauch des Hengstes, der sich den steilen Hang hinaufkämpfte. Donnerkeil hielt seinen edlen Kopf niedrig und weit ausgestreckt, damit er die Kraft seiner Hinterläufe besser einsetzen konnte.

Branwolf dachte darüber nach, wie Rewik befohlen hatte, am Fuß von Torra Alta eine Kathedrale errichten zu lassen. Selbstverständlich hatte er sich trotz des Zorns seiner Frau auf die Forderung des Königs eingelassen, und erst lange nach Keridwens Verschwinden war ihm der drückende Preis des Baus bewußt geworden. Marmor aus Camaalia, Gold aus Ophidia, Satin und Seide aus Glain ... die Liste war endlos. Sechs Jahre hatte es allein gedauert, die Fundamente zu bauen, und im nachhinein mußte Branwolf zugeben, daß seine Frau vielleicht recht gehabt hatte. Er war jung gewesen und hatte sich geschämt, zuzugeben, daß er seinem König gefallen wollte und nicht den Mut hatte, sich ihm zu widersetzen ... damals noch nicht. Doch Torra Alta hatte dafür bezahlt. Seine Garnison war dezimiert, und weite Teile der majestätischen Laubwälder hatte man für den Holzexport nach Farona und Caldea gefällt. Wo die Äxte seine Wälder niedergemacht hatten, gab es keine Wildschweine mehr ... und er brauchte die Wildschweine. Ihre Hauer brachten andernorts gutes Geld. Ein ferner Stamm, der weit im Süden der Wüsten von Glain lebte, schätzte sie als potentes Symbol der Männlichkeit und zahlte dafür absurde Summen. Natürlich aßen die Torra Altaner das Fleisch der Wildschweine, doch die Hauer brachten das Geld für jenes Korn, mit dem die großen Streitrösser gefüttert wurden. Der Boden Torra Altas war nicht so fruchtbar, daß das Wachstum dieser wählerischen Tiere damit zu gewährleisten war. Im stillen hörte er, wie Keridwen ihn schalt. Ärgerlich über sich selbst, hielt er sein Pferd an, so daß der Hengst seinen Hals recken und tief durchatmen konnte.

»Ich hatte unrecht, Keridwen«, rief er den Bergen entgegen, und sein Pferd erschrak und legte die Ohren an. »Kannst du mir denn nicht verzeihen? Willst du nicht zu mir zurück? Ich war dir böse, aber es tut mir leid.«

Er dachte an den kleinen Jungen, der beharrlich nach seiner Mutter fragte. Fuchsteufelswild war der Baron gewesen, weil Caspar damit nicht aufhören wollte. Doch vielleicht hätte er es dem Jungen sagen sollen ... vielleicht hätte er dem Jungen alles sagen sollen. Der Kaplan jedoch hatte ihn gedrängt, es nicht zu tun, und er vertraute auf das Urteil seines Schwagers. Es war einem so kleinen Kind gegenüber nicht fair.

Seine Gedanken kehrten in die Gegenwart zurück, kreisten um die Vorstellung, daß sich Hal und Caspar den Schrecken der Vaalaker stellen mußten. Er mußte sie einholen. Armer Caspar. Hal hatte in seiner Kindheit wenigstens Elizabetta bei sich gehabt. Erst kürzlich war die Frau nach Farona, der Heimat ihrer Familie, heimgekehrt. Sie hatte Hal gebeten mitzukommen, doch er wollte die Wildnis Torra Altas nicht gegen die zahme, wohlerzogene Zivilisation Faronas tauschen. Instinktiv schien er gewußt zu haben, daß er an den Königshof nicht paßte. Er kleidete sich nicht hübsch genug, verstand nichts von den Finessen höfischer Konversation. Seiner unersättlichen Freude an der Jagd auf junge Mädchen würde man sicher mit Skepsis begegnen und ihm seine sportlichen Aktivitäten kürzen. Der Junge hatte akzeptiert, daß es besser wäre hierzubleiben, besser immer Zweiter hinter Spar zu sein, als die Freiheit der Wildnis von Torra Alta aufzugeben.

Das Pferd atmete ruhiger, als es ein Grasbüschel aus dem Boden riß, das im Schutz einer überhängenden Klippe wuchs, welche das Tal der Drachenklaue überschattete. Er hatte das Tier nach dem steilen Anstieg ruhen lassen, nachdem der Hirschfluß durchquert war. »Nun komm schon, Junge«, murmelte er. Dann sah er die hellroten Blutspuren, die ihn vom Schneematsch in den Spalten am Grund des Tales anblitzten. Wo das Blut in die kristalline Struktur des Schnees gesickert war, hatte die Kälte es erhalten, und es war noch von frischer Farbe. Er wandte sich vom fleckigen Schneematsch dem bedrohlich grauen Monstrum des Gletschers mit seinen Rissen und Spalten zu, der ein tiefes Tal in die Gelben Berge meißelte. Auf der Suche nach seiner Frau war er über den Gletscher gestiegen und drei Sommer lang auf dem Höhepunkt der Schneeschmelze zurückgekehrt. Doch er hatte nie eine Spur von ihr gefunden. Ein Schauer durchfuhr ihn, als er zum eisigen Fluß aufblickte, und eine kalte Vorahnung von etwas Bösem kroch in seine Knochen. Er roch die Luft. Sie war so frisch und rein wie die Bergluft überall in seinem Land, doch mißtraute er ihr instinktiv. Er betrachtete das Blut und den Kreis von Fußspuren darum herum. Ein Kreis … dachte er. Blut … Schnee … irgendwie roch es nach einem teuflischen Opferritus.

»Spar!« schrie er abrupt dem Himmel entgegen, und seine Stimme stieg hoch zu den fernen Gipfeln auf und hallte durch die Täler. Plötzlich fürchtete er, das Blut könnte etwas mit seinem Sohn zu tun haben. Die einzige Erwiderung auf sein Rufen kam von einem Adler, dessen Schrei dem hohen Ton einer Flöte glich, als er seinen Besitzanspruch auf das unter ihm liegende Land anmeldete. Mein … mein … mein … schien er zu schreien.

Eilig ließ er das Schneefeld hinter sich, ließ sich in seinen Sattel sinken, als er ins nächste Tal abstieg. Die Sonne sank weit im Westen, und die Gipfel der gezackten Berge bissen Stücke aus dem geschmolzenen Ball aus flüssigem Rot. Er lenkte sein Pferd nach links, um einen besseren Blick auf den westlichen Horizont zu bekommen. Er war auf dem höchsten Berg der Kette, und durch die klare, dünne Luft konnte er zehn Wegstunden weit sehen. In weiter Ferne ragte der böse Wolfsrachen dem Himmel entgegen. Mächtige Felsspitzen, deren Wände zu steil waren, als daß sich Ginster oder Heide in die Spalten klammern konnten, beherrschten den Horizont. Ihre schmal gemeißelten Schluchten bildeten tiefe Risse zwischen den Gipfeln, in denen sich der Winterschnee in den schattigen Nischen weit bis in die mittleren Monate des Jahres hielt.

Als er das Tal nach einem geeigneten Ort absuchte, an dem er die Nacht verbringen konnte, entdeckte er schließlich eine schützende Höhle. Nun mußte er nur noch eine Feuerstelle bauen, um Raubtiere fernzuhalten, während er schlief. Er fand einen Fluß, füllte seine Blechbüchse und ließ das Pferd vom kühlen Wasser trinken, dann errichtete er sein Feuer. Er nahm den Sattel vom Rücken des Pferdes, zog ihm das Zaumzeug über die Ohren, dann legte er die Decke wieder auf die glatte Pferdehaut, um das Tier vor der Kälte dieser Nacht in den Bergen zu schützen. Er warf ihm eine Schaufel voll Korn hin, und dankbar schnüffelte sein Pferd daran, zerstreute die Spreu mit der Atemluft aus seinen Nüstern, als die rauhe Zunge über den Stein rieb.

Ruckartig schreckte Branwolf hoch, und das Herz schlug ihm bis zum Hals. Instinktiv griff er nach seinem Bogen und legte einen Pfeil mit breitem Widerhaken an die Darmsaite. Der Pfeil war so gearbeitet, daß er selbst eine Pferderüstung durchschlagen und ein solches Tier in der Hitze des Gefechts erlegen konnte. Augenblicklich fühlte er sich sicherer, als er nach dem Geräusch lauschte, das ihn aus dem Schlaf gerissen hatte. Das Pferd bäumte sich auf und riß an dem Seil, mit dem es an einen Stein gebunden war. War der wilde Schrei, den er gehört hatte, nur das Wiehern seines Pferdes gewesen, oder das Heulen einer Füchsin? Eilig beruhigte er den aufgebrachten Hengst, damit sich das mächtige Streitroß nicht am Seil verletzte. Es prickelte auf seiner Haut, als er nach dem unnatürlichen Schrei lauschte, der den Schlaf der Berge gestört hatte, doch er hörte ihn nicht wieder. Ein- oder zweimal schlief er ein, kurz nur, doch im Morgengrauen war er bereit weiterzuziehen.

Im Licht des frühen Morgens betrachtete er stirnrunzelnd die Spuren am Boden. Der Troll hatte tiefe Abdrücke hinterlassen und trug offenbar eine schwerere Last. Achselzuckend wischte Branwolf seine Befürchtungen beiseite. Vielleicht bedeutete es nur, daß sie zu Fuß zum Ärgernis geworden waren und man sie nun an den Troll gefesselt hatte. Er schlug mit der Faust auf den Boden, fühlte sich hilflos, dann stieg er aufs Pferd und folgte den Spuren nordwärts.

Er durfte die Hoffnung nicht verlieren. Wenn ich die Hoffnung verliere, ist alles verloren. Sie bauen auf mich. Belbidia baut auf mich, daß ich Torra Alta halte. Und wenn ich ihnen nicht vorangehe? Nun, was nützt eine Burg ohne Führer? Der Hauptmann würde wohl zurechtkommen, dachte er zweifelnd, und sein Schwager würde alles tun, um die Barbaren aus den zivilisierten Ländern im Süden fernzuhalten. Doch er war ein Mann der Kirche, kein Krieger. Branwolf aber hegte Bewunderung für einen Mann mit derart körperlicher Entschlossenheit, wie Gwion sie auf der Suche nach Hal und Caspar gezeigt hatte. Welcher andere Mann der Geistlichkeit würde körperlich so hart und entschlossen arbeiten, wie sein Schwager es getan hatte, um Hal und Spar zu finden? Zweifellos verdiente sein emsiges Engagement, von der Kirche gewürdigt zu werden. Branwolf erinnerte sich, wie der verknöcherte Bischof aus dem Tiefland Torra Alta dafür kritisiert hatte, daß man die alten Namen für die

Monate des Jahres verwendete, statt den neuen Kalender zu übernehmen. Der Baron hatte keineswegs die Absicht, einen Haufen lächerlich klingender Namen zu lernen, die nur jedermann verwirrten. Es war eine Sache, die Götter zu wechseln, aber eine ganz andere, den Kalender zu ändern. Er zweifelte nicht daran, daß sein Wutanfall Gwions Chancen auf eine Beförderung zusätzlich geschadet hatte. Doch mochten die modernen Bischöfe derartiges Verhalten in ihren Orden auch mißbilligen … auf Torra Alta war es nur natürlich.

Dann fiel sein Blick auf etwas anderes, und er glitt von seinem Pferd, um die Spuren sorgfältiger zu prüfen. Der Abdruck eines nackten Fußes hatte die Spur fünf kleiner Zehen zurückgelassen. Er stand darüber gebeugt und maß ihn an seinem Stiefel. Der Abdruck stammte von einem Kind. Er ging in die Hocke, um das seltsame Muster der barfüßigen Spur zu untersuchen, und betrachtete fragend den linken Fußabdruck, der übel verdreht zu sein schien. Das verlorene Kind eines Hirten, das die Barbaren entführt hatten, dachte er. Ein Opfer? Ein Jungfrauenopfer? Er überlegte entsetzt.

Gegen Mittag erreichte er das nördliche Vorgebirge der Gelben Berge. Die Spuren, denen er folgte, wurden von anderen Abdrücken in verschiedene Richtungen gekreuzt. Noch mehr Trolle, dachte er angewidert. Er suchte die Spuren, denen er ursprünglich über die Gelben Berge hinweg gefolgt war, erkannte sie ohne weiteres an winzigen, nackten Fußabdrücken. Unter ihm erstreckte sich die Weite des Keilerwaldes, und er legte seine Stirn in Falten, versuchte, die Gestalten um die dünnen Rauchsäulen herum auszumachen, die zwischen den Bäumen aufstiegen.

Ein Lager mitten in meinem Land, dachte er zornig, knurrte bei dem Gedanken an vaalakische Spione, die in seinen Wäldern lauerten. Er hatte nicht genügend Männer, um seine nördliche Grenze auf ihrer gesamten Länge zu verteidigen, und mußte hinnehmen, daß der Keilerwald gefährdet war, was Angriffe kleiner Sturmtrupps anging. Sein Waldaufseher hatte die Waldbewohner schon vor langer Zeit gewarnt, sie sollten südlich der Burg Schutz suchen, wo er ihnen vorübergehend Hütten im Tiefland anbot. Doch die meisten von ihnen hatten sich geweigert, zogen es vor, sich tief in ihrem Wald zu verstecken. Er tröstete sich mit dem Gedanken, daß sich die Nordmänner nicht lange im Wald aufhalten würden. Sicher eilten sie in die Tiefebene Belbidias, den großen Ochsenherden und Feldern voll satten Getreides entgegen, die jenseits des Passes lagen. Doch die vaalakischen Spione sind bereits da, dachte er tief beunruhigt.

Unruhig wich der schwarze Hengst zurück, scharrte am Boden wie ein bedrohter Bulle. Branwolf legte die Zügel um den Sattelknauf, schwang seinen Bogen herum und legte einen Pfeil auf die Sehne. Da draußen war irgendwas. Er schlich um den scharfkantigen Rand eines Felsens, der ihm die Sicht verstellte, und wurde eines riesigen, grauhäutigen, männlichen Trolls gewahr, dessen Hauer sich in den zuckenden Bauch eines weiteren Tieres seiner Art gruben. Der zweite Troll, ein Weibchen, lag leise stöhnend da, während sich sein Gefährte an seinen Eingeweiden gütlich tat. Die Trollin hob den Kopf, versuchte auf mitleiderregende Weise, den Troll – vielleicht ihr Partner – mit einer Klaue abzuwehren. Sie starb, doch starb sie zu langsam. Eine Kette durch ihre Nase ließ Branwolf vermuten, daß beide ihren vaalakischen Besitzern entlaufen waren. Gurgelndes Geheul blubberte aus der Kehle der Trollin hervor, und ihr Kopf sank zu Boden. Branwolf hob seinen Bogen, und mit einem gnadenreichen Schuß grub er einen Pfeil zwischen ihre Augen, der sich in ihr Hirn bohrte und ihrem Leiden ein Ende bereitete.

Es war ein Fehler. Das blutige Gesicht des Trolls fuhr herum, und Fetzen von Gedärm spritzten zwischen seinen Zähnen hervor, als er den Baron anbrüllte. Für den Bruchteil eines Augenblicks sah sich Branwolf das flachnasige Gesicht an. Die Nüstern des Trolls waren eingerissen und bluteten, wahrscheinlich dort, wo das schweinshäutige Tier den Ring aus dem Knorpel seiner Nase gerissen hatte.

Riesengroß und unbeholfen bäumte es sich auf seinen kurzen Hinterbeinen auf, streckte sein gebeugtes Rückgrat und drohte dem Baron mit seinen langen, bärengleichen Klauen. Branwolf nahm den nächsten Pfeil und legte ihn mit ruhiger Hand an seinen Bogen, als das Vieh über Reiter und Pferd aufragte. Er riß die Sehne zurück, und eine Zielscheibe aus Blut bildete sich sogleich am Brustkorb des Trolls um den Pfeil, der in ihm steckte. Unerschrocken kratzte das Vieh mit der Klaue an dem Schaft, und der Pfeil fiel nutzlos zu Boden. Als Branwolf nach einem neuen Pfeil griff, tat das Untier einen unerwartet schnellen Satz und fiel schon über ihn her.

Ein Hieb der linken Klaue des Trolls an die Schulter des Hengstes zwang das große Streitroß in die Knie. Als er zu Boden geworfen wurde, wollte Branwolf wieder zielen, doch hatte der Troll ihn zwischen seinen Klauen, bevor er schießen konnte. Hilflos spürte er den schweren Atem im Gesicht, als das Vieh ihn hin und her warf, ihn zwischen seinen sechszehigen Klauen schüttelte. Es holte aus, fuhr mit seinen unteren Reißzähnen über Branwolfs Magen. Der nahm seine letzte Kraft zusammen und rang darum, eine Hand an sein Messer zu bekommen. Die Klinge war scharf genug, Wildbret zu zerlegen. Wie im Wahn hackte er mit seinem Messer, schnitt ins Fleisch des Tieres zu dessen Herzen hin. Dickes, schwarzes Blut quoll aus dem Mund der Kreatur, als sie von ihm rollte. Die Augen starrten ihn an. Einen kurzen, entsetzlichen Moment lang glaubte Branwolf, in die Augen eines Menschen zu sehen. Gnadenreicherweise schlossen sie sich.

Jegliches Zeitgefühl war verloren, und er rang bitterlich darum, am Leben zu bleiben. Spar brauchte ihn. Ihm wurde kalt, tödlich kalt. Er wollte nur noch schlafen.

Als die Dämmerung die Wärme der Sonne mit sich riß, nahm Branwolf seine Umgebung vage wieder wahr. Er fragte sich, wann die Wölfe oder Adler ihn wohl finden würden. Die Bergwölfe würden das Blut inzwischen gewittert haben. Die Vaalaker, dachte er! Die Vaalaker werden mich finden. Wenn sie mich finden, geben sie sich nicht mehr mit Spar ab: Sie bringen ihn einfach um. Ich muß den Pfad verlassen. Schon war getrocknetes Blut zu Schorf geworden, wo der Trollhauer Risse in seinen Magen geschlagen hatte, doch als er sich bewegte, brach die Haut auf, und flüssiger Eiter trat aus der Wunde. Sein bebendes Pferd schien nicht in der Lage, die verwundete Schulter zu belasten, dennoch tastete er nach den Zügeln und hob sich mit deren Hilfe auf die Knie. Er schob seinen Arm durch die Zügel, und gehorsam humpelte der Hengst voran, während er sich schmerzlich auf Ellbogen und Knien weiterschleppte und Daumenbreite für Daumenbreite vom Pfad kroch. Er brauchte den Großteil der Nacht, bis er die dreihundert Schritte gen Westen in den Schutz verkümmerter Birken geschafft hatte. Zwischen den Bäumen war es wärmer. Sie hielten den Wind ab. Neben einer Quelle, die zwischen den Felsen entsprang, fand er etwas Moos, auf dem er ruhen konnte. Er lauschte stundenlang. Donnerkeil hatte Schmerzen, er konnte es hören. Tut mir leid, alter Junge, dachte er.

Als er aufwachte, lief kalter Schweiß in Strömen von seiner Stirn. Seine Brust war feucht, und Arme und Beine taten weh. Die Wunde roch, und er merkte, daß das Fieber von ihm Besitz ergriffen hatte. Den ganzen Tag lag er im

Schatten der Bäume und lauschte dem leisen Kauen seines Pferdes. Als die Dämmerung wieder kam, zwang er seinen erschöpften Körper, einen Arm den kühlen, lebenspendenden Fluten des Flusses entgegenzustrecken. Er sog die Wassertropfen in sich auf, die ihm von den Fingern rannen. Mehrere Minuten lang atmete er schwer, als die Welt undeutlich wurde, dann schaffte er es, seine Fersen in das modernde Laub zu treten und sich über den moosbewachsenen Boden zu zerren. Endlich konnte er seinen Kopf in das durstlöschende Wasser stecken. Unter Schmerzen zwang er sich, das Wasser zu schlucken, in der Hoffnung, daß es seinen Leib von den Giften der faulenden Wunde reinigen würde. Es fiel ihm schwer, mit den gesprungenen Lippen zu trinken, doch schließlich hatte er genug und sank erschöpft ins Moos.

In dieser Nacht zehrte das Fieber mit rasenden Träumen an ihm. »Keridwen«, rief er. »Keridwen, gib mir Kraft, gesund zu werden, damit ich unseren Sohn suchen kann.« Er träumte, daß Dämonen über ihm schwebten, sich von seinem Bauch nährten, während er hilflos dabei zusah. Er schüttelte den Traum ab. Die Nacht war kalt und hell, und Licht von den Sternenpunkten drang zwischen den Bäumen hindurch. Er schien wohl zu träumen. Noch immer konnte er Freßgeräusche hören. Es klang wie Schweine, die im Trog schnauften, nur zu laut, zu tief, und die Erde bebte unter den Schritten eines plumpen Tieres. Wieder hörte er feuchtes Kauen, und das Splittern von Knochen ließ die Nacht gefrieren. Als er sich bewegen wollte, brannte der Schmerz in seinem Bauch. Während er allmählich das Bewußtsein verlor, nahm er ein massiges Wesen wahr, dessen scharrende, rutschende Bewegungen näher kamen.

Lieber Gott, mach, daß ich nicht von diesem Troll gefressen werde. Liebe Keridwen, rette mich vor diesem Untier …

KAPITEL 13

Das monströse, grüne Weib wiegte Caspars trägen Körper besitzergreifend an seinen zahlreichen Brüsten. Plötzlich erstarrte es.

»Jemand ist in meinem Wald. Bringt ihn mir!« rief Cailleach. Der simple Befehl ließ unsichtbare Füße durch den Wald huschen. »Meine Sklaven«, zischte sie. »Sie leben nur dafür, mir zu gefallen, genau wie du.«

Während sie in einer seltsamen, zischenden Sprache murmelte, streckte die Kreatur eine Hand in die Höhe, als beschwöre sie den Himmel. Der unnatürliche Nebel glitt von den herbstlichen Bäumen herab, als hätte sie ihn herabgezogen. Dicke, feuchte Luft hüllte Caspar in den nur allzu erkennbaren Duft des Todes.

»Ist es vielleicht einer deiner Spielgefährten, mein Kleiner?« zischte sie freudig. »Mehr Zerstreuung für mich, wie ich hoffe. Ach, aber du scheinst nicht erfreut. Aber, aber ... du solltest dich freuen, deine Freunde zu sehen. Möchtest du deinen Bruder denn nicht wiedersehen? Nur das Mädchen ... ich habe keine Zeit für Mädchen – es sei denn natürlich –, ja, es sei denn, sie würde für mich tanzen.«

Caspar spürte, wie der Pulsschlag des Wesens mit den intensiveren Gefühlen schneller wurde. Während es darauf wartete, was seine Sklaven im Wald wohl finden würden, klagte es voll Ungeduld. Caspar wartete entsetzt. Bitte, Hal, komm nicht. Bleib von diesem Höllenwesen fern, dachte er.

»So hast du also immer noch Kraft, dich mir zu widersetzen, was?« Höhnisch grinste die monströse Cailleach ihn an, schob die Schlangenzunge zwischen ihren Lippen hervor und leckte langsam und sinnlich über ihn. Die rollende

Zunge erkundete sein Kinn, seinen Mund, seine Nase und umkreiste dann die Augen. Da sie seine Arme an den Seiten festhielt, konnte sich Caspar den schleimigen Speichel nicht vom Gesicht wischen, und Ekel wühlte seinen Magen auf. »Du wirst dich meiner nicht ewig erwehren, und bald schon werde ich noch jemanden zum Spielen haben.« Wieder lachte sie spöttisch. »Ich habe für euch beide genug. Meine getreuen Sklaven werden mir den anderen kleinen Bock bald bringen. Sie bringen ihn mir aus dem Nebel. Ich habe schon lange genug gewartet.« Ungeduldig klatschte sie in die Hände.

Doch die laubfarbenen Waldnymphen, die so gänzlich unauffällig zwischen Bäumen und Büschen verschwanden, kehrten nicht zurück. Statt dessen durchbohrte nadelspitzes Silberlicht den Nebel und wuchs zu einem hellen, vollen Mond. Auf beiden Seiten des Lichtkreises leuchteten silbrig je ein zunehmender und ein abnehmender Vollmond. Cailleach zischte, löste ihren Griff um Caspar für einen Augenblick, als wäre sie überrascht, doch dann wurde die Hand hart wie eine Eisenfaust, so daß seine Knochen knirschten. Caspar spürte, daß der Zorn sie mit sich riß.

»Was tust du in meinem Wald, Greisin? Verschwinde hier, bevor ich dich vernichte.« Der Nebel wurde dünner, trotz aller Bemühungen Cailleachs, mehr davon vom Himmel zu ziehen. »Seit vielen Monden hast du nicht mehr solche Kraft gehabt. Die Erde hat ihren Tanz ein dutzendmal um den großen Stern vollführt, seit du zuletzt so mutig warst.« Cailleach war verblüfft. »Du warst schwach, Greisin, wem also hast du deine Kraft gestohlen?«

»Gib mir den Jungen. Er gehört mir«, forderte eine ruhige Stimme von den silbrigen Monden her. Die Stimme war dünn und zittrig, doch besaß sie trotz des Alters diese scharfe Arroganz, deren Keim in unerschütterlicher Autorität lag. »Mutiertes Ding der Unterwelt, deine Tage im Wald sind gezählt. Der Junge ist mein, aus meinem Besitz, niemals der deine. Gib mir den Jungen, und deine Strafe vor den Alten Göttern wird geringer sein.«

»Ha! Du vertrockneter, alter Knochensack, du hast die Kraft nicht. Sieh mich an!« Cailleach richtete sich zu ihrer ganzen monumentalen Größe auf. »Ich habe die Macht: Die Waldnymphen beten mich an.«

Ein Kreis von klarem Licht bildete sich um die Gestalt, die es wagte, sich Cailleach zu widersetzen. Der Nebel schien nicht in der Lage, sie zu berühren. Sie war klein und zart, und – wie das grüne Monstrum gesagt hatte – ihr Gesicht war ausgezehrt vom Alter. Caspar nahm die Erinnerung aus den Tiefen seines Entsetzens und erkannte in ihr die Frau, deren Bild Brid im Mondstein wachgerufen hatte. Dünne, faltige Haut hing von scharfen Wangenknochen. Ihre Augen waren noch von wildem Azur, doch zeigte das dunkle Himmelblau weiße Flecken, wie zerrissene Wolken, die ihre ursprüngliche Reinheit verschleierten. Dennoch war die Intensität nach wie vor da.

Die Greisin trat einen Schritt nach vorn. Schimmerndes, silbernes Haar fiel auf ihre Hüften, wie ein Wasserfall, der über den knorrigen Hinterkopf stürzte. »Du Kreatur der Unterwelt, ich fürchte dich nicht. Ich stehe bereits mit einem Fuß im Grab und greife nach dem Schoß der Mutter. Ich wache über die Geburt von Kindern und führe sie hinaus, wenn es für sie Zeit wird, das Fleisch erneut von sich zu werfen. Ich fürchte deine Todesdrohung nicht, denn ich kann in den Annwyn sehen, ich kann durch die Anderwelt wandeln und Seelen auf die andere Seite wieder zu ihrer Geburt führen. Ich habe Kenntnis von der Wiedergeburt: Du hast nur Kenntnis vom Tod. Das hat jeder Küchenjunge mit Schwert oder Knüppel von den Alten Göttern mitbekommen.«

Caspar, der diese Schlacht der Worte nicht verstehen konnte, sah sich im Kampf der Giganten gefangen. Er fürchtete, daß jeden Augenblick ein Blitz aus ihren Händen schießen und er von ihrem Zorn in den Untergang gesprengt würde. Niemals, niemals – selbst wenn er Torra Alta und seinen Vater nie mehr wiedersehen sollte – würde er sich nochmals einer Anweisung widersetzen. All das, all diese schrecklichen Dinge waren ihm zugestoßen, seit er in den Brunnen geschlichen war, in schändlicher Mißachtung der Befehle seines Vaters. Bitte vergib mir, Vater, murmelte er vor sich hin und war nicht sicher, ob er den Baron oder den Einzig Wahren Gott meinte, den zu verehren man ihn erzogen hatte. Als er sich nun jedoch diesen geheimnisvollen Mächten in weiblicher Form gegenübersah, die den Tod brachten und von Wiedergeburt sprachen, schwand sein schon angeschlagener Glaube nur noch um so mehr.

Cailleach brauste auf, streckte die Hände den Bäumen entgegen und zerrte die schlanken Nymphen hervor, die ihr dienten. »Tötet diese kümmerliche Greisin!« kreischte sie. Die grünen, verwahrlosten Kinder wollten nicht gehorchen und sich der grauen, alten Frau nicht nähern, die vornübergebeugt in ihrem klaren Luftkreis stand. Eine klagende Waldnymphe versuchte, sich Cailleachs Griff zu widersetzen, indem sie tiefer in den Wald floh. Das riesige, mutierte Wesen zerrte sie am Knöchel zurück und bog das schlanke Kind über ihrem Knie, bis das Rückgrat wie Holz zersplitterte.

Die graue Frau sprach mit kraftvoller Stimme, alt wie die Gelben Berge. »Ich bin Morrigwen, die Erste der Ergebenen Dienerinnen, und im Namen der Großen Mutter befehle ich dir, dich mir zu unterwerfen.«

»Die Macht besitzt du nicht«, konterte Cailleach vehement. »Du bist allein, und dein Zauber ist wertlos … ohne die Vereinigung der Trinität nur leere Worte.«

Morrigwen hob ihre linke Hand, und Brid trat leichten Schrittes aus dem Wald. »Ich bin nicht allein«, erwiderte die steinerne Stimme der Greisin.

»Zwei sind nicht genug. Die Alten Götter werden euch nicht hören.« Cailleach zitterte vor Zorn, doch langsam schlich Unsicherheit in ihre Stimme.

»Zwei sind nicht genug, das gebe ich zu, aber der Junge kann Kontakt zur Dritten aufnehmen.« Brids Stimme nahm einen Befehlston an, und dem gefangenen Jungen wurde klar, daß sie ihn meinte. »Caspar, ich habe das Druidenauge. Laß deine Gedanken danach greifen. Greif danach und berühre die Mutter.«

Er mußte würgen, als sich Cailleachs Schraubstockgriff fest um seinen Hals legte, und er konnte nicht mehr sprechen. Nein, ich kann diese ketzerischen Mächte nicht rufen, dachte er in Todesangst. Doch Brids sanfte Stimme drang tröstend an sein Ohr.

»Denk an die Liebe der Mutter. Denk an sie, verehre sie und gib dich in ihre Hände. Du mußt glauben. Du mußt nur an sie denken und an ihre Liebe glauben.«

Caspars Gedanken waren von Bildern sich windender Schlangen durchwoben, die sich durch seine Adern schlängelten und sein Blut in fauliges Grün verwandelten. Er gab sich alle Mühe, eine klare Erinnerung festzuhalten.

Er rang darum, das reine Böse Cailleachs aus seiner Seele zu verbannen, indem er die heiligen Worte aus den Schriften murmelte. Er stellte sich seinen Onkel Gwion vor, wie dieser in seiner schwarzen Robe vor ihm predigte, und kämpfte darum, die heiligen Worte in seine Gedanken einzulassen, doch brachten sie ihm keinen Trost. Er fühlte sich nur kalt und schuldig. Der Kaplan verachtete ihn, sprach allein von Sünde und Hölle und davon, daß er, Caspar, der großen Liebe des einzigen Gottes unwürdig war.

»Denk an das Gesicht der Frau im Mondstein, Spar«, flehte Brids Stimme erneut.

Statt dessen erinnerte sich Caspar an den erschütternden Schock, den er empfunden hatte, als seine nackten Hände die magische Kugel zum ersten Mal berührten. Doch dann ergriff Verwunderung von ihm Besitz, als er spürte, daß die Frau, welche im Mondstein gefangen war, mit reiner, unschuldiger Liebe nach ihm verlangte. Dieses Bild hielt Caspar fest, und er suchte dringend nach ihrem Trost. Ich bin verloren, dachte er verzweifelt. Meine Seele ist an diese Frauen verloren, weil sie mich retten werden. Dann stieg eine Woge kraftspendender Energie aus der Erde hervor, um seinen Willen anzutreiben. Der Junge war von Ehrfurcht ergriffen, als ihn die strahlende Kraft durchfuhr. Er schreckte vor dem Gefühl der Macht zurück, die in seinem Herzen aufstieg, aber trotz alledem fühlte er sich stark.

»Endlich«, hauchte Brid.

Morrigwen zog eine goldene Sichel aus dem Gürtel ihrer grünen Robe, und mit der anderen Hand zog sie sich das geschnitzte Knochenamulett in Form eines Pferdeschädels vom Hals. Beides hielt sie zum Bittgebet in die Luft. Cailleach stieß ein langes Schmerzgeheul aus, das zu einem leisen Jammern der Verzweiflung wurde.

Morrigwens Stimme erhob sich ohne weiteres über das traurige Heulen des Monstrums. »Ich halte die goldene Sichel, welche die Fäden durchschneidet, die dich ans fleischgebundene Leben binden. Ich halte den Schädel der Stute der Nacht in Händen, die dich zu den Niederungen des Annwyn bringen wird, quer durch die Unterwelt. Nie mehr wirst du wiederkehren und auf dem Antlitz der Erde wandeln, um die Seelen der Menschen zu quälen, und wir werden die Kraft haben, uns dir zu widersetzen.«

Brid streckte eine Hand aus, in der sie den Schößling einer Eberesche hielt. »Ich hege den Geist des Baumes, der das Böse sucht und es aus der Welt der Lebenden vertreibt.«

Worte drangen in Caspars wirre Gedanken ein: Ich bin der Liebe der Mutter sicher. Obwohl er sie nicht laut aussprach, stimmte er in Brids und Morrigwens Rede mit ein und fügte seine Kraft dem Bittgebet hinzu.

Kraftlos sank Cailleach zu Boden, fiel auf ihren steinernen Altar, doch nach wie vor quetschte sie seine Knochen mit ihrem Griff. Als Morrigwen sich rührte, tat sie es mit der Kraft und Beweglichkeit einer jungen Frau. Entschlossen trat sie vor und hackte mit der goldenen Sichel auf Cailleachs Arm ein. Dieser fiel sauber und ohne Blut vom Rumpf. Träge hielt Cailleach ihre gegenüberliegende Hand auf die blutlose Wunde, schwankte vor Schmerz, doch war ihre Stimme zu schwach zum Schreien. Morrigwen zerrte den Jungen von dem Scheusal fort, dessen abgehackte Hand noch immer fest um seine Kehle lag.

»Wir haben keine Zeit, uns jetzt darum zu kümmern«, erklärte Morrigwen. »Wir müssen sofort weiter.« Als die Greisin Caspar aus dem Schwarzdornhain zerrte, ließ ihre wilde Kraft allmählich nach. Mit jedem Schritt wurde ihr aufrechter Gang gebückter, wurden ihre Schritte langsamer und mühevoll. Brid eilte ihr zur Hilfe, und als sie einen Moment lang Luft holten, drehte sich Caspar nach dem Ungeheuer um, dessen abgehackter Arm ihn noch immer wie ein eisernes Halsband würgte. Das Scheusal war wie erfroren. Die Arme – jetzt nur noch fünf – waren zu einer linkischen Pose erstarrt.

Als sie den alten Pfad erreichten, der durch den Wald führte, keuchte der kleine Junge nach Luft, und die Welt verschwamm vor seinen Augen. Die abgehackte Hand wollte ihren würgenden Griff nicht lockern, und er sank auf das

Gras, wobei Hals verschwommener Anblick sich vor ihm drehte.

Morrigwens ferne Stimme krächzte irgendwo im Hintergrund. Zwar war Caspar nicht in der Lage, die Worte zu verstehen, aber er spürte die Dringlichkeit und Unsicherheit in ihrem Tonfall.

Brid war näher an seinem Ohr. »Wir müssen die Mutter finden …«

»Ich krieg keine Luft«, keuchte Caspar. »Bitte hilf mir. Ich kriege keine Luft.«

Dann war Hal da. Er packte die grüne Hand und versuchte, sie loszureißen, kämpfte mit jedem einzelnen Finger, um ihn von der Haut seines Neffen wegzubiegen, doch die mächtige Faust drückte nur noch fester.

»Halt!« rief Brid. »Er läuft blau an.«

»Feuer«, befahl Morrigwen plötzlich. »Wir läutern sie mit Feuer, als würden wir ein Muskelzucken ausbrennen. Schnell, Brennholz und Wasser.«

Die sengende Hitze versicherte Caspar zumindest, daß er noch lebte. Die feinen Härchen auf dem grünen Handrücken gaben einen scharfen, beißenden Gestank von sich, der in seiner Kehle brannte.

»Haltet ihn feucht. Mehr Wasser«, sagte Morrigwen, während Brid kalte Kompressen mit klarem Wasser auflegte, um das sengende Feuer von der Haut des Jungen fernzuhalten. Eilig erneuerte sie die Umschläge, da sie sich in den Flammen erwärmten, welche die Greisin an die abgehackte Hand hielt. Caspar schloß die Augen im Rauch, während das Fleisch zu schmoren begann und ätzender Gestank ihn umfing.

Endlich ließ der Druck nach, und Morrigwen konnte die verkohlte Hand mit der goldenen Sichel entfernen. Scharf sog Caspar Luft in seine Lungen, die von der Hitze brannten.

»Tauch ihn weiter in Wasser, Brid. Und, Hal, hol mehr

Brennholz. Für dieses Ding ist ein großer Scheiterhaufen nötig, wenn wir es vernichten wollen, damit es diese Welt nicht mehr mit seinem Übel vergiften kann.«

»Ein Feuer könnte die Vaalaker anlocken«, warf Hal ein.

»Still, Junge.« Wieder nahm Morrigwens Stimme ihren steinernen Ton an. »Wir müssen das Böse gänzlich vernichten, wo wir es auch finden. Das mit den Vaalakern läßt sich nicht ändern. Und rühre das Ding nicht an.«

»Nicht mal im Traum«, knurrte Hal beleidigt, nachdem man ihn getadelt hatte.

Morrigwen manövrierte die Hand mit Hilfe zweier Äste einer Eberesche auf den Haufen aus Gestrüpp und Zweigen, dann drückte sie die Fackel ins Herz des Scheiterhaufens. Sie legte die Eberesche obenauf. »Es muß alles verbrennen«, betonte die Greisin.

Die Rauchsäule war dicht und schwarz, stieg geradewegs in den stillen, blauen Himmel auf.

»Wir müssen gehen«, drängte Hal.

»Nein. Wir warten.« Morrigwen rührte sich nicht. »Es muß alles verbrennen, und ich muß bleiben, um dafür zu sorgen.«

»Widersprich der Alten bloß nicht«, warnte Brid leise.

»Das habe ich gehört, junge Frau. Werd nur nicht unverschämt. Wie geht es Spar? Wie geht es meinem Neffen? Keine Verbrennungen, wie ich hoffe, sofern du es geschafft hast, deine Arbeit richtig zu machen.«

Müde antwortete Caspar selbst: »Nein. Keine Verbrennungen. Mir geht es gut, glaube ich, nur ist mir kalt, eiskalt, genau hier.« Er betastete die Seite seines Halses, wo sich Cailleachs Handfläche an seine Adern gepreßt hatte. »Es ist ganz taub.« Er hustete und spuckte in die Hände, und etwas grüne Flüssigkeit lief durch seine Finger. Erschrocken und verstört sah er sie an. »Was hat dieses Ding mit mir gemacht?«

Morrigwen legte ihre knochigen Finger um seinen Hals und drückte sanft. Caspar spürte, wie die Wärme wiederkam. »Wir brauchen die Mutter«, seufzte sie kummervoll. »Wie dringend wir sie brauchen. Ich kann hier nichts für dich tun. Sobald dieses Ding eingeäschert ist, reiten wir zu meinem Wohnsitz. Nun, Brid«, befahl sie, »schnitz du noch einen Zweig der Eberesche.«

Sie reichte dem jungen Mädchen ihre goldene Sichel, und Brid suchte zwischen den Bäumen, bis sie den auserwählten Baum fand. Nachdem sie den Geist des Baumes erst um Erlaubnis gebeten hatte, schnitt sie einen Schößling von einem Ast und reichte ihn Caspar.

»Hier, halte den, und laß ihn nicht los«, warnte sie. »Er wird dir helfen, die bösen Geister abzuwehren.«

Gewissenhaft harkte Morrigwen die verkohlte, pulvrige Asche durch und brummte schließlich zufrieden. »Es ist vollbracht. Jetzt können wir gehen.«

Hals militaristische Neigung ließ ihn ein markiges »Zu Pferd!« ausstoßen. »Ich sehe die Vaalaker schon am Horizont, und sie kommen schnell näher. Sie reiten auf Trollen.«

Als Caspar sich auf dem Pfad umdrehte, sah er, daß sich mehr als eine Wegstunde entfernt etwas bewegte. Es kam schnell näher, ganz wie Hal gesagt hatte, doch er war nicht sicher, was es sein mochte.

»Junger Mann«, mahnte Morrigwen. »Wenn du wie ein wilder Hase herumläufst, hilft das niemandem, schneller zu sein. Steig sofort ab und hilf erst Spar hinauf, und mir am besten auch. Hilf mir auf Brids Pferd. Für dieses Herumtanzen bin ich inzwischen ein wenig zu alt.«

»Frauen!« murmelte Hal trotzig vor sich hin. »Großer Gott, der Feind ist in Sicht!« Dennoch glitt er vom Hengst und lief hinüber, um seinem Neffen zu helfen. Nun wurde seine Miene plötzlich sorgenvoll, als er Caspars Schwäche sah, doch der kleinere Junge brachte ein beruhigendes Lächeln zustande.

Als sie erst auf der Stute saß, ritt Morrigwen so geschickt und aggressiv wie Brid, und ihre alten, knorrigen Hände hielten die Zügel stramm. Mit dem jungen Mädchen hinter sich trieb sie das Pferd an, und gemeinsam ritten sie von dannen. Die beiden Jungen beugten sich vor; Hal schmiegte sich an den Hals des Hengstes, streckte seine Hände aus und ließ das Pferd galoppieren, während sich Caspar an seinen Rücken drängte. Caspar klammerte sich an Hals schweren Umhang und überlegte, wie schnell ein Troll wohl laufen konnte. Einmal hatte er gesehen, wie ein Braunbär einen Hirschen einholte und zu Boden riß. Das Tier mochte zwar unbeholfen und schwer gewirkt haben, doch war es überraschend schnell gewesen.

Sie galoppierten ungestüm, solange die Tiere konnten. Allmählich aber wurden die fließenden Bewegungen mühsam und stockend, während der Schweiß um die gelben Schultern der Pferde schäumte. Die stoischen Tiere keuchten zu schwer, um noch weitergaloppieren zu können, und fielen ins Schrittempo zurück. Ihre menschliche Last konnte nichts tun, um sie anzutreiben, trotz aller Vaalaker am Horizont.

»Haben sie uns gesehen?« fragte Hal.

»Werden sie wohl«, erwiderte Morrigwen. »Und wenn nicht, dürften die Trolle inzwischen unsere Fährte aufgenommen haben. Wir lassen die Pferde zur Ruhe kommen, bevor wir weiterreiten, damit wir für den Weg nach Hause noch Kraft genug haben.«

»Du meinst, falls uns die Vaalaker bis dahin nicht schon gefressen haben. Kommt schon, wir müssen schneller reiten.« Er wollte dem Pferd schon seine Fersen geben, doch die alte Frau hielt ihn mit einem donnernden »Nein!« zurück.

»Dumme, alte Ziege«, knurrte Hal leise und machte keinerlei Anstalten, sich der alten Frau zu beugen.

»Wir brauchen unsere Kraft noch für das allerletzte Stück«, erklärte Morrigwen ganz ruhig.

Hal seufzte und setzte sich aufrecht, zog Caspar mit sich, der matt an seinem Rücken lehnte. Er ließ den Hengst so laufen, wie dieser wollte, und bald schon war die Frau mit der Stute auf dem Waldweg ein Stück voraus. Etwas links von sich hörte er durch die Bäume Wasser plätschern und vermutete, daß sie eine Route parallel zum Geisterfluß nahmen. Der grasige Pfad war von sonnigen Flecken überzogen, aber auf beiden Seiten war der Wald undurchdringlich. Schließ- lich ritten Brid und die alte Frau weit genug voraus, daß die Jungen miteinander sprechen konnten.

»Woher ist sie gekommen?« fragte Caspar und meinte damit das plötzliche Erscheinen der Greisin, als er in der Hand des grünen Scheusals war.

Achselzuckend sagte Hal: »Als du im Nebel verschwunden bist, hat Brid gesagt, wir müßten Morrigwen holen, um dich zu retten. Wir sind auf diesem Pfad geritten, aber die alte Frau kam uns schon entgegen. Es mag sich seltsam anhören, aber sie wußte, daß wir sie brauchen.«

»Wir *brauchen* Hilfe«, sagte Caspar schwach. »Unser Gott hilft uns im Moment nicht, oder? Dort im Wald bei diesem Monstrum sagte Brid: ›Wir müssen die Mutter finden‹ … und ich habe verstanden, was sie meinte. Ich habe gespürt, wie die Kraft mich durchfuhr. Es muß so sein, weil ich so eng mit Torra Alta verbunden bin, der Burg, die einst der Göttin geweiht war. Ich spüre die Macht. Sie hat dieses Wesen vernichtet. Diese Macht wird uns vor den Vaalakern schützen. Die Macht der alten Religion von Torra Alta.« Seine Stimme war voller Hoffnung, doch schwach. »Mir ist kalt«, fügte er hinzu.

»Blasphemischer Quatsch. Diese Frauen weichen dir dein Hirn auf.« Hal klang nicht eben begeistert.

Caspar erinnerte sich an die Macht der Greisin, als sie Cailleachs Bosheit und Grausamkeit bezwungen hatte.

Sorgenvoll sah Hal seinen schweigenden Freund über die Schulter hinweg an. »Es gibt keine größere Hilfe als die Gottes. Was ist mit dir passiert, Caspar?«

Caspar antwortete nicht, sondern rieb nur seinen Nacken, versuchte, den kalten Schmerz fortzumassieren. »Sieh nur! Sie kommen näher«, rief Hal.

Eine Gruppe von Gestalten tauchte hinter ihnen an einem fernen Vorsprung auf, folgte dem Verlauf des Weges, der sie wie eine Furche durch den Wald geradezu führte. Ein Dutzend galoppierender Gestalten stieg in dieselbe Senke hinab, in welcher der Nebel Caspar in Cailleachs dichte Welt der Bäume gezogen hatte.

Das schwere Grunzen der Trolle war schon deutlich zu hören, als Morrigwen ihrer ausgeruhten Stute erlaubte, im Kanter voranzustürmen. Der Hengst kämpfte gegen das Gebiß am Zaumzeug an, und sein Instinkt, die Herde vor den sie jagenden Raubtieren zu retten, trieb ihn an. Einmal bockte er, warf seine Hufe in die Luft, um seine Ungeduld zu zeigen, und fiel dann in eine ruhigere Gangart.

»Wie weit noch?« rief Hal Morrigwen zu.

Statt dessen antwortete Brid: »Über diese Kuppe und die nächste, dann sind wir da.«

Ein triumphierender Schrei war hinter ihnen zu hören, als die Vaalaker ihre Beute deutlich in Schlagdistanz ausmachten. Caspar drehte sich um und sah Scragg erschreckend nah, hoch oben auf seinem schweinenackigen Troll, eine Faust wütend zum Angriff in die Luft gereckt, während er seine Männer antrieb. Dann ließ der blonde Vaalaker seinen Arm sinken, griff an seinen Sattelhaken und löste eine neue Axt aus ihrer Scheide. Geschickt wirbelte er sie über seinem Kopf, thronte auf seinem Troll.

Morrigwen sah zurück, um mit eigenen Augen den Abstand zu beurteilen, der sie vom Feind trennte, und schließlich zeigte sie den Jungen an, etwas schneller zu reiten.

Hal knurrte durch fest zusammengebissene Zähne. »Verdammt noch mal, wann will diese Greisin ihrem Pferd endlich die Fersen geben?«

Erst als sie auf der Kuppe des Hügels waren, rief Morrigwen zum vollen Galopp. Die Pferde reckten ihre Hälse mit angelegten Ohren und verausgabten sich vollkommen. Brids blaue Röcke und die flatternde, grüne Robe der Greisin wehten hinter ihnen, und ihr langes, ungeflochtenes Haar vermischte sich zu einem silbernen und kupfernen Banner.

»Reite um dein Leben«, rief Brid. »Wir müssen das Tor bei ...« Ihre Stimme ging im Donner der Hufe und dem Geschrei der Vaalaker unter, die vor Freude johlten, da sie ihre Beute witterten.

Neben ihnen flogen die Bäume vorüber, während sie mit langen, stampfenden Schritten vorwärtsstürmten, und die weiße Mähne des Hengstes peitschte Hal ins Gesicht. Brid winkte, trieb sie an. Irgendwie machte die Stute das Rennen, vielleicht wegen der leichteren Last oder einfach weil die Greisin sie zu höherer Geschwindigkeit antreiben konnte.

Das rauhe Grunzen der Trolle wurde immer lauter, je näher sie mit enormen, nimmermüden Schritten Boden gutmachten und dabei heiße Wolken dampfender Atemluft ausstießen.

»Es liegt auf der anderen Seite des Hügels«, rief Brid kaum hörbar.

Der Hügel jedoch war steil, und den stämmig gebauten Bergpferden fiel der Anstieg erheblich schwerer, als er den wilden Rassen aus dem Süden gefallen wäre. Gebt mir

Feuerschweif, dachte Caspar, doch augenblicklich fühlte er sich undankbar … das große Herz des Hengstes schlug regelmäßig und so gut es ging. Die Trolle holten eilig auf, waren nur noch zehn Pferdelängen hinter ihnen und kamen näher.

»Komm, Junge, komm. Wir müssen nur noch einen letzten Anlauf nehmen«, flehte Hal den Hengst an, aber er trat ihn nicht mehr, denn wie jeder erfahrene Reiter wußte er, daß sein Pferd schon alles gab.

Mit donnernden Schritten keuchte ihnen der führende Troll bereits im Nacken, und der eisblonde Nordmann auf seinem Rücken kauerte über der stoppeligen Mähne des Tieres. Scraggs grausige Stimme wehte herüber. »Ah! Belbidiaks, gleich ich habe euch.« Schlimmer noch war das Pfeifen seiner Axt in der Luft.

Brid und Morrigwen kamen über die Hügelkuppe, und ihnen nah auf den Fersen lief der Hengst, schnaufend vor Anstrengung. Scragg kam näher, beugte sich seitlich vom Troll, um dem Rumpf des Hengstes einen Hieb zu versetzen, aber die Axt schnitt ohnmächtig durch die Luft.

»Hier.« Hal nahm die Zügel in eine Hand und löste die gestohlene Axt, die in seinem Gürtel steckte. »Mach was damit.«

Selbst noch in seinem frierenden, verwirrten Zustand erinnerte sich Caspar daran, wie Hal mit der sperrigen Waffe in der vaalakischen Arena gekämpft hatte. In letzter Sekunde kam der Junge zu dem Schluß, daß er möglicherweise eher dem weichen, runden Rumpf ihres Hengstes und nicht so sehr Scragg Schaden zufügte, wenn er versuchte, die Doppelklinge zu schwingen. Er hielt die Axt fest und fummelte statt dessen an der Brosche herum, die seinen Umhang hielt. Er warf das lange, flatternde Ding hinter sich und sah zufrieden, daß es sich um das häßliche Gesicht des Trolls wickelte, was das Tier einen Moment lang blind machte, so daß es ins Stolpern kam. Das Vieh taumelte, und Scragg klammerte sich schwankend an die Ebermähne des Trolls. Sofort machten die Belbidianer ein halbes Dutzend verzweifelte Schritte gut.

»Wir schaffen es nicht. Diese Frauen sind verrückt!« rief Hal entsetzt, und Caspar spürte, wie ihm der Magen beim Anblick dessen, was vor ihnen lag, in die Stiefel sank. Abseits des alten Pfades, der sie schnurgerade durch den Wald geführt hatte, bog ein zweiter, schmalerer Pfad nach rechts ab, wo zwischen den Bäumen eine halbmondförmige Lichtung lag. Am Rande dieser Lichtung standen Pfähle, an denen eine ganze Menge Tierschädel hingen und aus leeren Augenhöhlen mögliche Reisende finster anstarrten. Mitten auf der Lichtung kauerte eine Lehmhütte, ähnlich einer alten Bäuerin, die ihren braunen Umhang um die Schultern gezogen hatte, um sich vor dem Wetter zu schützen. Das Problem, das Hal und Caspar so sehr bestürzte, lag zwischen der Hütte und den Pfählen, wo ein grüner Sumpf wogte und gurgelte wie köchelnder Haferbrei.

Die Stute wurde kurz langsamer, was es Brid erlaubte, sich umzudrehen und ihnen etwas zuzurufen. »Zögert nicht. Bleibt direkt hinter uns, ganz nah hinter uns und galoppiert voran.« Dann, als sie die Mienen auf den weißen, mißtrauischen Gesichtern der Jungen sah, riß sie die Zügel aus Hals Fäusten und führte den Hengst selbst. Gemeinsam zwangen die Frauen ihre Pferde zu einem Ausfallschritt abseits des Pfades, bevor sie wild in den blubbernden Morast stürmten. Der träge Schlamm sog und gluckerte an ihren Hufen, doch irgendwie schafften es die Pferde, darüber hinweg zu gleiten. Jeder Tritt ihrer Hufe spritzte ihre gelben Flanken voll dicken Schlamm und die Umhänge der Reiter voll schleimiger Wasserlinsen. Zwei Schritte vom gegenüberliegenden Ufer entfernt nahmen die Pferde ein letztes Mal Anlauf, um an Land zu springen, und Caspar prallte heftig gegen den Rücken seines Onkels, als der Hengst unbeholfen bockte. Doch sie hatten den Morast durchquert und waren nun auf der von Sumpf umgebenen Insel in Sicherheit!

Wieder ein Zauber der Mutter Göttin, dachte Caspar dankbar. Brid drehte sich um, schenkte ihnen ein breites Grinsen und warf die Zügel zurück. Sie war hübsch anzusehen, dachte Caspar. Schlammtropfen überzogen ihre weichen Wangen, verdreckten ihr Kleid und verklebten ihr langes, verheddertes Haar, doch sie strahlte aus Freude über ihren Sieg. Sie deutete hinter die Jungen, und Caspar sah, wie der große Troll – und Scragg! – im Morast strampelten. Die blondbehaarten Männer zerrten an Seilen, um sie herauszuziehen.

Hal riß an den Zügeln, daß sich der Hengst aufbäumte, johlte fröhlich und verhöhnte den Feind. »Ha! Da können sie nicht weiter. Sie können es nicht schaffen.« Triumphierend ließ er die losen Enden der Zügel wirbeln und traf dabei versehentlich Caspar an der Wange.

»Gute, alte Mutter Erde«, lachte Brid, als sie sich zu den Vaalakern umdrehte und schlitternd zum Stehen kam, wobei die Pferde heftig schnauften.

Ernst und finster sah Morrigwen sie an. »Sei nicht blasphemisch, Kind.«

»Wie haben wir das geschafft?« fragte Hal keuchend, als er Morrigwens Beispiel folgte und abstieg.

»Eigentlich ist es kein Zauber, nur ein versteckter Damm etwa eine Elle unter der Oberfläche. Nur braucht man einen ordentlichen Sprung, bevor der feste Untergrund beginnt, so daß man schnell hinein muß und am Ende ebenso hinaus, daher war der Galopp vonnöten. Zu heikel für tölpelhafte Trolle: Sie hatten keine Chance.«

Von der sicheren, sumpfgeschützten Insel aus konnten sie beobachten, wie die Vaalaker einem anderen Troll ein Seil zuwarfen und gegen den hungrigen Sog des Morasts ankämpften. Hal lächelte. Scragg schien ihnen etwas zuzurufen, aber die Entfernung verwusch seine Worte, und er war nicht zu verstehen.

»Sie wollen den Mondstein«, sagte Caspar ausdruckslos. Er spürte, wie lethargische Kälte ihm seine Energie nahm, und rang darum, seinen Sorgen Ausdruck zu verleihen. »Er scheint ihnen lebensnotwendig zu sein. Vielleicht … vielleicht hat Brid recht mit dem, was Torra Alta retten kann? Wenn er dem Feind so wichtig ist …« Seine Stimme erstarb, als er seine Umgebung in Augenschein nahm: Sie befanden sich auf einer Insel im Sumpf. Plötzlich wurde ihm bewußt, daß sie vielleicht in ihre eigene Falle gelaufen waren. »Sitzen wir hier fest?« brach es aus ihm heraus.

»Hältst du mich für eine alte Närrin, Junge?« fragte Morrigwen hochmütig. »Ein geistloses Schaf, das über die Klippe springt, um dem Wolf zu entkommen? Kommt, wir überlassen die Vaalaker ihrem Schicksal und bringen unsere Reise zu Ende.«

Mit leerem Blick sahen die beiden Jungen einander an, und Caspar zuckte müde die Schultern. Hal streckte eine Hand aus, um seinen Neffen von der lästigen Axt zu befreien, und gemeinsam ritten sie langsam der Lehmhütte entgegen.

Als sie der Bauernhütte näher kamen, sahen sie, daß sie größer war, als es aus der Ferne den Anschein gehabt hatte. Der Eingang – verhängt mit einer Lederhaut als Tür – war tatsächlich groß genug, ein Pferd hindurchzuzwängen. Caspar wich vor einem Menschenschädel über der Tür zurück, dann fand er sich im Inneren in Finsternis wieder.

»Wozu der Schädel?« fragte Hal und starrte die fleischlosen Knochen an, auch wenn ihn die menschlichen Überreste weit weniger aufregten als seinen Neffen.

»Wenn du so alt bist wie ich«, erwiderte Morrigwen, »ist dir der Tod stets nah. Ich habe ihn zur Erinnerung dort angebracht.« Brid ließ sich zum ersten Mal ihre Verletzlichkeit anmerken, indem sie zur Beruhigung die Hand der alten Frau drückte. Morrigwen tätschelte sie liebevoll. »Nur kann es ohne den Tod auch keine Wiedergeburt geben. Die Reinkarnation läßt das Rad des Lebens rollen und bringt Kinder wie meine geliebte Bridget und den jungen Spar in die Welt der Lebenden.«

Verblüfft und beunruhigt von der besitzergreifenden Haltung ihm gegenüber, wartete Caspar darauf, daß sich seine Augen langsam an die Dunkelheit gewöhnten. Er hatte erwartet, in der Mitte einen Kessel vorzufinden, oder zumindest ein paar Felle als Bettstatt, doch schien der Raum – abgesehen von ein paar kleinen Tierknochen – leer zu sein. Diese lagen auf der nackten Erde sorgsam zu Mustern arrangiert, als bildeten sie irgendeine Botschaft. Die Dunkelheit erinnerte ihn an die schwarze Seele Cailleachs, und wieder wurde er sich des kalten Schmerzes an seinem Hals bewußt, nachdem die Hitze und Erregung ihrer Flucht vorüber waren. Er rieb seine Haut, kniff sich in die Wirbelsäule, um wieder etwas Gefühl zu bekommen.

»Tut es weh?« fragte Brid besorgt. Vorsichtig half sie Caspar vom Hengst.

Matt erwiderte der bleiche Junge: »Nein, ich kann nichts spüren«, woraufhin Morrigwen unzufrieden knurrte und sich bückte, um die Knochen zu betrachten und sie eilig umzuarrangieren. Als sie aufstand, griff sie nach einer Reisigfackel, die in einem Weidenkorb bei der Tür lag. Sie schlug einen Feuerstein an, und knisternd kam Leben in die Fackel, die nun einen schwarzen Brunnen mitten in der Hütte erhellte. Das Licht strich über ein paar Stufen. Sie bildeten eine Wendeltreppe, die ins Dunkle führte. »Hier entlang.«

»Wozu sind die Knochen da?« Caspars Neugier war vom kalten Unbehagen in seinem Nacken noch nicht gänzlich unterdrückt.

»Nur Runen«, erwiderte Morrigwen lakonisch. Brid hatte ihre ärgerliche Unart, unzureichende Antworten zu geben, von dieser alten Frau gelernt, dachte Caspar.

»Dann sollen die alten Kaninchenknochen also magisch sein?« spottete Hal.

»Sie sind vom Hasen, und nein«, gab Brid mit leicht erhobener Nase zurück. Sie war eifrig damit beschäftigt, Schleim und Schweiß von den bebenden Flanken und den Mähnen der Pferde zu bürsten. »Dies ist eine Festung gegen die Feinde der Mutter: Alle treuen Freunde dürfen eintreten, und wenn sie die Runen entziffern können, wissen sie auch, welchen Weg sie nehmen müssen.« Sie führte die Pferde zur Tür, nahm ihnen das Zaumzeug ab und sagte leise: »Ihr wißt, welchen Weg ihr nehmen müßt. In den Wald mit euch.« Und beide mondfarbenen Tiere wieherten und stürzten ins Freie, in die Freiheit.

Brid gesellte sich an der obersten Stufe der unerwarteten Treppe in die Tiefe zu Morrigwen. Es stellte sich heraus, daß es mehrere Wege gab, die sie nehmen konnten. Anfangs waren die Mauern glatt, doch dann tauchte der Weg tief in die Erde ab, wand sich durch mächtige Baumwurzeln. Eine dicke Pfahlwurzel wuchs direkt vor ihnen durch den Tunnel, haarige Fasern sprossen daraus hervor und hingen wie Tentakel vom sich verjüngenden Stamm. Er bohrte sich direkt durch den Tunnelboden und wieder in die Erde.

»Jetzt sind wir über den Umkreis des Sumpfes hinaus«, sagte Brid und wartete auf Caspar, der allmählich eine kalte, schwere Last in seinem Nacken spürte.

»Ist es noch weit?« fragte er müde.

»Nein, wir steigen bald auf«, versicherte sie ihm.

»Mir ist hier unten unheimlich«, gab er zu. »Es erinnert mich an das Labyrinth unter Torra Alta. Wie Katakomben voll uralter, madenzerfressener Leichen.«

»Du wirst alles in einem bösen Licht sehen, bis wir dich von Cailleachs Berührung gereinigt haben«, erklärte Brid beschwichtigend. Sie streckte ihre Hand aus, und Caspar nahm sie dankbar, fühlte ihre Wärme durch die Berührung.

»Es ist nur die Kälte in meinem Nacken«, erklärte er. Sie führte ihn weiter, und der festgetretene Boden stieg an. Ein runder Fleck aus Sonnenlicht lag vor ihnen, wo der Tunnel sie nach oben und auf eine verborgene Lichtung führte, irgendwo unauffindbar, tief im Keilerwald, wo die Vaalaker sie nicht fassen konnten.

Die klaren Klänge eines Baches, der zwischen den Baumwurzeln verlief und auf seinem Weg zum Meer kurz zauderte, hießen sie willkommen. Die gewöhnlichen Tannen und Birken, die den größten Teil des Waldes einnahmen, wichen hier einer Vielfalt von Arten. Vor ihnen breitete sich eine Lichtung aus, die von großen Eichen umstellt war, stämmigen, majestätischen Königen, zum Fest des Herbstes in goldene und bronzene Roben gewandet. In der Mitte der Lichtung zählte Caspar trotz aller Müdigkeit dreizehn sorgsam arrangierte Bäume. Verblüfft erkannte er sie alle: Birke, Eberesche, Erle, Weide, Esche, Weißdorn, Eiche, Stechpalme, Haselnuß, Apfel, Buche, Eibe und Holunder.

»Die heiligen Bäume«, seufzte Brid und breitete die Arme aus, als wollte sie diese willkommen heißen. »In ihrem Saft liegt viel Zauberkraft verborgen, jeder einzelne mit einer anderen, geheimen Macht, sofern man weiß, wie man die Dryaden – die Baumgeister – um Hilfe bittet. Man darf die Zauberkraft nicht stehlen: Man darf nur darum bitten. Intuition und Verständnis gibt die Haselnuß. Der Apfel hilft, Entscheidungen zu treffen. Die Eibe, der Baum der Wiedergeburt, hilft, einen Säugling bei der Geburt zu schützen. Alle haben unterschiedliche Qualitäten.«

Morrigwen ging der Gesellschaft durch die verwobenen Äste zu dem Baumkreis voraus, in dem sich eine schlichte Lehmhütte – der anderen mitten im Sumpf ganz ähnlich – in den sanften Schatten drückte.

Es schien sich um eine schlichte Bauernhütte mit makellos runden Wänden und einem überhängenden, spitz zulaufenden Dach aus Reet zu handeln. Wieder dachte Caspar, daß ihn die geduckte Lehmhütte unter ihrem hellen Dach – ganz wie die andere – an eine vornübergebeugte Frau im braunen Kittel erinnerte, die sich mit einer breitkrempigen Strohhaube gegen die Sonne schützte. Der gewölbte Eingang war mit einem Hirschfell verhängt. Als sie näher kamen, bewegte sich der Fellvorhang, und eine vertraute Nase schob sich um den Rand herum.

»Reißer!« Caspars Lebensgeister wurden wach, doch seine Beine waren zu bleiern, um dem alten Jagdhund zur Begrüßung entgegenzulaufen. Auch der große Hund eilte ihm nicht gleich entgegen, was der Junge eigentlich erwartet hatte, und er fürchtete, daß irgendwas nicht stimmte. Dann, als ihm der Hund schließlich lahmend entgegenhinkte, wurde ihm klar, was das Problem war.

»Es tut mir leid«, sagte Morrigwen. »Als Jagdhund wird er keine große Hilfe mehr sein. Ich konnte das Bein nicht retten. Er wird das Gleichgewicht auf den drei Beinen bald gefunden haben und sich dann leichter bewegen können, aber wenigstens hat er keine Schmerzen.« Reißer hinkte zwischen Hal und Caspar, wedelte wild mit seinem Schwanz und hielt den Kopf in einer jämmerlichen, welpengleichen Geste der Demut tief und etwas geneigt.

Die kalte Schwäche breitete sich immer weiter über Caspars Nacken aus, was ihm ein taubes Gefühl gab, so daß er den Willkommensgruß des Hundes nicht so warm erwidern konnte, wie er wollte. Statt dessen kraulte er Reißer im Genick, beugte sich herab und wurde von der langen Zunge des Hundes feucht geleckt. Morrigwen schob das Hirschfell beiseite und lud die beiden Jungen von edler Geburt in ihre bescheidene Hütte ein. Diese bückten sich und traten durch die niedrige Tür.

Drinnen war es warm, und das Feuer in der Mitte leuchtete mit hellorangem Flackern. Ein dünne Rauchsäule stieg träge an die Decke und entfloh durch ein kleines Loch im Dach. An einem großen, eisernen Dreifuß befestigt war ein wulstiger Kessel, der seine Rundung in die leckenden Flammen hielt. Gemütlicher Duft erfüllte die Hütte: Brühe, vermischt mit brennendem Holz und süßlich riechendem Stroh, das auf der nackten, festgetretenen Erde am Boden verstreut lag. Um das Feuer standen vier oder fünf niedrige, dreibeinige Hocker, neigten sich auf dem unebenen Boden in verschiedenste Richtungen, hießen sie alle willkommen, sich auszuruhen und ihre Zehen am Feuer zu wärmen.

»Was um alles in der Welt ist das?« rief Hal und deutete auf eine Kreatur, die mit ihrer Schnauze fast in der Glut saß und in der Hitze des Feuers badete. Sie sah wie eine große Echse aus, mit stachlig gewobener Krause um den Hals, die sie hob und senkte, wie es ihr gefiel. Es war schon überraschend genug, eine Echse zu sehen, die wie eine Katze über einen Herd wachte, doch ihre Farbe war noch um so erstaunlicher. Die Kreatur war von der warzenbesetzten Schnauze bis zur Pfeilspitze ihres Schwanzes puterrot.

»Ein Salamander«, erwiderte Brid, was die beiden Jungen keineswegs aufklärte. »Ein roter Drache, ein Feuergeist.«

»Oh!« Hal klang tatsächlich einmal überrascht. »Beißt er?«

»Nein, aber er ist auch nicht eben scharf auf Reißer.« Morrigwen kümmerte sich sofort um ihre vernachlässigte Brühe, rührte sie mit einem riesigen Holzlöffel einmal um. »Und daß du mir mein Tier nicht mit irgendeinem Stachelstock reizt. Ich habe dich im Auge, Junge«, warnte die mürrische Frau.

Auch der Salamander wachte aufmerksam, und seine starren Augen folgten der Greisin durchs Zimmer, folgten dem trüben Licht des Mondsteins, der um ihren Hals hing. Sie humpelte zum Feuer und hob die Kugel an, um sie auf einen Hocker zu legen, wobei sie seufzte: »Er ist zu schwer, um ihn ständig zu tragen. Die Last seiner Trauer.«

Der Salamander richtete seine Halskrause auf, und seine Zunge schoß einmal kurz und schnell hervor, dann schluckte er zweimal aufgeregt und legte eine Klaue besitzergreifend auf den Mondstein. Er zischte Reißer an, um ihn davon fernzuhalten. Der Hund, dessen Kopf verwundert geneigt war, als er die Kugel fragend anstarrte, fletschte die Zähne und knurrte die Echse an.

Die eine Seite der Hütte war schlicht und gemütlich, ganz wie Morrigwen und Brid, die auf den ersten Blick in ihrer schmucklosen Kleidung wie Bäuerinnen wirkten. Zusammengerollte Felle waren zu Haufen gestapelt und dienten als Bettstatt. Die Binsen waren sorgsam und klugerweise vom Feuer fortgefegt, damit kein Funken der Glut sie entzünden konnte. Die andere Seite der Hütte sah aus, als gehörte sie jemand ganz anderem, und zeugte von der Berufung der Frau. War die Möblierung in der einen Hälfte spärlich bis nicht vorhanden, war die andere mit einem prächtig geschnitzten Eichentisch, einem Stück ausgezeichneter Handwerkskunst, ausgestattet. Der Tisch selbst war rund, vier hohe Kerzen standen in Haltern drumherum – markierten die vier Himmelsrichtungen, wie Caspar vermutete – und warfen gleichmäßiges Licht. Untereinander waren die Kerzen mit einem weißen Strich am Boden verbunden, welcher einen geschlossenen Kreis bildete. Unter dem Tisch, in der Mitte des Kreises auf dem Boden liegend, war ein Pentagramm zu sehen, ein fünfzackiger Stern, aus Holz geschnitzt.

An den gegenüberliegenden Wänden der Hütte reihten sich Borde und Regale mit Vorratsgläsern aneinander, doch die größten standen am Boden daneben. Schalen und Kelche, noch mehr Kerzen, manche blau und manche weiß, sowie bündelweise getrocknete Kräuter hingen vom Dach, Äpfel reihten sich ordentlich auf Tabletts aneinander, zur Lagerung nach der Ernte gestapelt – all das unter dem niedrigen Dach.

Am überraschendsten jedoch war das, was auf dem Tisch lag. Es handelte sich um ein langes Schwert mit kunstvoll gearbeitetem Griff. Caspars Blick fiel auf die Waffe, und sein Puls ging schneller, als er die schiere Kraft der Klinge spürte. Der vulkanisierte, weiße Stahl des Griffs war das Abbild zweier kämpfender Drachen, deren Gestalten für alle Zeiten im Metall gefangen waren, während sie um einen Rubin stritten, der zwischen ihnen lag. In den Knauf des Schwertes wiederum war das sternförmige Symbol des Pentagramms gearbeitet. Und der weiche, gleichmäßige Schimmer der Klinge zeigte, daß sie aus einem einzigen Stück makellosen Metalls geschmiedet war.

Caspar verstand weit mehr von Bogen als von Schwertern, doch wußte er, daß es auf eine ausgesprochen seltene Art und Weise geschmiedet war. Catrik hatte ihm erzählt, daß diese Methode extrem schwierig sei, und dazu war es furchtbar teuer, Eisen von genügender Gleichförmigkeit und Qualität zu finden, daß sich daraus eine Klinge aus nur einem Stück schmieden ließ. War das Eisen nicht absolut perfekt, konnte schon der winzigste Makel eine Schwachstelle im Metall darstellen, und die Klinge würde beim Aufschlag brechen. Es war um einiges billiger, verschiedene Rundeisen zu nehmen, diese fest umeinander zu drehen und unter glühender Hitze zusammenzuschmieden. Dadurch entstand ein grober Kern der Klinge, bevor sie von härterem Eisen eingefaßt wurde. Nur die besten Schwertschmiede der Welt wußten, wie man ein Schwert aus einem einzigen Eisen schmiedete, das vulkanisiert wurde, um weißen Stahl zu bekommen. Zweifellos war diese Klinge, welche der Fürsorge dieser Bäuerinnen anheimgegeben war, eine königliche Waffe. Überrascht war er, daß ein derart kunstvoll gearbeitetes Schwert in der Mittelrinne keinerlei Gravur oder Verzierung wie am Griff aufwies.

Auch Hals Interesse galt inzwischen dem Schwert, und mit leuchtenden Augen trat er neugierig einen Schritt darauf zu. Morrigwen packte seinen Arm.

»Mach dich nicht daran zu schaffen! Und tritt niemals in den Kreis«, befahl sie ihm mit derart wütender Stimme, daß Hal sie erschrocken und verletzt ansah.

»Das Schwert«, erklärte er. »Ich wollte es mir nur aus der Nähe ansehen.«

»Ich vermute«, räumte die alte Frau ein, »wenn ich es dir jetzt nicht zeige, wirst du dich mitten in der Nacht anschleichen und die Elemente stören, was endlos Schaden anrichtet. Keine Warnung hat je die Neugier eines kleinen Jungen zügeln können, um ihn vor Gefahr zu bewahren.«

Bevor sie in den Kreis trat, ging sie von einer der vier Kerzen zur anderen, begann bei der einen im Osten und ging dann mit der Sonne weiter, bevor sie in die Mitte trat. Sie hob das Schwert, balancierte es ehrfürchtig auf ihren Handflächen und trat wieder aus dem Kreis zurück, wobei sie die Kerzen ausblies. Als sie den geweihten Boden verließ, bot sie Hal den Griff der furchteinflößenden Waffe dar. Vor Freude strahlte er von einem Ohr zum anderen und nahm sie entgegen, doch seine Arme sackten bei dem Gewicht um eine volle Handlänge ab, als Morrigwen es losließ.

»Die Drachen kämpfen um das Herz von Torra Alta«, sagte Morrigwen. »Dieses ist das Schwert, welches das Herz der Burg schützt, doch hat seine Zauberkraft seit dem Niedergang des Alten Glaubens gelitten. Früher einmal waren Runen auf der Klinge … jetzt ist sie glatt. Die Mutter stirbt, und die Macht der Runen stirbt mit ihr.« Morrigwen murmelte mit der traurigen Stimme einer kranken, alten Frau, die über den Verlust vergangener Zeiten verbittert ist. Die Jungen sahen einander an und zuckten mit den Schultern.

Dann muß es wohl mein Schwert sein, dachte Caspar vage und gab sich alle Mühe, seine müden Gedanken in ein logisches Muster zu zwingen. Wenn dieses das Schwert von Torra Alta ist, muß es mir gehören …

»Nun gib es mir zurück. Es muß in Sicherheit sein.« Ihre Stimme klang scharf und ungeduldig, obwohl sie doch eben noch schwach und verdrießlich gewesen war. »Ich möchte mir jetzt Spar ansehen: Er sieht nicht eben gesund aus.«

»Genau wie es sein soll«, sagte Caspar unerklärlicherweise und streckte seine Hände dem wärmenden Feuer entgegen.

»Was redest du da, Spar?« fragte Hal voll Sorge, als er seinen zitternden Neffen fragend ansah. »Es ist nicht kalt. Was ist los?« Der Junge mit dem kastanienbraunen Haar antwortete nicht, so daß Hal sich Morrigwen zuwandte. »Ich glaube, er hat Halluzinationen.«

Die mühevollen Gedanken über das Schwert waren zuviel für den Jungen, dessen Verstand langsam von der Kälte aufgefressen wurde, die vom Nacken her von ihm Besitz ergriff. »Ich dachte nur, daß dieser Ort ganz richtig ist. So heimelig.«

»Ist das ein blauer Fleck?« wollte Hal plötzlich wissen, und er zog Caspars Kragen vom Hals zurück, um die Haut mit dem Daumen zu betasten. »Du fühlst dich kalt wie eine Echse an.«

Der Umschlag, den Morrigwen vorbereitet hatte, schmerzte kaum, als sie ihn auf die farblose Haut des Jungen legte, obwohl das dampfend heiße Tuch ihn hätte verbrühen müssen. »Es ist eine Kompresse aus heißer Stärke«, erklärte sie. »Sie hält die Hitze gut, und wir müssen versuchen, das Gift aus dir herauszubrennen.«

Brid nahm Stößel und Mörser vom Regal und wählte sorgsam einige Wurzeln und Kräuter von den trockenen Pflanzen, die in Bündeln von der Decke hingen. Sie setzte sich auf einen Hocker und begann, die Kräuter zu Pulver zu verreiben.

»Roter Fingerhut und Abszeßwurzel, besser bekannt als Schweißwurzel. Ersterer ist dazu da, das Blut aufzuheizen und den Herzschlag zu stärken. Die zweite soll die Poren öffnen und das Böse durch heftiges Schwitzen aus dem Körper brennen.« Sie goß dampfendes Wasser in eine Knochenschale und rührte das Pulver mit einem Spachtel, der aus einem Hirschgeweih geschnitzt war, unter. »Trink es so heiß wie möglich«, riet sie ihm, als sie den Kelch in Caspars Hände gab. Sie wischte die verbliebenen Blätter des Fingerhuts und die drahtigen, fahlen Wurzeln auf und fegte sie in den Lederbeutel, der um ihren Hals hing.

Als die Nacht hereinbrach und das Feuer geschürt wurde, wickelten sie Caspar in Felle, doch der Junge zitterte immer mehr. Eine tiefe Furche zog sich über Morrigwens faltige Stirn, als sie sich ihren Patienten ansah.

»Ich brauche noch stärkere Medizin«, seufzte sie schließlich, nachdem sie eine Weile in wiegender Bewegung vornübergebeugt gesessen hatte. Sie erhob sich von dem niedrigen Hocker, drückte mit einer Hand ihren Rücken gerade und griff mit der anderen nach einer Krücke, auf welche sie sich stützte. »Bei dieser ständigen Eile tun mir schon die Knochen weh.« Sie hinkte zu ihrer jungen Komplizin hinüber. »Geh in den Wald hinaus, Bridget, meine Liebste, und suche mir einen kleinen Balg mit Pocken oder Pest.«

»Was?!« rief Hal wütend. »Ihr seid doch wirklich wahnsinnig. Ihr bringt uns mit Krankheit in Kontakt.« Er wollte Morrigwen beim Ärmel packen. Die Greisin jedoch war flink genug, ihm mit dem Knauf der Krücke einen scharfen Hieb auf die Knöchel zu versetzen.

»Misch dich nie in etwas ein, von dem du nichts verstehst.« Morrigwens gestrenge Autorität und ihr scharfer Ton verunsicherten den jungen Mann, und er schwieg, hielt an Caspars Seite Wacht. Sein bleicher Neffe schob unter seinem Fell eine Hand hervor und drückte seinen Unterarm.

»Glaub an sie, Hal. Sie ist alt und weise und hat große Macht. Ich habe es im Wald gesehen.«

Als Brid endlich wiederkam, hielt sie ein kleines Kind in den Armen, welches so sehr schrie, daß sein Gesicht ganz dunkelrot und verzerrt war. Die besorgte Mutter lief an der Seite des Mädchens, rang die Hände und wimmerte vor Sorge. Tränen liefen über ihre roten Wangen.

»Simpler Schüttelfrost«, verkündete Brid zufrieden. »Keine Sorge«, lächelte sie die entsetzte Frau an, »sie ist bald wieder gesund.« Die besorgte Frau schien durch die beiden Hexen weder beruhigt noch getröstet.

Morrigwen ignorierte den jammernden Protest der Bäuerin. »Gut. Leg das Kind neben Spar.« Sie schickte Hal aus der Hütte, damit er im Hain herumwanderte, während sie dem Kind Umschläge auf die Stirn legte und diese dann direkt auf Caspars Körper übertrug. Brid bereitete derweil einen Sirup aus Mutterkraut und Weidenrinde zu, den sie dem Säugling in den Mund träufelte, bevor sie das Kind der Mutter wiedergab.

»Morgen früh wird es wieder gesund sein«, versprach sie.

»So traurig, so traurig«, stöhnte Morrigwen. »Unsere eigenen, einfachen Leute, selbst die Frauen, haben uns und die alten Künste vergessen. Wirklich traurig.« Sie seufzte bedrückt, als die Bauersfrau kreischend aus der Hütte lief, was den beunruhigten Hal zurück zur Hütte brachte.

»Was habt ihr der Frau angetan? Sie sah zu Tode erschrocken aus.«

»Sie wird sich beruhigen, wenn das Kind morgen früh wieder rosig ist und lächelt. Sie hielt uns wohl für Teufelsanbeterinnen, die Spar hier mit dem Schüttelfrost ermorden wollten, aber tatsächlich soll das Fieber Cailleachs Gift ausbrennen.«

Als Caspar erwachte, warf er alle Felle von sich, in die er gewickelt war. Seine Haut war von heißem Schweiß überzogen.

»Wie fühlst du dich?« fragte Brid besorgt.

»Absolut schrecklich«, stöhnte er.

»Gut.«

Wiederum sank er in sturmumtosten Schlaf, in welchem feuerspeiende Drachen ihre Höllenflammen an eine aus Eis geschnitzte Axtklinge hielten. Wie ein Pendel schwang sie in seinem Nacken hin und her, und bei jeder Schwingung fraß sie sich etwas tiefer in sein Fleisch. Als er wieder aufwachte, hatte er Kopfschmerzen und fühlte sich benommen und schwach. Seine Brust war von dunkelroten Flecken überzogen, wie blutige Nadelstiche. Brid grinste ihn an, hielt einen kleinen Löffel mit Sirup für ihn bereit.

»Ich weiß nicht, was es zu lächeln gibt«, knurrte Caspar. »Laß mich in Ruhe. Ich fühle mich grauenvoll.«

»Natürlich tust du das. Aber das grüne Zeichen in deinem

Nacken ist verschwunden, und dieser Sirup wird dich von deinem Fieber heilen.«

Er hatte nicht die Kraft, sich zu wehren, und die eklige Flüssigkeit, die schnell durch seine Kehle lief, machte ihn benommen. Als er schließlich zum dritten Mal aufwachte, war wieder Nacht. Brid, Morrigwen und Hal saßen um das Feuer und ließen sich ein köstlich duftendes Mahl schmecken. Die Greisin sprach mit leiser, einschläfernder Stimme, die sie mit einem Hauch von Mysterium vergoldete, damit ihre Geschichte ehrfurchtgebietender klang.

Caspars Rascheln unterbrach ihre Mär, und die leuchtenden Gesichter wandten sich ihm gleichzeitig zu.

»Wie geht es dir, mein Junge?« fragte Morrigwen.

»Viel besser«, gähnte er. »Viel besser. Danke.« Er legte ein Fell um seine Schultern, schlurfte zu einem der Hocker am Feuer und deutete auf die Brühe. »Kriege ich auch was davon? Ich habe einen Mordshunger.«

»Natürlich!« Morrigwen tunkte die schwere Kelle in den Kessel, schöpfte eine großzügige Portion in eine Schale und reichte ihm diese. Eine Lächeln zog die Falten an ihren Mundwinkeln lang. »Du bist wieder gesund, mein Junge. Tatsächlich ist alles verheilt, nur deine Nase nicht.«

»Das war ich«, gab Hal zu. Aus seiner Stimme klang mitnichten Reue, sondern nur hochmütiger Stolz: Die bleibende Wunde hatte ihm ein einzelner Belbidianer beigebracht, weder eine Armee von Barbaren, noch ein monströses Dämonenweib.

Caspar lachte. »Und bald wirst du genauso aussehen, wenn du diese Einstellung beibehältst.« Die Brühe schmeckte gut. »Habe ich eine gute Geschichte verpaßt?«

KAPITEL 14

Am Anfang lächelte die Sonne allein in das große, schwarze Universum hinein, und nach einer Ewigkeit des Nachsinnens nahmen ihre Gedanken Gestalt an, manifestierten sich im Großen Unterbewußten, und so entstand der Annwyn. Und aus dem Annwyn wurden alle Dinge erschaffen, von den kleinsten Lebewesen in den Meeren bis hin zu uns selbst. Wir sind alle das Eine und kommen aus dem Einen und kehren in das Eine zurück.

Doch erst träumte das große Wesen des Himmels einen Traum von einer liebreizenden Frau. Als es erwachte, verkündete es: ›Ich bin Er, Herr und Meister des Himmels, und dieses wundervolle Weib wird mir Gesellschaft leisten, wenn ich durch die Ewigkeiten tanze.‹ Und so verzierte er das Universum mit hellen Sternen, um für sie ein schönes Heim zu schaffen, nur konnte er sich nie entscheiden, wie seine Braut nun sein sollte. Er konnte sich weder für einen Charakter, noch für ihr Temperament entscheiden, sondern änderte seine Meinung ständig. Als er dann schließlich unsere Große Mutter Erde schuf, schuf er ihr gleichzeitig eine Dienerin, den silbernen Mond, dessen Anziehungskraft großen Einfluß auf Mutter Erdes Emotionen hatte. Mit jeder Phase und Umdrehung des Mondes änderte die schöne Frau ihren Charakter, damit es der Sonne mit ihrem Weib nie langweilig wurde.

Da sie nun jedoch eine Frau war, und nachdem sie so viele Ewigkeiten tanzend durch die Galaxien geschwebt war und den Prunk der Sterne bewundert hatte, sehnte sich Mutter Erde danach, Kinder zu bekommen. Sie bettelte und bettelte ihren Herrn und Meister an, ihr diesen einen Wunsch doch zu gewähren. Schließlich gab der Allmächtige Stern ihrem Wunsch nach und verfügte, daß aus dem Großen Geist Leben geboren werden solle, damit Mutter Erde dieses an ihrem Leib nähren und hegen konnte. Doch es gab eine Bedingung: Sosehr sie sich über die Geburt eines jeden Wesens freute, sosehr sollte sie leiden, wenn es ihr genommen wurde. Wo es Leben gibt, muß Tod sein. Und solange sie ihre Kinder hegte und pflegte, wollte die Sonne das Licht des Tages werfen und selbiges dem Dunkel der Nacht verweigern, damit das Gleichgewicht von Gut und Böse erhalten bliebe. Außerdem erklärte die gebieterische Sonne, daß die Kraft des Mondes das Glück der Kinder bestimmen und ihr Schicksal lenken sollte, während sie ihr Erdenleben meisterten.

Und so wurde aus dem Annwyn die Saat des Lebens in die Erde gepflanzt, und kleine Lebewesen wurden geboren. Sie nährten sich von der Mutter, erfreuten sich ihres kurzen Lebens, bis sie wieder in den Großen Geist des Lebens zurückkehrten, in welchem die Seelen den rechten Augenblick abwarteten, um wieder ins Leben zurückzukehren.

Der große Herr des Himmels wurde immer erfindungsreicher, was die Kinder seiner Frau anging, und ließ sie immer ausgereifter werden. Er gab den Fischen Flossen, den Würmern Gliedmaßen, und er schuf Lebewesen von immer höherer Intelligenz, bis schließlich der erste Mann und die erste Frau auf Erden geboren wurden. Die Große Mutter betrachtete ihre neugeborene Tochter und lächelte. Die Menschen lebten glücklich neben den Tieren, den Bäumen und Blumen und hatten viele eigene Kinder. Und sie lernten zu knurren und zu quieken und zu seufzen. So wurde die Sprache auf ihren Zungen geboren. Das Maß ihres Verstandes verbreiterte und streckte sich, forschte nach neuen Vorstellungen. Sie fingen an, sich zu wundern, fragten warum? Und wie?«

»Wie hießen sie … der erste Mann und die erste Frau?« unterbrach Caspar.

»Seht nur! Sie waren genau wie mein kleiner Junge hier, immer voller Fragen. Stets sucht der junge Geist des Menschen nach Wissen, gräbt stetig immer tiefer nach Informationen. Wenn ich dir ihren Namen sagen würde, würdest du mich fragen, warum sie diesen Namen bekommen haben und wer sie so genannt hat. Vielleicht erzähle ich dir später, wie sie hießen.« Caspar vermutete, daß die Greisin ihre Namen im Augenblick vergessen hatte.

»Erzähl weiter«, drängte Hal. »Achte nicht auf Spar: Er unterbricht immer.«

»Nun, Mutter Erde betrachtete alle ihre Kinder und sorgte sich, als sie sah, daß dieses Wissen sie ängstigte. Sie merkte, daß sie sich vor dem Dunkel in ihrem Denken scheuten, wenn sie ihre Existenz in Frage stellten. Sie fragten: ›Warum sind wir hier, und was geschieht mit uns, wenn wir sterben? Was geschieht mit unseren Gedanken und unserer Liebe, wenn wir fort sind?‹ Die Mutter konnte ihren Kindern keine Antwort geben.

Der Stamm der Kinder wuchs und vermehrte sich. Eines Tages kam ein Mädchen zu seiner grauhaarigen Mutter, hielt einen Säugling im Arm … ein kleines Mädchen. ›Mutter, nun habe ich eine Tochter, und wenn sie wächst, wird sie mir viele Fragen stellen, und was soll ich ihr sagen? Wird es für sie immer einen neuen Morgen geben? Wird die Sonne immer wieder aufgehen? Mutter, ich fürchte mich für sie.‹

Die alte Frau sah ihre Tochter und die Enkelin an und fürchtete für sie das Unbekannte, ganz wie sie es ihr Leben lang selbst getan hatte. Die grauhaarige Greisin trat aus ihrer Hütte und wanderte weit von ihrem Volk in den Wald hinein, und dort fand sie einen Steinhügel und einen plätschernden Bach, und das Gefühl der Kraft der Großen Mutter war stark.

Sie betete zur Mutter Erde, bat um größeres Wissen und Antworten auf ihre Fragen, doch der Große Herr der Himmel verbot der Göttin, dieser Frau zu antworten. Eine volle Umdrehung im Tanz der Dienerin um die Erde stritten Sonne, Erde und Mond untereinander. Die Mutter war zornig vor Enttäuschung, spuckte bittere Lava aus Vulkanen und warf stürmische Wogen, daß ihre Fluten wüteten. Doch erst als der Mond wieder voll und rein und weiß war, was die Erde verführerisch und sanft in ihrer Laune machte, konnte die Mutter ihrem Großen Herrn einen Gefallen abringen.«

»Entschuldige«, unterbrach Caspar erneut. »Aber könnte ich noch etwas Brühe haben? Sie tut so gut.«

Ihm wurde ein großzügiger Löffel dampfender Brühe mit reichlich Hammel und Gerste in seine leere Schale gegeben.

»Dann möchte ich auch mehr.« Auch Hal hielt seine Holzschale hin.

»Damit dich dein junger Freund nur nie übertrifft«, lachte Morrigwen und kratzte den Kessel aus. Sie verstand die freundliche Rivalität zwischen den beiden. Sanft wiegte sich die alte Frau auf ihrem Hocker, stierte nachdenklich ins Feuer und schwieg eine Weile. Vielleicht ist sie eingeschlafen, dachte Caspar. Schließlich ist sie alt. Ihm schien sie so alt wie die Berge oder die Fluten des Silberflusses, welche die Schluchten um Torra Alta geformt hatten. Der Kampf mit Cailleach und der wilde Galopp mußten doch an der Kraft der alten Frau gezehrt haben.

»Wo war ich eben?« setzte Morrigwen an.

»Die Erde wurde verführerisch«, half Hal.

»Wie?« Die Greisin klang verwirrt.

Hilfreich begann Brid: »Die Sonne hatte eben der Erde den Wunsch verweigert …«

»Ach ja, ach ja, natürlich. Ich bin ja noch nicht senil, wißt ihr. Ich kann mich erinnern.« Sie murmelte vor sich hin, als rezitierte sie irgendein altes Gedicht, bis sie wieder zu ihrer Geschichte überging. »Erst als die Erde ihr sanftes, feminines Wesen wieder angenommen hatte, gewährte ihr die Sonne den Wunsch, und die Große Mutter konnte mit ihrer Tochter sprechen. Sie hatte eine schreckliche, donnernde Stimme, und die Frau hielt sich die Ohren zu und zitterte vor Angst.

Die rumpelnden Worte rollten heraus: ›Tochter, ich habe dich wachsen sehen, dich geliebt und für dich gesorgt. Was bedrückt dich?‹

›Große Mutter, ich bitte nicht für mich selbst, sondern für meine Kinder und Kindeskinder‹, rief die Frau bebend.

›Das ist recht so‹, donnerte die Erde. ›Die Gedanken einer Mutter gelten immer ihren Kindern.‹

›Sie haben Angst. Sie fürchten das große Unbekannte‹, erklärte die Frau. ›Sie fürchten den Tod, sie fürchten den Sinn des Lebens, und sie verstehen nicht, was du mit uns vorhast.‹

›Meine Kinder sind erwachsen‹, seufzte die Mutter mit einer Stimme wie der Wind. ›Erst denken sie nur an Nahrung, Wärme und Bequemlichkeit, doch nun hat sich ihr Verstand erweitert. Sie denken an das Gestern und stellen sich das Morgen vor: Wird das Korn wachsen, wird mein Kind leben, wird die Flut kommen? Ich will dir ein Geschenk machen, meine weise Frau, das Geschenk der Einsicht, damit du den Großen Geist des Lebens verstehen kannst und dich die Existenz des Annwyn beruhigt. Ich will dir das Geschenk des Wissens machen, damit du die Macht in den Kräutern und Bäumen und Wurzeln verstehst, damit du das Leid deiner Kinder lindern kannst. Ich schenke dir das Geheimnis der Runen, damit du dich an die Elemente wenden und Antworten auf deine Fragen finden kannst.‹

›Große Mutter, ich danke dir‹, stammelte die Frau.

›Es sind gefährliche Gaben, und ich gebe sie dir nur, weil du für deine Kinder bittest. Es sind gefahrvolle Gaben, die nur zur rechten Zeit und am rechten Ort und in einer Stunde verwendet werden dürfen, über welche die Dienerin Mond wacht. Ihre geheimnisvollen Kräfte sind so groß, daß sie meine Meere hin und her reißt. Sie bestimmt das Empfinden der Frauen, die für ihr Licht mit seinem sprunghaften Zauber empfänglich sind. Lerne, ihre Zyklen zu verstehen, und sie wird dir den rechten Weg weisen, wenn deine Runen der Weissagung zu schwach sind.‹

›Große Mutter‹, wagte die Frau zu sagen, ›ich bin wahrlich dankbar, doch werde ich nicht ewig leben. Wer wird die Ängste meiner Kinder lindern, wenn ich nicht mehr da bin?‹

›Du sollst aus deinem Volk ein Mädchen wählen, das du deine Kunst lehrst. Der Mond wird sie mit der Einsicht segnen, und ist sie erst zur Frau geworden, wird sie wiederum eine andere Nachfolgerin auswählen. Und so wird sich die Reihe fortsetzen.‹«

Versonnen starrte die Greisin ins Herz des Feuers, bevor sie mit ihren fleckig-blauen Augen ihr junges Publikum betrachtete. »Und so, meine Kinder«, seufzte sie, »kam es, daß sich die Jungfrau, die Mutter und die Greisin von anderen Frauen unterschieden. Wir sind mit der Einsicht gesegnet, und als Dank für dieses Geschenk opfern wir unser Leben dem Dienst an der Großen Mutter. Außerdem müssen wir den Mond verehren, der die Quelle aller Magie ist, und unsere Gaben dazu verwenden, unserem Volk zu helfen.«

»Wählen sie stets ihre eigene Tochter?« fragte Caspar verträumt, fasziniert von der phantastischen Geschichte. Die blauen Augen des Jungen wanderten verstohlen zu Brid, deren Blick im Traumland der Glut unter dem Kessel verloren war.

»Anfangs, so heißt es in der Legende, doch jetzt nicht mehr. Es wurde unklug, da die Familien der drei auserwählten Frauen Macht bekamen, was unserer Fähigkeit, alle

Menschen zu lenken, entgegenwirkte. Da die Zeiten der Alten Stämme nun aber vorüber sind, werden nur Waisenkinder als Ergebene Dienerinnen erwählt. Doch ist sie erst erwählt, empfindest du sie wie dein eigen Fleisch und Blut.« Morrigwen hob eine Hand an ihr Gesicht und preßte sie an ihre Schläfen, als wollte sie einen Schmerz in ihrem Kopf lindern. Eine Träne brannte in ihrem Augenwinkel, und sie versuchte zu lächeln, doch die Last der Trauer war zu schwer, um sie verbergen zu können. »Als ich noch die Mutter war, war das Mädchen, das ich auswählte, über alle Maßen schön. Sie verstand die Vögel, die Tiere des Waldes und die Sprache der Bäume, bevor ich sie noch die ersten Naturgesetze gelehrt hatte.« Wehmütig erinnerte sich Morrigwen. »Nur war sie nie sonderlich begierig darauf, zu lernen. Ihre instinktiven Kräfte waren stark, aber ihr Wissen hätte größer sein können. Sie war viel zu sehr darauf bedacht, ungestüm durch den Wald zu preschen oder in den Bergen zu jagen, als daß sie den Fähigkeiten von Kräutern und Wurzeln viel Aufmerksamkeit widmen wollte. Meine kleine Bridget hier ist dagegen sehr gelehrig.« Liebevoll lächelte die ausgezehrte Hexe und tätschelte dem Mädchen die Schulter.

Brids dunkelgrüne Augen blickten zur Greisin auf, und sie lächelte schmal und beteuernd. »Wir werden sie finden. Jetzt haben wir das Auge und können sie finden. Spar kann sie erreichen.« Flehentlich sah sie Caspar an, doch der schüttelte den Kopf.

»Nein, bitte. Der Mondstein ist so kalt, und es tut so weh. Er ist wie reine Energie.« Er rieb seinen Nacken, der noch schmerzte, dachte an die Erfrierungen, die er bei der Berührung der Kugel erlitten hatte.

»Du hast recht, Junge, du bist noch nicht stark genug, um wieder in das Druidenauge zu blicken«, erklärte Morrigwen beschützend. »Wir werden warten, wenn auch nicht lange.

Wir haben nicht viel Zeit. Mein persönlicher Verlust ist nichts, verglichen mit dem Schrecken, der die Welt befallen wird, wenn wir sie nicht finden. Und wenn zwanzig Torra Altas den Paß bewachen würden: Morbak marschiert gegen uns, und wir können ihn wegen seiner übermächtigen Zahl nicht aufhalten. Ich wittere sie im Wind. Die Nomaden haben die Große Mutter verraten, indem sie ihre Gebete dem schrecklichen Gott des Eises zuwandten, so daß die Frucht der Erde im Norden erfroren oder verwelkt ist.«

Plötzlich schlug die Greisin ihre hölzerne Krücke wütend auf den Boden. »Aber schlimmer, viel schlimmer ist, daß sie vom Auge wissen, dem Druidenauge. Ich habe gesehen, wie sie in den alten Schlupfwinkeln – den heiligen Hainen tief im Wald – danach gesucht haben. Unter ihnen gibt es irgendeinen, der seine Macht kennt, der weiß, daß es uns zur Mutter führen wird, der weiß, daß ihre Sache verloren ist, wenn wir das Auge finden. Unter den Feinden gibt es einen mit großer Einsicht. Ich kann seinen Schatten spüren ... ja, es ist ein Mann.« Sie nahm den Mondstein und hielt ihn mit ihren krummen Fingern, streichelte ihn, als wäre er der weiche Kopf eines geliebten Kindes. »Ich kann fühlen, wie sein Schatten das Druidenauge sucht. Ich habe es, endlich ... doch kann ich sie immer noch nicht erreichen! Ich kann mein geliebtes Kind nicht finden.« Eine Träne tropfte von der Spitze ihrer schmalen Nase und fiel auf den Mondstein. Die wirbelnden Muster eilten der Träne entgegen und strudelten in seltsam besitzergreifenden Wirbelwinden darum herum. »Ich kann sie nicht fühlen!« heulte die Greisin und warf den Kopf in schmerzlicher Trauer in den Nacken. Sanft entwand Brid die Kugel ihrem festen Griff.

»Ganz ruhig, wir werden sie finden.« Flehentlich sah sie die beiden adligen Jungen von Torra Alta an. »Ihr werdet uns helfen, sie zu finden.«

Hal nickte ruhig. »Wir müssen sie finden. Was diesen Erdenzauber und den ganzen Hokuspokus angeht, weiß ich nicht so recht, aber ich weiß, daß der Feind den Mondstein dringend haben will. Offensichtlich halten sie ihn für eine Art Schlüssel. Ob nun diese Frau, die im Stein eingeschlossen ist, wahre Macht hat oder nicht ... sie glauben es ganz offenbar. Da sie glauben, daß die Frau ihren Sieg verhindern kann, sind sie zur Niederlage verdammt, wenn wir sie finden.«

Morrigwen wandte sich um und lachte ihn an. »Du glaubst, du weißt soviel. Du glaubst, du verstehst ... nun, was macht es schon, was deine Gründe sind? Du hast das Auge aus seinem Versteck geholt, und du hast Spar hierhergebracht ... Aber es ist wichtig, daß du eines weißt. Sie wollen nicht, daß der Mondstein die Mutter findet, sie wollen nur, daß er sie vernichtet. Sie ist der anderen Seite jetzt so nah, und nur der Stein verbindet uns noch mit ihr und hält sie am Leben. Sie wollen ihren Tod, und sie fürchten, daß das Auge sie wieder zum Leben erweckt.«

»Aber warum Spar?«

»Ja, warum ich?«

Brid seufzte schwer, als wollte sie etwas sagen, doch Morrigwen nahm sie beim Arm. »Du bist müde, Junge, und wir dürfen dich nicht weiter erschöpfen. Du brauchst deine ganze Kraft. Nun liegt das Gleichgewicht bei dir, die letzte Hoffnung für die Welt. Als der Neue Glaube aus dem Süden kam, wurden wir immer weiter gen Norden getrieben, selbst aus der Hauptstadt Farona, die einst unsere heilige Stadt war, wo wir unsere Ratsversammlung abgehalten haben. Nun ist die letzte Festung der Großen Mutter, hier am Rande von Torra Alta, gefangen zwischen den beiden destruktiven Kräften des Neuen Glaubens und Vaal-Peor. Die Baronie von Torra Alta ist ihr die letzte Zuflucht.«

»Der Neue Glaube ist nicht zerstörerisch«, schnaubte Hal.

»Du mußt noch viel lernen.« Die Greisin schüttelte den Kopf. »Aber wir haben Zeit, das Unrecht wiedergutzumachen, solange wir die Vaalaker abschmettern können. Nachdem nun aber nur noch Brid und ich übrig sind, hängt der Alte Glaube hier in Torra Alta an einem seidenen Faden. Es ist der einzige Ort, an dem das Gleichgewicht noch ausgewogen ist. Spar ist der Erbe dieser Baronie, und er muß sie wieder auf den rechten Weg bringen. Er ist unsere Zukunft.«

»Ich wußte schon immer, daß du schrecklich wichtig bist«, lachte Hal, doch es lag etwas Finsteres in seinem Blick.

»Komm.« Brid stand auf und legte vorsichtig eine Hand auf Caspars Stirn, fühlte, ob sie heiß war. »Du hättest nicht so lange wach bleiben sollen.« Bei ihrer Berührung errötete der Junge mit dem kastanienbraunen Haar zutiefst. Seit sich Brid in eine hübsche Jungfrau verwandelt hatte, fühlte er sich in ihrer unmittelbaren Nähe nicht mehr wohl.

Hal zog seinen Neffen auf die Beine. »Nicht übel für ein Heidenmädchen, was? Aber du kannst nicht sowohl sie als auch Torra Alta haben. Da mußt du mit mir rechnen.« Eine Sekunde lang dachte Caspar, der ältere Junge meinte es ernst, doch dann sah er das breite Grinsen und kam zu dem Schluß, daß sein Onkel nur versuchte, ihn anzustacheln. Der Junge mit dem rabenschwarzen Haar boxte ihn spielerisch ans Knie, beugte sich vor und flüsterte ihm ins Ohr: »Möchtest du mal wetten, wen von uns beiden sie wohl vorziehen würde … oder ist dir der Wettbewerb zu heiß?«

»Ach, hör schon auf«, fuhr der Kleinere ihn an. »Daran habe ich überhaupt nicht gedacht.«

»Ach, nein? Und worauf möchtest du schwören? Den gestrigen Haferbrei?«

Wütend blitzten Brids drachengrüne Augen sie an, als hätte sie gehört, was Hal geflüstert hatte.

Hal raffte sich zu einer ehrlich klingenden Entschuldigung auf, trat näher an sie heran und äußerte seine reumütigen Worte mit leiser, galanter Stimme. Der Junge plauderte freundlich beim Feuer. Brid lachte, was die Bauernhütte mit elfischer Musik erfüllte, die einem das Herz stehlen und die Seele quälen konnte. Caspar spürte, wie sich Eifersucht um seinen Magen krampfte.

Bestimmend meldete sich Morrigwen zu Wort. »Morgen müssen wir weiterziehen, bevor sie eine Möglichkeit finden, zum Druidenauge zu gelangen, also werdet ihr alle euren Schlaf brauchen. Sie werden uns jagen.«

Das welke, alte Weib und die Jungfrau schliefen am einen Ende der Hütte, keusch abseits der beiden Jungen, die sich unter dicken Stapeln von Fellen verkrochen. Caspar konnte aber nicht schlafen.

»Warum mußtest du das über Brid sagen?« fragte er plötzlich den Haufen von Bettzeug, unter dem sich der Rücken seines Onkels verbarg.

»He!« Hal klang gekränkt. »Ich hab dich nur geärgert. Ich wußte nicht, daß du ein Auge auf sie geworfen hast. Tut mir leid.« Seine Entschuldigung klang so unschuldig, daß sich der wilde Sturm, der sich in Caspar regte, augenblicklich legte.

»Ich weiß eigentlich nicht, was ich von ihr denke, nur daß sie so hübsch und liebevoll ist. Aber sie macht mir auch angst«, gab Caspar zu. »Sie weiß zuviel.«

»Ach! Sie ist nur ein Mädchen!« Hal winkte ab. »Laß dich nicht von diesen Geschichten über Göttinnen und Monde beeindrucken, die ihnen Macht verleihen: Das sind nur alte, abergläubische Märchen. Sie erfinden Geschichten, damit sie geheimnisvoller und mächtiger wirken. Denk an deine Heiligen Schriften, und sie werden dich nicht stören, besonders nicht …«, Hal gähnte, drehte sich müde um, »… morgen bei

Tageslicht. Zwischen Kräuterkunde und dem angeblich göttlichen Segen des Mondes liegen Welten. Schließlich hat Gott den Mond erschaffen – und die Sonne und die Erde …«, schloß er mit Nachdruck.

»Aber du warst im Wald nicht dabei. Du hast dieses Wesen mit seinen sechs Armen nicht gesehen. Du hast nicht gesehen, wie Morrigwen und Brid es vernichtet haben. Du hast ihre Macht nicht gesehen.«

Hal antwortete nicht. Er war friedlich eingeschlafen.

Das Rascheln eines Besens holte die beiden Jungen aus dem Schlaf. Brid fegte eifrig das alte Stroh am Boden der Hütte zur Tür hinaus und holte dann neues herein. Als sie sah, daß die beiden wach waren, tanzte sie hinüber, wirbelte den Besen wie einen Partner herum und kitzelte ihnen mit den Borsten spielerisch an den Nasen herum.

Hal nieste lauthals vom Staub, und das Mädchen lachte zur Entschuldigung. »Ich wollte euch nicht zum Niesen bringen. Kommt, wacht auf und schnappt vor dem Frühstück etwas frische Luft. Und sammelt Feuerholz, wenn ihr schon dabei seid.«

»Es ist noch nicht Morgen«, stöhnte Hal, baute aus seinen Fellen ein Zelt und verschwand darunter.

»Ich fürchte doch«, erwiderte Brid und drohte ihnen mit einem Krug voll Wasser. Die Aussicht darauf, naß zu werden, holte Caspar aus dem Bett. Er zerrte Hals Decken mit sich, legte sie schamhaft um sich, so daß sein Onkel hektisch nach seinen Hosen suchen mußte.

»Komm raus«, rief Caspar. »Suchen wir einen Bach, an dem wir uns erfrischen können.«

»Soviel Energie von jemandem, der die letzten beiden Tage am Tor des Todes gestanden hat«, murmelte Hal und ignorierte Brids unterdrücktes Kichern, als er die Enden seines Hemdes in die Hosen stopfte. Er rieb sich noch die Augen, als er seinem Neffen nachstolperte und die Tür anpeilte, doch dann blieb er stehen und stampfte zu seiner Bettstatt zurück. »Hab meine Stiefel vergessen.«

Das Bächlein war nicht so eisig kalt wie ein Bergbach, doch das Wasser war erfrischend und wusch den Staub mit einem gesunden, kühlen Schmerz ab. Hal tauchte den Kopf in die Fluten, bewegte ihn unter Wasser hin und her. Keuchend richtete er sich auf, warf seinen Kopf in den Nacken, so daß sein Haar einen Bogen von Tropfen versprühte. Sie flogen über den stillen Bach und verursachten kleine Wellen auf dem Wasser. »So ist es besser.« Er schlug sich kurz an die Wangen, um sicherzustellen, daß er ganz wach war. »Gut, was war mit dem Feuerholz?«

»Nimm nur totes Holz.« Gänzlich unerwartet stand Morrigwen hinter ihnen.

»Mir ist fast das Herz stehengeblieben«, stöhnte Caspar.

»Selbstverständlich«, erwiderte Hal. »Es brennt besser.«

»Entscheidender ist, junger Mann, daß es den Dryaden nicht gefällt, wenn man Zweige von ihren Leibern bricht. Und sucht totes Holz unter Haselnußbäumen. Vielleicht kann der Rauch das nötige klare Denken und die Einsicht in eure Köpfe bringen.«

Mittlerweile hatten sie ein Feuer entzündet. Schon wollte Caspar widersprechen, als er den Qualm einatmete: Der Rauch brannte zwar in seinen Augen, doch der Geruch hatte ein angenehmes Aroma. Er saß auf einem Hocker und balancierte einen vollen Teller mit Haferkuchen und gekochten Eiern auf seinem Knie. Die Wangen seines Onkels waren schon prall und voll, da er wie ausgehungert aß.

»Können wir nicht was davon haben?« Hal schwenkte seinen Teller zum Bratenspieß hinüber, den Morrigwen geduldig mit Fett begoß.

»Zum Frühstück? Nein! Es ist für später. Wir haben eine lange Reise vor uns, und wenn ich bedenke, was ihr beiden eßt, brauchen wir ein zusätzliches Pferd allein schon für den Proviant.«

»Wohin reiten wir?« wollte Hal wissen. »Du wirst mich nicht herumkommandieren wie eine Königin den Spüljungen. Mein Bruder ist der Baron von Torra Alta … dein Herr.«

»Ich bin zutiefst beeindruckt«, sagte sie mit beißendem Sarkasmus. »Aber ich bin zu alt, mich zu verneigen, also werdet ihr mich entschuldigen müssen. Ich sage euch, wohin wir reiten, wenn ich fertig bin.«

Hal machte ein verdutztes Gesicht, und insgeheim freute sich Caspar, daß jemand ihn auf seinen Platz verwies. Keine Frau hatte jemals so mit Hal gesprochen – natürlich mit Ausnahme seiner Mutter, der Lady Elizabetta –, und offensichtlich schockierte es ihn, daß eine Frau so große Autorität besitzen sollte. Morrigwens Stimme klang fröhlich und unbeschwert. »Aber eßt so viele Haferkuchen, wie ihr wollt. Da drüben steht etwas Honig.«

Noch immer sorgte sich der kleinere Junge um Hals Stolz, als sich seine Gedanken dem Honig zuwandten. »Mmmh. Bitte.« Der Honig war dick und bleich, fast weiß in der Farbe, und ein dreieckiges Stück Honigwabe steckte in der Mitte. Er nahm einen dicken Klumpen und fuhr mit seiner Zunge über den Löffel, erfreute sich an dem Geschmack. »Es geht doch nichts über Honig.«

»Männer sind immer leicht mit Süßem zu verführen.« Morrigwen lächelte, während sie zwischen den Beuteln und Körben, die sich in der Ecke stapelten, eine große Satteltasche suchte. Sie wickelte etwas kaltes Fleisch in Tücher und packte ein paar Äpfel, Haselnüsse und Kuchen darauf. Schließlich, als sie glaubte, die Jungen sähen es nicht, schob sie den Honigtopf mit hinein. Caspar verbarg sein Lächeln hinter der

Hand, denn die Frau sollte nicht sehen, daß er sie dabei ertappt hatte, wie sie sentimental war und die Jungen verwöhnte. Sie mag manchmal eine spitze Zunge haben, dachte er, aber sie hat ein weiches Herz.

»Was sitzt ihr da und gafft wie graue Wolken an einem schwülen Tag? Geht und sucht die Pferde. Brid zeigt euch, wo ihr sie findet. Macht schon, geht mir aus dem Weg.« Und wieder war die Greisin grantig.

Die Jungen standen auf; Reißer sprang Caspar zur Seite, versuchte, dreibeinig zu hüpfen, damit er ihnen folgen konnte. Noch hatte er sein Gleichgewicht nicht gefunden. »Warte hier, Junge.« Caspar strich dem Hund über die Schnauze und zeigte mit dem Finger auf den Boden, befahl dem Hund zurückzubleiben. Reißer gab ein flehentliches Jaulen von sich, aber er schob sein Vorderbein nach vorn. Er fügte sich zwar, doch er zitterte immer noch vor Eifer, weil er seinem Herrn folgen wollte. Caspar wartete, bis Morrigwen zum anderen Ende der Regale geschlurft war, wo sie nach Proviant suchte, dann nahm er einen Kuchen oben aus ihrer Satteltasche. »Hier, Junge«, flüsterte er, beugte sich verstohlen herab und schob dem Hund den gestohlenen Kuchen zu. Die traurigen Augen des Hundes wurden einen Moment lang groß, und das verwöhnte Tier schlang den Kuchen in einem Stück hinunter, schluckte lauthals. »Davon hast du nicht mal was geschmeckt«, flüsterte der Dieb liebevoll.

»Beeilt euch!« hörten sie Brids Stimme von draußen.

»Braucht man denn kein Halfter, um sie zu fangen?« fragte Hal das Mädchen.

»Nein.« Sie klang überrascht und hielt ein Bündel weißer Schößlinge mit winzigen, kleeblattähnlichen Blättern und schwarzen, knotigen Wurzeln hoch, die wie schimmernde Perlen aussahen. »Luzernen gelingt es immer: Sie lieben es.«

Sie hat recht, dachte Caspar, als die Pferde mit langen Hälsen kamen, und gierig die Zähne in Vorfreude auf die Schößlinge bleckten. Der gelbe Hengst und die gleichfarbige Stute hatten sich einer kleinen Herde von sechs Pferden angeschlossen, die saftiges Gras im Schatten einer Lichtung stromabwärts vom Hain der Greisin gefunden hatten.

»Der Braune ist sehr willig, und der Rotschimmel ist stark«, erklärte Brid. »Aber such dir einen aus. Nur laß die Dunkelgraue. Sie ist etwas launisch.« Und wie zum Beweis, daß Brid stets recht behielt, warf die stahlgraue Stute ihren Kopf herum und biß den Braunen kurz in den Rumpf, als dieser ihr zu nahe kam. Brid züchtigte die Stute mit einem schnellen Klaps auf die Nase.

»Wir nehmen deinen Rat an«, sagte Hal und wählte für sich wie auch für Caspar. »Mir gefällt der Braune.« Die Aussicht auf weitere saftige Schößlinge ließ die ausgewählten Pferde den drei jungen Leuten freudig nachlaufen, als diese wieder zur Hütte gingen. Sie ließen sich kurz mit etwas Stroh abbürsten, um den dicksten Schlamm zu entfernen, der an ihrem Fell klebte.

»Seid ihr mit den Pferden fertig?« wollte Morrigwen wissen. »Warum braucht ihr dafür so lange? Die jungen Leute heutzutage scheinen immer nur zu trödeln. Kommt rein und helft mir mit den Satteltaschen.« Die Greisin hatte vier Taschen gepackt, welche sie sorgsam an den Schnallen an den Hinterzwieseln befestigte.

»Ich freue mich zu sehen, daß ihr tatsächlich so eine raffinierte Ausrüstung wie Sättel habt«, bemerkte Hal frech.

Ärgerlich runzelte Morrigwen die Stirn. »Ach, wirklich, ja?«

Als er den bissigen Ton der alten Frau bemerkte, schien Hal bewußt zu werden, daß er es etwas übertrieb, und so schwächte er seine Bemerkung ab. »Ohne Steigbügel ist es auf steilen Hängen schwierig, und nach dem letzten Galopp ohne Sattel …« Er änderte seinen Kurs. »Ich wollte euch nicht beleidigen. Eure Art zu leben ist gar nicht so primitiv und simpel.«

»Dein Mangel an Takt ist fast schon komisch, Hal, wirklich wahr. Also, bevor wir gehen …« Morrigwen richtete sich auf und begann, ihre silbernen Strähnen zu einem Zopf zu flechten, damit sie ihr beim Reiten nicht im Weg waren. »Bevor wir gehen, muß ich euch etwas zeigen.«

Unsicher folgten sie ihr in den hinteren Teil der Hütte. Reißer sprang auf und begrüßte sie aufgeregt, als wären sie seit Tagen und nicht erst ein paar Minuten fort gewesen. Der Salamander richtete seine Halskrause auf und sprang lässig auf einen Hocker, sah stolz wie ein König aus und reserviert wie ein Bischof. Mißtrauisch hielt er ein Auge auf das unerklärliche Treiben der Menschen gerichtet, das andere wachsam auf den Mondstein.

»Wir leben in traurigen Zeiten«, begann Morrigwen langsam und versonnen. »Es sind traurige Zeiten, und die Woge des Schicksals brandet gegen uns. Die Kraft des Mondes ist vonnöten, um die Fluten der Erde umzukehren, und wir müssen beten, daß sie zu unseren Gunsten wirkt und die faulige, vaalakische Flut aus unserem Land vertreibt. Wir sind es, die diese Aufgabe übernehmen müssen, und sie ist eine schwere Bürde.« Sie zündete die Kerzen um den Tisch an, auf die gleiche rituelle Weise wie zuvor, und dann winkte sie alle in den geweihten Bereich.

Augenblicklich fühlte sich Caspar nackt, als schälte ein Heer von Augen seine Kleider zur kritischen Begutachtung von ihm, um dann seine Haut zu taxieren. Aber dabei blieb es nicht, denn jetzt kam es ihm vor, als versuchte jemand, ihm die Haut abzuziehen, um die Ebbe und Flut seines Blutes unter der Oberfläche zu beobachten. Er drehte und wendete sich, um zu sehen, woher dieses unheimliche Gefühl kam.

»Er kann die Geister spüren«, sagte Brid zu Morrigwen.

»Welche Geister?« fragte Hal.

»Kannst du sie denn nicht spüren?« Der feinfühlige Junge klang erstaunt. Er legte seine Arme um sich, wie um sich zu wappnen.

»Nein.«

»Sie sind überall und stellen Fragen. Wer bin ich? Was will ich? Wohin gehe ich? Führe ich Böses im Schilde? Hunderte von Fragen, immer wieder.« Seine Augen wurden groß.

»Keine Sorge, Spar«, versicherte ihm Brid und legte ihm ihre warme Hand auf den Arm. »Sie können dir nichts anhaben, wenn du im Kreis bleibst. Die brennenden Kerzen locken sie aus der Geisterwelt an, wenn wir die Macht der vier Elemente rufen. Während wir hier im Gleichgewicht stehen, die Balance halten, können wir uns von den magischen Kräften durchfließen lassen, ohne daß sie uns etwas tun könnten.«

»Bist du sicher?«

»Ziemlich.«

Still stand Hal da, wirkte ganz entspannt, wenn auch von der Unterhaltung offensichtlich amüsiert. »Mir kommt überhaupt nichts seltsam vor, außer Spar natürlich, aber der ist immer seltsam.«

»Jetzt konzentriere dich«, befahl Morrigwen. Sie streckte ihre Hände zur Decke hin aus. »Mutter Göttin, segne unsere Reise und lenke unsere Hände. Leite mich, führe mich mit deinem Licht.« Sie öffnete ihre Faust und ließ fünf kleine Knochen auf den Eichentisch klappern. Sie fielen zu einem erkennbaren Muster: vier zusammen und einer allein. »Der einzelne Knochen«, erklärte die Greisin, »verkörpert das

Schwert. Die vier bilden eine Rune von Hagal. Hals Rune.« Die Knochen waren in einem Muster gefallen, das Caspar vage vertraut vorkam: ***

Morrigwen hob ihre Hand, um sie auf die des jungen Mannes zu legen, und sah mit ernstem Blick in Hals Augen, suchte nach der Wahrheit in seiner Antwort. »Die Große Mutter erwählt dich, das Schwert zu tragen: Akzeptierst du diese Ehre?«

»Mich? Du meinst, das Schwert ist für mich?«

»Zur Verwendung im Dienste der Mutter«, korrigierte Morrigwen.

»Ja! Ja, natürlich. Das Schwert ist für mich. Ich kann es nicht glauben«, rief Hal aufgeregt, nahm Morrigwens Worte vom Dienst für eine heidnische Gottheit gar nicht wahr.

Als man Hal für dieses großartige Geschenk erwählte, schnürte sich Caspar vor Enttäuschung fast die Kehle zu. Er ballte die Fäuste, um seine Gefühle im Zaum zu halten. Warum Hal? Er glaubt nicht mal an dieses heidnische Pantheon, wieso sollte man ihm dann das Geschenk einer derart edlen, wertvollen Waffe machen? Es ist nicht fair … Plötzlich spürte er, wie sich die Geister auf seine Gefühle stürzten, sie packten und hin und her warfen. »Bist du eifersüchtig? Haßt du ihn? Willst du ihn aus dem Weg schaffen? Wie mächtig, wie dringend ist dein Neid? Wünscht du dir, er würde nicht mehr existieren, um dir den Ruhm zu stehlen, dir Torra Alta zu entwenden? Verachtest du ihn?«

»Nein!« schrie Caspar laut und wütend.

Erschrocken starrte Hal ihn an, dann sah er verwirrt und verletzt aus.

»Ich meinte nicht … nicht dich. Ich freue mich, daß du das Schwert hast, wirklich wahr. Es ist nur …« Seine Stimme erstarb, da er es nicht artikulieren konnte.

»Es ist nur, daß du das Schwert auch gern gehabt hättest

und dir die Geister eine Menge Fragen gestellt haben«, schloß Brid mit einem Verständnis, das ihrem Alter nicht entsprach.

Caspar nickte mit beschämter Miene.

Die Knochen klapperten auf dem Eichenholz, blieben in der Mitte des Pentagramms in einem deutlichen Muster liegen … vielleicht vom Zufall gelenkt, vielleicht von irgendeiner Göttin. Sie bildeten einen Kreis. Morrigwen atmete scharf ein, als schockierte sie das Ergebnis der Weissagung.

»Ich habe die Knochen für dich geworfen, Spar, nur kann ich dir die Gabe nicht geben. Du wirst sie dir selbst holen müssen. Es ist ein scheußliches Geschenk. Scheußlicher noch als das große Schwert.«

»Was ist es?« fragte der Junge.

»Ein Ei.«

»Ich verstehe nicht.« Nachdem Hal das Schwert bekommen hatte, wurde seine Enttäuschung fast zu einer Erniedrigung. Wollte ihn die alte Priesterin verspotten?

»Ich weiß, mein Kind, doch eines Tages wird sich die Absicht der Großen Göttin offenbaren. Vorerst gebe ich dir das.« Sie löste eine Kette, die um ihren Hals hing, und nahm einen Anhänger, der auf ihrer Haut gelegen hatte. Es war ein schlichtes, aus Holz geschnitztes Mandala. »Es ist aus Haselnußholz und wird dich auf deiner Suche leiten.«

Caspar konnte nicht einmal lächeln.

»Sei nicht enttäuscht, Spar. Es ist nicht der rechte Zeitpunkt, das ist alles. Aber dieses Mandala wird dich lenken und deine Gedanken reinigen: Es stammt von dem Baum in meinem heiligen Hain.«

Wie der Rauch, dachte Caspar und zwang seine Lippen zu einem höflichen Lächeln. »Danke.« Das Wort fiel ihm schwer, und der Junge war nach wie vor zutiefst gekränkt. Doch er setzte eine stolze Miene auf und grinste breit, um seine Enttäuschung zu verbergen, in der Hoffnung, daß ihn seine überquellenden Augen nicht verrieten. Mehrmals mußte er zwinkern.

»Jetzt wird es Zeit.« Morrigwen jagte den Salamander mit dem Besenstiel vom Mondstein fort. Er zischte böse, und seine Halskrause richtete sich zu einer drohenden Geste auf, aber er fügte sich seiner Herrin und wich fauchend zurück. Morrigwen nahm den Mondstein aus dem Beutel und legte ihre Hände darum, trat vorsichtig in die Mitte des geweihten Kreises. »Spar«, befahl sie.

Unruhig wich Caspar zurück, fürchtete den dunklen Zauber in der Kugel, die ihm seine Körperwärme genommen hatte. Für ihn fühlte es sich an, als würde Cailleachs tote Hand seinen Leib erfrieren.

Morrigwens spitze, weiße Augenbrauen wölbten sich besorgt. »Diesmal wird es nicht weh tun. Es tut nur weh, weil dein Verstand es nicht gewohnt ist, solche Entfernungen zu bewältigen. Wenn du ihn durch mich und Brid berührst, wird es nicht weh tun.«

Widerstrebend trat Caspar vor und legte seine Hände zögerlich auf Morrigwens knorrige Finger. Brid preßte ihre Handflächen an den Mondstein, und da Hal über ihre Schultern blickte, starrten nun alle vier erwartungsvoll in ihn hinein. Mit Anmut und Ruhe tanzten die Muster, als wehte eine sanfte Brise den frühmorgendlichen Nebel fort. Caspar fühlte sich, als flöge er hoch am Himmel, dann stürzte er falkengleich herab und machte sich geschickt über seine Beute her. Plötzlich schrie das blutleere Gesicht der Frau aus dem Stein heraus. Sie rührte sich nicht, doch er konnte ihren Schrei hören – einen gräßlichen Schrei von herzzerreißendem Schmerz. Morrigwen erstarrte und riß ihren Blick von dem Anblick und diesem entsetzlichen Schrei los.

Caspar zitterte unbeherrscht, als er spürte, daß der trübe

Blick der Frau sich auf ihn richtete. Er strich über Morrigwen und Brid, doch ging er darüber hinaus, suchte Caspars Wärme. Ihre Blicke trafen sich, und sofort fühlte er, wie durchdringende Kälte an seinem Herzen fraß. Ihre Augen sahen in seine Seele, eine scharfe Klaue schlug nach seinem Leben.

»Hexe«, schrie er, »laß mich in Frieden, Hexe.« Plötzlich ließ der eisige Schmerz nach, und staunend sah er, wie der tote Glanz in ihren Augen schmolz. Er fühlte, daß Wärme, mächtige, beschützende Liebe, ihm entgegenflutete. Nur eine wundervolle Sekunde lang dauerte diese Begegnung. Dann schob sich – wie in seinem Traum – eine riesige Hand ins Bild. Anfangs sah sie wie ein Krähenschwarm aus, doch die Formation wandelte sich, bis sie die Umrisse einer Riesenhand bildete, die sich aus einem schwarzen Umhang streckte. Ein Gefühl von Bosheit und Haß erfüllte den Raum, und die Hand riß an dem Gesicht der Frau, drückte das Bild wieder in den Stein zurück. Verzweifelt kratzten ihre Fingernägel an dem Riesenarm, als dieser sie immer tiefer drückte. Ein erstickter Aufschrei hallte in Caspars Kopf, und er riß sich von Morrigwens Handgelenken los, schlug seine Hände an den Kopf und versuchte, den Schrei auszusperren, der immer weiterging. Heftig wirbelte Wind durch den Raum, brachte kalte Finsternis mit sich.

Die Geister um ihn nahmen den Lärm wahr, warfen ihn hin und her. Dennoch blieb das Gefühl des Bösen erhalten. Der Geruch von Blut und Angst lag in der Luft, und die Geister flüsterten untereinander: »Eifersucht, Eifersucht, Eifersucht ...«

Brids hellgrüne Augen zuckten vor Angst. »Die Hand greift nach dem Mondstein. Ich kann es fühlen.« Sie klang fassungslos.

Morrigwens Gesicht war weiß. »Wir hätten das niemals

tun sollen. Anscheinend verstärkt der Kreis die Macht des Auges. Er spürt uns. Er kann die Macht des Mondsteins fühlen, wenn wir sie wecken. Wir müssen uns beeilen. Wir müssen fort ... jetzt gleich!«

»Aber wohin? Wohin?« fragte Caspar verwirrt und erschrocken. Geblieben war ihm nur die flüchtige Ahnung einer Liebe, die eine kurze Sekunde lang aus dem Mondstein herausgestrahlt hatte.

»Sie hat versucht, es uns zu sagen«, krächzte Morrigwen. Die Trauer machte ihr das Sprechen schwer. »Sie hat alle Kerzen ausgeblasen, bis auf eine.«

Caspar sah sich um und merkte, daß das Gefühl von Dunkelheit real war. Nur eine Kerze flackerte noch, während von den kalten Dochten der anderen drei dünne Rauchfahnen aufstiegen.

»Norden«, erklärte Brid entschlossen.

Die alte, silberhaarige Priesterin schritt mit dem Verlauf der Sonne um den Kreis, dann kehrte sie zur einzig noch brennenden Flamme zurück. Sie blies die letzte Kerze aus, die mit einer dünnen Spur von schwarzem Rauch verlosch, der zur Decke aufstieg. Caspar spürte, daß sich die bohrenden Blicke verzogen, als die Flamme erstarb. Die Spannung in der Luft verging.

Sie traten aus dem Kreis, und Morrigwen schlurfte zu einem ihrer schlichten Schränke hinüber. Sie zog eine Schublade auf und nahm eine klirrende Silberkette heraus. Diese war mit Bildern des Mondes in seinen drei Phasen geschmückt: zunehmende und abnehmende Halbmonde baumelten zu beiden Seiten des vollen Kreises in der Mitte. Mit einer Brosche in Form eines fünfzackigen Sterns konnte man sie verschließen. Brid senkte den Kopf, um den Schmuck zu empfangen, und dann schob sie einen Ring in Form eines sich windenden Drachen ihren glatten, gebräunten Arm hinauf. Schließlich drehte sie ein Band aus Silberfäden durch ihr verknotetes Haar.

Die Greisin drückte ein silbernes Diadem an ihre Stirn. Selbst ein so schlichtes Band konnte ihr eine königliche Ausstrahlung verleihen. Caspar staunte, wie der Schmuck die Frauen verwandelte und die Autorität in ihrer Haltung verstärkte. Als sie mit sich zufrieden war, prüfte Morrigwen noch einmal, ob ihre Satteltaschen ordentlich gesichert waren, und paßte auf, daß die Jungen den widerwilligen Reißer sorgfältig an Caspars Sattel festbanden. »Jetzt brauchen wir soviel Wasser, wie wir transportieren können.« Sie wühlte in einem Stapel Sackleinen herum, bis sie zwei Lederbeutel fand, eine Blase mit Holunderbeerwein und ein paar Wasserkrüge. »Die werden genügen müssen«, erklärte sie, während sie den Wein ausschüttete. »Geht und füllt sie am Bach. Wir müssen soviel Wasser mitnehmen, wie wir nur tragen können.«

Nach getaner Arbeit sah Hal bestürzt, daß sein Pferd mit einer ganzen Sammlung klappernder Wasserbehälter beladen war. Es blieb kaum noch Platz für ihn.

»Endlich sind wir fertig«, krächzte das alte Weib. Sie blickte gen Norden.

»Wir reiten zur Drachenwüste und darüber hinaus«, rief Brid.

»Wir reiten zur Mutter«, verbesserte Morrigwen.

»Wir reiten für Ruhm und Ehre.« Caspar war ganz aufgeregt.

»Zu Pferd!« Hal hob sein großes Schwert, als er nach vorn lief und dann stehenblieb und die anderen verlegen anlächelte, als er merkte, daß ihn die Atmosphäre mitgerissen hatte.

Das furchterregende Schwert, das seinen Prunk in der ledernen Scheide an Hals Seite verbarg, schlug an die Flanke des Braunen, als der Wallach ins Morgenlicht stolzierte. Hal ritt voraus, nachdem Brid ihm die Richtung gezeigt hatte. Wachsam und stolz sah er aus. Caspar fand, daß er seine Rolle etwas übertrieb.

Als der Jüngere das Mandala unter seinem Wams hervornahm, strich er über das geschnitzte Holz, betastete die Kerben und Vertiefungen. Kurz erschrak er, als er meinte, Hal durch einen Nebel zu sehen, auch wenn er anders aussah, größer und breiter um die Schultern. Er meinte, er sähe, wie Sonnenlicht von einem Kettenhemd unter einem dicken, gefütterten Lederwams reflektiert wurde. Sein Onkel schien die Zügel mit einem Panzerhandschuh zu halten, während seine andere Hand das Schwert hob und nach vorn schwenkte, als wollte er zum Angriff übergehen. Überall um ihn herum donnerten die Hufe. Langsam verklang der Lärm zu einem Surren, und wieder war Hal zu sehen. Sein Strahlen war so jugendlich und frisch wie eh und je. Vielleicht ist dieses Mandala doch etwas wert, dachte Caspar hoffnungsfroh.

Der Rotschimmel kam leichtfüßig in Trab, warf den Kopf herum und biß auf dem Zaumzeug herum, als Caspar die Stute antrieb, um neben seinem Onkel zu reiten.

»Darf ich mir das Schwert ansehen?«

Eine Sekunde lang musterte Hal seinen Neffen mißtrauisch, und seine olivgrünen Augen waren voller Besitzgier, doch er blinzelte sie beiseite und erwiderte: »Natürlich.« Er zog die Waffe aus der Scheide, die ein leises Seufzen von sich gab, wie Hände, die über Satin strichen.

Der Griff mit den ringenden Drachen war für Caspars Hände etwas groß. Er verknotete die Zügel und wickelte sie um den Sattelknauf, um das Gewicht des Schwertes in beide Hände nehmen zu können. Der Griff gab ihm ein Gefühl von Befehlsgewalt. Mit diesem Schwert in den

Händen konnte er wie ein König kommandieren. Mit dem Zeigefinger strich er über die Rinne, die in der Mitte der Klinge verlief, und spürte, wie ihn ein Gefühl von Unverwundbarkeit durchflutete. Es war eine Waffe von schrecklicher Macht. Vorsichtig fuhr er mit dem Finger an der scharfen Klinge entlang bis zur Spitze, und bei dem Gedanken an den Tod fuhr ihm ein Schauer über den Rücken. Eilig gab Caspar das Schwert zurück.

»Morrigwen hatte recht«, sagte er und überließ die Waffe liebend gern ihrem Hüter. »Dieses Schwert ist nichts für mich.«

»Ich finde es großartig! Es gibt nichts Besseres auf der Welt.« Bewundernd betrachtete Hal die Klinge.

»Bist du Morrigwen und Brid gegenüber nun weniger skeptisch?« erkundigte sich der Jüngere.

»Sie scheinen mir ganz in Ordnung zu sein. Etwas merkwürdig und viel zu sehr von sich eingenommen natürlich. Sie besitzen ausgeprägte Kenntnisse der Medizin, und Morrigwen ist freundlich, auf eine verdrehte, strenge Art und Weise, aber Brid … nun, Brid ist einfach das hübscheste Mädchen, das ich je gesehen habe.« Hal machte ein sehnsüchtiges Gesicht.

»Aber glaubst du an sie? Glaubst du ihnen, wer sie sind?« beharrte Caspar.

»Ich glaube es, wenn ich es sehe.«

»Aber das Schwert … kannst du denn die Kraft in diesem Schwert nicht fühlen?«

»Nun«, zauderte Hal. »Nun ja, ich fühle mich damit wie ein König, aber das hat sicher nichts mit den beiden zu tun: Es ist ein mächtiges Schwert.«

»Du hast schon viele Schwerter in den Händen gehalten, und keines hat dir jemals ein solches Gefühl gegeben«, sagte Caspar. »Schließlich ist es nur Stahl mit ein paar Edelsteinen.

Es muß doch wohl noch etwas anderes geben, das dieses Gefühl von Macht vermittelt, glaubst du nicht?«

Hal runzelte die Stirn. »Ich weiß nicht, welchen Unterschied es machen soll. Deren Gott, unser Gott, egal, wir müssen die Vaalaker in jedem Fall aufhalten.«

»Und diese Frau im Mondstein, bist du auch der Meinung, daß wir sie finden müssen?«

Hal spitzte die Lippen, als er über diese Frage nachdachte und widerstrebend zustimmte: »Ja, ich denke schon – falls sie lebt natürlich, und das scheint mir sehr unwahrscheinlich. Aber wir müssen sie suchen, denn wir haben es Brid zugesagt, und versprochen ist versprochen.«

»Und nicht, weil ihre Macht helfen kann, Torra Alta zu retten?« fragte Caspar.

»Eine Frau! Unsinn! Ich weiß nicht, wieso sie den Vaalakern so wichtig ist, aber sie ist es, und das genügt mir. Ich glaube nicht daran, daß diese Frauen Macht besitzen. Das ist Aberglaube.« Der Jüngere sah seinen Onkel an und fand nur wenig Bestätigung in diesen Worten aus kühler Logik. Die Sorge ergriff von ihm Besitz, daß er inzwischen ernstlich an die Schwarze Magie glaubte. Am meisten beunruhigte ihn, daß er daran glauben *wollte*. Er wünschte sich, mit Hal darüber sprechen zu können, doch er konnte derart ketzerische Empfindungen nicht zugeben. Er fragte sich, wie es wohl in der Hölle wäre. Doch dann, wenn auch Brid in die brennende Grube verbannt wäre, nun …

Der Weg wurde breiter, als die immergrünen Bäume des tieferen Waldes der weicheren Borke von Buchen wichen, und das trockene Herbstlaub ließ mehr Tageslicht auf die Reisenden herab. Morrigwen und Brid trabten vor, bis die vier nebeneinanderritten. Caspar merkte, wie Reißer hinter seinem Sattel starr wurde, als der kleine Salamander seinen Kopf aus der Satteltasche steckte. Er warf einen kurzen, ruckartigen Blick in die Runde, dann zog er sich schnell wieder in seine dunkle Behausung zurück.

»Er geht nicht gern auf Reisen«, erklärte Morrigwen, und dann begann sie, verschiedene Bäume und Pflanzen zu erklären, an denen sie vorüberkamen, wobei sie offenbar versuchte, den Jungen den Alten Glauben zu erläutern. Caspar versuchte zuzuhören, doch waren seine Gedanken eher davon bestimmt, daß Brid nah an Hals Seite ritt und die beiden sich flüsternd unterhielten. Er konnte die Worte nicht verstehen. Warum hatte sie nicht neben ihm reiten können? Er beantwortete sich die Frage selbst: weil sie lieber neben Hal ritt. Vielleicht fand sie seinen Onkel interessanter. Schließlich war Hal älter und größer. Sein dunkles Haar und die oliven Augen waren vielleicht hübscher anzusehen als er selbst. Caspar merkte, wie sich seine Mundwinkel schmollend in die Tiefe zogen.

Dann wurde ihm bewußt, daß sie keine Zeit für solch närrische Gedanken hatten: Eine beschwerliche Reise lag vor ihnen, und sie würde ihnen alle Energie abverlangen, die sie besaßen.

DAS RUNENALPHABET

A	ᚨ
B	ᛒ
C	ᚲ
D	ᛞ
E	ᛖ
F	ᚠ
G	ᚷ
H	ᚻ
I	ᛁ
J	ᛁ
K	ᚲ
L	ᛚ
M	ᛗ
N	ᚾ
O	ᚩ

P	ᛈ
Q	
R	ᚱ
S	ᛋ
T	ᛏ
U	ᚢ
V	ᚢ
W	ᚹ
X	ᛉ
Y	ᚣ
Z	ᛦ
Th	ᚦ
Ea	ᛠ
Ng	ᛝ
St	ᛥ

EXCALIBUR – fremde Welten voller Magie und ungekannter Gefahren, grandiose Epen von Mythen und Wundern, übermenschlichen Schicksalen und der erlösenden Kraft der Liebe.

(70109)

(70108)

(70100)

(70105)

(70110)

(70121)